CLAUDIA KELLER

Ich schenk dir

m

Buch

Hanna Vonstein wird von allen glühend beneidet: Sie hat einen Ehemann mit Doktortitel, gesunde Töchter und Enkel und wohnt in einer traumhaften Jugendstilvilla – einem Haus, das nur einen Makel hat: Hinter der Stuckfassade lauert der Putzalptraum. Dann aber platzt die Bombe. Kurz vor dem achtundzwanzigsten Hochzeitstag erfährt Hanna, daß Arthur eine Geliebte hat, mit der er auf seinen vielen »Dienstreisen« all das genießt, auf das Hanna zu verzichten gelernt hat. Doch der Schock setzt ungeahnte Kräfte frei. Hanna beschließt, ihr Leben zu ändern, und inszeniert einen Tausch – kleine Wohnung gegen Villa und Mann. Aber zuvor bereitet sie das Haus noch für den Einzug der neuen Frau vor: Die stilvollen Räume im Erdgeschoß werden in häßliche Kammern unterteilt, für die Bäder finden sich Restposten von Kacheln mit Fliegenschißmuster, und im Schlafzimmer wird selbst die attraktive Julie Mühe haben, erotisch zu wirken. Der Rollentausch gelingt, und Hanna kann von Julies ehemaliger Wohnung aus mit Genugtuung die ihr wohlbekannten Szenen einer Ehe genießen...

Autorin

Als Sproß einer echten Künstlerfamilie (Vater Schauspieler, Mutter Tänzerin und der Dichter Paul Keller als Großvater) verbindet Claudia Keller ihr ironisches Erzähltalent mit einem unverfälschten Blick für die kleinen und großen Ungereimtheiten des (Ehe-)Alltags. 1977 gab sie ihr Romandebüt mit *Das Ehespiel*. Seither sind in rascher Folge Kurzgeschichten und vor allem Romane entstanden, die ihr den Durchbruch zur Bestsellerautorin brachten. Sie ist Trägerin mehrerer Literaturpreise.
Ich schenk dir meinen Mann! stand viele Wochen auf der Bestsellerliste und wird gerade als Mehrteiler für das Fernsehen verfilmt.
Der neue Roman von Claudia Keller, *Einmal Himmel und retour*, ist als gebundene Ausgabe im Blanvalet Verlag erschienen.

CLAUDIA KELLER

Ich schenk dir meinen Mann!

Roman

GOLDMANN

Umwelthinweis:
Alle bedruckten Materialien dieses Taschenbuches
sind chlorfrei und umweltschonend.
Das Papier enthält Recycling-Anteile.

Der Goldmann Verlag
ist ein Unternehmen der Verlagsgruppe Bertelsmann.

Genehmigte Taschenbuchausgabe Februar 1997
© 1995 by Blanvalet Verlag GmbH, München
Umschlaggestaltung: Design Team München
Umschlagillustration: Simmel Artwork, Offenbach
Druck: Elsnerdruck, Berlin
Verlagsnummer: 43595
Lektorat: Silvia Kuttny
Herstellung: sc
Made in Germany
ISBN 3-442-43595-1

7 9 10 8

ERSTER TEIL

Wer unter die Oberfläche dringt,
tut es auf eigene Gefahr.
Oscar Wilde

Der Schock, daß ihr Ehemann Arthur seit Jahren eine Geliebte hatte, ereilte Hanna Vonstein am Samstag vor dem ersten Advent.

Es war ein äußerst ungünstiger Moment für einen Schock dieser Größenordnung, demzufolge man dazu neigt, wie erstarrt auf das Sofa zu sinken, derweil der Teig für den Hefekuchen unbeachtet vor sich hin geht und das Adventsgesteck darauf wartet, endlich an der Haustür befestigt zu werden.

Er traf Hanna in der Stunde vor dem Mittagessen: Gemüsesuppe mit Markklößchen, zum Glück bereits vorgekocht, nur noch aufzuwärmen, wie stets für zwölf Uhr dreißig eingeplant, für jene Minute, in welcher Professor Vonstein aus seinem Arbeitszimmer treten, mit festem Schritt die Diele durchqueren, das Eßzimmer erreichen und sich schließlich mit jenem kleinen Seufzer niederlassen würde, mit dem er anzudeuten pflegte, daß er ein Mann war, der schwer an anderer Leute Lasten trug.

Wenn alles glattging, und seit nunmehr achtundzwanzig Jahren war es immer glattgegangen, würde Hanna auf die Minute genau um zwölf Uhr einunddreißig auftauchen, die Schüssel in der Mitte des Tisches abstellen und mit jenem raschen Seitenblick, der so typisch für sie war, die heutige Stimmung ihres Gatten zu erraten suchen.

Wenn sie jedoch unvorstellbarerweise zum erstenmal nicht erschiene, dann wäre Arthur seinerseits gezwungen, das seit

Jahrzehnten bestehende Ritual zu brechen. Er würde sich (abermals seufzend!) vom Tisch erheben, um sich auf die Suche nach seiner Frau zu machen, innerlich darauf vorbereitet, sie mit starrem Blick hingestreckt neben einem defekten Elektrogerät vorzufinden (was die einzig plausible Erklärung für ihr Nichterscheinen an einem Samstagmittag um zwölf Uhr einunddreißig wäre).

Nun, vom Schlag getroffen fühlte sich Hanna tatsächlich. Noch hatte sie eine Stunde Zeit, sich von diesem zu erholen, die Suppe zu wärmen, sie ins Eßzimmer zu tragen und »Laß es dir schmecken« zu sagen – eine Situation, die irgendwie durchgestanden werden mußte, ohne daß Arthur etwas auffiel. Aber um zwölf Uhr fünfundvierzig würde er sich vom Tisch erheben und sich in sein Arbeitszimmer zurückziehen, um ein wenig zu ruhen, wobei ihn Phantasien jener Raffinessen, die er für Julie Fischbach entwickelt hatte, sanft ins Reich der Träume geleiteten.

Wie die meisten Frauen hatte Hanna keine Ahnung von den Träumen ihres Mannes, zu denen ihr kein Zugang gewährt wurde, die außerhalb ihres Aufgabenbereichs lagen und für die nicht sie, sondern Julie Fischbach zuständig war. Hanna war zuständig für das Erwachen aus denselben – ein unumstößliches Signal dafür, den Kaffee ins Eßzimmer zu tragen.

Aber heute war Hanna nicht fähig, die Mittagsstunden dazu zu nutzen, die Küche aufzuräumen und das Kaffeetablett vorzubereiten. Sie benötigte die Zeit zum erstenmal, seitdem sie verheiratet war, für sich selbst, um sich jener schockartigen Erfahrung zu stellen, die ihr Leben von einer Sekunde zur anderen verändert hatte. War doch an diesem denkwürdigen Morgen ein grelles Licht auf eine Mumie gefallen, die Hanna für ihre Liebe zu Arthur Vonstein gehalten hatte, eine Mumie, die weder Licht noch Luft vertrug und die zu Staub zerfiel, sobald sie mit dem einen oder dem anderen in Berührung kam.

Dabei war es gar nicht so sehr Eifersucht, die Hanna erschütterte. Es war die plötzliche Erkenntnis, daß der Mann, mit dem sie den größten Teil ihres Lebens verbracht und den sie durch und durch zu kennen geglaubt hatte, ein gänzlich Fremder war. Ein Fremder, der es fertigbrachte, ein Doppelleben zu führen, ohne sich ein einziges Mal zu verraten.

Durch die angelehnte Tür warf Hanna einen Blick in das Arbeitszimmer, in dem Arthur harmlos schlafend auf dem Sofa lag. Zum erstenmal in ihrem Leben gruselte sie sich – aber zum erstenmal fühlte sie auch die Flamme des Hasses und erfuhr dieses belebende Gefühl als Energieschub, der sich kreativ nutzen ließ.

Hanna stützte die Arme auf das Abtropfbrett und starrte durch die vergitterten Küchenfenster auf die Straße. Ihr Mann war also nie auf jenen vielen Vortragsreisen gewesen, von denen er so regelmäßig anzurufen pflegte, daß das Hinterlassen jeglicher Telefonnummer unnötig schien (Hanna, besessen von dem Wahn, seine Abwesenheit für den Hausputz oder andere unruhestiftenden Arbeiten nutzen zu müssen, hatte nie auf dieses kleine Detail ihres Ehelebens geachtet), sondern war in die Lüge entschwunden – und aus der Lüge wieder aufgetaucht. Erschöpft natürlich, abgekämpft – der Krieger kehrte heim aus der Schlacht (Hanna hatte es immer für eine Schlacht zum Wohle der Familie gehalten) –; die Frage, wie es denn diesmal gewesen sei, so regelmäßig mit müder Handbewegung abwehrend, bis sie schließlich nicht mehr gestellt wurde. Und dann war der Professor (»Ich muß jetzt erst mal telefonieren«) in seinem Allerheiligsten verschwunden.

Professor Dr. Arthur Vonstein, ein Fremder also, der aus dem Nebel kam, und – hier mußte Hanna bitter auflachen – gar nicht bei ihr, sondern bei einer anderen Frau zu Hause war, bei einer Frau, von der sie bis dato nichts als den Anfangsbuchstaben ihres Namens kannte: »J«!

Hanna riß sich von der Betrachtung der wie ausgestorben daliegenden Straße los und ging ins Wohnzimmer. Fast furchtsam griff sie nach der Schallplatte, die noch immer so, wie sie heute morgen ihrer Hand entglitten war, auf dem Sofa lag.

Mozarts »Kleine Nachtmusik«, ein Geburtstagsgeschenk von Arthur an seine Mutter Fita, gedankenlos Glück wünschend überreicht, achtlos dankend entgegengenommen und nach einmaligem Abspielen in der Schrankecke verstaut. Bis die längst vergessene Platte dann heute morgen ganz zufällig wieder ans Licht kam, aus der Hülle rutschte, über den Teppich rollte und unter der Lampe liegen blieb, wobei der Lichtstrahl wie ein langer Zeigefinger auf die Plattenmitte zeigte, auf der mit winzig feinen Buchstaben geschrieben stand: »In Erinnerung an eine unvergeßliche Nacht vom alten in das neue Jahr, und an andere unvergeßliche Nächte, von J. für A. JA!« Hanna ließ sich auf das Sofa fallen und recherchierte, womit sie etwas lange Vernachlässigtes tat: Sie dachte nach!

Die einzige Silvesternacht, die Arthur nicht zu Hause verbracht hatte, war die vor drei Jahren gewesen. Hanna zwang ihre Gedanken zu jenem Winter zurück und fand schließlich die Erinnerung, die sie brauchte. Es war das Jahr des großen Kälteeinbruchs am Weihnachtsabend gewesen, und Hanna hatte den Abend vorwiegend in den eiskalten Kellerräumen verbracht, um die Rohre mit alten Säcken zu umwickeln; eine bei Kälteeinbrüchen traditionelle Vorkehrung im Hause Vonstein. Am ersten Weihnachtstag plagten sie dann Fieber und Schüttelfrost, ein Zustand, der sich zwischen den Jahren verschlimmerte, und am Tag vor Silvester war plötzlich diese Einladung von Arthurs altem Schulfreund eingetroffen.

Eine Wahnsinnsüberraschung.

Jahrelang hatte man nichts voneinander gehört, aber jetzt würde man den Jahreswechsel selbstverständlich gemeinsam verbringen – mit den Ehefrauen, aber Hanna war ja unpäßlich.

Hanna, mit geschlossenen Augen und bebendem Herzen in der Sofaecke lehnend, sah die Situation jetzt ganz deutlich vor sich: Arthur hinter der halb geöffneten Tür des Arbeitszimmers telefonierend; sie in der Küche stehend und jenes Hemd bügelnd, das »Küsse-Deine-J« später verknüllen durfte, dann das Gepäck richtend und, in der Tür stehend, dem abfahrenden Wagen nachwinkend.

»Mit Dank für diese unvergeßliche Nacht...«

Hanna hatte zusammen mit ihrer Schwiegermutter Fita der Silvesterlaune fremder Leute auf dem Bildschirm zugesehen und war gegen elf zu Bett gegangen, froh, Arthur gut versorgt zu wissen und nicht bis Mitternacht aufbleiben zu müssen.

Traurig, daß er allein gefahren war, war sie nicht gewesen. Eher ein wenig peinlich berührt, daß sie in einem so unpassenden Moment krank geworden war.

Hanna schob die Platte in die Hülle zurück und legte sie wieder in den Schrank. Die Entdeckung des Geheimnisses packte sie zunächst einmal in das kleine Kämmerchen ihres Hirns, in dem sie auch die anderen Dinge aufbewahrte, von denen nur sie selbst und niemand sonst etwas wußte.

Auf ihr späteres Leben als Ehefrau von Arthur Vonstein war Hanna in ihrer Kindheit gut vorbereitet worden.

Als vaterlose Halbwaise hatte sie früh gelernt, mit gesenkten Augen auf jene Almosen zu warten, die ab und zu vom Tisch der Reichen fielen. Auch lernte sie, für Geschenke tiefbeglückt zu danken, um dem Spender das wohlige Gefühl zu vermitteln, ein großherziger Mensch zu sein, was eine wichtige Voraussetzung für weitere Spenden war.

Ihrer Mutter Siggi war sie von Anfang an im Weg gewesen, denn Siggi war bereits Witwe geworden, noch ehe sie das Eheglück so richtig hatte genießen können. Überdies war sie in finanzielle Schwierigkeiten geraten, da ihr der Verstorbene außer dem wohlklingenden Namen Jordan lediglich ein überzogenes Konto und ein dreijähriges Kind hinterlassen hatte.

Hanna kränkelte viel! Sie war ein verschüchtertes Geschöpf und nicht niedlich genug, um die Herzen jener »Onkel« zu gewinnen, die hin und wieder auftauchten, jedoch so gut wie niemals wiederkehrten.

Infolge ihres Lebens ohne Mann neigte Siggi zur Hysterie und prügelte, wenn es sie überkam, blindwütig auf Hanna ein, der es niemals gelang, herauszufinden, wofür sie die Schläge erhielt. Glücklicherweise erzeugten die Ausbrüche jedoch in Siggi einen angenehmen Zustand befriedigter Erschöpfung, in welchem es ihr gelang, dieses fassungslos in sich hineinschluchzende Kind

12

ein wenig zu mögen. Es gelang ihr sogar, Hanna an sich zu ziehen und zu trösten, daß ihr »die Untat« verziehen würde und alles wieder gut wäre! Und zum Beweis der Vergebung durfte Hanna sich etwas wünschen, eine Partie »Mensch ärgere dich nicht« zum Beispiel oder einen Kinobesuch.

»Schau«, so lautete Siggis heimliche Botschaft an Hanna, »auf Prügel folgt Zuckerbrot, und je heftiger die Prügel, um so süßer das Zuckerbrot. Und Zuckerbrot verdient man sich, indem man Prügel still erträgt.«

Von ihrem Vater hatte Hanna das rötliche Haar, die feine Haut und die blaßblauen Augen, von Siggi die dichten Wimpern und eine wohlproportionierte Figur geerbt. In der Pubertät stand es auf der Kippe, ob sie sich zu einer attraktiven Rothaarigen mausern würde oder zu einem blassen Mauerblümchen, das zu allem Unglück auch noch rothaarig war. Natürlich hatte sie unter Siggis Fuchtel nicht die geringste Chance, zu jener aufregenden Frau zu werden, die in ihr steckte. Aufgrund der stets aus heiterem Himmel verabreichten Schläge entwickelte sie überdies ein Nervenleiden, demzufolge sich ihre zarte Gesichtshaut bei der geringsten Aufregung mit lila Flecken überzog.

Die Gewißheit, daß sich jede Gemütsbewegung deutlich auf ihrem Gesicht abzeichnete, und die daraus resultierende Unsicherheit waren die Bürde, die Siggi ihrer Tochter mit auf den Lebensweg gab, aber auch die Fähigkeit, die Realität auszuschalten und sich einem geheimen Traumleben hinzugeben. Im Gegensatz zu anderen Kindern konnte es Hanna kaum erwarten, am Abend ins Bett gehen zu dürfen, wo sie sich zusammenrollte, die Augen schloß und jenes geheime Kopfkino einschaltete, in dem sich ihr eigentliches Leben abspielte.

Als Hanna sechzehn Jahre alt war, ging sie von der Schule ab und wurde Schwesternschülerin im Johanniterkrankenhaus, dreihundertfünfzig Kilometer von Siggi entfernt. Merkwürdigerweise sehnte sie sich nach ihr. Bad Babelsburg gehörte zu jenen Sozialbädern, die die vergangene Pracht nur noch ahnen lassen und in deren Kuranlagen anstelle der feinen Gesellschaft graugesichtige Kranke herumschlurfen. Dieser Sorte von Kranken ein, wenn auch noch so bescheidenes, Kulturprogramm anzubieten, hielt die Verwaltung des Bades für unnötig. Es gab das tägliche Kurkonzert, und zu Weihnachten erschien der Nikolaus. Das örtliche Kino war vor Jahren geschlossen worden.

Auf die Entfernung und angesichts der vielen Alten, die das Bad bevölkerten, erschien Siggi in Hannas Erinnerung als eine lebendige und anregende Frau, die eine gehörige Portion Witz besaß und großzügig Zuckerbrot austeilte. Die Peitsche hatte Hanna vergessen. Sie schrieb an Siggi, daß sie ihren Jahresurlaub gern zu Hause verbringen würde. Aber Siggi, endlich von ihrer Last befreit, hatte sich mit letzter Kraft auf den Heiratsmarkt geworfen, und es war ihr gelungen, die Aufmerksamkeit von Wim Botters zu erregen, der ein gutgehendes Speditionsgeschäft besaß. Er war gerade von seiner Frau Margot verlassen worden, so daß er sich in einem Zustand schwerer Irritation befand – ein Zustand, der Siggi zugute kam, denn bei klarem Verstand hätte er sie sicher nicht genommen. So registrierte er lediglich zwei angenehme Dinge an ihr: Siggi war sexy, und sie besaß keinerlei Anhang. Es war also nicht zu befürchten, daß plötzlich Kinder oder Greise auftauchten, die Scherereien machten. Wim Botters haßte Scherereien, vor allem die der familiären Art.

Siggi schrieb Hanna, daß sie ja nun alt genug wäre, ein eigenes Leben zu beginnen, und daß keinerlei Grund mehr bestünde, öfter als unbedingt notwendig nach Hause zu kommen. Dann informierte sie sie über ihre bevorstehende Heirat mit Wim Botters und ließ durchblicken, daß das Paar beschlossen hätte, Weihnachten auf den Bahamas zu verbringen.

Auch Arthur fiel an Hanna zunächst einmal die Tatsache auf, daß sie ganz allein im Leben zu stehen schien. Er lernte Hanna beim Adventskonzert in der Bonifatiuskirche kennen, zu welchem er seine Mutter Fita begleitet hatte, die sich an diesem Tag einmal kräftig genug fühlte, eine Strapaze dieser Größenordnung zu überstehen. Fita hatte nach dem Tode ihres Mannes Johannes voller Erleichterung das zugig-karge Pfarrhaus verlassen und war mit Arthur in ihre Heimatstadt Bad Babelsburg zurückgekehrt. Sie war nie eine »richtige« Pfarrfrau gewesen, und die Anstrengung, dies vor der Gemeinde verbergen zu müssen, hatte den Pfarrer frühzeitig altern lassen.

Die Ehe war von Anfang an unglücklich gewesen, und Arthur sollte ihr einziges Kind bleiben. Gleich nach seiner Geburt hatte sich Fita nämlich in jenes undefinierbare Leiden zurückgezogen, an dem Johannes schließlich starb.

Denn gerade das Undefinierbare war es, das Fita so unangreifbar machte. In all den Jahren, in denen sie bettlägerig war, hatte sie nicht eine einzige Krankheit, die man hätte diagnostizieren und infolgedessen behandeln können. Fita schien ganz einfach zu jenen Frauen zu gehören, die dahinschwinden, weil sie für den Kampf des Lebens nicht geschaffen sind.

In Wirklichkeit hatten die Schwangerschaft und die Entbindung ein solches Grauen in ihr erzeugt, daß ihr gar nichts anderes übrigblieb, als sich jeder weiteren ehelichen Annäherung durch sanftes Leiden zu entziehen.

Johannes hoffte vergeblich, daß sich dieser Zustand irgendwann einmal geben und alles wieder so werden würde, wie es gewesen war, ehe Arthur geboren wurde, und insgeheim gab er ihm die Schuld.

Da Fita nicht nur als Ehefrau, sondern auch als Mutter ausfiel, blieb Arthur zu oft der Fürsorge einer schweigsamen Haushälterin überlassen, die ihn stundenlang vor Tellern mit kalten Essensresten sitzen ließ und der Meinung war, daß ein richtiger Junge sich im Dunkeln nicht zu fürchten hätte.

Im Alter von zehn Jahren begann Arthur plötzlich das Bett zu nässen, und seine Peinigerin zwang ihn, stündlich den Wecker zu stellen und zur Toilette zu gehen. Arthur sollte lebenslänglich einen diffusen Zwang verspüren, die Toilette aufzusuchen, aber sonst überstand er das Grauen seiner Kindheit erstaunlich gut. Es gelang ihm, die Erinnerung so vollständig auszulöschen, daß er nicht einmal den Namen jener Haushälterin hätte nennen können, die seine Kindheit vergiftet hatte, oder die Farbe der Bettjäckchen, die seine Mutter immer trug.

Später sollte sich herausstellen, daß es sehr nützlich war, ohne Erinnerung zu leben, denn wer sich nicht erinnert, wird sich niemals verraten.

Von ihrer Zeit als Pfarrfrau hatte Fita eine antike Christusfigur, einen handgeknüpften Teppich und die Fähigkeit, jede noch so unscheinbare Tat mit dem Mäntelchen aufopfernder Nächstenliebe aufzuwerten, zurückbehalten. Außerdem besaß sie die seltene Gabe, andere dazu zu bringen, ihr freiwillig und freudig zu dienen. Sie nahm diese Dinge mit, als sie in ihr Elternhaus nach Bad Babelsburg zurückzog.

Zum Zeitpunkt der Rückkehr an den Ort ihrer Kindheit waren ihre Eltern bereits gestorben und die große Villa an ein Ehepaar mit fünf Kindern vermietet. Fita tätschelte die Köpfe der Kinder, äußerte tiefstes Bedauern und meldete sodann Eigenbedarf an, wobei sie jenes Leiden ins Feld führte, das es ihr unmöglich machte, den Lärm von fünf Kindern zu ertragen, obwohl in dem Riesenhaus Platz genug für fünf weitere gewesen wäre.

Die Villa, die seit mehr als hundert Jahren am Hang über der Stadt thronte und reichlich mit Türmchen, Erkern und Terrassen verziert war, hatte zwei große Nachteile: Nicht nur ihr Äußeres stammte aus den Gründerjahren, sondern auch ihr Inneres. Und – sie war für zwei Personen einfach zu groß. Fita erkannte schnell, daß die unteren Räume, zwei ineinander übergehende

Säle, eine schwer heizbare Küche und das zugige Treppenhaus, kaum bewohnbar waren, und zog es vor, die erste Etage zu beziehen, die aus einer Anzahl von Zimmern bestand, die sich durch vernünftige Grundrisse und eine schöne Aussicht auszeichneten.

Sie konnte Arthur das Gefühl vermitteln, daß ihr Rückzug in die erste Etage ein Akt der Bescheidenheit und Selbstgenügsamkeit und als solcher tief zu respektieren war.

Nach einigen Jahren des eher unersprießlichen Zusammenlebens – Fita war oft kränklich, Arthur häufig abwesend und Martha, die Zugehfrau, erstens von beispielloser Redseligkeit und zweitens von beispielloser Unzuverlässigkeit geprägt – begann Fita, sich nach einer Schwiegertochter umzusehen. Die Schwiegertochter sollte die Pracht des Hauses zu schätzen wissen und überdies kräftig genug sein, dieselbe zu pflegen. Nebenbei sollte sie Arthur ein wenig gefallen.

Im Gegensatz zu anderen Müttern war Fita nicht in ihren Sohn verliebt, ein Punkt, der das spätere Zusammenleben mit Arthurs Frau erleichtern und sich positiv auf deren Schaffensfreude auswirken würde.

Oberflächlich betrachtet, war Arthur ein gutaussehender Mann. Er hatte eine stattliche Figur und war groß genug, daß schwache Frauen sich gegen seine Brust lehnen und sich für einige Minuten der Illusion des Beschütztwerdens hingeben konnten, was den meisten Frauen so wichtig war, daß sie die mangelnde Wärme in seinen Augen und die mangelnde Wärme in seinen Worten gar nicht zur Kenntnis nahmen. In Wahrheit war niemand weniger geneigt, irgendeinen Schutz zu gewähren, als Arthur, aber seine Größe täuschte leicht darüber hinweg. Zudem war es gerade die Unpersönlichkeit seiner Ausstrahlung, die es Frauen mit Phantasie möglich machte, jeden beliebigen Traummann auf die glatte Leinwand seines Gesichtes zu projizieren.

Fita gehörte zu den wenigen Frauen, auf die Arthurs Größe keinerlei Wirkung zeigte. Sein etwas zu dünner Hals mit dem auf und nieder wippenden Adamsapfel erinnerte sie allzusehr an ihren verstorbenen Mann, auch wenn Arthur im Gegensatz zu diesem nicht dazu neigte, totenblasse Hände zu falten und dann schweigend über sie hinwegzustarren (eine Angewohnheit, die Fita immer gehaßt hatte).

Aber Fita hätte Arthur auch dann nicht geliebt, wenn er seinem Vater weniger ähnlich gewesen wäre, denn Fita liebte überhaupt keine Männer. Sie hatte auch Frauen nicht besonders gern, aber Frauen waren attraktiver als Männer und gingen ihr schon deshalb weniger auf die Nerven. Außerdem waren sie zweifellos die besseren Krankenschwestern.

Fita war klein, blond und zartgliedrig. Sie war musisch begabt und besaß einen gewissen Sinn für Humor. Im Grunde nahm Fita es den Menschen übel, daß sie nicht ebenso feingeistig waren wie sie selbst und meist einen eher unschönen Anblick boten. Auf Grund all dieser Tatsachen blieb Fita gar nichts anderes übrig, als sich selbst zu lieben, womit sie eine der dauerhaftesten Bindungen überhaupt einging, eine Liebe ohne Krisen sozusagen.

Die Wege von Fita, Arthur und Hanna kreuzten sich also an jenem Adventssonntag in der Bonifatiuskirche, nachmittags gegen sechzehn Uhr. Hanna erkannte in Fita und Arthur Angehörige jener Gesellschaftsschicht, deren Art zu leben ihr bisher verborgen geblieben war, und nahm die Witterung mit freudiger Erregung auf.

Fita ihrerseits erkannte auf Anhieb in Hanna die künftige Pflegerin.

Arthur erkannte nichts.

Hanna war vierundzwanzig und nicht gerade häßlich, nur vollkommen reizlos und genau fünf Zentimeter zu groß, als daß

Männer bei ihrem Anblick Beschützerinstinkte entwickeln konnten. Eher fühlten sie sich in Hannas Nähe selber beschützt, was keine schlechte Voraussetzung für eine Eheschließung war.

Arthur war gerade dreißig geworden. Er arbeitete an seiner Promotion und liebäugelte mit einer Professur an der Hochschule. Dabei hatte er nicht vor, sein Leben einer Karriere zu opfern, sondern strebte einen gemütlichen Job an, dessen Behaglichkeit er vor der Welt geheimzuhalten gedachte. Ebenso mühelos gestaltete sich sein Liebesleben.

Schon immer hatte es ihn in die Nähe von Frauen gezogen, die alles gaben und nichts forderten. Für einen Wochenendbesuch mit hervorragendem Abendessen und Wein der von ihm bevorzugten Sorte, Liebesspiel und Frühstück zahlte Arthur lediglich mit einem vagen Versprechen, vielleicht, falls seine Verpflichtungen dies zulassen sollten, wieder einmal vorbeizukommen. Man mußte den Weibern das Gefühl vermitteln, daß sie nicht die Gebenden, sondern die Nehmenden waren, das hielt sie bescheiden und bei der Stange.

Arthur unterhielt stets eine lockere Verbindung zu drei bis fünf Frauen, die er regelmäßig aufsuchte, wenn er gerade in der Nähe zu tun hatte, denn er verband das Angenehme gern mit dem Nützlichen. Wurde eine zu anhänglich, gab Arthur die Beziehung sofort auf und tauschte sie gegen eine andere aus. Insgeheim wunderte er sich schon lange, wieso die Frauen dieses Spiel überhaupt mitmachten. Wahrscheinlich lag es eben doch an der Tatsache, daß ihr Gehirn ein Stückchen zu klein war.

Im Grunde gefiel Arthur sein Leben also recht gut, aber Fita drängte darauf, daß endlich eine Schwiegertochter ins Haus kam. Martha, die Zugehfrau, wurde immer unerträglicher, und es war letztlich einfacher, eine Ehefrau zu finden, die umsonst putzte, als eine neue Martha für zwanzig Mark die Stunde.

Infolge dieser Überlegung lud Arthur Hanna ein, das kommende Weihnachtsfest mit ihm und Fita zu verbringen.

Es wurde ein Fest, an das Hanna noch lange zurückdenken sollte, und zwar weil es gar nicht stattfand.

Fita litt unter einem ihrer unerklärlichen Schwächeanfälle und lag zu Bett, und Hanna war glücklich, ihre pflegerischen Fähigkeiten gleich unter Beweis stellen zu können, ja sie wuchs, was diesen Punkt anging, weit über sich hinaus.

»Sie sind ein Geschenk des Himmels, liebe Hanna«, flüsterte Fita und drückte Hannas Hand. »Aber jetzt bitte ich Sie, sich ein wenig zu schonen, sonst fallen Sie mir noch um!«

Allein mit diesen schlichten Worten bewirkte sie, daß sich in Hanna der Wunsch regte, Fita zu beweisen, daß sie nicht zu jenen schwachen Geschöpfen gehörte, die dazu neigten, umzufallen. Hanna blieb die ganze Weihnachtswoche und sogar über Silvester bei Vonsteins, unermüdlich zwischen Küche und Krankenlager hin und her pendelnd. Arthur hatte sich in sein Arbeitszimmer zurückgezogen, hörte ihren raschen Schritt auf der Treppe und beschloß, sie zu behalten.

Fita stellte mit geübtem Blick fest, daß Hanna zu jenen Menschen gehörte, die man mühelos zur absoluten Selbstlosigkeit erziehen konnte, indem man die Meßlatte, an der Leistung und Entsagung gemessen werden, stets noch ein wenig höher hängte, und höher und höher. Diese Hanna Jordan, gefangen in dem tiefen Wunsch, nicht zu enttäuschen, diese Hanna würde springen...

Hannas Rolle im Hause Vonstein war somit vom ersten Tage an festgelegt, was jedoch weder Fitas noch Arthurs Schuld war. Es war einzig Hannas Schuld, denn jeder in der Stadt kannte dieses am Hang thronende »Schloß« und hatte sich schon heimlich gewünscht, dort zu wohnen. Der Fehler, der Hanna unterlief, lag auch nicht darin, sich zu wünschen, in diesem Haus zu wohnen, sondern darin, daß sie tatsächlich einzog; eine Folge ihrer Flucht in die Träume, der sie sich allzulange hingegeben hatte, so daß sie zwischen Traum und Realität nicht mehr richtig unterscheiden konnte.

Das Haus wurde mit Öfen geheizt, hatte eine vorsintflutliche Küche und einen Garten, bei dessen Pflege sich zwei Gärtner erschöpfen konnten. Aber Hanna schaltete ihr Kopfkino ein und sah prasselnde Kaminfeuer, eine Küche nach Gutsherrenart und einen alten englischen Garten, in dem sich gut lustwandeln und dem Gesang der Nachtigallen lauschen ließ. Sie sah in Arthur eine Art Schloßherr und in Fita eine hochgebildete, warmherzige Dame.

Hanna hatte gelernt, nicht so genau hinzusehen, sondern mit gesenktem Blick auf Gaben zu warten, die vom Tisch der Reichen fielen, und diesmal handelte es sich um ein dreihundert Quadratmeter großes Haus mit Türmchen und Erkern, Eichenparkett und Wandvertäfelung, mit Kellern, Speichern, Obst- und Gemüsegärten und zwei Bewohnern: Fita der Leidenden und Arthur dem Abwesenden. Denn das war es, wodurch Arthur Vonstein, abgesehen von seiner stattlichen Figur und auf dem auf und nieder hüpfenden Kehlkopf sich in erster Linie auszeichnete: Abwesenheit.

Nachdem man einmal beschlossen hatte, Hanna zu behalten, wurde das Aufgebot rasch bestellt. Die Hochzeit selbst fiel bescheiden aus und wurde nur im kleinen Rahmen gefeiert. Dafür erhielt Hanna das Geschenk, das sie sich so sehnlichst gewünscht hatte: eine Hochzeitsreise nach Venedig.

Arthur gab sich wohlwollend und erfüllte ihre kitschigen Wünsche, so gut es ging. Er ließ sich sogar in einer dieser lächerlichen Gondeln herumfahren und nahm das Abendessen auf einer mondbeschienenen Terrasse ein, wobei er sich mit dem Gedanken tröstete, daß dies das einzige Opfer bleiben würde, das er für Hanna zu bringen bereit war. So glitten die Tage ohne Anstrengung dahin.

Auch die Nächte gestalteten sich problemlos, da Hanna, abgesehen von einem einzigen Versuch mit einem Krankenpfleger, keine Erfahrungen und soweit kaum Vergleichsmöglichkeiten mitbrachte.

Arthur seinerseits ordnete sie nach der ersten gemeinsamen Nacht gnadenlos im unteren Drittel seiner Bewertungsskala ein, dem angemessenen Platz für eine Ehefrau, wie er sie gesucht hatte.

Da von Anfang an kein Zweifel daran bestanden hatte, daß sich sein eigentliches Liebesleben in anderen Betten als dem ehelichen abspielen würde, mußte für Hanna »Standard«: sprich schnell, schweigend, mechanisch, genügen. Große Worte wurden nicht gemacht.

Arthur forderte Unterwerfung und keine Hingabe, erledigte, was es zu erledigen galt, und behielt die Schlafanzugjacke an. Wenn Hanna aus dem Bad kam, schlief er bereits. Er wußte, daß er sich seiner jungen Frau nicht gerade als guter Liebhaber präsentierte, aber das stand auch nicht zur Debatte.

Es heißt, die Nacht bewahrt die Geheimnisse des Tages, wer aber bewahrt die Geheimnisse der Nacht?

Hanna jedenfalls sollte niemals ein Wort über die Trostlosigkeit ihrer Nächte verlieren; schon bald dachte sie nicht einmal mehr darüber nach. Und – je kürzer Arthur sie in der Nacht hielt, um so strahlender glänzte am Tag darauf sein Haus.

Als erst einmal die beiden Töchter, Sophia und Elisabeth, geboren waren, zog Arthur sich nicht nur aus Hannas Tagen, sondern auch aus ihren Nächten zurück.

Ohne je ein Wort darüber zu verlieren, registrierte Hanna diese Tatsache und legte sie im Dunkel ihres Geheimkämmerchens ab.

*Wo die Ziege angepflockt ist,
da muß sie weiden.*
Französisches Sprichwort

Am Adventssonntag hatte Hanna gegen vierzehn Uhr dreißig den großen Tisch im Eßzimmer fertig gedeckt, den Kuchen auf der Silberplatte arrangiert und die Sahne geschlagen. Sie hatte eine der vier Kerzen des selbstgewundenen Kranzes angezündet und die Kaffeemaschine vorbereitet.

Wie in jedem Jahr hing ein Gesteck aus Tannen- und Buchsbaumzweigen an der Haustür, aber zum erstenmal war es nicht mit der roten Taftschleife und den kleinen Holzfiguren geschmückt. Hanna hatte nicht die Kraft gehabt, in den Keller hinunterzusteigen, die schwere Holzleiter aufzustellen und auf dem obersten Brett des Regals nach der Schachtel mit dem Weihnachtsschmuck zu suchen. Neben den Tellern ihrer Enkel Jens und Dennis lagen jedoch auch diesmal kleine, verschnürte Päckchen, die Überraschungen enthielten, eine Tradition, von der Hanna nicht abweichen wollte, obwohl ihr das Beschenken der Kinder immer schwerer fiel.

Die vierjährigen Zwillinge wurden von der »anderen« Oma, einer Anstreicherwitwe, die Arthur und sie auf der Hochzeit ihrer ältesten Tochter Sophia (und dann nie wieder) gesehen hatten, über die Maßen verwöhnt. Seitdem sie sprechen konnten, lag »Oma Tine« mit ihren tollen Geschenken wie ein Schatten über Hannas Haus.

»Oma Hanna« überreichte mit verlegen geröteten Wangen selbstgestrickte Socken, »Oma Tine« spendierte die Skier.

»Oma Hanna« schenkte selbstgebackene Plätzchen, »Oma Tine« ein gekauftes Pfefferkuchenhaus mit elektrischer Innenbeleuchtung.

»Oma Hanna« schenkte ein Bilderbuch, »Oma Tine« einen Kindercomputer.

Hanna, von klein auf ans Sparen gewöhnt, Hanna, die niemals in irgendeinen Wettbewerb getreten war, fühlte sich von »Oma Tine« immer häufiger ins Abseits gedrängt. Mit Arthur war darüber natürlich nicht zu reden. Er stellte sich auf den Standpunkt, daß sich christliche Nächstenliebe nicht in teuren Geschenken äußere, und die Wärme und Zuneigung, die die Kinder im Hause Vonstein empfingen, alles andere aufwögen.

Wärme...

Kurz vor fünfzehn Uhr stieg Hanna noch einmal in den Keller hinunter, um einen Eimer Kohlen für den Küchenherd zu holen sowie Holz und Briketts für den Dauerbrandofen im Eßzimmer, dessen Wärmestrahlung einfach nicht ausreichte, ganz egal, wieviel Zentner Brennmaterial man auch immer in seinen gefräßigen Schlund stopfte. Dies war eine Eigenschaft, die er mit dem Herrn des Hauses teilte (was Hanna heute zum erstenmal auffiel).

Sie hatte gerade den Kuchen aufgeschnitten, als das Telefon schrillte.

»Vonstein?«

»Ja, hallo!«

Hanna mußte sich erst ein wenig konzentrieren, bis sie die Stimme ihrer jüngeren Tochter erkannte. Seitdem Elisabeth studierte und sich einem undurchsichtigen Leben in einer Wohngemeinschaft hingab, einer Wohngemeinschaft, in welcher sie nicht besucht zu werden wünschte, bestand sie für Hanna vorwiegend aus einer Telefonstimme, die Wünsche äußerte und familiäre Treffen und Besuche absagte.

»Elisa, was gibt's?«

»Ach, ich ruf eigentlich nur an, um zu sagen, daß ich's bis drei nicht schaffen werde. Ich komm irgendwann später, fangt einfach schon mal ohne mich an, ja? Du bist doch nicht böse?«

»Natürlich nicht«, sagte Hanna und schluckte, wie immer, wenn Elisabeth ihr zu verstehen gab, daß sie gut daran tat, nicht böse zu sein. Es war klüger, die Anordnungen ihrer Töchter freundlich entgegenzunehmen, andernfalls sie Gefahr lief, sie überhaupt nicht mehr zu Gesicht zu bekommen.

»Du bist ein Schatz! Also, bis dann!«

»Klar«, sagte Hanna. »Bis dann!«

Sie nahm das für Elisa bestimmte Gedeck vom Tisch, um es in die Küche zurückzutragen, zögerte dann jedoch und stellte es erst einmal auf der Anrichte ab. Es konnte ja sein, daß sie doch ein Stück Kuchen nahm, obwohl sie bei ihren seltenen Besuchen zu Hause kaum etwas aß und sich »diese ewige Anbieterei« beim letztenmal mit schriller Stimme verbeten hatte. Hanna fühlte ihren selbstsicheren Töchtern gegenüber eine immer größer werdende Unsicherheit. Sogar bei den selbstverständlichen Dingen lief man Gefahr, einen Fehler zu machen, wobei sie heute jedoch erstaunt registrierte, daß ihre Überlegungen mechanisch abliefen und das dazugehörige ungute Gefühl ausblieb. Alles, was überhaupt noch an Gefühl vorhanden war, war zu einer kalten Bleikugel in der Herzgegend geballt, eine Bleikugel namens »J«.

Arthur hatte die Siesta in der angenehmen Vorfreude genossen, das nächste Wochenende mit Julie Fischbach verbringen und vielleicht sogar noch den Montag dranhängen zu können, und war ungewöhnlich gut und friedlich gestimmt. Von seinem Schreibtisch aus hatte er durch die geöffnete Tür zugesehen, wie Hanna rastlos zwischen Küche und Eßzimmer hin und her hastete, wobei ihm wieder einmal auffiel, wie mechanisch, ja geradezu roboterhaft ihre Bewegungen geworden waren. In allem, was seine Frau tat, steckte eine merkwürdige Panik, die bereits zur Hysterie ausgeartet war, und Arthur dachte, wie ruhig und ausgeglichen dagegen doch die Bewegungen von Julie Fischbach waren. Dabei hatte Julie durchaus hausfrauliche Qualitäten und war eine ausgezeichnete Köchin, nur mit dem Unterschied, daß sie ihn nicht dauernd mit Fragen und unnötigen Dienstleistungsangeboten nervte. Julie wußte von selbst, was ihm gefiel, und tat es; und vor allem tat sie es, ohne lange zu fragen.

Arthur zuckte bei dem blechern scheppernden Lärm zusammen, den Hanna verursachte, als sie den Küchenofen mit Brennstoff versorgte. Sie schlug mehrmals mit dem Rand des Eimers hart gegen die Ofenkante und knallte dann die Klappe mit einem Krachen zu, das einfach rücksichtslos war. Kurz darauf hörte Arthur sie im Eßzimmer wüten: das gleiche Scheppern der Ofenklappe und das heftige Rumpeln der Eimer. Genervt stand er auf und schloß die Tür zur Diele, um diese schreckliche Unruhe auszusperren, von der Hanna plötzlich besessen schien.

Arthur hatte sich gerade auf dem Sofa niedergelassen, als es klingelte und gleich darauf Hannas hektische Stimme zur Begrüßungsarie anhob.

»Ah, da seid ihr ja – na, und so pünktlich, das ist aber schön – hallo, meine Kleinen – ihr seht ja prächtig aus – und die schönen neuen Anzüge – sicher von Oma Tine – seht ihr, da hab ich richtig geraten – also dann mal gleich ab ins Eßzimmer – Oma hat auch was für euch zurechtgelegt – aber erst nach dem Kaffeetrinken aufmachen – na, dann hereinspaziert...«

Arthur wartete, bis sie zum Schlußakkord ansetzte und das »Hereinspaziert« dreimal wiederholt hatte. Dann erhob er sich seufzend, straffte die Schultern und trat hinaus in den Flur.

Es gab gewisse Tage im Jahr, die er für die Familie reserviert hatte: Der erste Advent, der Heilige Abend und der Ostersonntag gehörten dazu. Früher war noch Silvester dazugekommen, doch er hatte beschlossen, diese Gewohnheit abzubauen. Es war so viel angenehmer, die letzte Nacht im Jahr mit Julie Fischbach zu verbringen, zumal ihm das erinnerungsträchtige Geschwätz seiner Mutter, welches man zu Silvester von sieben Uhr abends bis ein Uhr morgens ertragen mußte, immer stärker auf die Nerven fiel. Für dieses Jahr hatte er die Basis jenes Lügengebäudes, das zu errichten war, um an einem Tag wie dem einunddreißigsten Dezember unbehelligt desertieren zu können, bereits errichtet. Es würde einen Nachmittagskaffee der Professoren geben, von dem es dann bedauerlicherweise aus irgendeinem Grund (den es noch zu erfinden galt) nicht gelang, rechtzeitig zurückzukehren. Leider würde es diesmal nötig sein, Horst Müller einzuweihen, der seinerseits ein Verhältnis in der Nachbarstadt unterhielt und mit dessen Hilfe man etwas arrangieren konnte. Arthur war nicht ganz wohl bei dem Gedanken, denn er haßte Mitwisser – gleich, welcher Art –, aber letztendlich war das Risiko gering, denn er hatte Horst Müller ebenso in der Hand wie der ihn.

Da es ihm zu Beginn seiner Ehe gelungen war, alle Spuren gut zu verwischen, war Hanna mit den Jahren glücklicherweise immer vertrauensseliger geworden und würde kaum Verdacht schöpfen. Untreue lag ihr so fern, daß sie diese auch bei anderen kaum für möglich hielt. Zudem war sie stets so beschäftigt, daß für dumme Gedanken gar keine Zeit blieb.

Arthur würde diesmal Hanna eine Telefonnummer »für alle Fälle« hinterlassen, hinter der sich Horst Müllers Liebesnest verbarg. Er würde sie bitten, ihn dort anzurufen, und Hanna würde niemals merken, daß sie nicht bei Müllers Familie, sondern bei Müllers Liebesnest gelandet war. Horst Müller würde charmant mit ihr plaudern und bedauern, daß Arthur im Moment das Haus einmal kurz verlassen habe, und beteuern, daß dieser jedoch sofort zurückrufe. Und das würde Arthur, von Julie Fischbach aus, dann auch tun.

Arthur war sehr zufrieden mit seinem Plan und noch zufriedener, Julie Fischbach endlich einmal eine wirkliche Weihnachtsfreude bereiten zu können (»Liebling, ich habe eine Überraschung für dich, wir werden endlich wieder einmal zusammen Silvester feiern!«). Die angenehme Vorstellung zauberte ein seltenes Lächeln auf sein Gesicht.

Er betrat das Eßzimmer und begrüßte die dort versammelten Familienmitglieder. Sie hielten sein Lächeln für den Ausdruck echter Wiedersehensfreude.

Um neunzehn Uhr stand Hanna in der Küche und starrte minutenlang auf die Würstchen und den Kartoffelsalat, die niemand hatte essen wollen. Die Familienzeremonie war heute, ganz gegen die sonstige Gewohnheit, nicht auf das Abendessen ausgedehnt worden, sondern hatte nach dem Kaffee ein verfrühtes Ende gefunden. Elisabeth, die nur ganz kurz vorbeigeschaut hatte, und Sophia, die ihr noch nervöser als sonst erschienen war, hatten sich in der Erkenntnis gefunden, daß es bei dem anhaltenden Regen besser sei, die Heimfahrt nicht zu spät anzutreten. Die Kinder waren müde und quengelig gewesen und hatten ein Chaos hinterlassen, und Arthur war, sichtlich erleichtert, in seinem Arbeitszimmer verschwunden, kaum daß die Tür hinter den Gästen ins Schloß gefallen war.

Während Hanna den Tisch abdeckte, dachte sie darüber nach, daß sich ihre Töchter in einem weiteren Punkt einig gewesen waren: Beim Abschied hatten ihr beide die Mitteilung verpaßt, den Heiligen Abend diesmal nicht im Hause Vonstein verbringen zu wollen. Elisa würde in ihrer dubiosen Wohngemeinschaft bleiben, und Sophia hatte von der Verpflichtung gesprochen, in diesem Jahr endlich einmal bei »Oma Tine« zu feiern, eine »Verpflichtung«, die von Jens und Dennis mit einem wahren Freudengeheul quittiert worden war. Man würde sich, wurde Hanna kühl mitgeteilt, statt dessen am Nachmittag des Vierundzwanzigsten zu einem kurzen Besuch einfinden.

»Irgend etwas«, dachte Hanna, »gerät seit gestern morgen katastrophenartig aus den Fugen.«

Sie brachte die Küche in Ordnung und saugte den Teppich im Eßzimmer. Als sie die Stühle in der gewohnten Ordnung zurechtstellte, fand sie unter dem Tisch die halbaufgerissenen Päckchen mit den »Überraschungen«. Die Kinder hatten einen kurzen, kundigen Blick auf die Ringelschals geworfen und diese dann gelangweilt wie Müll fallen lassen. Schals trug man in Kinderkreisen nicht mehr, schon gar nicht, seitdem es diese warmen, hochgeschlossenen, einteiligen Schneeanzüge gab, die Oma Tine geschenkt hatte.

»Sie kratzen«, dachte Hanna verbittert, »weil sie aus dreimal aufgeribbelter Wolle gestrickt sind. Wenn ich vier wäre und eine Oma Tine hätte, die elektrische Eisenbahnen schenkt, würde ich mich auch nicht über einen dummen Schal freuen.«

Im Grunde, dachte Hanna, haben Kinder sich noch nie über einen Schal gefreut, einerlei, mit wieviel »Liebe« er auch gestrickt worden war. Ein ohne jegliche Liebe gekauftes Skateboard machte einfach soviel mehr Spaß.

Während sie die Schals entschlossen in die Mülltonne warf, erfuhr der ketzerische Gedanke eine Erweiterung.

»Auch ich brauche eigentlich keine Liebe«, dachte Hanna, die nur die Liebe von Siggi und Arthur kannte, auch eine Art Liebe wie aus Resten gestrickt, »was ich brauche, ist Geld!«

Hanna war zweiundfünfzig Jahre alt, und es geschah heute zum erstenmal, daß sie etwas so Ungeheuerliches dachte. Neben der Mülltonne in dem kalten Kellerverlies stehend und mit einem Stich im Herzen an Oma Tine denkend, wog sie die Werte Geld und Liebe gegeneinander ab und stieß dabei auf jenen geheimnisvollen Zusammenhang, der im Hause Vonstein so nachhaltig geleugnet wurde.

Arthur hatte sich, kaum daß die Tür hinter seinen Kindern ins Schloß gefallen war, aufseufzend vor Erleichterung in seinen Sessel fallen lassen. Obwohl es glimpflicher und vor allem schneller abgelaufen war als gewöhnlich, war er wie immer froh, die Familienstrapaze wieder einmal hinter sich zu haben. Wenn er überhaupt zu einem seiner Familienmitglieder eine innere Beziehung hatte, dann zu seiner ältesten Tochter Sophia. Sie schlug ihm in der Art und auch äußerlich am meisten nach und war eine auffallend intelligente Schülerin gewesen, mit der er hin und wieder sogar einmal ein Gespräch hatte führen können. Zu schade, daß sie sich in so jungen Jahren an einen Hanswurst wie diesen Bodo verschenkt hatte, der noch dazu aus einer so schlichten Familie kam. Zwar hatte er mit Anstand ein Studium absolviert und arbeitete heute als Rechtsbeistand bei den Rhowo-Werken, aber der passende Mann für Sophia war er nicht. In Arthurs Augen war er überhaupt kein richtiger Mann, da er sich zu Hause mehr in der Küche als in seinem Arbeitszimmer aufhielt und sogar den Haushalt allein übernahm, wenn Sophia zu einem ihrer Wochenendseminare fuhr. Er hatte eine fast weibische Art mit den Kindern zu schmusen, die Arthur zutiefst mißfiel, so wie ihm die Tatsache an sich schon mißfiel, daß Bodo ihn so rasch zum zweifachen Großvater gemacht hatte. Wie früher zu seinen Töchtern, hatte er auch zu seinen Enkeln kein rechtes Verhältnis finden können. Ihr aggressives Verhalten ging ihm auf die Nerven, und ihr »Opa-Opa-Geschrei« paßte nicht zu jenem jugendlichen Liebhaber, in dessen Gestalt er sich Julie Fischbach zu nähern pflegte.

Er war froh, daß sich die diesjährige Weihnachtszeremonie auf einige Nachmittagsstunden reduzieren würde. Vielleicht war es möglich, zu desertieren und mit Sophia einen Spaziergang zu machen, derweil die Kinder bei Hanna blieben, die das Geschrei mit der ihr eigenen Langmut über sich ergehen ließ.

Obwohl, dies war ihm mit einigem Erstaunen aufgefallen, Hanna heute ungewöhnlich nervös gewesen war. Beim Kaffee-Einschenken hatte ihre Hand so sehr gezittert, daß sie ihm sogar die Hose bekleckert hatte. Und während sie ihn in irritiernder

Weise über den Tisch hinweg mit starren Augen fixiert hatte, war ihm plötzlich aufgefallen, wie alt sie geworden war.

»Ledern und ausgemergelt, Typ luftgetrocknetes Mettwürst-chen«, hatte Arthur in einem seiner heimlichen Anfälle von Sarkasmus gedacht und still in sich hineingelacht. Dann war er ins Sinnieren geraten. War Hanna eigentlich schon immer auf diese merkwürdige Art geschlechtslos gewesen? Wie nannte man diese Tierart noch, die weder Weibchen noch Männchen kannte? Im Moment wollte es ihm nicht einfallen, aber igendwann, und von allen unbemerkt, mußte eine schreckliche Veränderung mit ihr vonstatten gegangen sein. In einem kurzen Anflug von Mit-leid hatte Arthur beschlossen, sie künftig ein wenig zu schonen. Er würde ihr die Geschichte von dem Silvesterkaffee der Profes-soren erst verpassen, wenn Weihnachten vorbei war.

Wir spielen immer,
wer es weiß, ist klug!
Arthur Schnitzler

Während der gesamten Adventszeit trug Hanna eine nervöse Spannung mit sich herum, die es ihr schwer machte, sich auf die äußeren Dinge zu konzentrieren, und alle Sinne auf jenen Alp lenkte, der ihr Tag und Nacht auf der Brust saß.

Den dringendsten Pflichten kam sie mit einer mechanischen Routine nach, die Arthur bereits aufgefallen war, aber sie unterließ es, das Haus adventlich zu schmücken, und vergaß das Tannengebinde an der Haustür rechtzeitig zu erneuern, obwohl es bereits mehrere Wochen vor dem Fest stark an Frische eingebüßt hatte. Sie hängte keine Meisenringe in den Garten und reduzierte die große Plätzchenbäckerei auf ein paar Vanillekringel zum zweiten Advent. Fita und Arthur schien es nicht aufzufallen, und auch keine der beiden Töchter erwähnte das Ausbleiben des üblichen Plätzchenpaketes zum Nikolaustag. Weder Jens noch Dennis zeigten sich enttäuscht. Hanna überkam das unheimliche Gefühl, daß sie seit Jahren ein Stück in einem Theater spielte, aus dem sich die anderen Mitspieler längst davongeschlichen hatten.

Dann ertappte sie sich bei dem Gedanken, daß es ihr eigentlich gar nicht so unrecht war, daß die gemeinsame Familienfeier in diesem Jahr auf eine Nachmittagsstunde am Vierundzwanzigsten reduziert wurde, anstatt sich, wie sonst, bis zum Abend des ersten Feiertages auszudehnen. Im Grunde fühlte sie sich schon seit Jahren überfordert, die für einen Übernachtungsbesuch von fünf Personen nötigen Vorbereitungen zu treffen und das Chaos, das Jens und Dennis stets verursachten, mit der nötigen Ruhe für Arthur und der Rücksicht auf Fitas Unpäßlichkeit zu vereinbaren.

Fita hatte sich diese weihnachtliche Unpäßlichkeit während ihrer Pfarrfrauenzeit zugelegt, um dem anstrengenden Herumsitzen in kalten Kirchen zu entgehen, eine Tradition, die sie gepflegt hatte, bis sie endlich in jenes Alter gekommen war, in dem man Rücksicht fordern kann, ohne eigens dafür krank werden zu müssen. Dabei, stellte Fita zuweilen verwundert fest, war das Alter bei guter Pflege eigentlich bestens zu ertragen. Sie war jetzt neunundsiebzig Jahre alt und hatte sich nie so wohl gefühlt wie in den letzten zwanzig Jahren. Im Grunde lebte sie im Haus wie in einer ausgesucht gutgeführten Pension: Sie bewohnte ihre eigenen Räume, konnte, wenn ihr der Sinn nach Gesellschaft stand, zu den Mahlzeiten hinuntergehen oder sich dieselben auf ihr Zimmer servieren lassen. Botengänge wurden rasch und problemlos erledigt, und am Familienleben konnte sie so lange teilnehmen, wie sie es amüsierte. Fita aß wenig, schlief gut und fühlte sich im Haus wohlig geborgen. Es bestand kein Grund, warum man auf diese Weise nicht hundert Jahre alt werden sollte.

Auch in diesem Winter hatte sie die Adventszeit auf das Angenehmste verbracht, indem sie in ihrem Salon am Fenster saß, müßig dem Spiel der Wolken zusah und an Tagen, an denen sie sich, wie sie Hanna lächelnd zu verstehen gab, »etwas weniger schwach fühlte«, mit ihrer feinen Handschrift Weihnachtsbriefe an auserwählte Freunde schrieb. Jeden der beschriebenen Bogen versah sie zum Zeichen ihrer künstlerischen Begabung rechts oben mit einer ganz persönlichen kleinen Zeichnung. Sie wußte, daß sie wegen ihrer kalligraphisch schönen Briefe geachtet und geliebt wurde und oftmals Bedauern darüber laut wurde, daß diese Art der Schreibkultur im Aussterben begriffen sei (was Fitas Briefe um so wertvoller machte).

Das einzige, das den ganz persönlichen Zauber ihrer Advents-stunden störte, war das ewige Gerumpel, welches aus der unte-ren Etage zu ihr heraufdrang. Hanna werkelte in ihrer unermüd-lichen Art im Hause herum, was natürlich äußerst lobenswert war, aber warum mußte alles, was sie tat, mit diesem Lärm verbunden sein? Wo immer Hanna sich aufhielt, schlugen Türen und Fenster, schepperten Eimer und knarrten Stufen unter hasti-gen Schritten. Fita erinnerte sich wehmütig, daß dies früher nicht der Fall gewesen war. Lautlos und rücksichtsvoll war Hanna ihrer Arbeit nachgegangen, aber in letzter Zeit schien der Teufel in ihr zu wüten. Fita zuckte zusammen, als sie Hanna den Ascheimer die Kellertreppe hinaufwuchten hörte, wobei sie ihn auf jede einzelne Stufe knallen ließ, ehe sie ihn scheppernd in den Vorgarten rollte.

»Rumpelhanna«, dachte die Schwiegermutter in Fita und zog die feingeschwungenen Brauen, die die Zartheit ihres Gesichtes unterstrichen, gequält nach oben. Doch dann beschloß die Pfarr-witwe in ihr, das ungebührliche Benehmen zu verzeihen, indem sie sich an die einfache Herkunft Hannas erinnerte. Da fehlte ganz einfach der Background, ein Umstand, der jedoch in einem so liberalen Haus wie dem ihren nicht ins Gewicht fiel.

Fita strichelte ein paar zierliche Gräser auf ein Briefkuvert und fühlte sich in der christlichen Geduld, mit der sie Hannas Lär-men ertrug, sehr wohl. Sie unterhielt ein Konto beim lieben Gott, in dem sie die Pluspunkte, vor allem die, die es für »stilles Ertragen« gab, gewissenhaft eintrug.

Ein Stockwerk tiefer riß Hanna die schweren Wohnzimmer-gardinen mit einer solchen Aggressivität zu, daß die Schiene gefährlich ins Wanken geriet und Arthur, der nebenan am Schreibtisch saß, erschreckt zusammenfuhr. Sie kniete gerade vor dem Ofen, um die Asche durch den Rost zu schütteln, wobei sie jeden einzelnen Knochen im Leibe spürte, als sie von dem plötzlichen Verdacht überfallen wurde, daß die Töchter die regelmäßigen Besuche im Elternhaus schon lange als Pflicht und keineswegs als Vergnügen ansahen, und daß auch die Enkel möglicherweise den Weg in die dunkle Gruft des großelterlichen Hauses höchst widerwillig antraten. Vielleicht ließen sie sich gar von Sophia dafür belohnen, daß sie sich einigermaßen zusammennahmen und ihre Unlust nicht allzu deutlich zeigten. Das Freudengeheul, in das sie ausgebrochen waren, als Sophia ihnen ein Weihnachtsfest bei »Oma Tine« in Aussicht gestellt hatte, klang ihr noch deutlich im Ohr.

Allerdings, und plötzlich mußte Hanna laut lachen, wobei sie sich, den Schürhaken noch in der Hand, auf das Sofa fallen ließ, war ihre eigene Freude beim Anblick ihrer Töchter auch nicht so groß, wie diese wahrscheinlich glaubten. Immer häufiger ertappte sie sich in letzter Zeit dabei, daß sie mehr an die Last dachte, die jeder Familienbesuch mit sich brachte, als an den Besuch selbst und sie eigentlich nur noch eine mühselige Aufgabe darin sah, die irgendwie bewältigt werden mußte.

»Sie täuschen mich, ich täusche sie«, dachte sie in einem Anfall von Selbsterkenntnis. »Und Arthur täuscht uns alle...«

Wieder überkam sie dieses zwanghafte, hysterische Lachen, das sie gerade eben schon geschüttelt hatte.

Nebenan hob Arthur erstaunt den Kopf und machte sich dann beunruhigt auf den Weg, um nach seiner Frau zu sehen. Durch den Spalt der angelehnten Tür beobachtete er, wie Hanna, anstatt sich um das Abendessen zu kümmern, müßig, den Feuerhaken in der Hand, auf dem Sofa saß und... lachte.

Es war ein unechtes, ein geradezu irres Lachen, und Arthur fühlte einen Schauer des Unbehagens über den Rücken rieseln.

»Hoffentlich wird sie nicht verrückt!«, dachte er, und die Aussicht auf die hohen Anstaltskosten für Langzeitpatienten schoß ihm durch den Sinn.

Auch Fita hörte Hannas Lachen.

Sie bemalte gerade einen Briefbogen mit feinen goldenen

Sternchen und hob, beunruhigt lauschend, den Kopf. Das Lachen verebbte und wurde von einer beklemmenden Stille abgelöst.

Doch kurz darauf hörte sie das gewohnte Schlagen der Türen und das Klappern von Geschirr. Sie nickte zufrieden vor sich hin und begann in feinster Sütterlinschrift die Adresse zu malen.

Weihnachten kam und ging.

Arthur war auf Hannas Vorschlag, doch diesmal auf den großen Christbaum, der alljährlich im Erker des Eßzimmers aufgestellt wurde, zu verzichten, erleichtert eingegangen. Da die Kinder in diesem Jahr nur auf eine Stunde vorbeikommen würden, schien sich der Aufwand ohnehin nicht zu lohnen. Am Morgen des Vierundzwanzigsten hatte Hanna jedoch erkannt, daß es ein großer Fehler gewesen war, Arthur diesen Vorschlag zu machen. Denn ohne das Aufstellen des Baumes entfiel eine der seltenen Stunden im Jahr, welche Arthur traditionell mit ihr zusammen verbrachte.

Das Einstielen und Schmücken des Christbaums war immer seine Aufgabe gewesen, eine der wenigen häuslichen Pflichten, denen er überhaupt nachkam, und sie war glücklich gewesen, ihm die goldenen Kugeln und das am Abend zuvor gebügelte Lametta zureichen zu dürfen.

Dazu hatten sie Weihnachtslieder angehört und sogar in frivoler Stimmung ein Glas Sekt miteinander getrunken. Diese gemeinsamen Stunden waren stets von einem feinen Glanz umsponnen gewesen, in welchem Hanna sich ihrem Mann sehr nahe fühlte.

Manchmal war sogar die sorgsam konservierte Erinnerung an Venedig wieder aufgetaucht, verbunden mit dem beseligenden Gefühl, daß seine Pensionierung, in der Zeit, in der er endlich Muße für sie haben würde, nicht mehr unerreichbar war.

Sie würden dieses schreckliche Haus aufgeben und irgendwo

im Süden eine kleine Villa beziehen. In Hannas Kopfkino hatte diese Villa bereits feste Formen angenommen: sommerlich-heiter, pflegeleicht, lichtdurchflutet! Vor der Terrasse: der See! Auf der Terrasse: Arthur und sie!

Das Bild des gemeinsam verbrachten Alters, das Arthur seiner Frau in Zeiten nachlassender Spannkraft wie eine Durchhalteparole zuzuwerfen pflegte, hatte seine Wirkung nie verfehlt, denn selbst das erbärmliche Sparen bekam so einen Sinn. Schließlich arbeitete und sparte man ja nicht einfach vor sich hin, man schaffte auf die Zukunft zu.

Heute nun war Arthur wie üblich gleich nach dem Frühstück in seinem Arbeitszimmer verschwunden, und Hanna hatte einige Zweige aus dem Garten geholt und diese dann lustlos mit ein paar Kugeln geschmückt. Dabei hatte der Alp, den sie nun seit vier Wochen heimlich mit sich herumtrug, seinen Stammplatz auf ihrer Brust verlassen und seine kalten Hände um ihre Kehle gelegt, so daß ihr plötzlich, ohne daß sie es verhindern konnte, die Tränen über das Gesicht flossen. Gleichzeitig wurde sie von einer plötzlichen Schreckensvision überfallen. In ihrem Kopfkino erschienen Traumhaus, Terrasse und See. Doch es waren nicht mehr Arthur und sie, die still versonnen über die spiegelnde Wasserfläche blickten, es waren Arthur und »J«.

»J« hatte herausfordernde Formen, eine verrucht-erotische Stimme, lange Haare und wohlgeformte Beine, die sie auf ordinäre Art und Weise zur Schau stellte. Sie hatte einen großen wilden Mund, aber kein Gesicht.

Die goldene Kugel, die sie gerade an einem Zweig befestigen wollte, noch in der Hand, ließ Hanna sich auf das Sofa sinken und starrte vor sich hin. Wie ein Blitz kam ihr die plötzliche Erkenntnis: Sie schaffte und sparte mitnichten für ihr eigenes sorgenfreies Alter, sondern für »J«s sorgenfreie Gegenwart. Und für »J«s Alter...

In ihre Gedanken hinein klingelte das Telefon.

Geistesabwesend nahm sie den Hörer ab.

»Hallo, Mama!«

Wieder dauerte es einige Sekunden, bis Hanna begriff, daß ihre jüngste Tochter am Apparat war.

»Kind, wie schön, erzähl mir, wie geht's dir?«

»Ganz gut, danke. Ich hab bloß nicht viel Zeit, lange zu reden« (der übliche Satz – mitten ins Herz), »eigentlich ruf ich nur an, um zu sagen, daß ich heute nachmittag nicht mit dabeisein kann. Mir ist da leider was dazwischengekommen. Aber Sophia ist ja da mit Bodo und den Kindern...«

»Macht doch nichts!« sagte Hanna mit trockener Kehle.

»Weißt du, es ist einfach so, daß...«

»Es macht nichts!« wiederholte Hanna ungeduldig und dachte, daß sie den Dielenteppich unbedingt einmal reinigen lassen müßte.

»Wir sehen uns dann sicher irgendwann im neuen Jahr!«

»Das wollte ich auch gerade sagen!« In Hannas Lachen mischte sich eine Prise Sarkasmus.

Elisa war einen Moment lang irritiert. Hatte ihre Mutter was? Sicher nur die übliche Weihnachtshysterie.

»Ja, ich wollte dann noch fragen, ob du mir mit siebenhundert Mark aushelfen kannst. Ich meine, ob du diesbezüglich mit Papa...«

»Vielleicht eher mit Oma!« unterbrach Hanna automatisch und kalt bis in die Knochen. »Willst du über Silvester verreisen?«

»Ja, nein, also eigentlich...«

Hanna hatte auf einmal das Gefühl, als ob ihr die Finger taub würden und sie den Hörer nicht länger in der Hand halten könnte. »Ich überweise dir das Geld zwischen den Jahren!«

Elisas Stimme gewann etwas von dem zurück, was sie als Kind ausgezeichnet hatte: Freude am Leben.

»Toll, Mama, du bist und bleibst doch meine Beste. Tausend Bussis.«

Hanna legte den Hörer auf die Gabel zurück und starrte den Apparat sekundenlang an. Sie stellte fest, daß es ihr nicht mehr allzuviel bedeutete, Elisas Beste zu sein.

Dann nahm sie den Faden ihrer Überlegungen wieder auf. Sie mußte das Thema, an dem sie zu ersticken drohte, endlich zur Sprache bringen. Aber wann und wie? Und wie sah die Konsequenz aus, die sie würde ziehen müssen? Oder würde Arthur derjenige sein, der die Konsequenzen zog?

Zum erstenmal fiel ihr auf, daß es ein diffuses Gefühl von Angst war, das sie von ihrem Ehemann trennte.

Ist Täuschung etwas Schreckliches?
Ich glaube nicht.
Es ist nur eine Methode,
durch die wir unsere Persönlichkeit
vervielfältigen können.
Oscar Wilde

In diesem Jahr war Fita zum erstenmal von ihrer gewohnten Weihnachtsunpäßlichkeit verschont geblieben, was zum größten Teil daran lag, daß der anstrengende Familienbesuch so gut wie ausgefallen war. Am Nachmittag des Vierundzwanzigsten hatte sie sich lächelnd auf ein Stündchen zu den Ihren gesellt, die Köpfe der Buben gestreichelt und deren enervierend aggressive Munterkeit nachsichtig lächelnd – »Es sind doch Kinder« – ertragen. Selbst ein umgefallener Saftkrug, dessen Inhalt ihr feines Seidenkleid übel beschmutzt hatte, wurde mit den Worten: »Aber das kann Hanna sicher wieder in Ordnung bringen«, verziehen.

Am Tag nach Weihnachten (sie hatte ihre selten gute Verfassung während der Festtage dahingehend umgesetzt, daß sie Hanna, vorsichtig umhertrippelnd, beim Auf- und Abdecken des Tisches geholfen hatte) telefonierte sie angeregt mit einer Bekannten aus alten Pfarrfrauenzeiten.

Alwine Münzenberg aus Hannover war vor einem halben Jahr in den Witwenstand getreten, ein Zustand, der Anlaß zum Austausch gemeinsamer Erfahrungen bot. Beide Damen übertrafen sich gegenseitig in Schilderungen der »großen Geduld«, mit welcher die Erblasser und sie selbst die auferlegte Prüfung ertragen hatten. Hanna, die in der Küche damit beschäftigt war, die Reste des Weihnachtsmenüs in Gefrierbeutel zu füllen, bekam bei Fitas Worten jenes säuerliche Magendrücken, welches sie immer überfiel, wenn Fita mit ihren Freundinnen sprach. Diese Art, Selbstverständliches grundsätzlich zu einer guten Tat zu erhöhen, und die wundersame Begabung, eindeutig Negatives in eindeutig Positives zu verwandeln, fiel Hanna mit den Jahren immer stärker auf die Nerven. Zuweilen ertappte sie sich sogar bei dem ketzerischen Gedanken, daß man die Zeit, die man zum Aufzählen guter Taten investierte, besser nutzen könnte, indem man weitere beging.

Doch heute beinhaltete das Telefonat einen angenehmen Nebeneffekt! Beide Damen hatten sich im Themenkreis »Nächstenliebe« gefunden und dürsteten nun danach, ihre Erfahrungen als Witwen ausgiebiger bereden und auf dem Sektor »christliche Geduld« in einen fairen Wettbewerb treten zu können. Fita teilte Hanna mit, daß sie es nicht über das Herz brächte, Frau Münzenberg aus Hannover nach dem erlittenen Schicksalsschlag allein ins neue Jahr gehen zu lassen, und daß sie sich aus diesem Grunde entschlossen habe – hier schob sie beiläufig ein, daß ihr dies, rheumatischer Schmerzen im linken Schulterblatt wegen, keineswegs leicht falle –, die Dame über Neujahr zu besuchen. Hanna möge doch bitte so lieb sein, das Gepäck zu richten.

Hanna sah Fitas Abreise mit gemischten Gefühlen entgegen. War sie einerseits auch erleichtert, die charmante Plage, die ihre Schwiegermutter für sie darstellte, einmal loszuwerden, so dräute doch ein mit dieser Abreise verbundenes Unheil am Horizont. Arthur und sie würden über Silvester allein sein. Nichts stand der gefürchteten Aussprache im Wege. Hanna überfielen wechselweise Gefühle von »jetzt oder nie« und »lieber nicht dran rühren«.

Nach Fitas Abfahrt, es war ihre erste Reise nach fünf Jahren, senkte sich absolutes Schweigen über das Haus. Es erschien Hanna noch gruftartiger, als es ohnehin schon war, und ihr Verdacht erhärtete sich zu einer kaum noch erträglichen Gewißheit.

Geradezu zwanghaft holte sie nun in der Stunde nach dem Abendessen, wenn Arthur sich gewöhnlich in sein Arbeitszimmer zurückgezogen hatte, die bewußte Platte aus dem Schrank und starrte auf die winzigen Buchstaben, die ihr Leben so nachhaltig verändert hatten. In dieser Haltung traf Arthur sie am Abend vor Silvester an. Er warf seiner Frau, die müßig mit der Platte in der Hand auf dem Sofa saß, einen erstaunten Blick zu, ging auf den ungewohnten Zustand jedoch nicht näher ein, sondern kam gleich zur Sache.

»Ehe ich es vergesse«, sagte er wie nebenbei, »morgen sollten wir ein wenig früher zu Mittag essen, ich muß gegen dreizehn Uhr los.«

Hanna starrte ihn an.

»Wohin?« flüsterte sie mit trockenen Lippen.

Arthur lächelte sie mitleidig an.

»Aber morgen ist doch dieser Silvesterumtrunk der Professoren!«

»Der was...?«

Arthur rang sich ein Lachen ab.

»Eine verrückte Idee von Doktor Müller, du weißt ja, unserem derzeitigen Dekan. Er hat das Kollegium für morgen nachmittag zu einem kleinen Sekttreff eingeladen. Der Aufwand der einstündigen Fahrt lohnt sich eigentlich gar nicht.«

Hanna kämpfte mit einem Schwindelanfall.

»Warum fährst du denn dann?«

»Aber Hanna...! Doktor Müller ist unser Dekan, ich kann mich nicht ausschließen. Außerdem bin ich spätestens um sieben wieder da.«

Hanna fühlte, wie sich die Schallplatte in ihrer Hand erhitzte.

»Ich glaube dir nicht!« Leider konnte sie es nicht verhindern, daß ihre Stimme ein wenig bebte. Arthur hob die Brauen und sah eher belustigt als erzürnt auf sie hinunter.

»Weil du nicht zu diesem lächerlichen Sektempfang der Professoren fährst, sondern zu einem deiner heimlichen Treffen mit Fräulein J!«

Hannas Atem war ins Stocken geraten, so daß ihre Stimme etwas lächerlich Japsendes bekam. Es war das erste Mal in achtundzwanzig Jahren, daß sie ihren Ehemann direkt angriff.

»Mit wem?«

Wenn Arthur erschrocken war, so ließ er sich dies nicht anmerken. Im Gegensatz zu Hanna war er es beruflich gewohnt, sich aalglatt zu entwinden, eine einmal eingenommene Position hart zu verteidigen und gekonnt zu lügen. Hanna, seit Jahrzehnten auf sich selbst gestellt, hatte niemals Gelegenheit gehabt, diese Strategien zu üben. Sie war in der eindeutig schwächeren Position. Stumm reichte sie ihm die Platte und wies auf die winzigkleinen Buchstaben.

»Und was ist das?«

Arthur nahm die Platte in die Hand, als ob er sie niemals zuvor gesehen hätte. Er holte umständlich die Brille aus dem Jackett und entzifferte langsam den Text.

»... und an andere unvergeßliche Nächte, von J. für A. JA!« murmelte er halblaut vor sich hin.

Er warf Hanna einen Blick zu.

»Wie lächerlich!« Er grinste.

»Vor allem dieses JA!!!«

Arthur, dessen berufliches Erinnerungsvermögen weit besser funktionierte als das private, und der ein gewisses Talent dafür entwickelt hatte, bestimmte Dinge dauerhaft aus seinem Herzen zu bannen (in seinen Gedanken war Julie Fischbach eigentlich gar kein realer Mensch, sondern eher eine angenehme Sache, die guttat, und die man sich aus diesem Grunde regelmäßig gönnte), suchte mühsam den Zusammenhang zwischen sich, seiner Geliebten und Mozarts »Kleiner Nachtmusik«.

Schemenhaft erinnerte er sich daran, daß Julie ihm tatsächlich diese Platte – irgendeine Platte – geschenkt hatte.

Da er sich für klassische Musik nicht im geringsten interessierte – es reichte ihm schon, daß er während der gemeinsamen Abendessen bei Julie stets Interesse heucheln mußte, damit sie ihn nicht für jenen Kulturbanausen hielt, der er im Grunde war –, hatte er das Geschenk zunächst vergessen und war dann froh gewesen, es anläßlich von Fitas Geburtstag einfach weiterreichen zu können.

Fita, die die Tatsache, daß klassische Musik sie zu Tode langweilte, ebenso geheimhielt wie ihr Sohn Arthur, war gezwungen gewesen, sich herzlich zu bedanken, ehe sie die Platte dem endgültigen Vergessen überließ. Erst Jahre später hatte Hannas Putzwut sie wieder ans Tageslicht gefördert, und das Geheimnis der Aufschrift war endlich entdeckt worden.

»Ach, jetzt fällt es mir ein...!«

Arthur schlug sich lachend mit der flachen Hand gegen die Stirn. »Wenn du es nicht weitersagst«, rief er ungewohnt launig, »ich habe die Platte auf dem Flohmarkt gekauft und dann Fita zum Geburtstag geschenkt, eine Verlegenheitslösung, du weißt ja, in Sachen Schenken bin ich immer etwas hilflos.«

Das war allerdings wahr.

»Und dieses ›J. für A.‹?«

Vor lauter Aufregung diesen, ihren einzigen Trumpf rechtzeitig aus dem Ärmel zu ziehen, übersah Hanna, ungeübt, wie sie in derlei Dingen war, einen wichtigen Punkt: Die Vorstellung, daß sich ein Mann wir Arthur Vonstein auf Flohmärkten herumtrieb, um sich mit abgenutzten Klassikplatten einzudecken, die weder er noch sonst jemand aus der Familie schätzte, war wesentlich grotesker als die, daß er zu einer Dame namens »J« ein Verhältnis unterhielt.

»Du bist ein wenig überreizt«, sagte Arthur mit jener Nachsicht in der Stimme, mit der er gewöhnlich auf die Zustände seiner Mutter einging, »nun warte mal einen Augenblick, ich möchte dir etwas erklären!«

Er verschwand in der Bibliothek und kehrte mit dem *Großen Buch der Vornamen* zurück.

»Es gibt da«, sagte er, während er die Seiten überflog und halblaut mitzählte, »etwa dreihundert Vornamen, die mit dem Buchstaben A beginnen. Mit J gibt es nur an die hundert, aber wenn du mich fragst, handelt es sich bei diesem kleinen Kringel, in dem du ein J zu erkennen glaubst, meiner Meinung nach viel eher um ein I! Und was die anderen Indizien betrifft«, fuhr er ironisch fort und strich Hanna mit der Geste des Verzeihens über den Kopf, »die meisten Menschen haben hin und wieder gelungene Nächte... manche sogar gelungene Silvesternächte!«

Hanna spürte einen nadelfeinen Stich in der Herzgegend. Sie war schon jetzt die klare Verliererin nach Punkten, und sie wußte es. Stumm starrte sie Arthur an.

»Und das alberne JA!« Das kam schon mehr geflüstert als gesprochen.

Arthur lachte herzlich.

»Wie du ganz richtig sagst, dieses alberne JA. In logischer Schlußfolgerung der Gegebenheiten kann es eigentlich nur IA heißen, du weißt ja, wie die kleinen Esel machen, wenn sie etwas nicht verstehen: IA!«

Wieder lachte er, wobei er die Schneidezähne entblößte, und Hanna fiel zum erstenmal auf, daß es ein Wolfslachen war.

»Dabei fällt mir ein«, sagte Arthur jetzt, wobei er die Platte nachdenklich in der Hand drehte, »daß es sich ja durchaus auch um einen ausländischen Namen handeln könnte, womit zu den dreihundert Möglichkeiten weitere eintausend hinzukämen: Achmed, Achilles... oder Aladin, du weißt schon, der mit der Wunderlampe, vielleicht könnte der dir beim Suchen weiterer Indizien helfen!«

Immer noch lachend, ging er hinüber zum Telefon, um betont laut und deutlich mit Doktor Müller zu sprechen. Er sagte seinen Besuch am morgigen Nachmittag gegen fünfzehn Uhr zu.

Hanna saß wie betäubt auf dem Sofa; dennoch fiel ihr auf, daß er, um Doktor Müller anzurufen, nicht einmal das Telefonregister in Anspruch nehmen mußte, sondern einfach die Nummer, ohne zu zögern, eingetippt hatte. Erstaunlich bei einem Mann, der so gut wie nie mit Doktor Müller telefonierte und ein so schlechtes Zahlengedächtnis besaß, daß er sogar seine eigene Nummer nachschlagen mußte, obwohl es seit fünfundzwanzig Jahren dieselbe war.

Hanna, im Moment stark dazu neigend, ihrem Mann Glauben zu schenken, einfach um den quälenden Druck in der Herzgegend loszuwerden, registrierte diese Tatsache, ohne darüber nachzudenken.

Aber sie registrierte sie!

Hanna deponierte die Notiz im Speicher ihre Gehirns neben Fitas Diätrezeptsammlung, den Wasch-, Putz-, Bügel- und Einkaufsterminen und den Verfalldaten für das Eingefrorene.

In Hannas Hirn waren viele Fächer gänzlich leer, deshalb fand sie die Notiz auf Anhieb wieder, als Arthur am folgenden Tag etwas höchst Erstaunliches tat: Er hinterließ ihr, ehe er abfuhr, »nur so« und »für alle Fälle, damit du beruhigt bist«, die Telefonnummer von Doktor Müller. Er notierte sie für Hanna auf einen Zettel, nachdem er lange in seinem Telefonregister geblättert und schließlich unter drei in Frage kommenden Müllern den richtigen gefunden hatte.

Den letzten Nachmittag des alten Jahres verbrachte Hanna in diesem Jahr damit, ziel- und ruhelos durch das große Haus zu streifen. Später saß sie in Fitas Salon und blätterte in Büchern, ohne zu lesen, goß sich in der Küche ein Glas Milch ein, ohne zu trinken, und stand lange am Fenster, ohne hinauszusehen.

Schließlich konnte sie sich nicht länger beherrschen und wählte mit bebender Hand die bewußte Nummer!

Doktor Müller war persönlich am Apparat und teilte ihr mit, daß sich Arthur im Moment im Garten befände, um sich die Solaranlage zeigen zu lassen. Ob es nötig sei, ihn sofort zu holen, oder ob es reiche, wenn er in – sagen wir – zehn Minuten zurückrufe. »Nennen Sie mir doch noch einmal Ihren Namen, und hinterlassen Sie Ihre Nummer!«

»Ich glaub, ich hab mich verwählt«, sagte Hanna heiser, »bitte entschuldigen Sie!« Sie legte den Hörer auf die Gabel und schaute sich wie eine Fremde im Spiegel an, wobei ihr das Blut in die Schläfen schoß.

»Ich muß versuchen, alles zu vergessen«, dachte sie. »Sonst werde ich verrückt! Wenn ich es nicht schon bin.«

Sie starrte in den Garderobenspiegel, der über dem Telefontischchen hing, und schrak vor ihrem Spiegelbild zurück.

Ihr Gesicht war von lila Flecken übersät.

Der Hering ist ein salzig Tier,
er kommt in vielen Orten für.
Er geht am Abend in die Stadt
und macht die alten Weiber satt.
Kinderreim

Während Hanna die letzten Stunden des Jahres damit verbrachte, in der Heinrich-Heine-Allee umherzuirren, ihren Wahrnehmungen nicht mehr traute und mit halbem Ohr dem Wetterbericht lauschte, der für den heutigen Abend gefährliche Eisglätte voraussagte (was sie sofort in Panik versetzte, da sie damit rechnen mußte, daß Arthur besagte Eisglätte ausnutzen würde, um seine Rückkehr auf den morgigen Tag zu verschieben), lag Arthur auf Julie Fischbachs Sofa und gab sich einer friedvollen Entspannung hin.

Er hatte Julie zu einer Zeit kennengelernt, zu der er gerade etwas durchhing, was bedeutete, daß er lediglich zu zwei Nebenfrauen heimliche Kontakte unterhielt. Lena aus Marburg war immer eine gute Adresse gewesen, da er des öfteren beruflich in dieser Stadt zu tun hatte, und Karin aus Sindelfingen war von so seltener Klasse, daß er sie sogar aufsuchte, wenn er nicht in Sindelfingen zu tun hatte.

Karin war eine Ausnahmeerscheinung in Arthurs Liebesleben, denn jeder Besuch bei ihr war, finanziell gesehen, ein Verlustgeschäft, und Arthur haßte kaum etwas mehr als Verlustgeschäfte. Mit einem Blick auf die kleinkarierte Seite seines Liebeslebens hatte er des öfteren befriedigt festgestellt, daß nahezu alle Damen, zu denen er in engeren Beziehungen stand, günstig »am Wege lagen«. Aber Karin hatte überraschend einen Generalvertreter für Spitzendessous geheiratet, und die Beziehung zu Lena war in jene Phase getreten, in der die Weiber anfangen, lästig zu werden. Immer öfter kam es vor, daß Lena sich an ihn drängte, die Augen aufriß, ein Schmollmündchen machte und jene Fragen stellte, bei denen im Mann sämtliche Warnlampen zu blinken beginnen.

Die Frage, die auch Arthur so gar nicht mochte, lautete: »Was wird eigentlich mit uns?«, gefolgt von der ebenso unbeliebten Feststellung: »Das kann doch nicht ewig so weitergehen«, um mit dem gequält ausgestoßenen Satz: »Sag mal, liebst du mich überhaupt?« ins schaurige Finale zu steigen.

Nachdem sie zum fünftenmal gefragt hatte, beantwortete Arthur sämtliche Fragen auf seine Weise: Er verschwand in jenem Nebel, aus dem er gekommen war, und ließ nichts mehr von sich hören.

Julie Fischbach ersetzte Karin und Lena in vollkommener Weise. Sie bewohnte ein gemütlich eingerichtetes Apartment in einem anonymen Hochhaus (ein Haustyp, den Arthur seit jeher für sein amouröses Doppelleben bevorzugt hatte), stand zu keinem ihrer Nachbarn in engerem Kontakt und wohnte überdies in einer Stadt, in welcher Arthur gänzlich unbekannt war. Keine der oben genannten Fragen hatte sie jemals gestellt. Sie war angenehm im Umgang, stellte keine Ansprüche und zahlte ihre Rechnungen selbst. Anders ausgedrückt: Sie lag zwar in seinem Bett, aber nicht auf seiner Tasche.

Julie war mittelgroß, mittelschlank, mittelblond und gehörte zu jenen Frauen, bei denen man sich eher an das Kleid erinnert, das sie auf einer Party getragen haben, als an die Frau selbst.

Der einzige Schönheitsfehler, den Julie hatte, war vielleicht der, keinen zu haben. Aus diesem Grunde verwechselte man sie leicht. Doch das fiel Arthur nicht auf.

Er war ein Mann, der explosive Attraktivität eher auf Leinwand und Hochglanzpapier schätzte als im wirklichen Leben, wo ihn leicht das beunruhigende Gefühl überkam, sich gleichzeitig mit der Exklusivität etwas Anspruchsvolles und Kostspieliges eingehandelt zu haben. So zog er es vor, sich auf das Mittelklassefeld zu beschränken, was gewisse Vorteile barg. Zudem: Julie war achtzehn Jahre jünger als er, und gemessen an Hanna war sie geradezu atemberaubend attraktiv.

Auf seine bescheidene Art verliebte Arthur sich in sie, und zum erstenmal im Leben machte ihm die Beziehung zu einer Frau über Bett- und Tellerrand hinaus Spaß.

Als ein wenig irritierend erwies sich lediglich, daß Julie, wenn Arthur telefonisch seinen Besuchstermin angab – »Sei mal Montag abend zu Hause, Spätzchen, es ist möglich, daß ich vorbeikommen kann!« –, anstatt Zustimmung durch die Leitung zu jubeln, keck zur Antwort gab, Montag abend passe es ihr nicht, sie sei mit Roy Reckmann verabredet.

Roy Reckmann war ein etwas windiger Journalist, der beim *Tagblatt* arbeitete, Julie auf seine nett-lässige Art zu lieben glaubte und Arthurs Einbruch in seine Beziehung zu Julie argwöhnisch beobachtete. Zum erstenmal in seinem Leben lernte Roy so etwas Ähnliches wie Panik kennen, so daß er Julie, als er die Chance bekam, Ressortleiter der Lokalzeitung einer niederbayerischen Kleinstadt zu werden, bat, ihn zu heiraten.

Zum Glück für Arthur mochte Julie niederbayerische Kleinstädte nicht so sehr, als daß sie dafür ihren eigenen Job aufgegeben hätte, und so kam es zu jener Trennung, unter der Julie heftiger litt, als sie vor sich und anderen zugeben mochte.

Arthur kam zur rechten Zeit und tröstete. Er war zwanzig Jahre älter als Roy und schmeichelte sich in der Rolle des väterlichen Freundes ein, und Julie, die noch nie einen väterlichen Freund gehabt hatte (ihr eigener Vater hatte die Familie verlassen, als Julie drei Jahre alt war), fühlte sich bei Arthur geborgen und gut aufgehoben. Gegen den Gedanken an ein bißchen Inzest dann und wann hatte sie nichts einzuwenden.

Julies Beziehung zu Roy hatte fast ausschließlich im Bett funktioniert, und Julie hatte die Erfahrung gemacht, daß eine solche Beziehung den Nachteil hat, daß einem die Stunden außerhalb des Bettes recht eintönig erscheinen, zumal sie mit Fortdauer des Verhältnisses ständig zunehmen.

In demselben Tempo, in dem Julie Roy Reckmann vergaß, verliebte sie sich in Arthur Vonstein – sehr langsam also.

Dafür erwies sich die Sache als dauerhaft und geriet nach einiger Zeit in jenes Stadium, in dem man beginnt, auf den anderen zu warten.

Die damit verbundene Gefahr fiel Julie nicht auf.

Zu Roys Zeiten hatte sie einen bunten und lebhaften Freundeskreis gehabt. Sie war an jedem Wochenende auf Tour gewesen, und wenn sie zurückkehrte, so signalisierte die Anzeige ihres Anrufbeantworters mindestes fünf bis zehn Anrufe und lahmte nicht auf »null« vor sich hin, wie es um so öfter geschah, je länger die Beziehung zu Arthur dauerte.

Arthur mochte Julies Freunde nicht! Nach Möglichkeit hatte er sich stets vor den Bekannten seiner Freundinnen versteckt gehalten, damit sie nicht auf den Gedanken kam, ihn als »ihren Freund«, sprich: »ihre feste Beziehung« vorzuführen, was in Arthur das gefürchtete Gefühl, in die Falle geraten zu sein, hervorrief. Und zweitens bedeutete jeder Mitwisser eine Gefahr, ein Risiko, das keine Frau wert war. Zudem handelte er gern nach dem alten Prinzip, das sich schon immer bewährt hatte: Je einsamer man den Sittich hielt, um so sehnsüchtiger zwitscherte er.

Auch Julies Zwitschern wurde sehnsüchtiger.

Hatte sie sich anfangs noch leichten Herzens von Arthur verabschieden können (»Ruf mal an, wenn du magst«), da in ihrem Rücken bereits der Anrufbeantworter mit vielleicht acht Wochenendanrufen blinkte und es sie danach gierte, endlich zu erfahren, wer diese acht Anrufer waren, hieß es jetzt beinahe angstvoll: »Aber du meldest dich doch, ja? Wann? Warum nicht morgen? Was ist mit nächster Woche? Und am Sonntag...?« Sätze, bei denen Arthur verwundert registrierte, daß sie nicht wie sonst sein Mißtrauen erregten, sondern ihm eher schmeichelten.

Daß er nicht in Panik versetzt wurde, lag zum größten Teil daran, daß er sich nun in jenem Alter befand, in dem es nicht mehr selbstverständlich ist, daß junge Frauen lustvoll drängen, sondern die Eitelkeit bereits Wunden hat, die junge Frauen heilen müssen. Arthur war unmerklich in das Alter eingetreten, in dem der Mann die erste Pflegerin braucht.

Was die Vertiefung der Beziehung zu Julie Fischbach ebenfalls förderte, war die Tatsache, daß das Geheimhalten seines amourösen Doppellebens im Laufe seiner Ehe immer einfacher geworden war. Mit den Jahren war Hanna in einem so trüben Tümpel falscher Sicherheit versunken, daß sie nicht einmal aufmerksam wurde, als sie – es war, kurz nachdem Arthur die erste Nacht mit Julie Fischbach verbracht hatte – beim Auspacken seines Koffers ein Damenhemd aus Seide fand und dieses, sprachlos vor Staunen, an seinen Schreibtisch trug. Vollkommen arglos zeigte sie ihrem Mann das Hemd und fragte ihn, wem es gehöre.

Arthur hatte es mit spitzen Fingern angefaßt, mehrmals gedreht und gewendet, wobei ihm der angenehme Duft, der Julie Fischbach stets umwehte, süß in die Nase stieg, und dann kühl behauptet, es könne sich nur um ein Hemd handeln, das irgendein Hotelgast im Schrank liegenlassen, und das er dann, zusammen mit seinem eigenen Kram, gegriffen und eingepackt habe. Eine Erklärung, die Hanna absolut einleuchtend erschien, vor allem wenn man bedachte, wie nachlässig das Hotelpersonal heutzutage war.

Nach diesem Erlebnis klopfte Arthur sich sozusagen selbst auf die Schulter. Er hatte doch wahrhaftig das große Glück, im Besitz einer Ehefrau zu sein, die in einem so blinden Vertrauen vor sich hin blödete, daß man ihr wirklich alles auftischen konnte. Auch erwies sich das Fernhalten Hannas vom täglichen Leben, in das Arthur zu Beginn seiner Ehe soviel Mühe investiert hatte, rückblickend als gewinnbringend.

Was nun den kleinen Schönheitsfehler betraf, ein verheirateter Mann zu sein, so hatte Arthur Julie von Anfang an reinen Wein eingeschenkt, schon aus dem Grund, etwaige Heiratsgelüste ihrerseits im Keim zu ersticken. Er bediente sich dabei der uralten Variante; er führe eine Ehe, die den Namen längst nicht mehr verdiene, da er und seine Frau seit Jahrzehnten getrennte Wege gingen. Praktisch traf man sich nur noch ab und an zu den Mahlzeiten, vor allem der greisen Mutter wegen, die mit im Haus wohnte, genauer: der das Haus gehörte, und jeder lebte ansonsten sein absolut eigenes Leben. Durch diese Worte, die, wenn man sie richtig interpretiert hätte, durchaus der Wahrheit entsprachen, gewann Julie von Hanna das Bild einer berechnenden Frau, die den Professor in ihr Netz gezogen hatte, seiner jedoch bald überdrüssig geworden war und nun auf seine Kosten das Leben einer mondänen Gattin führte.

Auf die Frage, warum sich Arthur niemals von diesem Vampir getrennt habe, gab er schlicht zur Antwort, daß er dies der greisen Mutter, einer Pfarrwitwe mit entsprechender Einstellung, nicht antun könne, zumal zu befürchten sei, daß eine Scheidung sie so sehr verletze, daß sie das Haus, an dem Arthur mit jeder Faser seines Herzens hing, nicht ihm, sondern der Kirche vermache. Auch verstehe sich die alte Mutter mit seiner Ehefrau recht gut, da es Arthur stets gelungen sei, deren Untugenden geheimzuhalten.

Julie hatte dies stumm zur Kenntnis genommen und das leidige Thema nicht wieder zur Sprache gebracht, eine Diskretion, die Arthur ihr hoch anrechnete. Ein einziges Mal nur, es war in der Silvesternacht vor einigen Jahren gewesen, einer Nacht, in der sich Julie warm und geborgen und Arthur sehr zugehörig gefühlt hatte, war sie noch einmal auf die Heinrich-Heine-Allee zu sprechen gekommen.

Sie hatte sich zärtlich an ihn geschmiegt und eine Frage gestellt. Nein, es war nicht die gefürchtete Durchschnittsfrage der Durchschnittsgeliebten, dazu war Julie zu intelligent und beruflich zu sehr daran gewöhnt, Probleme auf den Punkt zu bringen. Ihre Frage lautete: »Wie alt ist deine Mutter eigentlich?«

»Mitte Siebzig«, hatte Arthur geantwortet und ein wenig hastig hinzugefügt: »Und absolut gesund. Ich wette, sie wird hundert Jahre alt!«

Zog Julie aus dieser harschen Antwort den richtigen Schluß? Leider nein.

Julie war bereits so sehr in das Verhältnis zu Arthur Vonstein verstrickt und seinetwegen so vereinsamt, daß ihr gar nichts anderes übrig blieb, als den falschen Schluß zu ziehen: Arthur Vonstein war nicht nur ein überaus verantwortungsbewußter Mensch, sondern darüber hinaus auch ein überaus liebevoller Sohn.

Und um auf die Geschichte mit dem Sittich zurückzukommen: In dieser Nacht zwitscherte Julie besonders süß.

Es gibt keinen blinderen Blinden als den,
der nicht sehen will.
Französisches Sprichwort

Ausgestreckt auf Julies weichem Kissensofa, den Kopf in ihren Schoß eingebettet, dachte Arthur darüber nach, wie er Julie die Tatsache, daß er die heutige Nacht nicht mit ihr, sondern mit seiner Frau verbringen würde, am schonendsten verpassen könnte.

Zwar hatte der Wetterbericht Eisglätte vorausgesagt, so daß einem diesbezüglichen Anruf zu Hause nichts im Wege stand (keine Frau der Welt konnte von ihrem Mann verlangen, daß er ihrer selbstsüchtigen Wünsche wegen sein Leben aufs Spiel setzte), aber Arthur zog doch eine andere Strategie vor. Kam er heute pünktlich nach Hause, so würde dies in Hanna ein schlechtes Gewissen erzeugen. Sie würde sich ihrer Verdächtigungen schämen und versuchen, den häßlichen Auftritt, den sie ihm zum Jahresende beschert hatte, durch gesteigerten Diensteifer wiedergutzumachen. Dieses Bestreben, gelegentliches Aufmucken durch erhöhte Gefälligkeit wieder auszugleichen, war eine ihrer angenehmsten Eigenschaften.

Unter Julies schlanken Fingern, die seine Schläfen sanft massierten, seufzte Arthur wohlig auf. Er warf ihr sein für Gelegenheiten dieser Art reserviertes, »verliebtes« Lächeln zu und kehrte dann zu seinen Überlegungen zurück.

Hanna schien diesmal tatsächlich stark beunruhigt zu sein, wie ein Telefonat mit Doktor Müller bestätigt hatte. Da sollte doch tatsächlich eine Frau angerufen und nach ihm gefragt haben. Daß sie es nicht gewagt hatte, sich mit ihrem Namen zu melden, zeigte das Ausmaß ihrer Verunsicherung, und Arthur wußte aus seinem langen Leben als Lügner, daß Unsicherheiten gefährlich sind. Ergab ein aufwühlender Verdacht kein Ergebnis, so wurde man in ein Meer von Verdächtigungen gestürzt, infolgedessen man sich erst die wahnwitzigsten Geschichten zurechtspann und schließlich ständig auf der Lauer lag.

Nach dem Prinzip: »Wehret den Anfängen«, einem Prinzip, mit dem Arthur die besten Erfahrungen gemacht hatte, mußte Hannas so unerwartet aufgeflackertes Mißtrauen im Keim erstickt werden. Blieb er heute über Nacht fort, so würde sie viele Stunden lang Gelegenheit haben, über die Sache mit der Platte nachzudenken, und sich womöglich in eine solche Eifersucht hineinsteigern, daß ein Ärger größeren Ausmaßes ins Haus stand.

Gedanklich mit Hanna beschäftigt, fiel Arthurs Schmuseritual auf Julies Sofa ein wenig flau aus, denn er war nicht ganz bei der Sache.

Julie registrierte dies mit Beunruhigung, denn Arthur war schon bei seinem letzten und vorletzten Besuch nicht ganz konzentriert gewesen, und da ihre Beziehung ein gemeinsames Gesellschaftsleben so gut wie ausschloß (die Art der Beziehung schloß im Grunde jede Art gemeinsames Leben aus), beobachtete Julie den Intensitätsverlust seiner Liebeskraft aufmerksam und sorgenvoll.

Auf jede Ermüdungserscheinung, jedes kleine Nachlassen, reagierte sie neuerdings mit Panikgefühlen, da sie jetzt, nach fünf Arthurjahren, so isoliert dahinlebte, daß ihr Leben praktisch nur noch aus Arthur und dem Büro bestand. Allzuoft hatte sie Freunde auf »später einmal« vertröstet, da es ja doch immer möglich war, daß Arthur kommen würde. Ohne daß es ihr so recht bewußt gewesen wäre, leistete Julie für Arthur einen ständigen Bereitschaftsdienst, während sich ihr sonstiger Freundes- und Bekanntenkreis nach und nach aufgelöst hatte.

Entschlossen erhob sie sich, ging zum Tisch und goß sich einen Cognac ein, wobei ihr wieder einmal auffiel, daß sich ihr Alkoholkonsum in letzter Zeit drastisch erhöht hatte. Dann nahm sie im Sessel Platz und betrachtete schweigend den Mann auf dem Sofa. Zu gern hätte sie Arthur einmal die Frage gestellt, die ihr seit einiger Zeit auf den Lippen brannte, die Frage, wie er sich eigentlich den Fortgang ihrer Beziehung dachte, aber sie hatte bereits beim allererstem zaghaften Vorstoß in dieser Richtung bemerkt, daß Arthur Gespräche solcher Art ablehnte.

So kam sie, ein wenig gereizt, auf ein näherliegendes Thema zu sprechen.

»Wollen wir heute abend nicht mal zum Essen ausgehen? Es gibt hier ganz in der Nähe ein nettes kleines Kabarett mit Silvestermenü, und ich habe vorsorglich einen Tisch bestellt.«

Stumm warf Arthur ihr einen Blick zu. Eine der wenigen Eigenschaften, die er an Julie gar nicht mochte, war ihre Liebe zum Kulturellen. Sie konnte bereits zum Frühstück Brahms vertragen, schleppte ihn, wenn er sich nicht wehrte (was er in letzter Zeit jedoch immer öfter tat), ins Theater oder zwang ihn sogar, sich irgendeine langweilige Kunstausstellung anzusehen. Dummerweise hatte er ihr seine Abneigung gegen Kulturereignisse jeglicher Art zu Beginn ihrer Beziehung verschwiegen, weil er damals Roy Reckmann aus dem Felde schlagen mußte. Roy Reckmann war für das Feuilleton seiner Zeitung verantwortlich, bekam Freikarten für jeden erdenklichen Kulturmist und war, Julie im Schlepptau, dreimal die Woche in irgendeiner Premiere anzutreffen gewesen – bis Arthur auftauchte und den Konkurrenzkampf aufnahm. Doch das war lange her. Es wurde Zeit, Julie daran zu gewöhnen, daß er die einstündige Fahrt über verstopfte Autobahnen nicht auf sich nahm, um sich anschließend durch einen endlosen Opernabend zu quälen.

Arthur atmete heimlich auf. Der Gedanke, daß er sich ein dreistündiges Kabarettgequatsche ersparen konnte, tröstete ihn darüber hinweg, daß er die Silvesternacht nicht mit Julie, sondern mit Hanna verbringen mußte. Man würde gemütlich in Schlappen auf dem Sofa liegen und eine Silvestershow im Fernsehen genießen, eine Abendgestaltung übrigens, die Julie mit Vehemenz abgelehnt haben würde. Das war wieder etwas, was das Leben mit ihr zuweilen unnötig komplizierte: Julies Haß gegen das Fernsehen. Arthur nahm sich vor, auch dieses Problem im neuen Jahr sanft in Angriff zu nehmen. Man konnte einfach nicht jedes Treffen auf die eine oder andere Weise »gestalten«.

Er richtete sich auf und umfing Julie mit einem zärtlichen Blick: »Hör zu, Liebes, ich wollte es dir nicht gleich sagen, um die schöne Stimmung nicht zu vermiesen, aber spätestens gegen sieben muß ich weg!«

Julie fühlte das bekannte Würgegefühl in der Kehle, das eine Folge von zu häufigem Schlucken war.

Das wichtigste der unbeschriebenen Gesetze ihrer Beziehung zu Arthur lautete nämlich, daß sie sich über jeden seiner Besuche zwar rückhaltlos freuen, sich jedoch niemals beklagen durfte, wenn er keine Zeit für sie hatte, was einen dauernden seelischen Balanceakt erforderlich machte. Einen Balanceakt, dem sich Julie in letzter Zeit immer weniger gewachsen fühlte.

»Ich dachte, du bleibst heute hier, ich habe extra deinetwegen eine Party abgesagt!«

Das war gelogen. Julie wurde schon lange zu keiner Party mehr eingeladen.

»Geh trotzdem hin, Liebes, ich möchte nicht, daß du einen Abend wie den heutigen allein verbringst, zumal...« – Arthur brachte ein etwas schiefes Lächeln zustande – »du heute ganz besonders hübsch bist!«

»Du hättest heute morgen anrufen und sagen können, daß du nicht bleibst.«

Arthur blinzelte diskret auf die Uhr. Halb sechs. Eine knappe Stunde noch...

»Aber ich fahre ja nicht gleich, wir können es uns noch richtig gemütlich machen!«

Dummerweise war Julie die Enttäuschung dermaßen in die Glieder gefahren, daß ihr es schlicht unmöglich war, jetzt, so aus dem Stand heraus, die verlangte Gemütlichkeit zu erzeugen.

Sie kämpfte mit den Tränen und verletzte somit ein weiteres Tabu. Wenn Arthur sich die Mühe machte, sie zu besuchen, um bei ihr zu essen, mit ihr zu schlafen und sich bestätigen zu lassen, daß er nicht nur ein Mann in den besten Jahren war, sondern dies auf ewig bleiben würde, dann hatte er ein Anrecht darauf, mit Problemen und Tränen verschont zu werden. Schließlich war dies etwas, worin Julie sich von der Ehefrau unterschied: Diskreter, bescheidener, interessanter, schöner, geistreicher und verständnisvoller zu sein als sie, bildete schließlich die Basis ihres Verhältnisses. Julie stand auf, ging ins Bad, kühlte sich den Puls, wischte sich die Tränen aus den Augen und atmete tief durch.

Sie befand sich zur Zeit in einer schlechten Verfassung, denn das Jahr hatte übel aufgehört: beruflicher Ärger wegen einer jüngeren Kollegin, die sich anschickte, den Platz zu erobern, den bisher Julie innegehabt hatte (wobei sie mehr Bein als Geist einsetzte), und Ärger mit der Hausverwaltung.

Julie bewohnte ihr Apartment jetzt seit fünfzehn Jahren. Es lag günstig zum Arbeitsplatz und hatte genau die richtige Größe. Sie fühlte sich darin zu Hause, und die Miete war erträglich. So hatte sie die Mitteilung, daß das Haus im kommenden Jahr aufwendig modernisiert werden würde, tief beunruhigt. Die Wohnungen, hieß es, würden im Mietpreis »angepaßt«, teilweise auch als Eigentum angeboten. »Sprechen Sie mit unserer Finanzberatung.«

Anstatt mit der Finanzberatung sprach Julie mit Arthur. Sie wurde das Würgegefühl in der Kehle los, indem sie die Enttäuschung über den verpatzten Silvesterabend hinter der Sorge über den bevorstehenden Geldverlust versteckte. Über Geldprobleme durfte sie auch weinen. Tränen dieser Art fanden immer Arthurs Verständnis.

Er zog sie zu sich auf das Sofa und bettete ihren Kopf auf seine Brust. Julie schluchzte zufrieden vor sich hin. Wie gut das tat. Wie gut sein Hemd roch, und überhaupt... ach, hier die ganze Nacht einfach so liegen und heulen zu dürfen... Und während Julie heimlich über Arthur weinte, dachte dieser über die Finanzierung von Wohnungseigentum nach.

Die Idee, gerichtlich gegen den Kaufzwang der Wohnung vorzugehen, verwarf er sofort. Rechtsanwälte waren teuer und hielten in den seltensten Fällen, was sie zu Beginn der Prozesse versprachen. Was diesen Punkt anging, so fühlte Arthur für Julie volle Verantwortung. Wenn beide auch stets peinlich genau auf getrennte Kassen geachtet hatten, so besaßen sie doch sehr unterschiedliche Kenntnisse über den Inhalt derselben. Wußte Julie nicht einmal, was Arthur verdiente, so fungierte er vom ersten Tag an als ihr Finanzberater und war über ihr Vermögen detailliert unterrichtet.

Julies Vermögen war längst nicht groß genug, als daß es für den Kauf einer Eigentumswohnung gereicht hätte. Andererseits verfügte Arthur über Kapital, das er schon immer hatte anlegen wollen. Wenn er nun Julies Wohnung kaufen und sie als Mieterin behalten würde? Sie brauchte keinen fremden Vermieter mehr zu fürchten, und er hätte nicht nur sein Geld gut angelegt, sondern würde auch Miete kassieren und dennoch seine Wohnung auf angenehme Weise nutzen können. In Julies Augen würde er überdies als starker, väterlicher Freund dastehen. Und ein bißchen abhängig wurde sie überdies. Ein bißchen Abhängigkeit war immer gut.

Das Ganze mußte noch einmal scharf durchkalkuliert und gut durchdacht werden.

Er schob Julie sanft von sich und stand auf. Bereits im Mantel, nahm er sie dann noch einmal in die Arme. »Den nächsten

Jahreswechsel verbringen wir ganz bestimmt zusammen«, versprach er ihr wie in jedem Jahr, »und über die Wohnung mach dir keine Sorgen, das kriegen wir gemeinsam hin.«

Wie immer legte Julie zum Abschied noch einmal ihren Kopf an seine Brust. Die Frage, was sie an Arthur am meisten liebte, würde sie sich stets mit demselben Satz beantworten: »Daß er so groß ist!« Arthurs Größe schien ihr wie ein Versprechen, daß er sie trotz allem gut und sicher durchs Leben geleiten würde.

Arthur war bereits auf der Straße, als Julie noch immer auf die Fahrstuhltür starrte, die sich hinter ihm geschlossen hatte. Durch das ausgiebige Weinen war sie angenehm erschöpft, und durch Arthurs Worte angenehm getröstet.

»Wir gemeinsam!« hatte er gesagt. Wie gut ihr diese Worte taten. Er sagte sie so selten.

Gute Regie ist besser als Treue.
Gottfried Benn

Arthur parkte den Wagen vor der nächstbesten Telefonzelle und rief zu Hause an. Es gehörte zu seiner Strategie, Hanna während der kommenden Wochen mit so viel Aufmerksamkeit zu verwöhnen, daß sie sich ihrer absurden Verdächtigungen schämen und einsehen mußte, daß nicht mit ihm, sondern mit ihr selbst irgend etwas nicht stimmte. Arthur hoffte sie so stark zu verunsichern, daß sie irgendwann, im wahrsten Sinne des Wortes, ihren Augen nicht mehr trauen würde. Das erleichterte auch die Durchführung jener Urlaubsreise, die er im Frühsommer mit Julie plante. Er hatte Julie in der letzten Zeit ein wenig vernachlässigt, und es war nötig, etwas in die Beziehung zu investieren, wenn er sie halten wollte, und das wollte er unbedingt.

Ein Finanzverlust würde durch die gemeinsame Reise nicht entstehen. Er plante, Julie zu überreden, eine Ferienwohnung – zum Beispiel am Gardasee – zu mieten und selbst zu kochen. Das heißt, Julie würde kochen, sie kochte gut und tat es gern – und natürlich war es einfach logisch, wenn der, der kochte, auch den täglichen Einkauf besorgte. Dafür würde er sie dann – so einmal die Woche – zum Essen einladen. Die Miete der Wohnung würde man sich teilen. Auf diese Weise übernahm Julie, ohne daß es auffiel, den größeren Anteil der Kosten, aber sie gehörte zu den emanzipierten Frauen, die ihren Spaß haben wollen und die nicht dazu neigen, kleinlich nachzurechnen, was besagter Spaß sie kostet.

»Wenn man es richtig anpackt«, dachte Arthur, während er die Nummer wählte, »ist die Emanzipation der Frau, schon rein finanziell gesehen, eine günstige Sache, und zwar«, er lachte zufrieden in sich hinein, »vor allem für die Männer!«

»Vonstein?«

Hannas Telefonstimme klang rauh und wie von weit her.

»Ich bin's, Liebes!«

»Ach so, ich hörte da so ein komisches Lachen.«

»Da hast du dich verhört. Mir ist im Moment nicht nach Lachen. Ich wollte nur...«

Er machte eine vielsagende Pause, um Hanna Gelegenheit zu geben, zu erschrecken. Sie tat ihm den Gefallen.

»Es kam schon in den Nachrichten, Eisglätte! Es wäre sicher besser, wenn du erst morgen zurückkämst!«

In ihrer Stimme flackerte die Angst. Arthur nahm dies zufrieden zur Kenntnis.

»Ach, ganz so schlimm scheint es nicht zu sein«, sagte er heiter. »Ich wollte eigentlich nur sagen, daß ich jetzt sofort losfahre. Stell ein gutes Fläschchen kalt!« fügte er launig hinzu.

Eine knappe Stunde später betrat Arthur händereibend das Haus. Er hauchte Hanna einen Kuß auf die Stirn.

»Kalt draußen, hab's gerade noch geschafft. Die Straßen wurden schon glatt.«

Er gab ihr seinen Mantel und lachte sie an.

»Du scheinst trotzdem sehr schnell gefahren zu sein«, stellte sie irritiert fest und dachte, daß es von Doktor Müller bis hierher immerhin einhundertsiebzig Kilometer waren.

»Stalldrang!« sagte Arthur. Und wieder lachte er.

Er betrat das Wohnzimmer und ließ sich in einen Sessel fallen.

»Es war ein fürchterlich öder Nachmittag, hab die ganze Zeit an nichts anderes gedacht, als mich möglichst geschickt loszueisen. Das beste war noch Müllers Solaranlage. Interessante Sache! Trotzdem, ich war froh, als alles vorbei war.«

Er warf ihr einen biederen Blick zu. »Zu Hause ist es doch am gemütlichsten.«

Dies war nicht gelogen, im Moment fühlte er sich wirklich warm und geborgen.

»Hast du Hunger? Ich hab allerdings nichts Besonderes gekocht, bloß einen kleinen Imbiß vorbereitet.«

Hatte diese Frau bei seinem Anlick jemals an etwas anderes als an die nächste Mahlzeit gedacht? Ihr Hirn mußte eine einzige riesige Bratpfanne sein. Er zwang sich, freundlich zu bleiben.

»Um so besser, weißt du was? Wir essen heute mal ganz zwanglos vor dem Fernseher und trinken dazu vielleicht ein schönes Glas Wein, hm?« Er warf Hanna einen Blick zu. Grauenhaft sah sie wieder aus. Neuerdings erschienen bei jeder Aufregung kreisrunde Flecken auf ihren Wangen, rötliche Flecken, zum Lila hin tendierend. Und dann diese merkwürdige fischfarbene Bluse, die sie da wieder anhatte. Alles, was sie trug, war irgendwie fischfarben.

In Vortäuschung eines Lächelns entblößte er die Zähne. »Hattest du einen anstrengenden Nachmittag? Du siehst ein wenig müde aus, Liebes!«

Hanna fühlte, wie ihr jenes warme Gefühl in die Glieder fuhr, das zu Venedig und dem gemeinsamen Ritual des Christbaumschmückens gehörte. Sie ging in die Küche und dachte, wie wohl es tat, diesen Abend einmal mit Arthur ganz allein zu verbringen, und daß dies sicher auch sein heimlicher Wunsch war. So sehr er seine Mutter auch liebte, manchmal war es eben doch lästig, das erinnerungsträchtige Geschwätz der alten Dame zu ertragen. Vor allem, wenn man beruflich so mitgenommen war wie er. Fita hatte so gar kein Verständnis für jenen Druck, dem die Männer heutzutage im Beruf ausgesetzt waren. Hanna hatte es kürzlich erst wieder im Radio gehört: Vom Abbau weiterer Arbeitsplätze war da die Rede gewesen, von Einsparungen, die auch vor den Hochschulen nicht haltmachten, und von der Mehrarbeit, die diese Maßnahmen für all diejenigen bedeuteten, die nicht abgebaut worden waren. Hanna arrangierte einen kleinen Imbiß auf einem Tablett und fühlte sich so leicht und unbeschwert wie lange nicht mehr. All die Verdächtigungen der vergangenen Wochen kamen ihr plötzlich völlig absurd vor, und während sie in den Keller hinunterstieg, um eine Flasche Wein zu holen, verschwand der Alp von ihrer Brust und zog sich in jene dunklen Gefilde zurück, aus denen er gekommen war.

Auch das Kopfkino funktionierte wieder wie gewohnt.

Als sie ins Wohnzimmer zurückkehrte, hatte Arthur den Fernseher bereits eingeschaltet. Es war warm und gemütlich. Das Holz im Ofen knisterte leise vor sich hin, und Arthur lag entspannt auf dem Sofa und streckte die Hand nach ihr aus.

»Komm, ruh dich aus, Liebes, setz dich zu mir!«

Der Abend verlief so still und heiter, wie in diesem Hause selten einmal ein Abend verlaufen war. Während beide auf den Bildschirm blickten, stellte Hanna sich vor, wie sie mit Arthur auf der Terrasse ihres Hauses mit Seeblick sitzen und frühstükken würde. Arthur überschlug derweil in Gedanken den finanziellen Gewinn, den er beim Kauf von Julies Wohnung zu machen hoffte. Wenn er es richtig anpackte, konnte ein sattes Plus dabei herauskommen.

Hanna überlegte, ob sie in einigen Jahren wohl noch rüstig genug sein würden, ein Paddelboot zu kaufen, um in der Abenddämmerung auf den stillen See hinauszugleiten.

Auch Arthurs Gedanken glitten dahin, nämlich vom Geschäftlichen ins Private. Er stellte sich vor, wie er mit Julie behaglich auf der Terrasse frühstücken und später, von neidischen Blicken begleitet, auf der Promenade auf und ab schlendern würde.

Trotz des Altersunterschiedes waren sie ein attraktives Paar, ganz im Gegensatz zu seiner Beziehung zu Hanna. Mit Hanna konnte man im Grunde überhaupt kein Paar bilden, und er mußte sich eingestehen, daß er eigentlich nie gern an ihrer Seite gegangen war. Neben Julie dagegen gewann er enorm an Prestige, und daß man sie hin und wieder für Vater und Tochter hielt, schmeichelte seiner Eitelkeit sehr.

Er fühlte Hannas Blick auf sich ruhen, einen Blick mit einem seltenen Glanz darin. Die Kreise auf ihren Wangen waren jetzt lilaviolett.

Arthur tröstete sich mit dem Gedanken an Julies festen weißen Busen und wandte die Augen angewidert ab.

»Trinken wir noch ein Glas«, sagte er ablenkend.

Die roten Flecken in Hannas Gesicht waren eine Folge der ständigen Temperaturschwankungen, denen sie allwinterlich ausgesetzt war, seitdem sie im Hause Vonstein Dienst tat. Aus der überheizten Küche lief sie täglich ein dutzendmal durch die zugige Diele, hinunter in den eiskalten Keller, hinaus in den Garten und wieder zurück in die stets feuchte Waschküche. Arthur erwähnte zwar gelegentlich den Einbau einer modernen Heizung, fügte jedoch stets hinzu, daß sich Unruhe und Dreck (von den Kosten ganz zu schweigen) nicht lohnten, da man das Haus – früher oder später – ja aufgeben wolle. Die Fata Morgana des südlichen Alterssitzes erfüllte ihren Zweck im mehrfachen Sinne.

Hanna ihrerseits hatte sich inzwischen so sehr an die Kälte und den Zustand ihres Gesichtes gewöhnt, daß ihr beides nicht mehr auffiel. Selbstverständlich schloß sie sich Arthurs Meinung an, daß der Aufwand eines Umbaus undiskutabel sei.

Als Fita aus Hannover zurückkam, nahm das Leben in der Heinrich-Heine-Allee seinen gewohnten Gang. Hanna, von ihrem Alptraum befreit, machte sich mit doppeltem Eifer nützlich. Sie war Arthur dankbar, daß er ihren peinlichen Ausrutscher am Abend vor Silvester mit keinem Wort erwähnte.

Im Gegenteil, sein Verhalten war freundlicher denn je zuvor. Nicht nur, daß er sie zuweilen rief, wenn etwas im Fernsehen gebracht wurde, von dem er glaubte, daß es sie interessieren könnte, er war auch häuslicher als früher und hinterließ, wenn er über Nacht wegblieb, fast immer eine Telefonnummer.

»Für den Notfall!« wie er betonte.

Inzwischen konnte er sich darauf verlassen, daß Hanna das in sie gesetzte Vertrauen nicht ausnutzen und tatsächlich anrufen würde. Anfang März fragte er sie, ob sie Lust habe, zu Ostern mit ihm eine kleine Reise zu machen. Eine Woche könne er sich freinehmen, und es wäre doch nett, einmal den Gardasee zu besuchen und vielleicht an jenen Ort zu fahren, in dem sie vor einigen Jahren mit Fita gewesen war. Er denke da an ein kleines, aber gutgeführtes Hotel, obwohl es vielleicht noch viel gemütlicher wäre, eine Wohnung zu mieten und somit nicht ständig auf das Hotelzimmer angewiesen zu sein. Natürlich bräuchte Hanna nicht zu kochen; man könne das Frühstück selbst zubereiten und die Mahlzeiten auswärts einnehmen. Oder besser noch, Frühstück und Abendbrot selbst zubereiten und mittags essen gehen. Merkwürdigerweise reagierte Hanna auf diesen unerwarteten Vorschlag nicht mit jenem Hochgefühl, das zu erwarten gewesen wäre, sondern eher mit Unsicherheit. Sie war nun schon so lange von jeglichem Gesellschaftsleben abgeschnitten, daß ihr als erstes die Garderobenfrage einfiel. Sie hatte nichts anzuziehen.

Nicht daß ihr Kleiderschrank leer gewesen wäre. Fita war in früheren Jahren regelmäßig mit Hanna in die Kreisstadt gefahren, wo beide Damen sich eingekleidet hatten, nur fehlte es Hanna an Gelegenheit, die neuen Sachen auch anzuziehen, so daß ihr Schrank vollgestopft war mit Kleidern, die kaum getragen, jedoch hoffnungslos unmodern waren. Hanna fühlte sich im Haus in Hosen und weitgeschnittenen Blusen am wohlsten und wäre sich verkleidet vorgekommen, wenn sie sich abends zum Fernsehen feingemacht hätte. So moderten die vor Jahren angeschafften Kleider unbeachtet vor sich hin, bis sie schließlich in Vergessenheit gerieten.

Eines Morgens machte Hanna also Inventur, probierte ihre muffig riechende Garderobe Stück für Stück durch und stellte entmutigt fest, daß man sie allenfalls weiterhin aufheben, jedoch kaum noch tragen konnte.

Aber Fita beruhigte sie. Fita hatte der merkwürdige Verlust an Schaffensfreude, von dem Hanna in der Vorweihnachtszeit befallen worden war, beunruhigt, und sie hatte beschlossen, die Schwiegertochter ein wenig zu schonen. Sie hatte auch das schaurige Lachen nicht vergessen, das an jenem dunklen Dezemberabend durchs Haus gehallt war.

Eines Abends bat sie Hanna, sich ein Weilchen zu ihr zu setzen.

»Du solltest unbedingt einmal ausruhen und mit Arthur verreisen«, sagte sie. »Oder wäre es dir lieber, ein paar Tage allein wegzufahren, um einmal ordentlich auszuspannen?«

Hanna sah sich mutterseelenallein am Ufer des Gardasees herumirren und erschrak.

»Um Gottes willen!«

»Na, dann tu Arthur doch den Gefallen, und freu dich ein wenig auf die Reise.«

Hanna schluckte.

»Ich habe nichts anzuziehen!« sagte sie direkt.

Fita lachte ihre Bedenken hinweg.

»Wir fahren morgen in die Stadt und kleiden dich ein. Was hältst du von einem schicken Kostüm mit passender Bluse und einem Trench? Ich habe auch noch ein paar Seidenblusen, die kaum getragen sind, und ein Twinset aus Wolle. Damit kämst du für eine Urlaubswoche gut über die Runden.«

Die Seidenblusen waren für Hanna ein wenig zu kurz und spannten unter den Armen, aber mit der Jacke des Twinsets darüber sah man das fast gar nicht. Das Kostüm, das Fita für sie ausgesucht hatte, war nicht billig gewesen, dafür war es so klassisch geschnitten, daß Hanna es für den Rest ihres Lebens tragen konnte. Ein Trench mußte nicht gekauft werden. Hanna besaß noch einen leichten Wollmantel, den ihr Fita vor sechs Jahren geschenkt hatte und der noch recht passabel aussah. Wie alle Kleider in Hannas Besitz, war auch er so gut wie neu.

Am Abend probierte Hanna in Fitas Schlafzimmer ihre Reisegarderobe an. In ihrer bescheidenen Art gefiel sie sich darin. Den Kostümrock konnte sie mit einer von Fitas Seidenblusen und wahlweise mit der Strick- oder der Kostümjacke kombinieren. Für kühle Tage eignete sich die Seidenbluse mit dem Pullover des Stricksets. Der Wollmantel paßte leider weder zu dem Rock noch zu den Blusen, aber das sah man nicht, wenn man ihn zuknöpfte. Fita kramte noch ein paar Seidentücher aus der Schublade und bedauerte wieder einmal, daß Hanna so viel größer war als sie selbst. Fita war modischen Dingen sehr zugetan und hätte Hannas Bedürftigkeit schön als Alibi brauchen können, neue Sachen zu kaufen, obwohl sie die anderen keine dreimal getragen hatte. Aber zwölf Zentimeter Größenunterschied machten diese Hoffnung in den meisten Fällen zunichte.

Hanna betrachtete sich mit dem neuen Rock und der alten Bluse im Spiegel und gefiel sich recht gut. Wieder einmal stellte sie fest, daß das Ausmaß an Freude, allen christlichen Regeln zum Trotz, in direktem Zusammenhang zum vorhandenen Kapital zu stehen schien. Schon zündete in ihrem Herzen das gefährliche Flämmchen der Unersättlichkeit.

»Was hältst du von meiner Frisur?« fragte sie Fita. »Ziemlich mausig, oder?«

»Unmöglich! Du hast so schönes dichtes Haar, schade, daß du dich immer so vernachlässigst«, antwortete Fita. »Ich spendier dir eine Rundumverschönerung im Kosmetiksalon.«

Das Flämmchen der Unersättlichkeit züngelte lichterloh.

»Meinst du, daß mir ein kleines Make-up stehen würde, oder wirke ich damit zu angemalt?«

»Keineswegs! Ein bißchen Make-up zum Abdecken würde

Wunder wirken, und laß dir mal die Brauen zupfen. Ich mache für nächsten Montag einen Termin für dich.«

Fitas Aufenthalt in Hannover war eher stressig als erholsam gewesen. Alwine Münzenberg hatte, den Verlust ihres Gatten zum Vorwand nehmend, ununterbrochen von sich selbst erzählt und ansonsten Rücksicht auf ihre schwachen Nerven gefordert. Auch litt sie unter einem empfindlichen Magen und schämte sich nicht, Fita mitten in der Nacht zu sich zu rufen, um einen Kamillentee und/oder eine Kompresse zu erbitten. Fita hatte sich auf der Rückfahrt zum erstenmal der beunruhigenden Tatsache gestellt, daß Hanna keine Maschine, sondern nur ein Mensch und als solcher sterblich war.

Sie betrachtete ihre Schwiegertochter mit neuerwachter Sympathie, in die sich neuerdings ein wenig Sorge mischte.

»Guck jetzt mal nicht auf den Pfennig«, sagte Fita und lächelte das bewährte Lächeln der angeblichen Entsagung, »du sollst es ja schließlich nicht für dich tun, tu es einfach für Arthur!«

Nachdem Fita den Verdacht der Eigennützigkeit geschickt beseitigt hatte, nahm Hanna die Notwendigkeit einer Rundumverschönerung willig auf sich: Sie verbrachte acht äußerst angenehme Stunden im Kosmetikinstitut »Sylla Syren«.

Auch Julie Fischbach hatte ihre Bemühungen um Arthurs Aufmerksamkeit im neuen Jahr verdoppelt. Mit leichter Panik mußte sie sich eingestehen, daß Arthur sie lange nicht mehr so regelmäßig besuchte wie früher, und seine Besuche zudem kürzer ausfielen. Oft kam er nur »auf einen Sprung« vorbei, war dann in der zur Verfügung stehenden Zeit jedoch aufmerksam und zärtlich und bedauerte stets, so früh wieder gehen zu müssen.

Julie war irritiert! Wieso gelang es ihm eigentlich nicht, etwas mehr Zeit für sie beide aufzubringen, wenn ihm, was er stets betonte, so sehr daran lag? Arthur erklärte dies mit beruflicher

Überlastung, nervlicher Anspannung und schlechter gesundheitlicher Verfassung. In Wirklichkeit begann er seine Besuche bei Julie als anstrengend zu empfinden. Die einzige Rolle, die er je in ihrem Leben gespielt hatte, war die des Liebhabers gewesen, und das Ritual, das er selbst für Julie entwickelt hatte, begann ihn zu überfordern. Zudem war die Konversation vorher und nachher so lästig. Immer öfter ertappte sich Arthur dabei, daß er nach der Zeremonie der gemeinsamen Mahlzeit sein Arbeitszimmer vermißte, in das er sich zu Hause flüchten konnte. Statt dessen mußte er vom Tisch auf das Sofa und vom Sofa ins Bett überwechseln, nur um sich wieder einmal zu beweisen, daß er tatsächlich noch immer jung und leistungsfähig war.

Julie verwechselte diese Akte der Selbstbefriedigung mit Liebe, und Arthur verwechselte ihr Vorgaukeln von Sinneslust mit wildem Begehren, obwohl es ihr einzig um die Bestätigung der eigenen Anziehungskraft ging. Es konnte nicht ausbleiben, daß sich beide durch dieses Falschspiel stark erschöpften, so daß es immer öfter ausfallen mußte, was wiederum vor allem Julie zutiefst beunruhigte. Sie näherte sich ihrem vierzigsten Geburtstag und benötigte männliche Leidenschaft als Beweis, daß diese Tatsache nichts, aber auch gar nichts zu bedeuten hatte.

War auch im neuen Jahr Julies vorrangiges Problem, Arthurs
Interesse an ihrer Person wachzuhalten, so schlug sich Arthur
mit ganz anderen Schwierigkeiten herum. Er hatte im vergangenen Jahr Verluste mit Aktien gemacht und dachte über eine
bessere Anlagemöglichkeit seines Vermögens nach. Kreisten Julies Gedanken nach wie vor um das gemeinsame Bett, so kreisten
die Arthurs neuerdings eher um die Wohnung, in der das Bett
stand.

Anstelle von Julie sprach er schließlich bei der Hausverwaltung vor, um bereits im ersten Gespräch herauszufinden, daß der
Kaufpreis zu hoch angesetzt war. Zwar war die Wohnung gut
geschnitten, ließ aber, wenn man nicht wie Julie seinen Arbeitsplatz ganz in der Nähe hatte, von der Lage her zu wünschen
übrig. Das Hochhaus lag am Stadtrand, die nächste öffentliche
Haltestelle war fünfzehn Minuten weit weg, und abends wirkte
die Gegend ausgesprochen öde. Dies würde den Wiederverkaufswert reduzieren, und Arthur war der Wiederverkaufswert
wichtig. Es war ja durchaus möglich, daß sich das Verhältnis zu
Julie Fischbach früher oder später einmal auflöste, dann hatte er
eine zu teuer kalkulierte Wohnung und womöglich einen fremden Mieter am Hals, der Scherereien machte.

Er versuchte Julie zum Auszug zu überreden. Mitten in der
City, noch dazu in der Fußgängerzone gelegen, baute die Stadt
ein neues Ladencenter, dessen obere Etagen als Eigentumswoh-

nungen verkauft werden sollten. Zwar war das in Frage kommende Objekt ein wenig klein, dafür stimmten Preis und Lage. Der Wiederverkaufswert war optimal.

Das letzte Argument behielt Arthur für sich. Er schloß Julie in die Arme und flüsterte ihr zu, daß ein Standortwechsel auch der Erotik guttäte, womit er zum erstenmal, wenn auch nur andeutungsweise, zugab, daß das Liebesleben gelitten hatte.

»Halte das kommende Wochenende für uns frei«, sagte er zum Abschied. »Ich kann endlich mal wieder bis Montag abend bleiben! Und ich denke, es wird Zeit, daß . . .« Anstatt den Satz zu vollenden, fuhr er ihr mit der Hand in den Ausschnitt und lächelte sie zärtlich an.

Wenn Arthur auf diese Weise lächelte, entblößte er die Zähne nur zur Hälfte und zog die Mundwinkel ein wenig nach oben, was freundlich und sehr vertrauenerweckend aussah.

»Ich muß zusehen, daß es diesmal endlich wieder eine tolle Nacht wird«, dachte Julie, nachdem Arthur sie verlassen hatte, und besah sich mit Sorge ein neues Fältchen, das sich heimlich unter ihrem linken Auge eingegraben hatte. Dann beschloß sie, zur Steigerung der Erotik beizusteuern, so gut sie nur konnte.

Auch Arthur nahm sich vor, alles zu tun, damit der Samstag, der Sonntag und vor allem die Nacht, die dazwischenlag, ein voller Erfolg wurden. Objekte wie die Wohnung in der Fußgängerzone waren rar, man durfte mit der Unterschrift nicht zu lange zögern.

Er mußte das Wochenende nutzen, um Julie von der dummen Idee abzubringen, daß eine Wohnung, die eine halbe Autostunde vom Arbeitsplatz entfernt lag, schlechter war als eine, bei der die Entfernung zehn Fußminuten betrug.

Er plante, sie zärtlich daran zu erinnern, daß sie noch immer gut daran getan hatte, ihm in geschäftlichen Dingen voll zu vertrauen.

Obwohl Julie eher der Typ Frau war, der sich in frischer Baumwollwäsche am wohlsten fühlte, erstand sie am Freitag vor dem gemeinsamen Wochenende einen schwarzen Spitzenbody, der entsetzlich unbequem war, ihren Busen aber in der Art zusammenpreßte, daß er scheinbar doppelte Fülle gewann. Ihr glattes Haar ließ sie wellen und mit Henna spülen, so daß es einen leicht rötlichen Schimmer erhielt, und in einem Laden, den sie nie wieder betreten würde, kaufte sie halterlose schwarze Netzstrümpfe.

Sie hatte erst einen Hüftgürtel mit Strapsen anprobiert, aber obwohl sie immer wieder gehört hatte, daß Männer nichts aufregender fänden als Strapse, war sie sich in dem Ding derartig lächerlich vorgekommen, daß sie die selbsthaftenden Strümpfe vorzog. Als sie sich später vor dem heimischen Spiegel betrachtete, und verschiedene Posen einnahm, von denen sie glaubte, daß sie verführerisch wären (vor allem das ruckartige Zurückwerfen des Kopfes gehörte dazu), konnte sie sich eine positive Wirkung bei einem so seriösen Mann wie Arthur eigentlich nicht vorstellen. Dennoch beschloß sie, den Versuch zu wagen. Die Anspielung auf die dahinschwindende Erotik hatte eine tiefe Wunde bei ihr geschlagen, die so rasch wie möglich geheilt werden mußte.

Wenn Julie in Arthur einen seriösen Wissenschaftler sah, so hatte sie einerseits gewiß recht. Arthur war kein Mann, der kindliche Neckereien liebte und mit dem man spielerisch herumalbern konnte (was Julie manchmal bedauerte). Er neigte nicht zu unüberlegten Handlungen und konnte einem Verlust, so geringfügig er auch sein mochte, jahrelang nachtrauern.

Was nun aber die Frauen betraf, so war er auf der Stufe jenes Fünfzehnjährigen stehengeblieben, der mit roten Ohren in einem Pornoheftchen geblättert und zum erstenmal entdeckt hatte, wie eine richtige Frau zu sein hatte: platinblond, tizianrot oder rabenschwarz, mit schweinchenrosa Schmollmund und steil aufgerichteten Brustwarzen im gleichen Farbton, mit zu Schlitzen verengten Augen und so scharf zurückgeworfenem Kopf, daß sich die Halsschlagader spannte.

Atemberaubend schön also.

Er stand fortan unter dem Zwang, dieses Bild vor seinem inneren Auge entstehen zu lassen, wenn Rosemarie, wahlweise Annemarie, wahlweise Julie aus ihrem weißen Baumwollslip schlüpfte. Er mußte kurze braune Locken in eine platinblonde Mähne verwandeln und kleine Äpfelchen in schwellende Melonen. Keine ganz leichte Aufgabe...

Als Arthur Julie in der so sorgsam vorbereiteten Nacht aus ihrem Spitzenbody schälte, sein Gesicht in ihrer Knistermähne vergrub und, umklammert von den so erotisch bestrumpften Beinen, zu alter Leistungskraft gelangte, geschah dies dann auch nicht aus dem Grunde, weil Julie plötzlich atemberaubend attraktiv gewesen wäre, sondern weil er die Kraft, die er sonst in den gedanklichen Umwandlungsprozeß investieren mußte, diesmal direkt einsetzen konnte.

Wenn Julie anfangs auch ein wenig erschrocken darüber war, daß ein bißchen Spitzenillusion den ermüdeten Arthur zum wilden Tier reifen ließ, so machte die Erleichterung darüber, dieses Feuer überhaupt noch entfachen zu können, das Erschrecken wieder wett. Zufrieden wie nach einer Schlacht, über deren positiven Ausgang sie zutiefst erleichtert waren, lagen beide anschließend nebeneinander, tranken ein Glas Sekt auf den Sieg, den sie errungen hatten, und waren zu Zugeständnissen bereit. Julie gab zu, daß dreißig Minuten Fahrt zum Arbeitsplatz für die heutigen Verkehrsverhältnisse kein Thema waren und der Zeitverlust beim samstäglichen Einkauf wieder eingeholt werden konnte.

Arthur gestand ein, die Liebe im vergangenen Jahr etwas vernachlässigt zu haben. Tief beglückt über seine neu entfachte Manneskraft, versprach er Julie in diesem Sommer einen Urlaub, der volle vier Wochen dauern sollte. Man würde richtige Flitterwochen haben – dachte Julie, in diesen Dingen eine unverbesserlich Hoffende, und sah sich zwischen Bett und Terrasse hin- und herschweben.

Man sollte sich einmal die örtlichen Immobilien ansehen, dachte Arthur, bemüht, den drohend aus der Tiefe auftauchenden Gedanken an einen möglichen Finanzverlust im Keim zu ersticken.

Nachdem ihm dies gelungen war, bat er Julie, ihm noch ein Glas Sekt einzuschenken und den Spitzenbody wieder anzuziehen.

Der Body war sehr eng, und deshalb war Julie gezwungen, ihn langsam an ihrem Körper hochzurollen, wobei sie mit tiefer Befriedigung erneut das kleine Flämmchen des Begehrens in Arthurs Augen aufzüngeln sah.

Wie sollte sie ahnen, daß dieses Flämmchen nicht ihr galt, sondern jener Pornoschönheit auf Glanzpapier, an der Arthur seit seinem fünfzehnten Lebensjahr weibliche Schönheit maß, und die es als einzige geschafft hatte, über Jahrzehnte hinweg begehrenswert zu bleiben.

Als Arthur am Montagabend von seiner »Geschäftsreise« nach Hause zurückkehrte, innerlich zu gleichen Teilen mit der Immobilie wie mit Julies schwarzem Spitzenbody beschäftigt, erwartete ihn Hanna in der geöffneten Tür stehend.

Sie hatte den ganzen Tag im Schönheitscenter »Sylla Syren« verbracht und fühlte sich glücklich und angeregt. Die grauen Haare waren gefärbt und hatten einen sportlich-feschen Schnitt erhalten, der sie um Jahre jünger machte. Die gezupften Brauen unterstrichen vorteilhaft die Konturen ihres Gesichtes, und die lila Flecken waren unter einem Make-up verschwunden. Auf Fitas Rat hin trug sie den neuen Kostümrock zu der Seidenbluse und hatte die Jacke lose über die Schultern gelegt. Sie sah nicht nur jünger, sondern ausgesprochen beschwingt aus. Fita war ganz begeistert von Hannas Verwandlung, die nicht ganz billig gewesen war, sich aber gelohnt hatte. Arthur begrüßte seine Frau freundlich aber geistesabwesend, meldete einen Bärenhunger an und verschwand, wie gewohnt, im Arbeitszimmer, um zu telefonieren. Auch später, als er Hanna beim Essen gegenübersaß, bemerkte er nichts von der Verwandlung, bis Fita ihn schließlich darauf aufmerksam machte. Ob ihm denn gar nichts an Hanna auffalle, er solle doch einmal genauer hinschauen.

Arthur tat, wie ihm geheißen, und sah näher hin.

Obwohl er sich Mühe gab, konnte er keine auffallende Veränderung feststellen. Hanna sah aus wie immer. Gut, die Haare waren vielleicht ein bißchen weniger mausig als sonst, und die Stirn mit den beiden waagerecht verlaufenden Falten war freigelegt, so daß man zwei halbmondförmig gezupfte Brauen sah, die sie aber doch immer gehabt hatte, oder nicht? Da er ahnte, daß Ähnliches von ihm erwartet wurde, tat Arthur den Damen den Gefallen.

»Andere Frisur, was?« fragte er betont forsch und fügte, die Augen bereits wieder auf sein Kotelett gerichtet, hinzu: »Sieht fesch aus!« Dann kehrte er zu seinen Gedanken zurück und rechnete aus, daß er, wenn er in diesem Jahr mehrere Wochen lang mit Julie verreisen würde, den Urlaub mit Hanna stark reduzieren müßte. Drei Tage konnte er allenfalls erübrigen, und man konnte die Zeit nutzen, um nach einer Wohnung für den Sommer Ausschau zu halten. Vier Wochen waren eine lange Zeit, da sollte man nicht unbesehen irgend etwas mieten. Auf dem Rückweg könnte er Hanna dann in München in den Zug setzen, einen früheren Kollegen besuchen und vielleicht in Sindelfingen ein Treffen mit Karin arrangieren. Julie im Reizbody hatte ihm Appetit auf verlorengegangene Genüsse gemacht.

Alles in allem würde er auf diese Weise Hanna bestätigen, daß sie ihm etwas wert war, jedoch keinen allzu großen Verlust erleiden. Zufrieden mit dem Resultat seiner Berechnungen, schob er den letzten Bissen in den Mund, erhob sich noch kauend vom Tisch und ging hinüber in sein Arbeitszimmer.

»Er hat eine anstrengende Reise gehabt«, sagte Fita zu Hanna, die getröstet nickte.

»Ich glaube aber doch, daß ihm meine neue Frisur gefallen hat«, antwortete sie tapfer. »Er konnte es nur nicht so in Worte kleiden, Männer sind so ungeschickt in diesen Dingen!«

Wie immer glaubte sie an das, was sie sagte.

Wie sollte Hanna auch ahnen, daß Arthurs Sinn von »Julie in Spitze« und »Karin in Leder« erfüllt war, und sie, ohne zu wissen, was sie tat, versucht hatte, mit zwei Spindfotos zu konkurrieren. Und daß sie nicht die geringste Chance hatte.

Viel Gutes bekommt der Mann
durch die Frucht seines Mundes.
Sprüche Salomons

Eine Woche vor der geplanten Reise kam Arthur nach Hause und erklärte Hanna, daß ein längerer Urlaub im Moment leider unmöglich sei. Unvorhersehbare Geschehnisse machten seine Gegenwart an der Hochschule unbedingt erforderlich. Müller bestehe geradezu auf seiner Anwesenheit, was ihn, Arthur reckte männlich-kämpferisch das Kinn, jedoch keineswegs dazu veranlasse, das Recht auf freie Tage wieder einmal aufzugeben. Viel zu lange schon habe er des Berufes wegen auf sein Privatleben verzichten müssen.

Sicher, vierzehn Tage könnte man natürlich nicht wegbleiben, aber eine knappe Woche, das ginge, das *müsse* einfach gehen...

Wieder wurde Hanna von diesem unheimlichen und nicht erklärbaren Schwindel überfallen. Sie litt seit einiger Zeit unter nervösen Störungen, und manchmal kam es vor, daß sie das Gefühl hatte, ihr Herz würde einfach aussetzen.

Sie atmete tief durch und versuchte ihre Stimme so normal wie möglich klingen zu lassen.

»Was verstehst du unter einer knappen Woche?«

»Nun, so fünf bis sechs Tage«, sagte Arthur betont heiter.

»Mit oder ohne An- und Abreise?«

»Aber, aber... Seit wann denn so kleinkariert?« Er machte einen ungeschickten Versuch, sie in die Arme zu nehmen.

»Du mußt bedenken, daß es unter den gegebenen Umständen toll ist, daß ich überhaupt einfach abhaue, gerade jetzt, wo alles drunter und drüber geht. Müller wird sauer sein, doch das muß ich eben in Kauf nehmen!«

Nachdem Arthur den Betrug – und es war leicht, eine Frau zu betrügen, die nicht das geringste von den Welten wußte, in denen ihr Mann sein eigentliches Leben führte – in die Wege geleitet hatte, hakte er diesen Punkt seiner Tagesordnung als erledigt ab und begab sich, wie immer, in sein Arbeitszimmer. Hanna blieb, wie so oft, in der Diele zurück und starrte auf die Tür, die sich hinter ihrem Mann geschlossen hatte. Mit Entsetzen spürte sie wieder dieses schreckliche hysterische Lachen in der Kehle heraufschleichen, das sie bereits in der Adventszeit überfallen hatte. Doch diesmal gelang es ihr, rechtzeitig in die Küche zu entkommen, so daß dieser erneute Ausbruch unbemerkt blieb.

Nachdem es Arthur fertiggebracht hatte, sein betrügerisches Doppelspiel vor Hanna als mutige Selbstlosigkeit zu kaschieren – mutig, weil er sich angeblich dem Zorn von Müller aussetzte, selbstlos, weil er dennoch bereit war, die Reise anzutreten –, fand er es nun an der Zeit, auch Hanna um einen Beitrag zu bitten. Beim Mittagessen trug er ihr, sie über seine Kohlroulade hinweg anblickend, auf, sich nun doch bitte ein bißchen zu freuen. »Schließlich habe ich Himmel und Hölle in Bewegung gesetzt, um die Reise überhaupt zu ermöglichen!«

Er warf ihr einen jener Blicke zu, die er für liebevoll hielt, und inszenierte das dazugehörige Lächeln.

»Wir wollen es doch endlich wieder einmal ein wenig nett haben.«

Doch ebenso wie Julie bei seinem Anspruch, eine lange, knisternde Silvesternacht ohne Stimmungseinbuße auf ein paar trockene Stunden zu reduzieren, völlig versagt hatte, gelang es Hanna nicht, die Freude auf drei Wochen Urlaub ungemindert auf fünf Tage zu übertragen. Schließlich funktionierte jedoch wieder einmal jener gefährliche Mechanismus, der aufkeimende Wut zu resignierter Bescheidenheit werden ließ.

Schließlich, sagte sich Hanna noch am selben Abend, waren fünf Tage ja doch beinahe schon eine Woche und besser als gar nichts, und unter den gegebenen Umständen fast schon als Geschenk anzusehen. Nun durfte man nicht so dumm sein und sich wie ein trotziges Kind benehmen, das gleich die ganze Tüte zurückweist, nur weil sie nicht ganz so viele Bonbons enthält, wie versprochen, womit das trotzige Kind doch nur sich selbst schadete und niemandem sonst.

Am Abend hatte Hanna ihr Gleichgewicht wiedergewonnen, und die verlorengegangene Vorfreude kehrte zögernd zurück.

Zwei Tage später suchte Arthur die Nummer jenes Hotels heraus, in dem er vor etlichen Jahren höchst angenehme Stunden mit Karin aus Sindelfingen verbracht hatte. Anschließend kam er zu Hanna in die Küche.

»Wir haben Glück, sie haben gerade noch für drei Nächte ein schönes Balkonzimmer frei. Seeblick«, fügte er augenzwinkernd hinzu.

Hanna starrte ihn sprachlos an. In Gedanken hatte sie sich bereits seit Wochen in einer holzgetäfelten, urgemütlich eingerichteten kleinen Wohnung eingenistet, in der Arthur und sie schon einmal an jenem Glück nippen würden, das in wenigen Jahren bevorstand. Ein Horsd'œuvre auf himmlische Zeiten, die da kommen und alles Bisherige nachträglich rechtfertigen würden.

»Wir wollten doch eine Wohnung...« Ihr Stimme flackerte ein wenig und versagte schließlich.

»Aber Hanna!« Arthur warf ihr einen halb genervten, halb verzeihenden Blick zu. »Für *drei* Nächte...?«

»Ich denke, wir fahren eine Woche, mindestens fünf...«

»Das Thema war doch wohl ausdiskutiert!« Arthurs Ton hatte nun jene Schärfe, die kundtat, daß er die Faxen endgültig satt hatte und keine weiteren Diskussionen wünschte.

»Wenn es dir natürlich nicht genügt... ich meine, schließlich nehme ich den erheblichen Streß der langen Fahrt nur deinetwegen auf mich.«

»Und Ostern... ich meine, die beiden Ostertage?«

»Aber wir werden doch Mutter nicht allein lassen!«

Hanna hatte wieder mit diesem merkwürdigen Herzstillstand zu kämpfen, der sie in letzter Zeit häufiger überfiel.

Plötzlich sah sie Arthur nur noch schemenhaft und schaffte es gerade noch, das Bad zu erreichen, ehe sich ihr Magen umdrehte. Als sie schließlich totenbleich und zittrig die Diele betrat, sah sie durch den Türspalt, wie Arthur ihr einen kühl-abschätzenden Blick zuwarf. Dieser Blick traf sie wie ein Stein.

»Noch lange nicht jeder Ehemann würde mit einer solchen Frau verreisen«, dachte Arthur, seufzte selbstgefällig und fühlte sich sehr edel. »Sie sieht ja aus wie ein Geist!«

Er hörte, wie Hanna die Waschmaschine leerte und wenig später den Korb in den Trockenkeller hinuntertrug.

Arthur nutzte die Gelegenheit, um Julie anzurufen.

»Hör zu, Liebes, ich rufe aus dem Büro an, deshalb muß ich mich kurz fassen, die Sekretärin, du verstehst... Ich fahre ein paar Tage lang an den Gardasee... hab geschäftlich in der Nähe zu tun, aber eigentlich will ich die Zeit nutzen, ein paar Wohnungen anzusehen. Wir wollen es im Sommer doch schön haben...«

Nach diesem Zückerchen verpaßte er ihr noch ein paar Bittermandeln.

»Zu Ostern werden wir uns leider nicht sehen. Ich will die Gelegenheit nutzen, einen alten Studienkollegen aufzusuchen. Vielleicht kann er mir auch gleich ein paar Tips geben, er hat nämlich seit Jahren ein Haus in der Gegend.«

Julie, die fest damit gerechnet hatte, Arthur zumindest an einem der Ostertage zu sehen, spürte die bekannte Trockenheit in der Kehle, jenes Gefühl, das eine Folge von zu häufigem Schlucken ist. Sie sah unendlich trostlose Ostertage in einer einsamen Wohnung auf sich zukommen. Tage mit einer ungenutzten Frühlingssonne, hinter zugezogenen Gardinen und einem Narzissenstrauß auf dem Vertiko, der ebenso verloren wirken würde wie sie.

Arthur Vonstein seinerseits sicherte sich über Ostern ein anregendes Plätzchen an Karins Busen. Er näherte sich der Gespielin aus alten Tagen als Freund und per Telefon. Als Freund erkundigte er sich zunächst einmal bieder nach dem Wohlergehen. Karin, die zu den Frauen gehörte, die männliche Chiffren zu entschlüsseln wissen, lud ihn daraufhin ein, die Feiertage mit ihr in jenem Waldhaus zu verbringen, welches der ihr angetraute Dessoushersteller für gewisse Gelegenheiten besaß.

Karin und er waren noch immer recht glücklich miteinander, aber der Fabrikant hatte dennoch seit einiger Zeit eine junge Geliebte, und Karin fand es an der Zeit, sich selbst zu beweisen, daß sie noch immer ein Feuer entfachen und in Gang halten konnte.

Hanna würde die Ostertage also mit Fita und dem Fernseher, Julie mit einigen Flaschen Weißwein und ebenfalls dem Fernseher verbringen. Beiden war klar, daß diese Kombinationen absolut unbekömmlich waren, bei Julie Depressionen und bei Hanna nervöses Herzflattern hervorrufen würden. Dennoch verharrten sie in ihrem Elend und unternahmen keinen Versuch, etwas daran zu ändern.

Einzig Arthur hatte umsichtig dafür gesorgt, sich eine kleine Festtagsfreude zu machen, die harmlos war und durch die weder Hanna noch Julie irgend etwas entbehren mußten.

Gut für ihn war, daß er wirklich an diese These glaubte und nicht einmal der Anflug eines schlechten Gewissens den Genuß reduzieren würde.

Wer wenig fordert,
wird nichts bekommen.
Volksweisheit

Das Wetter am Gardasee war regnerisch und für die Jahreszeit zu kühl. Dennoch war das kleine Hotel bis auf den letzten Platz belegt, vorwiegend von den Mitgliedern einer Reisegruppe, die aus vielen alten Damen und einigen alten Herren bestand, welche verloren zwischen all den wohlbeleibten und energiegeladenen Frauen herumschlichen. Sie alle hatten ihre Krone irgendwann verloren und das Zepter an ihre Gemahlin übergeben, die es nun streng und herrisch trug. Wegen des anhaltend schlechten Wetters fand der gesamte Urlaub nahezu ausschließlich im Hotel statt, wo Arthur und Hanna zwischen Bett und Eßtisch hin- und herpendelten.

Im Parterre gab es einen Zeitungsstand, an dem Arthur sich allmorgendlich mit Lektüre eindeckte, so daß sich in Hannas Erinnerung später nichts weiter als Bilder von durcheinandergeworfenen Zeitungsblättern auf dem Bett und ein paar mit Osterhasen geschmückten Obstbaumzweigen in der Eingangshalle des Hotels finden sollten.

So fiel es ihr auch nicht allzu schwer, den Urlaubsort nach so kurzer Zeit wieder verlassen zu müssen, was Arthur zu der Bemerkung veranlaßte, wie gut es jetzt, so im nachhinein, doch sei, sich an diesem regnerischen Ort nicht länger eingemietet zu haben.

Am Abfahrtsmorgen klarte der Himmel dann jedoch auf, und Hanna erhaschte noch einen traumhaft schönen Blick aus dem

Rückfenster des Wagens, ein Blick, der in ihrem Gedächtnis zur bunten Ansichtskarte gefror.

»Wir könnten jetzt, wo es doch noch schön geworden ist, vielleicht ein paar Stunden in München einlegen«, schlug sie in einem Anfall von Frivolität vor, eine Frivolität, die sie glaubte sich gestatten zu können, da sie ihre Wünsche von »drei Wochen Ferienwohnung« auf »drei Nächte Hotel« hatte reduzieren lassen und Arthur über Ostern ohnehin frei war. Da würde es wohl einerlei sein, ob sie früher oder später zu Hause eintrafen.

»Das hatte ich auch vor«, sagte Arthur, und Hannas unschuldiges Kinderherz füllte sich mit froher Erwartung. »Ich wollte dir mal ein wenig die Stadt zeigen und in einem urigen Lokal echte Weißwürste essen, oder würde dir ein feineres Restaurant mehr Spaß machen?«

»Weißwurst wäre gerade richtig…«

»Anschließend…«, hier unterbrach Arthur für den rituellen Blick auf die Armbanduhr, »müssen wir uns dann leider trennen, Liebes. Ich habe vor, die Gelegenheit zu nutzen und einen alten Kollegen aufzusuchen, der in der Nähe wohnt. Ich dachte über Nacht zu bleiben, und daß es das Beste wäre, wenn du mit dem Zug vorausfährst. Gegen acht könntest du dann bei Fita sein. Ich komme am ersten Feiertag abends nach.«

Diesmal blieb das Herzflattern aus. Statt dessen hatte Hanna das verrückte Gefühl, als ob sich ein eiskaltes Bleigewicht in ihren Magen senkte. »Vorher jedoch«, Arthur probierte eines seiner kläglich mißratenen Lächeln, »wollen wir so richtig nett durch München bummeln, ich habe mindestens zwei Stunden Zeit.«

Arthurs Hoffnung, daß es doch möglich sein müsse, es sich von jetzt auf gleich und unmittelbar nach einem Schlag in den Magen so richtig gemütlich zu machen, war ungebrochen.

Zweieinhalb Stunden später saß Hanna im Großraumwagen des IC und starrte zum Fenster hinaus. Die fünf Weißwürste, der süße Senf, ein Liter Bier und etwas nicht näher Definierbares waren ihr auf die Galle geschlagen, dennoch war sie tapfer bemüht, die vergangenen Erlebnisse positiv zu bewerten. Schließlich hatte es Arthur fertiggebracht, die versprochene Reise trotz engster Termine doch zu ermöglichen, und daß es am Gardasee geregnet hatte, war schließlich nicht seine Schuld.

Die heiteren Stunden in München hatten sie dann auch für die öde Zeit im Hotel entschädigt. Die Sonne war schon richtig warm gewesen, und die ganze Stadt schien ihnen in vorösterlicher Festtagsstimmung entgegenzulächeln.

Im »Hofbräuhaus« hatten sie gerade noch einen freien Tisch erwischt, und Arthur war bester Laune gewesen. Er hatte plötzlich begonnen, von seinen Studentenjahren zu erzählen, für sich und Hanna launig große Krüge mit Bier bestellt und sie genötigt, diese zu leeren.

Hanna fand das Bier gut, und sie hatte gelacht und sich geborgen und ihrer Umgebung sehr zugehörig gefühlt. Leider war dann, als sich das wärmende Gefühl gerade ausbreiten wollte, der gefürchtete Blick auf die Uhr erfolgt. Es war nicht einmal mehr Zeit gewesen, die Kellnerin zu rufen; Arthur hatte einfach einen Geldschein auf den Tisch gelegt und Hanna ins Freie gejagt. Weil er sie so antrieb, erwischte sie sogar noch einen früheren Zug als den, den sie eingeplant hatten, und der Abschied war entsprechend kurz ausgefallen.

Hanna, in ihrer Abteilecke lehnend, fühlte sich auf einmal alt und schlapp, wo sie sich doch noch vor so kurzer Zeit im »Hofbräuhaus« jung und attraktiv gefühlt hatte.

»Ich neige neuerdings zu Stimmungsschwankungen«, dachte sie, die doch gerade erst so schöne Stunden erlebt hatte und nun schon wieder eine lähmende Unzufriedenheit aufkommen fühlte. »Arthur hat es im Grunde nicht leicht mit mir.«

Zum Abschied hatte er sie umarmt. »Na, allzu üppig ist der Urlaub ja leider nicht ausgefallen, aber du bist doch immerhin einmal rausgekommen.«

Dem war nichts entgegenzusetzen.

Der Zug hatte das Münchner Stadtgebiet noch nicht verlassen, als sich Arthur bereits auf der Autobahn Richtung Sindelfingen befand. Karin hatte ihm den Ort, in dem sich das Liebesnest befand, genau beschrieben und ihm auch exakte Anweisung gegeben, wo er den Wagen parken sollte, damit nicht jeder zufällig Vorbeikommende gleich stutzig wurde. Eine präzise Planung dieser Art imponierte Arthur sehr. Ihm gefiel auch die Heimlichkeit, in der sich die Treffen mit Karin schon immer abgespielt hatten. Von allen Frauen war sie die einzige gewesen, die keinen Wert darauf gelegt hatte, ihn ihren Bekannten vorzuführen, und kein einziges Mal hatte sie beim Abschied geweint.

Karin hatte es nicht nötig, beim Abschied zu weinen und ängstlich nach dem Wiedersehen zu fragen. Sie wollte puren Sex ohne sentimentale Mätzchen, und sie bekam ihn. Karin hatte sich schon immer gefragt, was die Frauen eigentlich wollten, die ständig an den Männern herummäkelten und dieses nicht näher Bestimmbare von ihnen forderten, das der Mann nicht geben kann, weil er es nicht besitzt.

Karin liebte die Männer, so wie sie waren, für das, was sie hatten, und das schönste war, daß es so viele von ihnen gab, die alle das gleiche wollten.

Kein Wunder, daß Arthur endlich wieder einmal ungetrübt schöne Stunden mit einer Frau verbrachte. Während des ganzen Wochenendes hatte er das wohltuende Gefühl, absolut intakt zu sein und nicht ein mit seelischen Mängeln behafteter Halbmensch. Seelische Mängel, unter denen er nicht litt, ja die ihm überhaupt nicht auffielen, die die Frauen aber störten, so daß sie dazu neigten, ungefragt und unverdrossen in nervender Regelmäßigkeit ihre Hilfe beim Beheben dieser Mängel anzubieten. Selbst Julie hatte schon damit angefangen, ihn, nachdem er mit ihr geschlafen hatte, besorgt anzusehen und nachzuforschen, ob er sich nicht seelisch vernachlässige und ob er nicht einmal »in sich gehen« und über sich nachdenken wolle. Es war nicht so, daß er Julie nicht mehr mochte, er mochte sie sogar sehr, aber gewisse Dinge mußten sich in ihrer Beziehung ändern, und zwar bald!

Arthur war so gut gelaunt, daß er laut lachte, als er am zweiten Ostertag über die Autobahn Richtung Heimat fuhr. Ihm war aufgefallen, daß er zum erstenmal und ganz freiwillig dieses Reizwort, dieses reine Weiberwort gedacht hatte.

»Beziehung!«

Die Weiber träumten Tag und Nacht davon, und es gab nichts, was sie mehr interessierte. Ihr ganzes Leben schien von einer geglückten Beziehung zu einem Mann abzuhängen. Arthur hatte bei diesem Wort, dessen Sinn ihm absolut schleierhaft war, immer das unangenehme Gefühl des Irgendwohin-gezerrt-Werdens, an einen diffusen Ort, an dem er nichts zu suchen hatte und nur seiner natürlichen Rechte als Mann, vielleicht sogar seiner Männlichkeit insgesamt beraubt werden sollte. Er hatte bedrohliche Assoziationen von wilden, starken Bäumen, die so lange zu gestutzten Spalierbäumen gezogen wurden, bis sie kläglich und kastriert an der Wand klebten, damit man sie besser kontrollieren und bequemer abernten konnte.

Arthur schüttelte das unangenehme Thema ab und dachte mit einem Gefühl, das beinahe schon zärtlich war, an Karin.

Karin war eben noch eine richtige Frau, die begriffen hatte, daß es eben nicht »die Beziehung« ist, die Mann und Frau verbindet, sondern etwas ganz anderes und viel Aufregenderes. Etwas, das einfach nur natürlich war.

Er plante, sie künftig wieder häufiger zu besuchen.

»Wenig ist besser als nichts!«
Julie
»Wenig ist nicht genug!«
Arthur

Wieder zurückgekehrt, trieb Arthur mit jenem Elan, der ihm in finanziellen Dingen eigen war, Julies Wohnproblem voran. Die jetzige Wohnung wurde gekündigt, die neue in der Fußgänger-passage war Anfang Mai bezugsfertig. Julie mußte sich von der Hälfte ihrer Möbel trennen, darunter einigen sehr liebgewonne-nen Stücken, aber die Wohnung selbst war wirklich hübsch und, was das wichtigste war, Arthur schien sich darin wohl zu fühlen. Er fühlte sich in der Tat in Julies neuer Behausung wohler als in der alten; erstens, weil diese in der Innenstadt und noch dazu in einem Geschäftshaus gelegen war, was ein besseres Untertau-chen ermöglichte (in der öden Kappesfeldgegend, in der Julie früher gewohnt hatte, war er sich immer wie ein Hase vorge-kommen, der kilometerweit sichtbar ist), und zweitens, weil die Wohnung sein Eigentum war. Wenn er Julie künftig besuchte, so fühlte er sich stets ein wenig wie der wohlhabende Graf vergan-gener Zeiten, der sich in der Stadt eine Absteige mit Mätresse hielt – nur mit dem Unterschied, daß nicht er, sondern die Mätresse die Absteige bezahlte. Was diesen Punkt anging, so mußte Arthur wieder einmal feststellen, hatten die modernen Zeiten durchaus ihre Vorteile.

Julie zahlte den normalen Quadratmeterpreis und keinen Pfennig weniger.

Sie hatte, als Arthur ihr den Mietspiegel zeigte, denn er wollte sie ja nicht übervorteilen, kräftig schlucken müssen, sich aber nichts anmerken lassen. Schließlich wollte sie ja keineswegs etwas geschenkt haben, schon gar nicht von Arthur, den sie der Liebe wegen und aus keinem anderen Grunde zu sich ließ. Geschluckt hatte sie, weil die neue kleine Wohnung fast ein Drittel teurer war, als die große alte es gewesen war. Arthur klärte sie darüber auf, daß es heutzutage weniger auf die Größe, als auf die Ausstattung ankomme, und was das anbelangte, so war in der Tat nicht gespart worden.

Die sanitären Anlagen, die Küche und die Teppichböden waren von erster Qualität. Arthur registrierte dies jedesmal, wenn er Julie besuchte, und stellte befriedigt fest, daß sie alles gut in Schuß hielt und die Wohnung nicht über Gebühr verwohnte.

Julie ihrerseits hielt sich tapfer vor Augen, daß es ein Glück war, keinen fremden Vermieter zu haben, dem man ausgeliefert war, der sicher eine noch höhere Miete verlangt hätte und vielleicht sogar ab und an kontrollieren gekommen wäre, ob sie auch alles schön in Ordnung hielt. Außerdem erfüllte sie der Gedanke, endlich irgend etwas mit Arthur gemeinsam zu haben, mit einem wohlig-stolzen Gefühl.

Für die Einweihungsparty zu zweit hatte Julie einen extra guten Champagner kaltgestellt und den Spitzenbody mit Chanel beträufelt. Einer der Spitzenstrümpfe war Arthurs Leidenschaft leider nicht gewachsen gewesen und zerrissen, so daß sie sich neue kaufte, diesmal in Lila, was noch eine Prise frecher war.

Arthur war zärtlich und aufmerksam, aber so feurig wie beim ersten Bodyspiel war er nicht gewesen, wie Julie, die der Selbstbeobachtung niemals entrinnen konnte, besorgt registrierte. Dennoch war es eine schöne Nacht geworden, und am nächsten Morgen waren sie sogar gemeinsam durch die Fußgängerpassage geschlendert, und Julie hatte gedacht, daß sich die einstündige Fahrtzeit, die sie neuerdings täglich auf sich nehmen mußte, bereits für diesen einen Samstagmorgenbummel lohnte.

Später hatte Julie dann in der schönen Küche für sie beide gekocht. Der größte Vorteil der neuen Wohnung war der, daß die Küche nur durch eine halbhohe Mauer vom Wohnraum getrennt war und sie mit Arthur Kontakt halten konnte, während sie um das gemeinsame Essen bemüht war. Es waren sorglose, Leib und Seele erwärmende Stunden gewesen, und Julie hatte sich zum erstenmal ganz eindeutig einer Sehnsucht gestellt, die sie bisher stets verdrängt hatte: Es wäre wunderbar, Frau Vonstein zu sein.

»Wie war's denn eigentlich am Gardasee?« fragte Julie am nächsten Morgen und biß in ihr frisch aufgebackenes Brötchen. Arthur, der ihr im Schlafanzug gegenübersaß und Kaffee einschenkte, was er umsichtig und liebevoll tat, so daß sich Julies Verdacht, es müsse schön sein, Frau Vonstein zu sein, verstärkte, machte eine wegwerfende Handbewegung. Es war die gleiche Handbewegung, mit der er Hannas Frage, wie es denn auf der Reise gewesen sei, im Keim zu ersticken pflegte.

»Scheußlich! Die Gegend hat sich zu sehr verändert. Ich war sehr enttäuscht. Trotz Vorsaison gestoßen voll!«

Er sah sie treuherzig an. »Ich fürchte, im Hochsommer wird es noch schlimmer sein.«

»Wir könnten ja auch woandershin fahren.«

»Das wollte ich dir bereits vorschlagen. Wie sieht es mit deinem Urlaub aus?«

»Ich habe mich wie geplant eingeschrieben.«

»Die ganzen vier Wochen?«

»Ja!«

»Hm«, Arthur sah nachdenklich zum Fenster hinaus.

Dann wandte er sich wieder Julie zu.

»Vielleicht war es doch ein wenig voreilig, Liebes. Länger als vierzehn Tage kann ich mich keinesfalls freimachen. Es gibt da ein Angebot für Fortbildungskurse, das ich einfach nicht ausschlagen kann. Das gesamte Kollegium beteiligt sich.«

Geflissentlich übersah er die Enttäuschung, die sich wie ein Schatten über Julies eben noch so fröhliches Gesicht legte. Frauen waren immer enttäuscht, es war nahezu unmöglich, sie *nicht* zu enttäuschen.

»Aber du hast doch wochenlang frei!«

»Mein Engel, ich bin leider Gottes auch noch verheiratet. Hin und wieder muß ich, so schwer es auch fällt, etwas für Hanna tun. Sie zwingt mich, acht Tage mit ihr zu verreisen. Diesmal kann ich es beim besten Willen nicht abschlagen!«

»Wohin?«

»Frag mich nicht. Sie hat da schon irgend etwas in der Schweiz gebucht. Am Luganer See, glaube ich. Ich werde brav mit ihr meine Runden abpromenieren und«, er lächelte, »die ganze Zeit an dich denken!«

Vor Julies geistigem Auge erschien eine Gattin mit lose übergehängtem Zobel, die vor dem »Vier Jahreszeiten« auf und ab spazierte und sich darüber ausließ, daß der Hotelservice erschreckend nachgelassen hatte. Neben diesem Vampir fühlte sich Julie wieder einmal in ihrer schönen, schlichten Bescheidenheit bestätigt.

»Es ist eben nicht jede Frau so bescheiden wie du, Liebes!«

Arthur hatte bei Fita gelernt, wie man Menschen zu den gewünschten Eigenschaften hochlobt, und er wandte seine Kenntnisse erfolgreich an.

»Es muß ja nicht der Gardasee sein, wir könnten auch in den Süden fliegen, Griechenland… oder Portugal!«

Diese Weiber waren von ihrem Lieblingsthema nicht abzubringen.

Arthur unterdrückte mit Mühe einen Seufzer.

»Daran habe ich auch schon gedacht, Liebes!«

In Wirklichkeit hatte Arthur noch keine Minute an den gemeinsamen Urlaub gedacht, der in Julies Gedanken eine so große Rolle spielte. Aber wenn, dann war er mit Julie immer noch lieber im ferner gelegenen Ausland unterwegs als im näher gelegenen. Andererseits, die Gefahr zusammen gesehen zu werden, war heutzutage überall gleich groß. Die Welt war so erschreckend klein geworden. Selbst im fernsten Afrika bestand die Möglichkeit, daß einem (»welche Überraschung«) die Nachbarin aus der Heinrich-Heine-Allee über den Weg lief und tückisch grinsend fragte, ob sie ein Erinnerungsfoto machen dürfe. Ähnliches war Müller kürzlich passiert.

Ihn gruselte. Um sich von den unangenehmen Gedanken zu befreien, lenkte Arthur die Aufmerksamkeit auf etwas Näherliegendes.

»Was hast du denn da überhaupt für ein freches Nachthemd an, hm? Du willst mich wohl vollends verrückt machen, du kleines Luderchen, du!« Er erhob sich, trat hinter Julie und fuhr ihr mit der Hand in den Ausschnitt.

Hinterher dachte Julie, daß es viel schöner am Morgen war oder einfach mitten am Tag als abends. Das lag daran, daß sich Arthur am Tage von spontanen Gelüsten leiten lassen durfte, abends jedoch stets einen diffusen Zwang verspürte, sich der Gelegenheit entsprechend verhalten zu müssen, vor allem, da sich die Gelegenheit so selten ergab. Arthur empfand diesen Vollzugszwang mit den Jahren immer quälender.

Leider geschah es nicht allzuoft, daß Arthur der Nacht noch einen ganzen Tag und wieder eine Nacht folgen ließ, so daß es zu selten zu jener schönen Spontanität kommen konnte, die beiden so guttat: weil es sein konnte, aber nicht sein mußte.

Wieder hatte Julie Assoziationen vom ehelichen Glück, das sich nicht verstecken mußte, sondern sich aller Welt offen darbieten durfte, und wo es zum Beispiel ganz normal war, daß man den Sonntagmorgen miteinander im Bett verbrachte und bis zum Abend darin liegenblieb.

Diesmal weihten sie das neue Schlafzimmer so gründlich ein,

wie es ihm gebührte, und abends war Julie so zufrieden, daß es ihr fast gar nichts mehr ausmachte, nur vierzehn Sommertage mit Arthur zu haben.

»Wenig ist besser als nichts«, dachte sie, wobei sie ihre Enttäuschung mit jenem Satz niederzukämpfen suchte, nach dem auch Hanna lebte und der in krassem Widerspruch zu jenem Leitsatz steht, der Männer in ähnlicher Situation einen Weltbrand entfachen läßt, denn: Wenig ist nicht genug!

»Vierzehn Tage sind auch schön«, dachte Julie also in jener schlichten Bescheidenheit, die ihrer Großmutter gefallen hätte, »wenn man nur jede einzelne Minute so richtig zu genießen weiß!«

Nach diesem wohltuenden und wirklich gelungenen verlängerten Wochenende ließ Arthur sich vier Wochen lang nicht blicken. Er hatte beruflich viel zu tun, mußte auch zu Hause etliche Stunden in seinem Arbeitszimmer verbringen und gönnte sich zur Entspannung einen einzigen Trip zu Karin. Julie, erneut in Einsamkeit gefangen, saß in der neuen Wohnung und begann immer intensiver an eine gemeinsame Zukunft zu denken. Ihre Trostlosigkeit erreichte schließlich einen Punkt, an dem sie es sogar für möglich hielt, sich von Arthur zu trennen und jene gemeinsame Zukunft mit einem anderen Mann zu planen.

Nur, wo war dieser Mann?

Wenn Julie sich in ihrem Leben umsah, so dehnte sich außerhalb der Büro- und der Liebesstunden mit Arthur eine einzige, mit nichts als Warten ausgefüllte Öde. Da war kein Mann zum Heiraten in Sicht, da waren nicht einmal mehr ein paar Freundinnen zum Überbrücken der Wartezeit. Als Arthur auch am dritten Wochenende unabkömmlich war, da er wieder einmal beruflich verreisen mußte, beschloß sie, etwas zu tun, das sie sich all die Jahre in strenger Selbstzucht untersagt hatte. Sie plante einmal in jenes Kaff zu fahren, in dem sich Arthurs »anderes Leben«

abspielte und einen Blick auf das Haus in der Heinrich-Heine-Allee zu werfen. Arthur hatte es stets als »den alten Kasten meiner Mutter« bezeichnet, so daß sich bei Julie das Gefühl eingeschlichen hatte, daß er im Hause seiner Mutter eine Art Untermieterleben führte, in einem alten Gemäuer, das riesig groß, zugig, unbequem und in der heutigen Zeit einfach lächerlich schwer zu unterhalten war. Sicher bestand die »Gemahlin im Zobel« (mit diesem Spitznamen versah Julie gern heimlich Frau Vonstein) mit einem Tick, am Genfer See herumzupromenieren, darauf, daß der Repräsentation genügegetan wurde.

An jenem Wochenende, an dem Arthur sich nach anstrengenden Arbeitswochen endlich wieder einmal einen Erholungstrip Richtung Sindelfingen gönnte, suchte Julie ihren Autoatlas aus dem Schrank, wobei ihr auffiel, daß sie seit Jahren so gut wie nie mehr Ausflüge mit dem Auto gemacht hatte.

»Ich werde immer lahmer«, dachte sie. »Warum bin ich nicht einmal mehr imstande, ein Wochenende allein irgendwohin zu fahren?« Sie merkte nicht, daß die Antwort bereits in der Frage lag.

»Irgendwohin« ist ein ziemlich trostloser Ort für alleinstehende Damen.

Ist jede Frau denn so gemein?
Die, die aus Falschheit nur bestehen,
das können doch nur Huren sein.
Villon

Julie war es gewohnt, den Gedanken an Arthurs »anderes Leben« so streng aus ihren Gedanken zu verbannen (schließlich
hatte er ihr von Anfang an zu verstehen gegeben, daß er dieses
Thema nicht schätzte), daß sie äußerst überrascht war, als sie an
diesem sonnig-warmen Frühlingssamstag den Wagen parkte und
ausstieg. Sie hatte sich niemals klargemacht, daß Arthur in einem
Kurbad wohnte. Gemessen an der hektischen Großstadt, in der
Julie ihr ganzes Leben verbracht hatte, erschien ihr der Ort, wie
er sich an diesem lächelnd-heiteren Tag präsentierte, als Hort
vollkommener Ruhe, wobei sie merkte, daß es eine Totenruhe
war und die Menschen, die scheinbar so müßig in den Straßen
herumspazierten, keine Genießer, sondern Kranke waren, die
sich langweilten.

Julie schlenderte zufrieden durch den gepflegten Kurpark, der
wirklich wie ein Park aussah und nicht wie jene begrünten
Müllhalden, zu der die Anlagen der Großstadt zu verkommen
drohten, und empfand die laue Luft prickelnd wie Sekt.

Nach einem Bummel durch die kleinen Straßen mit ihren
liebevoll renovierten alten Häusern, den gepflegten Vorgärten
und kleinen Geschäften begann sie schließlich die Treppe hin-
aufzusteigen, die zur Heinrich-Heine-Allee führte. Der Weg
war von üppigen Büschen gesäumt, durch die man auf ehrwür-
dige Villen gucken konnte, und die schönste aller Villen war die,
in der Arthur wohnte.

Hinter einer blühenden Kastanie versteckt, entdeckte Julie, sprachlos staunend, dieses imposante Haus mit seinen unterteilten Fenstern, Erkern und Türmchen und der schön geschwungenen Freitreppe, die zu der zweiflügeligen Eingangstür führte, wobei etwas Wundersames geschah. Vor Julies innerem Auge erschien ein Bild: Arthur und sie, Seite an Seite in der weitgeöffneten Tür stehend, Gäste empfangen!

Wie sollte sie wissen, daß es exakt das gleiche Bild war, welches auch Hannas Herz einst tief bewegt hatte...

Julie fragte sich, wieso sie nicht längst auf die Idee gekommen war, einmal heimlich hierherzufahren, um sich besser vorstellen zu können, woher Arthur anreiste, wenn er sie besuchte. So hatte sie nie geahnt, daß er direkt aus dem Paradies kam, allerdings aus einem Paradies mit einem Schönheitsfehler namens Hanna.

Julie lehnte den Rücken gegen den Stamm der Kastanie und sog das Bild in sich auf. Wie ausgestorben lag die baumbestandene Straße in der Mittagsstille. Die Luft duftete nach Sommer und frischgemähter Wiese, ein leichter Wind fächelte über Julies Gesicht. Wieder blickte sie zum Haus hinüber.

Hier also spielte sich Arthurs Leben ab, hier residierte auch die »Gemahlin im Zobel«! Doch obwohl Julie von ihrem Standort aus fast den ganzen am Hang gelegenen Garten überblicken konnte, war die Gemahlin nirgends zu sehen. Sicher hatte sie einen wichtigen Termin bei ihrem Coiffeur oder wälzte sich mit ihrem Liebhaber in einem stickig-dunklen Zimmer herum, anstatt diesen wundervollen Garten zu genießen, den sie dank Arthur besaß. Wahrscheinlich gehörte sie zu jenen Frauen, die auch das allerschönste Heim und der aufmerksamste Ehemann nach kurzer Zeit langweilen.

Julie stellte sich gerade die »Gemahlin im Zobel« mit ihrem Liebhaber vor, einem widerlichen Typen, der dem edlen Arthur nicht das Wasser reichen konnte, als sich in der ersten Etage ein Fenster öffnete. Es erschienen ein rotgesichtiger Frauenkopf und ein Mop, der kräftig ausgeschüttelt wurde. Dann wurde das Fenster klirrend geschlossen. Ja sicher, ein solches Haus war ohne Personal nicht denkbar, kein Wunder, daß der arme Arthur stets so abgekämpft und müde war. »Die Gemahlin im Zobel«, der aufwendige Haushalt, das Personal – all das mußte schließlich von ihm ganz allein erhalten und finanziert werden.

Ganz zu schweigen von der greisen Mutter...

Julie warf einen letzten Sehnsuchtsblick auf die Villa, wobei ihr erst jetzt die Garage auffiel, die ihr, ein wenig abseits vom Haus gebaut, mit weit geöffnetem Maul entgegengähnte – und Kunde von Arthurs Abwesenheit tat.

»Die greise Mutter...«

Gedankenschwer fuhr Julie nach Hause zurück.

Sie lächelte. »Julia Vonstein, Heinrich-Heine-Allee 22«!

Sie sprach die Worte weihevoll aus.

Sie klangen gut, sie klangen bedeutend besser als »Julie Fischbach, Marktgasse 14«. Sie klangen nach Goldlettern auf Bütten und nicht nach Handgeschrieben auf Karo!

Wieder sah sie sich neben Arthur auf der schön geschwungenen Freitreppe stehen und Gäste empfangen. Doch diesmal waren die Gäste schwarz gekleidet und hielten Chrysanthemensträuße in den Händen. Der Pfarrer fand lobende Worte über ein Leid, das in großer Geduld getragen worden war, und sprach Arthur sein tiefstes Beileid aus. Obwohl – einundachtzig war ja ein schönes Alter...

Julie hatte plötzlich Weihrauch in der Nase. Kirchenglocken läuteten: Sterbeglocken, Hochzeitsglocken – es liegen im Leben ja Leid und Freud immer nah beieinander.

Eine Weltkarte, die das Land Utopia nicht enthielte,
wäre es nicht wert,
daß man einen Blick auf sie wirft,
denn auf ihr fehlt das einzige Land,
in dem die Menschheit immer landet.
Oscar Wilde

Julies tapferes Ausharren, das viele Herunterschlucken und das geduldige Warten fanden in diesem Sommer ihre gerechte Belohnung. Hatte Julie jemals an ihrem Verhältnis zu Arthur gezweifelt, so wurde ihr in den gemeinsamen Ferienwochen klar, daß jeder Zweifel ausschließlich eine Folge ihrer nervösen Veranlagung und somit ungerechtfertigt war.

Arthur war es nicht nur gelungen, die vierzehn Tage um zwei weitere, das heißt um ganze achtundvierzig Stunden, zu verlängern, er hatte auch eine entzückende Wohnung in Meersburg am Bodensee gemietet, womit er ihr den schönsten Liebesbeweis schenkte, der überhaupt denkbar war: Keine zweihundert Kilometer von zu Hause entfernt, stellte sich Arthur jener Gefahr, die er bisher tunlichst zu vermeiden gesucht hatte: der Gefahr, entdeckt zu werden. Natürlich erzeugte das Risiko, das er einging, ein ungutes Gefühl in ihm, aber das war durch die Tatsache relativiert worden, daß die Ferienwohnung das Privateigentum von Dr. Müller war und ein Ablehnen dieses Angebotes als Finanzverlust zu Buche geschlagen wäre.

Durch seine Beratertätigkeit in der Industrie erwirtschaftete Doktor Müller hohe Überschüsse, so daß er aus steuerlichen Gründen gezwungen war, etliche Liebesnester einzurichten und zu unterhalten.

Für gelegentliche sachdienliche Hilfe hatte er Arthur das Bodensee-Apartment kostenlos überlassen, eine Tatsache, die Arthur vor Julie geheimhielt. Sie fand die Wohnung so schön, daß sie den geforderten Anteil von sechzig Mark pro Tag gern zahlte. Arthur rechtfertigte sein Vorgehen vor sich selbst, indem er sich sagte, daß er selbst einen Anteil, wenn auch in anderer Form, bereits gezahlt hatte und sechzig Mark eine geradezu lächerliche Summe für soviel holzgetäfelte Gemütlichkeit waren.

Die Wohnung lag unter dem Dach des Ferienapartmenthauses und bestand aus einem einzigen großen Raum mit abgeteiltem Koch- und Schlaftrakt. Von der großen Loggia hatte man einen weiten Blick über den See. Im Parterre befanden sich ein kleiner Selbstbedienungsladen und ein Restaurant, das »Spätzle«, außerdem der Gemeinschaftsraum mit Bar.

Es ging im Hause recht familiär zu. Die meisten der Hausgäste waren Dauermieter und kannten sich seit langem, und Julie genoß es, daß Arthur sie gleich von Anfang an als »meine Frau« vorgestellt hatte. Sie waren in all den Jahren natürlich immer wieder einmal verreist, doch meist waren es nur ein paar Tage gewesen, und noch nie hatte Arthur sie als seine Frau ausgegeben. Julie ertappte sich dabei, wie sehr sie ihrerseits jede Gelegenheit nutzte, »ihren Mann« zu erwähnen. Sie näherte sich der Rezeption und fragte: »Hat mein Mann schon nach der Post gefragt?« Sie lehnte an der Bar und sagte: »Ein Pils bitte, und einen Martini für meinen Mann!«

»War mein Mann schon hier?« fragte sie einige Gäste, die im Gemeinschaftsraum Karten spielten, um ihnen etwas später mitzuteilen: »Ich bin schon vorgegangen, mein Mann kommt gleich nach.« Es war erstaunlich, wie stolz Julie selbst auf die Attrappe eines Ehemannes war. Und ebenso erstaunlich war, daß sie nicht merkte, wie sehr sie mit ihrem Getue die echten Ehefrauen irritierte.

Für Arthur bestand diesbezüglich schon eher ein Anlaß, die Situation zu genießen.

Ohne daß er es sich eingestehen mochte, befand er sich in einer schweren Midlifekrise, und das Gesehenwerden mit einer so attraktiven und so viel jüngeren Frau wertete sein Selbstwertgefühl ebenso auf wie das Umherfahren in einem Wagen der 200-PS-Kategorie. Wenn er, Julie am Arm, am Seeufer dahinpromenierte, registrierte er genüßlich die neidischen Blicke seiner Altersgenossen, vor allem derjenigen, denen es nicht gelungen war, sich früh genug abzuseilen, so daß sie jetzt eine fettleibige und kurzatmige Alte im Schlepptau hatten – wobei ihm übergangslos Hanna und der gemeinsame Urlaub am Gardasee einfielen. Wie ungern hatte er sich mit ihr in der Öffentlichkeit gezeigt. Symbolisierte Julie Jugend, Erfolg und Spannkraft, so stand Hanna für Mißerfolg, Nicht-mehr-mithalten-Können und Altwerden, kurz: für Potenzschwäche.

Mit Grauen erinnerte er sich an dieses huhnhafte Gackerverhalten, das Hanna auch in Hotelzimmern nicht abzulegen vermochte. Von dreihundert auf ganze achtzehn Quadratmeter Aktionsfläche reduziert, hatte sie neurotisch-sinnlose Runden um das Bett gedreht, die Zeitungen, kaum daß er sie aus der Hand legte, wieder zusammengefaltet oder mit schriller Stimme gefragt, ob er das noch lesen wolle. Anschließend hatte sie sich ans Fenster gestellt und in ihrer nervtötenden Art das Wetterthema variiert. Glücklicherweise war das Hotel mit einer Greisengruppe belegt gewesen, in der sich Arthur zwar reichlich deplaziert gefühlt, Hanna dafür aber relativ frisch gewirkt hatte.

Die Tatsache, daß dieser schreckliche Urlaub noch nicht allzu-lange zurücklag, kam Julie zugute. Sie spürte Arthurs stolzen Blick auf sich ruhen, wenn sie sich für gemeinsame Ausgänge anzog, wobei er ihr, auf dem Bett liegend, zusah. Dabei leuchtete das Flämmchen des Begehrens, aus dem Julie so viel Selbstwertgefühl zog, so regelmäßig in seinen Augen auf, daß Julie von Tag zu Tag an Attraktivität gewann.

Sie war so glücklich, daß sie sich beherrschen mußte, im Haus nicht laut zu singen oder den Namen »ihres Mannes« mit jener Euphorie zu nennen, die jedem verriet, daß es sich einfach nicht um ihren Mann handeln *konnte.*

In der zweiten Urlaubswoche bekam Arthur einen Anruf, der ihn geschäftlich nach Stuttgart rief. Er tröstete Julie, daß die drei Tage »hinten angehängt« werden und sie also keinerlei Verlust erleiden würde.

»Ich habe gesagt, sechzehn Tage, und es werden sechzehn Tage sein!«

Während Arthur den Wagen Richtung Sindelfingen lenkte, pfiff er fröhlich vor sich hin. Er fühlte sich wie in den besten Jahren, genaugenommen fühlte er sich sogar besser als in seinen besten Jahren. Arthur war jetzt Ende Fünfzig, aber noch immer stattlich und voller Manneskraft, wenn er nur darauf achtete, dieselbe zu erhalten. Sein Kurzbesuch bei Karin nahm Julie nichts weg, Karin *konnte* Julie nichts wegnehmen!

Arthur hätte sie zum Beispiel niemals in irgendeinem Hotel als seine Ehefrau ausgegeben, für so etwas war sie vollkommen ungeeignet. Andererseits hätte Karin auch gar keinen Wert auf einen gemeinsamen Urlaub mit Arthur gelegt. Karin zog Männer vor, die die Zeche zahlten, und je höher die Zeche war, um so wertvoller fühlte sie sich. Wie der letzte Dreck wäre Karin sich an Julies Stelle vorgekommen, was zum Teil daran lag, daß Karin nie ein Poesiealbum besessen hatte und ihr diverse Verslein der Kategorie: »So wie das Veilchen im Moose, so zart, so bescheiden, so rein, und nicht wie die stolze Rose, soll meine Liebe sein«, ein Leben lang unbekannt geblieben waren.

Trotzdem war das Verhältnis, so wie es sich zwischen Karin und Arthur abspielte, für beide in Ordnung. Karin empfing ihre Liebhaber in jenem Waldhaus, das der Dessousfabrikant finanzierte, was die Demütigung, die er ihr durch seine Liebschaft zufügte, erträglicher machte. Arthur seinerseits suchte nach einem preiswerten Übungsplatz für seine Manneskraft, die regelmäßig trainiert werden mußte. Im Grunde verhielt es sich wie bei allen Leistungssportarten. Man konnte nicht wettbewerbsfähig bleiben, wenn man gezwungen war, sein Training unter stets gleichen Bedingungen zu absolvieren.

Julie litt nicht darunter, daß sie drei Tage lang allein am Urlaubsort zurückbleiben mußte, im Gegenteil, sie genoß es. Schließlich befand sie sich in einer Situation, die der ehelichen recht nahe kam. *Wie* nahe, ahnte sie allerdings nicht. Mit Genuß übernahm Julie die Rolle der Gattin eines Karrieremannes.

»Mein Mann mußte dringend verreisen«, teilte sie den anderen Gästen ungefragt mit. »Geschäftlich!« fügte sie bedeutungsvoll hinzu.

»Mein Mann hat geschäftlich in Stuttgart zu tun, ist Post für ihn gekommen?« fragte sie an der Rezeption.

»Nein, ich bin nicht allein, ich bin mit meinem Mann hier«, erzählte sie dem Ehepaar, mit dem sie ihren Tisch im »Spätzle« teilte. »Er ist im Augenblick geschäftlich unterwegs, kommt aber schon morgen abend zurück. Darf ich mich vorstellen? Von*stein*!«

Die Eheleute nickten synchron mit den Köpfen.

»Rehbügel«, sagte er.

Julie nickte zurück. »Von*stein*« wiederholte sie, wobei sie nicht das »von«, sondern das »Stein« betonte, was dem schlichten Namen einen Hauch von Adel verlieh.

»Ach, und Ihr Mann ist geschäftlich verreist?« fragte Frau Rehbügel, um das Thema nicht versanden zu lassen.

»Ja, er mußte ganz plötzlich zu einer Besprechung nach Stuttgart, mitten aus dem Urlaub heraus!«

»Der Beruf kann gnadenlos sein«, sagte Herr Rehbügel und lächelte dünn.

»Ja, man versucht immer, ihn mal zu vergessen, aber es gelingt so selten«, pflichtete Julie bei, der es sehr gut gelang, ihren eigenen Beruf zu vergessen.

»Und Sie wohnen in Stuttgart?«

»In Stuttgart? Nein, mein Mann hat nur geschäftlich dort zu tun!«

»Ach so«, sagte Herr Rehbügel, »ich dachte, Sie seien aus Stuttgart. Dürfen wir Sie zu einem Viertele einladen? Oder lieber zu einem Obstler?«

»Lieber zu einem Obstler, mein Mann sieht's ja nicht«, sagte Julie und kicherte albern. »Mein Mann ist immer so besorgt um mich!«

Herr Rehbügel bestellte eine Runde Obstler, und nachdem sie sie gekippt hatten, bestellte Julie eine neue. Danach war die Reihe an Frau Rehbügel, und dann wieder an Julie.

Die vielen Obstler trugen zur Entspannung bei.

Rehbügels luden Julie ein, sie doch einmal zusammen mit ihrem Mann in Düsseldorf zu besuchen; Julie tat kund, daß auch ihr Mann und sie sich freuen würden, so liebe Gäste bei sich zu Hause begrüßen zu dürfen, zumal ihr Haus, sie kicherte wieder, sehr groß sei und mehr Gästezimmer habe, als je benötigt würden.

Nachdem sie sich erst einmal in der Villa Vonstein, Heinrich-Heine-Allee gedanklich einquartiert hatte, wobei sie spürte, daß ihr diese Einquartierung wohltat, begann Julie, Wasser auf die Mühle zu gießen. Sie geriet in eine Art hitzige Erregung.

»Mein Mann ist ... mein Mann hat ... wir waren ... wir werden ... wir wollen ... wir würden ...«

»Nein« lächelte sie auf Frau Rehbügels Frage, »Kinder haben wir nicht ... Wir sind uns selbst genug!«

»So, ja ...« Wieder nickten Rehbügels synchron mit den Köpfen, woran ein aufmerksamer Beobachter gemerkt hätte, daß es sich hier um ein echtes und überdies altgedientes Ehepaar handelte. Dann riefen sie den Kellner, um nach der Rechnung zu fragen.

»Sie entschuldigen, wir sind müde!«

Julie registrierte mit einem Anflug von Neid, daß Rehbügels in der Lage waren, gleichzeitig zu ermüden, etwas, das Arthur und ihr noch nicht so recht gelingen wollte. Arthur ermüdete in der Regel wesentlich rascher als sie.

Rehbügels erhoben sich. Herr Rehbügel fingerte eine Visitenkarte aus der Brieftasche und überreichte sie Julie.

»Wenn Sie und Ihr Gatte einmal vorbeikommen möchten, Anruf genügt. Wir würden uns sehr freuen!«

Julie hatte das dumpfe Gefühl, als ob ihr jemand eine Schlinge um den Hals legte. Sie nahm die Karte zögernd entgegen.

Herr Rehbügel lächelte.

»Wir würden uns freuen, wenn Sie uns auch Ihre Adresse gäben, meine Frau und ich sind recht oft in Ihrer Gegend. Unser ältester Sohn betreibt in Würzburg eine Arztpraxis.«

Julie war schlagartig stocknüchtern.

»Ja, die Visitenkarten hat leider mein Mann«, sie lächelte verkrampft, »ich bin so schrecklich schußlig in diesen Dingen. Aber ich schreibe Ihnen unsere Anschrift auf.«

Sie kritzelte irgendeine Phantasieadresse auf einen Zettel und reichte ihn Herrn Rehbügel.

»So, bitte, rufen Sie einfach an, wir freuen uns!« Sie atmete tief durch. Jetzt galt es noch die letzte Kurve zu kriegen.

»Mein Mann und ich gehen allerdings in drei Wochen für ein Jahr in die Staaten. Aber wenn wir zurück sind, melden wir uns bei Ihnen.«

»Sie gehen in die Staaten?« fragte Herr Rehbügel verblüfft.

»Ja«, sagte Julie, »geschäftlich!«

Endlich verließen Rehbügels das Lokal, und Julie blieb allein am Tisch zurück. Die gute Stimmung war wie ausgelöscht.

Nein, ihr Leben war nicht das echte. Es war nur ein So-als-ob-Leben, eine schwache Kopie des eigentlichen, die ein paar Vorteile und viele Nachteile hatte.

»Unser Ältester betreibt in Würzburg eine Arztpraxis.«

Wie Rehbügels das gesagt hatten, einfach so dahingesagt hatten ...

Zufrieden, wie nach einem gelungenen Leistungstraining, lenkte Arthur den Wagen Richtung Meersburg. Er fühlte sich so wohl wie lange nicht mehr, mehr noch, er fühlte sich auf der Höhe seiner Kraft, voll austrainiert eben.

Trotz erschwerter Bedingungen (fettes Essen, viel Alkohol und ein zu langes Vorgeplänkel) hatte er beste Leistungen gebracht und nicht versagt. Im Gegenteil – hier grinste er selbstgefällig vor sich hin – er war in Topform gewesen.

Am Abend dieses Tages küßte Julie einen Mann, der hochzufrieden auf erfolgreich abgewickelte Geschäfte zurückblickte, dieselben aber erst einmal vergessen und wieder zu sich kommen mußte: Ergo: Arthur brauchte jetzt ein wenig Ruhe!

Nach dem Essen gingen sie noch ein halbes Stündchen am Seeufer spazieren. Arthur war einsilbig, drückte aber ab und an zärtlich Julies Arm, was diese dankbar registrierte. Unerwartet trafen sie vor dem Teepavillon auf Rehbügels. Rehbügels begrüßten Julie wie eine alte Bekannte und taten ihre Freude, nun auch deren Mann kennenlernen zu dürfen, strahlend kund. Dummerweise kamen sie sofort auf das Jahr in den Staaten zu sprechen ...

Nein, es war ganz unnötig, daß Julie beinahe das Herz stillstand. Ein echter Lügner zeigt sich einer Situation dieser Art spielend gewachsen. Arthur teilte Rehbügels knapp mit, daß er bereits öfter für längere Zeit in den Staaten geweilt hätte, und dies gar nichts Besonderes sei.

»Aber Sie entschuldigen uns, ich bin gerade erst zurückgekommen und sehr müde.«

»Wir wollten Sie gerade zu einem Viertele in den ›Engel‹ einladen!«

»Sie werden entschuldigen…«

»Vielleicht morgen abend? Ein Abschiedstrunk…«

»Sie entschuldigen!«

Er nickte knapp und ergriff energisch Julies Arm.

Im Weitergehen wurde Julie endlich von einem echten Gefühl erfaßt, einem echten Ehefrauengefühl: Sie schämte sich vor diesen Rehbügels für ihren uncharmanten Mann, vor allem, nachdem sie den ganzen gestrigen Abend lang mit ihm angegeben hatte.

Doch noch vor dem Einschlafen gelang es Julie, die Sache vor sich selbst wieder ins Lot zu bringen. Im Grunde hatte Arthur die Situation doch sehr elegant gemeistert. Was hätte er denn anders tun sollen? Und überhaupt, diese Rehbügels waren doch vollkommen unwichtig. Wichtig war Arthur, und sonst niemand!

Und doch… Irgend etwas hatte den Zauber gebrochen. Die letzten drei Tage lahmten ein wenig dahin.

ZWEITER TEIL

Der Alten Krone sind die Kindeskinder,
und der Kinder Ehre sind ihre Väter.
Sprüche Salomons

An Arthurs achtundfünfzigstem Geburtstag traf die Familie nach langer Zeit wieder einmal zusammen. Da das Wetter gut war, wurde die Festtafel im Garten gedeckt, was zwar längere Servierwege zur Folge hatte, für Hanna jedoch angenehmer war. Im Garten konnten die Kinder ungestört herumtoben, und sie mußte am folgenden Tag nicht stundenlang das Haus aufräumen. Der ganze Aufwand war somit schneller vergessen. Ihr war nicht bewußt, wie oft ihr in letzter Zeit das Wort »schneller« in den Sinn kam: schneller fertig – schneller hinter sich bringen – schneller vergessen...

Zum erstenmal durfte heute auch das jüngste Familienmitglied dabeisein: Sophias kürzlich geborener Sohn Alexander.

Über ihre neue Schwangerschaft hatte Sophia ihre Mutter kurz nach Weihnachten unterrichtet und durchblicken lassen, daß zu einem Glückwunsch keine Veranlassung bestehe. Im Gegenteil, dieses dritte Kind würde ihre Rückkehr in den Beruf um ein weiteres Jahr verzögern und war überhaupt eher eine Katastrophe als ein Glücksfall. Hanna hatte die Nachricht stumm zur Kenntnis genommen und nicht gewagt, Fragen zu stellen. In ihrer kühl-überheblichen Art wurde ihr die Tochter von Mal zu Mal fremder.

Als das Kind dann geboren war, hatte Sophia die Enttäuschung, nunmehr den »vierten Mann« in der Familie zu haben, kaum verbergen können. Sie redete sich ein, im Grunde keine

Jungenmutter zu sein und mit Mädchen besser zurechtzukommen, ja Mädchen überhaupt lieber zu haben, was eine Selbsttäuschung war. Sophia war weder eine Jungen- noch eine Mädchenmutter, sie war überhaupt keine Mutter!

Schlechtgelaunt, wie meist in den letzten Monaten, hatte sie die Einladung zum Geburtstagskaffee nur angenommen, weil sie eine Chance witterte, die nervenden Kinder einen Nachmittag lang loszuwerden. In letzter Zeit hatte sie sich angewöhnt, die Besuche im Elternhaus erträglicher zu gestalten, indem sie sich mit ihrem Vater ins Arbeitszimmer zurückzog, derweil die Jungen bei Hanna blieben. Es war so wohltuend, sich einmal unterhalten zu können, ohne ständig durch ein Kind unterbrochen zu werden.

Sie verstand sich überhaupt in letzter Zeit immer besser mit ihrem Vater, der ein erwachsener Mann war und somit einen wohltuenden Kontrast zu ihrem Ehemann bildete.

Arthur schmeichelte die spät erwachte Zuneigung seiner ältesten Tochter sehr. Auch er sah in den Gesprächen unter vier Augen eine willkommene Gelegenheit, den nervtötenden Familienfesten auf angenehme Weise zu entkommen.

Außerdem gefiel es ihm, daß ihn Sophia ins Vertrauen zog, wenn sie das Bedürfnis hatte, über ihre Eheprobleme mit Bodo zu sprechen. Sie tat es in letzter Zeit immer öfter, da sie stets mit Arthurs Verständnis rechnen konnte.

Bodo war ihrer im Grunde nie würdig gewesen. Er mochte ein guter Vater sein, der ernstzunehmende Gesprächspartner dagegen, den eine Frau wie Sophia einfach brauchte, war er nicht. Kein Wunder, daß Sophia sich in ihrer Ehe immer einsamer fühlte.

»Ich habe mich mit deiner Mutter auch nie unterhalten können«, gestand Arthur seiner Tochter an diesem Nachmittag. »Ich kann dich also sehr gut verstehen, obwohl«, vor seinem inneren Auge erschienen Julie und Karin, »es nicht ganz das gleiche ist.«

»Du hast deinen Beruf«, sagte Sophia bitter.

»Eben« bestätigte Arthur und lächelte bieder.

»Du glaubst nicht, wie mir meine Arbeit fehlt, die finanzielle Unabhängigkeit und die geistige Anregung.«

»Vor allem die geistige Anregung« bestätigte Arthur.

Hanna, die, ein vollbeladenes Tablett in den Händen, rechts und links von einem quengelnden Kind flankiert, gerade an der halbgeöffneten Tür vorbeikam, versetzte es einen Stich.

Im Garten unterhielten sich Fita und Elisa über englische Landschaftsmaler, im Arbeitszimmer Arthur und Sophia über geistige Anregung. Ihre Anregung waren zwei Kleinkinder, die nervtötend das Thema einer fünften Dose Cola variierten. Sie hatte das dringende Bedürfnis nach einer Erholungspause.

Klirrend stellte sie das Tablett auf dem Küchentisch ab und ging ins Arbeitszimmer hinüber. Jens und Dennis erblickten ihre Mutter und stürzten sich mit einem wahren Indianergeheul auf sie, wobei sie versuchten, gleichzeitig Sophias Schoß zu erklimmen. Wie alle Kinder hatten sie einen untrüglichen Instinkt dafür, wer die schlechtesten Nerven hatte.

Hanna ließ sich auf dem Sofa nieder und streckte die geschwollenen Beine weit von sich.

»Furchtbar heiß heute«, sagte sie. »Richtig schwül, im Haus ist es noch am angenehmsten. Der Sonnenschirm hält gar nichts ab.«

Arthur warf Sophia einen Blick zu und lächelte fein. Er sah schon lange keine Tochter mehr in ihr, sondern eine attraktive junge Frau, attraktiv und jung wie er selbst.

»Im Haus ist es angenehmer als draußen«, sagte er, zu Hanna gewandt, wobei er Sophia einen raschen, ironischen Blick zuwarf, der andeuten sollte, auf welch niedriger geistiger Ebene er gezwungen war, sein eheliches Leben zu verbringen. »Ich leide unter dem gleichen Problem wie du, Tochter!« sagte Arthurs Blick. »Gespräche auf tiefstem Niveau!«

»Oh, wie sehr ich dich verstehe, Vater!« gab Sophias Blick zurück. Hanna merkte nichts von diesem stummen Dialog.

»Ja, die alten Häuser mit ihren schönen dicken Mauern. Im Winter halten sie die Wärme, im Sommer die Kühle, sehr angenehm!«

»Im Garten staut sich die Hitze«, sagte Arthur betont höflich.

Sophia überkam ein seltenes Lachen.

»Trotz des Sonnenschirms«, gluckste sie, Arthur zublinzelnd.

»Der Sonnenschirm hält kaum was ab«, bestätigte er.

Hanna blickte erstaunt von einem zum anderen. Sie lächelte freundlich.

»Die Sahne ist sofort flüssig geworden«, sagte sie.

»Und das Hirn erst«, sagte Arthur.

Einen Augenblick lang war Hanna irritiert. »Wie?«

»Ich sagte: erst die Sahne, dann das Hirn.«

»Ja, man wird ganz dumm von der Hitze.«

»Nicht nur von der Hitze.«

Hanna war, als ob sie einen Schlag erhalten hätte, aber sie fing sich wieder. Sie öffnete den Blusenkragen und fächelte sich Kühlung zu. Sophia und Arthur betrachteten sie schweigend. Auf der Treppe hörte man Fitas leichten Schritt. Nach einer knappen Anstandsstunde hatte sie sich also wie üblich abgeseilt.

»Fita ist es draußen zu heiß geworden«, bemerkte Arthur.

»Es ist ja auch unerträglich« erwiderte Hanna. Und während sie diese Worte sagte, und wie von weit her Sophias falsches Lachen hörte, merkte sie plötzlich, daß hier etwas Böses gespielt wurde. Hier spielten zwei gegen einen.

Sie fühlte sich so erschöpft, daß ihr die plötzliche Erkenntnis die Tränen in die Augen trieb.

»Ja, ich werde dann mal . . .« sagte sie rasch, ehe die anderen etwas merkten, und erhob sich.

»Mach aber bitte die Tür hinter dir zu«, rief Arthur ihr nach. »Damit die Hitze nicht reinkommt.«

Hanna schloß die Tür hinter sich und blieb, die Hand noch auf der Klinke, stehen. Sie versuchte, sich zu fassen.

»Das war hart« hörte sie Sophia sagen.

»Keine Angst, die merkt nichts«, meinte Arthur und fügte hinzu: »Das ist ja das Schlimme. Aber zurück zum Thema, ich denke, es wird das beste sein, wenn du wieder in den Beruf zurückkehrst.«

Dann wandte er sich an seine Enkel: »Und ihr geht besser raus spielen oder ein bißchen zu Oma in die Küche...«

Hanna schlich wie betäubt in den Garten, wo Elisa im Liegestuhl ruhte und der kleine Alexander in seinem Körbchen friedlich schlief. Bodo saß neben ihm und las. Hanna warf ihm einen Blick zu und fühlte wieder diese Rührung aufkommen, die sie beim Anblick ihres Schwiegersohnes so oft überfiel. Sie liebte seine Art, sich ganz selbstverständlich zu seinen Kindern zu bekennen und seinen Teil der Erziehungspflichten gerne, geradezu spielerisch, auf sich zu nehmen. Es war traurig, daß Sophia diese wunderbare Eigenschaft so gar nicht zu schätzen wußte, obwohl, hier lächelte Hanna bitter vor sich hin, sie sie nur allzuoft in Anspruch nahm. Sie setzte sich für einige Augenblicke an den abgegrasten Tisch und fühlte sich plötzlich sehr müde. Aus der Diele hörte sie das Geschrei der Kinder, die Omas Fährte aufnahmen und sie sicher bald gefunden haben würden.

»...wieder in den Beruf zurückkehren.«

Sie spürte die Hitze in ihren Augen flimmern und hatte Halluzinationen von einer geschiedenen Sophia, die morgens zur Schule fuhr und drei Kleinkinder bei ihr zurückließ, um sich am Abend mit ihrem Vater über den »pädagogischen Alltag« zu unterhalten, derweil sie, Hanna, zwischen den verschiedenen Schlafzimmern hin und her rannte, um Bereitschaftsdienst zu tun. Auf irgendeine fieberheiße Wade wäre sicher immer ein Wickel zu legen.

Entmutigt sah Hanna eine Lawine neuer Pflichten auf sich zukommen.

Der brütendheiße Nachmittag schleppte sich einem schwülen Abend entgegen. Bereits um achtzehn Uhr verabschiedete sich Elisabeth mit spürbarer Erleichterung von Hanna. Sie fragte, wo ihr Vater und ihre Schwester seien. Hanna ging mit ihr ins Haus, doch das Arbeitszimmer war leer. Auf der Dielenkommode fanden sie einen Zettel mit dem Hinweis: »Sind ein Stück spazierengegangen. Zum Abendessen wieder zurück. Arthur.«

Inzwischen hatte Bodo die Spielsachen der völlig übermüdeten Kinder zusammengesucht, den kleinen Alexander versorgt und die ganze Horde in seinem Auto verstaut. Hanna sah, wie er eine Heckenrose abriß und sie hinter den Wischer von Sophias Auto klemmte, die, wie so oft, in ihrem eigenen Wagen gekommen war.

»So ein Mann...«, dachte sie wehmütig. »Man müßte noch einmal jung sein und ganz von vorn anfangen.« Sie winkte dem abfahrenden Auto nach und ging ins Haus zurück. Geistesabwesend trat sie ins Arbeitszimmer, um die Gläser einzusammeln, die Arthur und Sophia dort hatten stehenlassen. Auf der Schreibtischplatte lagen ein paar Fotos herum. Sie lächelte. Es waren die Fotos, die Arthur am Gardasee gemacht hatte und die trotz des trüben Wetters recht gut geworden waren. Das Bild, auf dem sie selbst zu sehen war, legte sie rasch beiseite, sie mochte sich weder im Spiegel noch abgelichtet sehen. Auch das Foto, das sie von Arthur geknipst hatte, erzeugte ein ungutes Gefühl. Sie hatte es natürlich verwackelt! Aber die anderen waren eine nette Erinnerung.

Nachdem sie sie alle noch einmal betrachtet hatte, packte sie den Stapel zusammen und wollte ihn in die halb geöffnete Lade zurücklegen, als sie weitere Seefotos bemerkte. Diese waren im Halbdunkel aufgenommen und fingen eine romantische Abendstimmung ein. Wann hatte Arthur diese Aufnahmen denn gemacht? Sie starrte sie minutenlang an, dann bemerkte sie, daß dies gar nicht der Gardasee, sondern ein ganz anderes Gewässer war. Sie drehte das oberste Bild um. Auf der Rückseite hatte der Fotoservice das Datum vermerkt: Der Film war erst vor zwei Wochen entwickelt worden!

Auch die anderen Bilder zeigten den unbekannten See in verschiedenen Stimmungen. Arthur war kein einziges Mal zu sehen, aber auf dem letzten Foto lachte eine junge Frau direkt in die Kamera. Auf der Rückseite stand: »Glückliche J. an einem Sonntag im Juli«

Beim zweitenmal stirbt es sich leichter!

Als ob nichts geschehen wäre, ging Hanna in die Küche zurück und begann mit dem Abwasch. Sie war innerlich ganz ruhig, aber es war eine eiskalte Ruhe. Zu dem Betrug an sich kamen nun also noch Arthurs glatte Lügen und ihre grenzenlose Dummheit hinzu. Und ihre Dummheit, so stellte sie heute erstmals fest, war schlimmer als seine Lügen. Vielleicht waren diese Lügen sogar eine bloße Folge ihrer Dummheit.

Diesmal, beschloß sie, würde sie Arthur keine Gelegenheit geben, sich in der ihm eigenen Geschicklichkeit zu entwinden. Sie beschloß, ihn statt dessen heimlich zu beobachten.

Nachdem sie die Küche in Ordnung gebracht hatte, setzte sie sich im Dunkeln auf einen Hocker und wartete die Rückkehr von Arthur und Sophia ab. Sie kamen später als erwartet und waren in eine angeregte Unterhaltung vertieft.

»Er ist ja kaum noch zu Hause«, hörte sie Sophia sagen. »Nicht mal am Wochenende!« Es erklang das typisch ironische Lachen.

»Ja, aber wieso denn?«

Wieder dieses Lachen.

»Angeblich Überstunden!«

»Das sollte sich aber doch auf seine Karriere auswirken« bemerkte Arthur.

Jetzt lachte Sophia nicht.

»Dazu müßte er doch erst einmal wissen, wie das Wort geschrieben wird!« Das klang bitter.

»Du mußt dringend einmal raus« sagte Arthur.

»Ich habe da eine Ferienwohnung am Bodensee an der Hand, ideal gelegen. Erst kürzlich bin ich selbst dort gewesen, es war sehr erholsam. Wenn du willst, kann ich das vermitteln, die Wohnung befindet sich in . . .«

Jetzt wurde die Tür geschlossen, und die Stimmen verebbten. Aber Hanna hatte genug gehört.

Eine Wohnung am Bodensee! Hanna beschloß, gleich morgen zu prüfen, ob es etwa eine Kaimauer am Bodensee gab, gegen die gelehnt »J« so unverschämt glücklich gelacht hatte.

Außerdem würde sie eine Schriftprobe machen. Sie mußte die Buchstaben auf der Schallplatte und die auf der Rückseite des Fotos miteinander vergleichen. Obwohl – hier fühlte sie wieder den alten Zweifel – es nicht erwiesen war, daß Arthur die Fotos gemacht hatte. Er selbst war schließlich nicht ein einziges Mal abgelichtet. Andererseits hatte er diese Bilder vielleicht an »J« verschenkt, welche sie just in diesem Augenblick verliebt betrachtete. Oder doch nicht?

Nun, Hanna atmete tief durch, Arthur ahnte nichts von ihrem Verdacht, und sie hatte viel Zeit, um die Wahrheit herauszufinden. Dabei kalkulierte sie kalt einen Umstand mit ein, den sich bisher Arthur zunutze gemacht hatte: die Arglosigkeit und das blinde Vertrauen des Partners.

Geduld ist die Tugend der Esel.
Französisches Sprichwort

Ohne den direkten Zusammenhang zu sehen, begann Julie unmittelbar nach dem Urlaub mit Arthur zu kränkeln.

Es fing mit einer Erkältung an, die nicht weichen wollte, sich schließlich im Hals festsetzte und starke Schluckbeschwerden verursachte. Außerdem stellte sich ein quälender Zwang zum Hüsteln ein. Es schien, als ob sich ein Fremdkörper in Julies Kehle festgesetzt hätte, den sie weder nach oben räuspern, noch nach unten schlucken konnte; ein Fremdkörper, der immer da war und immer störte.

Julie konsultierte zwei Ärzte, schluckte Medikamente und blieb schließlich zu Hause, aber ihr Zustand besserte sich nicht. Zusätzlich stellten sich Depressionen ein. Zu Beginn ihrer Krankheit hatte Arthur sich besorgt gezeigt und sogar einen Blumenstrauß durch Fleurop schicken lassen, aber schon bald mußte Julie akzeptieren, was auch Hanna schon lange akzeptiert hatte; Arthur zeigte an kranken Frauen kein Interesse, schlimmer, sie stießen ihn ab!

Arthur mochte Frauen, die arbeitsam oder sexy waren. Was er nicht mochte, waren Frauen, die Scherereien machten, und er verabscheute sie geradezu, wenn sie versuchten, seine Aufmerksamkeit durch irgendwelche Unpäßlichkeiten zu erzwingen.

Er zeigte Julie seinen Unmut sehr deutlich, indem er sich weniger oft blicken ließ, und bestrafte sie schließlich, indem er auffallend selten anrief.

Julie hätte auch diese traurige Tatsache geschluckt, wenn sie nur hätte schlucken *können*. Aber der Kloß, der ihre Atmung beeinträchtigte, wurde täglich dicker.

Vollgepumpt mit Medikamenten, lag sie im Bett und gab sich ihren Phantasien hin: Arthur und sie am Bodensee, Seite an Seite am Ufer dahinpromenierend, gemeinsame Freunde begrüßend: »Ja, mein Mann ist von seiner Geschäftsreise zurückgekehrt, nun wollen wir uns noch ein paar ruhige Tage gönnen...!«

Wie wunderbar warm und geborgen hatte sie sich doch als Ehefrau an Arthurs Seite gefühlt, nichts hatte ihr geschehen können, alles war gut gewesen.

Aber es hatte nicht gehalten. Nichts war gut!

Julie stemmte sich auf den Ellbogen, griff zu ihrem Wasserglas und schluckte eine weitere Tablette. Sie ließ sich in die Kissen zurückfallen und schloß die Augen. Alles war schlecht, denn der Preis für jede Prise Glück war zu hoch. Immer wenn Arthur besonders lieb und zärtlich zu ihr war, stieß er sie hinterher gnadenlos in ihre Einsamkeit zurück.

»Im Grunde bin ich bei ihm nie richtig satt geworden«, dachte sie, »weil er mir immer den Teller wegzieht, wenn ich gerade erst angefangen habe, zu essen!« Sie würgte die aufsteigenden Tränen hinunter.

In ihre trostlosen Gedanken hinein klingelte das Telefon.

Es war Arthur. Bereits der Klang seiner Stimme genügte, um Julies Stimmung augenblicklich aufzuhellen.

»Wie geht es dir, Liebling?« fragte er.

Julie strich sich eine Haarsträhne aus der feuchten Stirn und versuchte ihrer Stimme einen frischen Ton zu verleihen.

»Gut«, stieß sie so munter wie möglich hervor.

»Liegst du denn noch zu Bett?«

»Nein, natürlich nicht«, log sie. »Montag gehe ich wieder ins Büro!«

»Das ist fein, dann könnten wir uns Sonntag vielleicht sehen?«

Wie die Vöglein zwitscherten, wie golden die Sonne ins Zimmer strahlte... direkt in Julies erkältetes Herz hinein!

»Ich freue mich! Komm doch am besten schon zu Mittag...« Ungeduldig unterbrach er sie.

»Vor dem Abend kann ich keinesfalls dasein. Klausuren, eine Besprechung mit Müller... sagen wir gegen achtzehn Uhr auf ein Stündchen. – Anschließend muß ich aber gleich wieder weg!« drohte er vorsichtshalber an.

Den Himmel überzog ein düsteres Grau, die Sonne verschwand.

»Ist gut.« Julie versuchte sich nichts anmerken zu lassen. »Soll ich etwas zu essen machen?«

Arthur grinste zufrieden vor sich hin. Die Weiber waren doch alle gleich. Immer um das leibliche Wohl ihrer Henker besorgt. Er plante, das Wochenende bei Karin zu verbringen und auf dem Rückweg bei Julie vorbeizuschauen. Auch mit Karin pflegte er üppig und gut zu speisen. Wenn er mit ihr zu Mittag aß, würde ihm ein reichhaltiges Abendbrot auf die Galle schlagen.

»Mach etwas Leichtes, einen Salat oder so... Ich muß auflegen. Tschüs!«

Arthur, in der Heinrich-Heine-Allee am Schreibtisch sitzend, hörte Hanna die Kellertreppe heraufkommen und legte den Hörer auf die Gabel.

»Was mir gerade einfällt«, sagte er leichthin und wandte sich zu Hanna um. »Am Wochenende bin ich geschäftlich in Stuttgart. Ich komme erst am Sonntag abend zurück.«

»Um wieviel Uhr denn?« fragte Hanna.

»Das kann ich so genau nicht sagen.«

»Ich frage nur wegen des Essens!«

»Ach so.« Arthur verbarg mit Mühe ein Lächeln. Der ungebremste Versorgungstrieb seiner Frauengarde amüsierte ihn.

»Stell halt irgendeine Kleinigkeit zurecht. Etwas Leichtes, einen Salat oder so...«

Hanna hatte Arthurs Lächeln sehr wohl gesehen und ging in die Küche zurück. Dort ließ sie sich auf ihren Hocker fallen und recherchierte:

* Arthur wollte am Wochenende angeblich geschäftlich nach Stuttgart.
* Dies war am Wochenende ungewöhnlich.
* Auf die Frage nach dem Abendessen hatte er mit Mühe ein Lachen unterdrückt.
* Warum?

Hanna beschloß, am Samstag den genauen Kilometerstand des Wagens zu notieren. Am Sonntag abend würde sie dann feststellen können, ob die zusätzlich gefahrenen Kilometer mit der Strecke nach Stuttgart übereinstimmten. Wahrscheinlich wohnte »J« in dieser Stadt. Und vermutlich würde man den Sonntag für einen Trip an den Bodensee nutzen. Hanna würde die Kilometerzahl Stuttgart–Bodensee auf alle Fälle berücksichtigen.

Dann fiel ihr der Geburtstag von Jens und Dennis ein, und Tränen hilfloser Wut rannen ihr über die Wangen. Im Gegensatz zu »Oma Tine« würde sie auch diesmal mit selbstgestrickten Jacken aufwarten müssen, da ihr das Geld für ein ordentliches Geschenk wie gewöhnlich fehlte.

Hanna umklammerte mit den Händen die Arbeitsplatte, daß die Knöchel weiß hervortraten, und starrte wie versteinert vor sich hin. Der Gedanke, der schon einmal von ihr Besitz ergriffen und den sie erfolgreich verdrängt hatte, stieg erneut aus der Tiefe ihres Herzens ins Gehirn und breitete sich wie ein Atompilz aus: Sie sparte nicht für das eigene Alter. Sie sparte für Fräulein Julies Wochenendtrips. Oder – hier fühlte sie wieder das hysterische Lachen die Kehle hinaufkriechen – für Fräulein Julies Alter!

Was jemals Männer konnte blenden,
ist nichts mehr wert.
Vor allem dies: der Winkel,
wo die Schenkel enden,
der Venus kleines Paradies...
Villon

Julie verbrachte den Samstag in freudiger Erwartung.

Die Melancholie, die sie in den vergangenen Wochen so gequält hatte, war über Nacht verschwunden, sie fühlte sich frisch
und wie neugeboren. Dieses Wunder hatte allein Arthur mit der
Ankündigung seines Besuches bewirkt. Julie hatte plötzlich
einen Grund, ihr Bett zu verlassen und tätig zu werden. Sie
mußte aufräumen, einkaufen und Vorbereitungen treffen.

Nach eingehender Überlegung entschloß sie sich, einen Salat
mit Putenleber zu machen und eine Käseplatte zusammenzustel-
len. Vorher vielleicht eine klare Rindsbouillon. Rindsbouillon
war immer gut.

Julie schlüpfte in ihre Jeans, band die Haare im Nacken zusammen und begab sich auf Einkaufstour, wobei ihr wieder
einmal auffiel, wie klug es von Arthur gewesen war, auf einer
Wohnung in der Fußgängerzone zu bestehen. Kaum hatte man
das Haus verlassen, schon tauchte man im munteren Treiben
unter. Julie besorgte den Salat bei dem Türken an der Ecke, die
Putenleber auf dem kleinen Wochenmarkt, den Wein beim
Händler in der Passage. Sie fühlte sich jung und dem Leben
ringsum zugehörig und würde heute in Anbetracht des morgigen
Besuches auch dieser schrecklichen Schwermut entgehen, die sie
jedesmal an den Samstagnachmittagen befiel, wenn das Leben
auf der Straße unter ihrem Fenster nach und nach verebbte, die
Scherengitter vor den Ladenfenstern herabgelassen wurden und

außer Müll und einigen herumlungernden Jugendlichen nichts als staubige Öde zurückblieb.

Als Julie von ihrem Einkauf zurückkam, blinkte ihr der Anrufbeantworter entgegen. Sie drückte die Taste. Arthur teilte ihr mit, daß er nun doch bereits am Sonntag mittag einträfe.

Selbstverständlich ging er davon aus, daß es ihr recht war.

»Freust du dich?«

Julie freute sich so sehr, daß ihr beinahe die Tüte mit den Weinflaschen aus dem Arm gerutscht wäre. Sie blickte hastig auf die Uhr, aber gottlob war noch Zeit genug, die Einkaufstour zu wiederholen.

Arthur kam schon zum Mittagessen und fieberhaft notierte sie: Rindfilet, Naturreis, Pilze.

Den Salat wie geplant abends. Ein bißchen Gebäck für nachmittags.

Während Arthur, der sein geplantes Wochenende in Karins Waldhütte leider hatte abkürzen müssen, weil der Dessousfabrikant das Liebesnest am Sonntag nachmittag selbst benötigte, seinen Wagen Richtung Sindelfingen lenkte und fröhlich vor sich hinpfiff (es war einfach ein wohliges Gefühl, immer noch eine Karte im Ärmel zu haben), hastete Julie freudig erregt ein zweites Mal durch die Geschäfte. Am Ende hatte sie den letzten Pfennig ausgegeben und wuchtete so viele Lebensmittel nach Hause, daß sie fast unter der Last zusammenbrach.

Den Nachmittag verbrachte sie so fröhlich wie schon lange nicht mehr. In vollendetem Einklang mit sich selbst lief sie in ihrer Wohnung hin und her. Damit sie sich jeder der kostbaren Sekunden mit Arthur voll hingeben konnte, bereitete sie das Essen bis in alle Einzelheiten vor. Sie putzte den Salat und die Pilze, würzte das Filet und rührte die Cremespeise an. Schließlich stellte sie die Tischmusik zusammen. Brahms!

Abends bügelte sie die weiße Leinendecke, die so festlich zu den Silberleuchten paßte, und betete um schlechtes Wetter. Regen, das hatte sich immer wieder erwiesen, erhöhte die Gemütlichkeit ungemein. Bei Regen saß man ausgiebiger am Tisch, das Ritual wurde länger ausgedehnt, und ein zärtlicher Nachmittag im Schummerlicht ergab sich von selbst.

Am Sonntag morgen stand Julie früh auf, um das Bett frisch zu beziehen, zu baden und sich die Haare zu waschen. Bereits früh um zehn deckte sie den Mittagstisch mit ihrem schönsten Geschirr und steckte frische Kerzen in die Leuchter. Ihre Gebete waren erhört worden: Es regnete. Dicke Wolken jagten am Himmel dahin, so daß es innerhalb der Wohnung besonders kuschelig und gemütlich war.

Gegen zwölf hatte Julie alles für Arthurs Besuch gerichtet.

Das Filet lag, in Folie gewickelt, bereit, die Pilze waren geputzt, der Reis gewaschen und bereits vorgekocht. Im Kühlschrank wartete der Salat für abends, daneben die Cremespeise.

Während sie das Silber noch einmal polierte, fiel ihr ein, daß es nun schon beinahe ein Jahr her war, daß Arthur und sie miteinander ausgegangen waren. Selbst Arthurs Einladung zum Essen, zu irgendeinem Anlaß ausgesprochen, war immer wieder verschoben worden. Eines Abends gestand er ihr dann, daß es ihm soviel besser gefalle, mit ihr allein und ganz gemütlich zu Hause zu essen, zumal er beruflich ständig gezwungen sei, in irgendwelchen langweiligen Restaurants herumzusitzen. Julie ihrerseits dachte, daß wohl eher die »Gemahlin im Zobel« Schuld daran trug, daß Arthurs Ausgehlust ständig abnahm.

Julie konnte sich nicht vorstellen, daß diese über die Maßen verwöhnte Frau allzuoft bereit war, den Kochlöffel zu schwingen. Woher sollte Julie auch wissen, daß Arthurs Unlust, öfter auszugehen, ganz andere Gründe hatte: Karin, die ihren persönlichen Wert ausschließlich an jener Summe maß, die ein Verehrer für sie zu zahlen bereit war, bestand darauf, bei jedem Treffen mit Arthur ausgeführt zu werden. Sie hatte diese Forderung von

Anfang an klipp und klar formuliert, und Arthur hatte sie ebenso klar akzeptiert. Kritiklos hatte er den Wert, den Karin sich selbst beimaß, übernommen: Karin war einfach eine tolle Frau, eine *femme fatale*, und Klassefrauen dieser Art waren noch nie umsonst zu haben gewesen. Aber Karin war sehr teuer, und neben ihr konnte man sich allenfalls noch ein paar »Veilchen im Moose« halten.

Als Arthur aus dem Fahrstuhl stieg, erwartete Julie ihn, mit dem gewohnt freudigen Lächeln auf den Lippen, in der geöffneten Tür stehend. Sie trug enge schwarze Hosen und eine weiße Seidenbluse, die Haare mit einem Band zurückgehalten und flache Slipper. Julie hatte durch die Krankheit an Gewicht verloren und sah schmal und mädchenhaft aus. Arthur dachte an Karin, deren Bett er vor wenigen Stunden verlassen hatte, und an ihren überdimensionalen großen Busen, an dem er eine höchst angenehme Nacht hatte verbringen dürfen. Im Vergleich zu ihr schnitt Julie nicht gut ab.

Er mochte diese schmalhüftigen Figuren nicht besonders und fragte sich oft, weshalb die Frauen mit allerlei Kasteiungen und Diäten versuchten, ihre Körper so lange zu trimmen, bis kein richtiger Mann mehr etwas mit ihm anfangen konnte.

Das schlimmste war, daß sie auch noch in dem Wahn lebten, Männer würden sich nach dürren Kleiderständern verzehren, und sich in den falschen Zeitschriften informierten, anstatt sich an jenen Hochglanzblättern zu orientieren, die die Männer kauften.

Arthur jedenfalls kannte keinen einzigen Mann, der heimlich eine der gängigen Frauenzeitschriften las und sich bei den dort abgebildeten Models erotischen Phantasien hingab.

Gedanken dieser Art bewegten Arthur, als er sich auf Julies Sofa niederließ und ihr zusah, wie sie den Aperitif holte und die Gläser polierte. Julie wiederum betrachtete Arthur und war wie so oft irritiert. Jetzt, wo die freudige Erwartung der Realität gewichen war und Arthur leibhaftig vor ihr saß, mußte sie wieder einmal zugeben, daß er (grauer Anzug, weißes Hemd, gestreifte Krawatte, schwarze Schuhe), irgendwie nicht zu der betont femininen Einrichtung ihres Wohnzimmers paßte.

Arthur war rein äußerlich immer ein Fremdkörper gewesen, und sie dachte, daß er dies vielleicht ebenso spürte und sich deshalb bei ihr nie wirklich entspannen und zu Hause fühlen konnte.

Sie hob ihr Glas und lächelte.

»Wie schön, daß du wieder einmal da bist.«

»Ach, es wurde Zeit, ich habe mich nach dir gesehnt. Geht es dir ein wenig besser?«

»Ja, Gott sei Dank!«

Über den Tisch hinweg sahen sie sich an und Julie erschrak. Hier saßen sie sich wie zwei Fremde gegenüber, zwei Fremde, die ein Ritual herunterspulten.

Arthurs Blick wanderte über Julies Kopf hinweg zum Eßtisch hinüber: Weißes Leinen, schimmerndes Porzellan, Kerzen in Leuchtern, die Leuchter poliert. Wenn sie nur damit aufhörte, jede Mahlzeit zu einem Art Hochzeitsessen hochzustilisieren. Voller Argwohn blickte er zum Plattenschrank. Natürlich: Brahms lag schon bereit.

Er konnte einen Seufzer nicht unterdrücken.

Julie interpretierte diesen Seufzer falsch.

»Wollen wir essen? Ich habe alles vorbereitet!«

»Mach nur, wie du es geplant hast.«

Verunsichert ging Julie hinter den Küchentresen und warf die Herdplatten an. Über die Theke hinweg war sie um einen lockeren Plauderton bemüht, aber Arthur hatte sich die Sonntagszeitung gegriffen und vertiefte sich in die Sportnachrichten.

Als Julie das Essen auftrug, erhob er sich, wiederum seufzend, vom Sofa und kam zum Eßtisch herüber. Julie stellte die Platte mit dem Filet und den Pilzen auf das Stövchen und lächelte ihn an.

»Laß es dir schmecken«, sagte sie, womit sie, ohne es zu ahnen, Hannas Standardsatz wiederholte.

Arthur hatte den ersten Bissen noch nicht auf der Zunge, als schon der zweite Standardsatz folgte: »Nun, schmeckt's?«

»Doch, ja.« Arthur griff nach seinem Weinglas. »Auf dein Wohl!«

»Danke.«

Sie lächelten sich an.

»Noch etwas Sauce?«

Hätte Arthur die Augen geschlossen, hätte er sich bei diesem Tischritual wie in der Heinrich-Heine-Allee fühlen können, aber glücklicherweise gehörte Arthur nicht zu jener Sorte feinfühliger Männer, denen solche Kleinigkeiten auffallen. Zudem war er mit einem anderen Problem beschäftigt: Er hatte sich in der vergangenen Nacht bei Karin reichlich ausgetobt und verspürte keinerlei Verlangen nach dem obligaten »Mittagsschläfchen« mit Julie. Zumal er sich jetzt, nach dem reichhaltigen Essen und dem schweren Rotwein, etwas schlapp fühlte. Er gähnte verhalten.

Julie betrachtete dieses Gähnen mit Argwohn.

»Espresso?« fragte sie.

»Ja bitte, ich bin etwas müde, am liebsten würde ich gleich auf dem Sofa die Augen schließen. Gegen zwei muß ich abhauen.«

»Was mußt du?«

Arthur sah sie unschuldig an.

»Gegen zwei muß ich abhauen, sagte ich das nicht?«

»Nein, das sagtest du nicht! Dummerweise habe ich eingekauft, Kuchen für nachmittags, Salate für abends.«

»Ach, das wird doch nicht schlecht. Zumal ich«, er legte seine Hand über ihre und entblößte scheinheilig lächelnd die Zähne, »doch noch bis zwei bleibe!«

Sie zog ihre Hand hastig fort. Schon fühlte sie, wie der Kloß in ihrem Hals anschwoll und ihre Augen sich mit Tränen füllten.

»Arthur«, sagte sie, »ich möchte mal mit dir reden.«

Er wehrte entsetzt ab.

»Aber nicht heute, ich fühle mich so erschöpft.«

»Das ist mir egal!«

»Liebes, ich stecke bis über beide Ohren in Arbeit und bin trotzdem gekommen, nur um dich zu sehen.«

»Du könntest mich öfter sehen!«

»Du weißt genau, daß das nicht geht.«

»Bitte sag mir noch einmal ganz genau und ganz langsam, sozusagen zum Mitschreiben, warum es nicht geht!«

»Weil ich leider kein freier Mann bin, was du von Anfang an gewußt hast.« Böse blickte er Julie an. Die Krankheit hatte ihr zugesetzt. Sie sah hohlwangig aus, fast schon wie Hanna.

»Ich lebe im Hause meiner Mutter, auf die ich gewisse Rücksichten zu nehmen habe. Außerdem bin ich verheiratet.«

»Es gibt die Möglichkeit, sich scheiden zu lassen!«

»Aber Julie...«

»Was?«

Arthur seufzte über soviel Unverstand. Aber er blieb gefaßt.

»Hanna ist eine anspruchsvolle Frau, die gewisse Privilegien genießt, sie würde mich finanziell ruinieren!«

»Vielleicht könnte die Dame zur Abwechslung einmal für sich selbst sorgen.«

»Mit über fünfzig Jahren? Kein Mensch gäbe ihr eine Stelle, außerdem hat sie das staatlich verbriefte Recht, den gewohnten Lebensstandard beibehalten zu dürfen, und der ist nicht niedrig. Im Scheidungsfall sähe es so aus, daß das Haus verkauft werden müßte, vorausgesetzt, daß Mutter überhaupt die Einwilligung dazu gäbe. Mutter selbst müßte in ein Seniorenheim ziehen, was sie niemals täte, und Hanna würde Monat für Monat die Hälfte meiner Bezüge einstreichen. Schließlich«, Arthur seufzte erneut,

»müßte eine neue Wohnung gefunden werden, oder gefällt dir der Gedanke, daß ich hier einzöge...«

Dieser Gedanke gefiel Julie absolut nicht.

Das Bild, Arthur und sie auf der Freitreppe stehend, Gäste empfangend, war noch nicht verblaßt. Im Grunde war es ja gerade dieses Bild, um das sich alle ihre Träume rankten.

Arthur warf einen diskreten Blick auf die Uhr. Noch eine Stunde. Zwar hatte er das lästige Schmuseritual geschickt umgangen, aber das Gespräch nahm eine andere, nicht weniger lästige Wendung.

Er begann abzulenken und schwenkte elegant in Richtung »Liebe« ab, dem Lieblingsthema aller Frauen, dem Thema, das niemals versagte.

»Mach es mir doch nicht so schwer!« Er griff nach Julies Hand.

»Wenn du wüßtest, wie unerträglich öde meine Ehe ist. Hanna wird immer schwieriger, das ganze häusliche Leben erstickt in Ritualen. Ich spreche nicht gern darüber, aber...«, er senkte den Blick in ihre Augen, »wenn ich dich nicht hätte, ich glaube, ich könnte das alles nicht länger ertragen!«

Julies Blick fiel auf die Kerzen, die beinahe ganz heruntergebrannt waren. Sie betrachtete den Mann auf dem Stuhl gegenüber, registrierte seinen feigen, heimlichen Blick auf die Armbanduhr und dachte mit leisem Entsetzen, daß auch ihr Leben mit Arthur in Ritualen erstickte. Verlief nicht jeder seiner Besuche in genau festgelegten Bahnen?

Aber, wies sie den unangenehmen Gedanken zurück, das lag eben nur daran, daß sie niemals genug Muße hatten, daß jedem ihrer Treffen dieses scheußliche Besuchsgefühl anhaftete. Wenn man von vornherein wußte, daß die Stunden genau abgezählt waren, dann mußte ja automatisch alles in Gewohnheit versanden. Wie schön war es dagegen am Bodensee gewesen, als sie »Mann und Frau« gespielt und endlich einmal genügend Zeit füreinander gehabt hatten und keine Hanna im Hintergrund gelauert hatte.

In ihre Gedanken hinein erhob Arthur sich von seinem Platz.

»Wir sprechen das nächste Mal ausgiebig, Liebes. Wie steht es übrigens mit einer kleinen Herbstreise? Ich habe Mitte Oktober geschäftlich in Baden zu tun, ein Trip über die Grenze ins Elsaß wäre möglich.« Er lächelte wie ein Onkel, der seinem Nichtchen einen Besuch im Zoo verspricht. »Würde dir das Spaß machen?«

»Wie lange hast du denn Zeit?« fragte Julie argwöhnisch.

»Nun, so zwei bis drei Tage.«

»Danke, das lohnt sich nicht.«

Arthur sah sie verwundert an und griff nach seiner Tasche.

»Überleg es dir noch einmal«, sagte er nachsichtig. »Du hast die Krankheit noch nicht ganz überwunden. Geh am besten wieder ins Bett, und ruh dich aus.«

»Ich bin ausgeruht!!!«

Er öffnete die Tür und wandte sich noch einmal um. Julie stand in der Diele und kämpfte mit den Tränen.

Arthur tat, als hätte er nichts gesehen, und stieg in den Fahrstuhl.

»Mit vierzig werden sie schrullig«, dachte er. »Mit fünfundvierzig lästig, mit fünfzig sollte man sie abstoßen.«

Nicht ganz zufrieden mit sich und dem Verlauf dieses Wochenendes fuhr Arthur nach Hause. Julie fing wirklich an zu spinnen. Als Karin ihm mitteilte, daß sich das geplante Wochenende verkürzen würde, hatte er Julie sofort angerufen und seinen Besuch bei ihr angesagt, obwohl sie nicht am Wege lag und die Fahrt umständlich war. Nur um ihr eine Freude zu machen, hatte er die Belastung auf sich genommen. Er war pünktlich erschienen und hatte dieses alberne Essensritual mitgemacht, auf das sie anscheinend so großen Wert legte. Er hatte ihr sogar den Gefallen getan, zu behaupten, daß es ihm schmecke, obwohl dies nicht der Fall gewesen war. Er mochte diese verfeinerte Küche nicht, diese Firlefanzküche, wie er sie bei sich nannte. Aber Julie zu gefallen, ließ er sich regelmäßig zu diesen blödsinnigen Feierlichkeiten nieder und lobte jedes einzelne Salatblatt, weil er wußte, daß sie irgendeine merkwürdige Befriedigung daraus zog. All das schien ihr jedoch nicht mehr zu genügen. Selbst sein Angebot, im Herbst zwei volle Tage im Elsaß zu verbringen, hatte nicht das gewohnte Leuchten in ihre Augen gezaubert. Im Gegenteil, pampig hatte sie gesagt, daß es sich für sie nicht lohne.

Nun, Arthur nickte sich selbst Bestätigung zu, sie würde schon wieder in die Reihe kommen.

Sie kam wieder in die Reihe, wahrscheinlich hatte er sie in letzter Zeit zu sehr verwöhnt.

Es würde nötig sein, ihr einmal mehr zu sagen, daß all das, was er für sie zu tun bereit war, keineswegs selbstverständlich war.

... und man wird mich lächeln sehn bei meinen Gläsern,
und man fragt, was lächelt sie so bös?
Seeräuberjenny

Noch nie in ihrer achtundzwanzigjährigen Ehe hatte Hanna die Abfahrt ihres Mannes mit einer solchen Ungeduld herbeigesehnt wie an diesem Wochenende. Sie war so kribblig vor Erwartung, endlich mit ihren Recherchen beginnen zu können, daß sie sogar das heilige Ritual eines jeden Freitagmorgens, nämlich das Putzen des inneren Küchenfensters, als überflüssig abtat. Statt dessen setzte sie sich an den Tisch, zog die Lade auf und wühlte zwischen alten Einweckgummis und fettfleckigen Rezepten jenes selbstgebundene Büchlein hervor, das Fita ihr vor Jahren zu Weihnachten geschenkt hatte und das seitdem unbeachtet in der Schublade herumlag.

Wie alles von Fitas Hand, war es künstlerisch gestaltet. Den Pappeinband hatte sie mit Japanpapier bezogen, auf welchem in feinster Sütterlinschrift in Goldbuchstaben geschrieben stand: *Arthurs Leib- und Magenspeisen*. Darunter war eine ebenfalls mit Goldstift ausgeführte Zeichnung zu sehen, die eine Suppenschüssel zeigte, aus welcher feingekräuselter Dampf entwich. Sah man genau hin, so bildete der Dampf das Wort *Arthur*. Aber Hanna betrachtete die Zeichnung heute mit anderen Augen. In dem scheinbar harmlosen Bildchen erkannte sie plötzlich einen zu Rauch gewordenen Arthur, der einer Art Urne entwich!

Sie schlug das Buch auf. Das Deckblatt aus schwarzem Seidenpapier zeigte wiederum Titel und Suppenschüsselmotiv. Gold und Schwarz wirkte das Gesamtbild geradezu gruftartig.

Es folgten hundert leere Seiten!

Da Hanna die Leib- und Magenspeisen ihres Mannes vollzählig im Kopf hatte, war es nicht nötig gewesen, jemals irgend etwas aufzuschreiben.

Hanna kramte einen Stift aus der Lade, schlug das Büchlein auf und notierte auf der ersten Seite das heutige Datum. Dann vermerkte sie in Schönschrift: »Kilometerstand: 48 000!« Und: »Bad Babelsburg–Stuttgart: etwa 230 km«.

Zufrieden schlug sie das Buch zu und legte es zurück an seinen Platz. Zum erstenmal in ihrem Leben hatte sie das Gefühl, etwas wirklich Wichtiges erledigt zu haben.

Es war Freitag mittag. Wie an den 1456 Freitagen zuvor, deckte Hanna im Eßzimmer den Tisch, aber heute gab es keinen Gemüseeintopf (die beste Alternative zu Fisch, den Arthur nicht mochte), sondern Spaghetti mit Tomatensauce und Salat. Das war optimale Planung, denn zu Gemüseauflauf paßt kein Salat, und Salat spielte in Hannas eiskalt ausspekuliertem Spiel eine tragende Rolle.

Mit einem freundlichen Lächeln reichte sie Arthur die Schüssel.

»Bedien dich!«

Arthur, der gedanklich damit beschäftigt war, ein Wochenende mit Karin in Sindelfingen zu planen, und kalkulierte, wie er auch noch Julie einbauen könnte, ohne allzuviel Zeit zu verplempern, griff geistesabwesend zu, füllte sich den Teller und spießte das erste Salatblatt auf.

»In der Zeitung steht, daß der geplante Stadtring nun doch realisiert wird«, bemerkte Fita und drehte mit jener Grazie, mit der sie alles tat, einige Spaghetti in den Löffel.

Arthur warf ihr einen entsetzten Blick zu. Und sofort verzog er das Gesicht zu einer Grimasse.

»Der Salat ist nicht angemacht«, herrschte er Hanna in einem Ton an, der ihm sofort leid tat.

»Du hast die Sauce vergessen«, sagte er milder.

Hanna sprang auf.

»Oh, verzeih, ich bin in letzter Zeit so vergeßlich. Eßt bitte schon einmal die Spaghetti«, wandte sie sich an ihren Mann und ihre Schwiegermutter, »ich muß die Sauce erst rühren, es kann einen Moment dauern.«

»Laß dir Zeit!«

Fita und Arthur lächelten gnädig. Hanna trug den Salat hinaus und schloß sorgfältig die Tür des Eßzimmers hinter sich.

Am Tisch drehte sich das Gespräch weiter um den geplanten Stadtring. Das war ein Thema, das Fita und Arthur seit langem miteinander verband. Fita fürchtete zu Recht um ihre Ruhe – denn die Autostraße sollte genau am unteren Ende des am Hang gelegenen Gartens entlangführen –, Arthur aus demselben Grunde um den Wiederverkaufswert des Hauses. Zwar hatte er gar nicht vor, das Haus jemals zu veräußern, aber die Minderung jeglichen Verkaufswertes war eine Katastrophe an sich.

Eine ganze Viertelstunde bissen sich Fita und Arthur, auf die Rückkehr der Salatschüssel wartend, an dem Projekt fest.

In der Küche goß Hanna die seit Stunden vorbereitete Sauce hastig über die Blätter und schlich in Arthurs Arbeitszimmer. Der Schreibtisch war wie immer mit Papieren übersät, die Lade halb geöffnet. Erst seitdem sie die Fotos entdeckt hatte, war Hanna aufgefallen, daß diese Schublade während Arthurs Abwesenheit stets abgeschlossen war und er den goldverzierten Schlüssel an seinem Schlüsselbund mit sich herumtrug. Auch ein Detail ihres Ehelebens, auf das sie nie geachtet hatte, da das Reinigen des Schubladeninnenraums nicht zu ihren Pflichten gehörte. Hanna nahm Arthurs schweren Schlüsselbund an sich, ließ ihn in ihre Einkaufstasche gleiten und trug endlich den Salat auf.

Während Arthur sich wie gewöhnlich der Mittagsruhe hingab, rannte sie den Berg hinunter und ließ den Schreibtischschlüssel in ihrem Haushaltswarenladen nachmachen. Auf dem Rückweg betrachtete sie sich den Bund genauer. Neben den bekannten zu Haus und Auto gehörenden Schlüsseln entdeckte sie noch drei weitere, die sie nicht identifizieren konnte. Interessant! Hanna nahm sich vor, dies sofort in ihrem Leib-und-Magen-Buch zu notieren.

Zu Hause wartete sie, daß Arthur sich von seiner Mittagsruhe erheben und ins Bad gehen würde, um sich frisch zu machen. Diese Minuten nutzte sie, um den entwendeten Schlüssel wieder in die Lade zu stecken. Zufrieden grinste sie vor sich hin. Der ausgeprägte Sinn für eingefahrene Gewohnheiten, der sie in den ersten Jahren ihrer Ehe so gequält hatte, begann sie zu amüsieren. Das Leben mit einem Mann, dessen Handlungen minutiös vorhersagbar waren, hatte seine Vorteile.

Am nächsten Morgen beobachtete sie, in der Diele stehend, kühlen Herzens, wie Arthur sorgsam seinen Schreibtisch aufräumte und ebenso sorgsam die bewußte Lade abschloß. Dann barg er den schweren Schlüsselbund in seiner Jackettasche.

Hanna zog sich in die Küche zurück, lehnte sich gegen den Kühlschrank und gab sich einem plötzlich aus dem Unterbewußtsein auftauchenden, lange vergessenen Gefühl hin.

Es war das Gefühl, eine Mischung aus Forscherdrang, Kitzel und Macht, mit dem sie als Kind die männlichen Besucher Siggis beobachtet hatte, ehe sie ihre Mantelfutter mit Senf beschmiert oder eine Käserinde in ihre Hutbänder appliziert hatte. Sekundenlang schloß sie die Augen und lächelte vor sich hin. Sie begann die neue Situation zu genießen.

Mit der gleichen unschuldigen Stirn, mit der sich einst die kleine Hanna nach einem Attentat auf ein fremdes Hutband brav über ihre Schulbücher gebeugt hatte, beugte sich heute die große Hanna über ihren Abwasch, als Arthur in die Küche kam, um sein rituelles Abschiedswort anzubringen.

»Mach's gut, und tu nicht soviel!« sagte er wie immer.

»Fahr vorsichtig«, sagte sie – wie immer.

Hanna wartete exakt eine Stunde, um sicher zu sein, daß Arthur, der in letzter Zeit zu Vergeßlichkeiten neigte – er kam öfter noch einmal zurück, um irgend etwas Liegengelassenes zu holen –, wirklich abgefahren war. Dann ging sie hinauf und spähte in Fitas Zimmer.

Fita lag im Bett und schlief.

Sich selbst zu lieben ist
der Beginn einer lebenslangen Romanze.
Oskar Wilde

Fita erwachte wie gewöhnlich gegen fünfzehn Uhr.

Sie räkelte sich wohlig, verschränkte die Arme hinter dem Kopf und blickte träumerisch vor sich hin. Sie liebte dieses Zimmer. Heute waren die beiden Fensterflügel weit geöffnet, der Duft später Rosen wehte herein, und durch rosa Seidengardinen sanft gefiltert, fiel weiches Sonnenlicht auf die Mahagonikommode. Die dort zur Schau gestellten Silber- und Glasflakons leuchteten wie Kostbarkeiten.

Fita gefiel die verzaubernde Lichtstimmung gerade dieses Raumes sehr, weshalb sie ihn zum Schlaf- und Entspannungsraum auserkoren hatte. Eine gute Idee, wie sie immer wieder feststellte.

Aber heute schlich sich ein Mißklang in den vollkommenen Tag. Es war fünfzehn Uhr, und kein Klappern wies darauf hin, daß Hanna mit dem Teetablett unterwegs war. Fita erhob sich, griff nach ihrem Seidenkimono und schlüpfte hinein. Sie öffnete die Tür und lauschte in die Küche. Nichts!

Sie hob den Arm und kontrollierte noch einmal die Uhrzeit: Fünfzehn Uhr acht!

Leise ging sie die Treppe hinunter, um nach Hanna zu sehen. Die Küche war leer. Das Bad: leer. Das Eßzimmer: leer.

Sogar ins Schlafzimmer warf Fita einen Blick, obwohl es höchst unwahrscheinlich war, daß Hanna sich mitten am Tag ins Bett gelegt haben könnte.

Wie erwartet, war auch das Schlafzimmer leer. Bei seinem Anblick erschauerte Fita leicht und dachte, wie gruftartig dunkel dieser Raum im Gegensatz zu ihrem eigenen war. Dann setzte sie ihren Erkundungsgang fort. Schließlich entdeckte sie Hanna da, wo sie sie am wenigsten erwartet hätte: an Arthurs Schreibtisch! Durch die halb geöffnete Tür beobachtete sie, wie Hanna neben einigen aufgeschlagenen Bildbänden und dem ebenfalls geöffneten Autoatlas saß und mit der Lupe Fotos betrachtete, die sie offensichtlich im Schreibtisch gefunden hatte. Eine der stets verschlossenen Laden stand auf.

Fita raffte ihren Kimono mit der Hand zusammen und trat den Rückzug an. In ihrem Schlafraum legte sie sich erneut auf das Bett, seufzte und griff nach einem Band mit Frühlingsgedichten. »Frühling läßt sein blaues Band...«

Sie ahnte seit langem, daß Arthur fremdging! Alle Männer gingen fremd, und sie war ihrem Herrn im Himmel dankbar gewesen, daß er ihre Schwiegertochter mit soviel Arbeitslust und Harmlosigkeit ausgestattet hatte. Hanna war imstande, eindeutige Indizien männlicher Untreue verwundert zu betrachten, sie abzustauben und wieder zurückzustellen, ohne sich das geringste zu denken.

»Im Märzen der Bauer die Rößlein einspannt...«

Nun schien jedoch irgend etwas Hannas Verdacht erregt zu haben. Sie hatte sich, wie auch immer, den Schlüssel zu Arthurs Schreibtisch besorgt und wühlte während seiner Abwesenheit darin herum. »Es piept der Spatz, es klopft der Specht, der Frühling läßt dich grüßen...«

Fita war es im Grunde egal, wo Hanna kramte, solange sie über dem privaten Kramen nicht vergaß, Fitas Nachmittagstee rechtzeitig aufzubrühen. Es war ihr auch egal, ob und wie viele Frauen Arthur hatte, und wie oft er sie besuchte. Sie fürchtete im Moment nur zwei Dinge: daß der Bau der Umgehungsstraße den Frieden dieses vollkommenen Zimmers stören und sich Arthurs

Fremdgehen nachteilig auf Hannas Schaffenslust auswirken könnte.

Sie entschied, Hanna ein wenig mehr Beachtung zu schenken und ihre Wünsche hinsichtlich eines neuen Boilers im Bad zu berücksichtigen. Und zu Weihnachten würde sie ihr überdies eine Spülmaschine schenken. Die Zeit, die Hanna mit dem täglichen Abwasch verplemperte, sollte sie künftig nutzen, sich eine Weile hinzulegen. Fita gedachte zu ihrem hundertsten Geburtstag Blumen aus der Hand des Bürgermeisters entgegenzunehmen, und Hanna sollte der örtlichen Presse die Tür öffnen und ein streng gehütetes Geheimnis lüften: »In meiner Schwiegermutter steckte schon immer eine ganz große Künstlerin.«

Hannas Kraft mußte effektiver eingesetzt werden, da sie noch mindestens zwanzig Jahre lang gebraucht wurde. Für heute beschloß Fita, so zu tun, als ob sie nichts gesehen hätte, und auf ihren Tee zu verzichten.

»Der Frühling ist ein windiger Gesell, ist heut verschwunden, ist morgen zur Stell…«

Und was Arthur trieb, hatte sie als Mutter nicht zu interessieren. Was Arthur trieb, hatte sie noch nie interessiert.

»Im ew'gen Himmelsblau trilliert die Lerche…«

Unzufrieden schlug Fita das Buch mit den Frühlingsgedichten zu. Sie konnte sich nicht auf den Klang der Wörter konzentrieren. Außerdem paßten sie weder zur Jahreszeit noch zu ihren augenblicklichen Problemen.

Zum Trost schob sie sich ein Stück Konfekt in den Mund.

Gedenken wir der guten Zeit,
wir alten Weiber, stumm vor Trauer.
Wir hocken auf dem Steiß, gereiht,
wie graue Krähen auf der Mauer.
Villon

Um vierzehn Uhr zehn hatte Hanna nach einem prüfenden Blick auf die schlafende Fita mit ihren Nachforschungen begonnen.

Sie betrachtete noch einmal die Kaimauer mit der lachenden »J«, hatte jedoch nichts Außergewöhnliches feststellen können.

Die Kaimauer konnte sich überall befinden. Auf einem der anderen Fotos jedoch, welche eindeutig von demselben Film stammten, war deutlich ein Schloß zu erkennen. Hanna erinnerte sich, besagtes Schloß irgendwo schon einmal gesehen zu haben, und kramte die vielen Bildbände aus dem Regal, die Arthur dort stapelte. Es waren Geburtstagsgeschenke von Sophia und Elisabeth, Verlegenheitslösungen, die etwas hermachten. Bildbände waren groß und gut ausgestattet, jedoch schwer verkäuflich und aus diesem Grunde meist nach kurzer Zeit zum reduzierten Preis erhältlich.

Der Band *Die schönsten Autostraßen Europas* schied aus, ebenso die Bände *Mein Rosengarten*, und *Aquarien, das stille Hobby*, Bücher, die Elisabeth mit der schlappen Bemerkung, man solle sich schon einmal auf die Rentnerjahre einstimmen, geschenkt hatte. Auf dem Rosenbuch war sogar noch der Sonderpreis, zehn Mark, aufgepappt, da Elisabeth sich selten die Mühe machte, die Preisschilder abzuknibbeln. Deutlicher konnte man seine Unlust kaum zeigen.

»Das lächerliche Hin und Her mit den Geschenken muß auch aufhören«, notierte Hanna in ihrem Gedächtnis.

»Aber hier...« Sie schlug das Buch *Rund um den Bodensee* auf und fand bereits auf der ersten Seite, was sie suchte: Schloß Meersburg! Sie verglich die Abbildung mit dem Foto. Perfekt.

Auf einem weiteren Foto war nur die Schloßmauer zu sehen, vor der Schloßmauer Arthurs Auto, vor dem Auto, lächelnd: »J«. Arthur war also in diesem Sommer mit »J« am Bodensee gewesen. Diverse Fotos der Kategorie »Sonnenuntergang« waren eindeutig von einer Terrasse aus aufgenommen; das dunkle Balkongitter im Vordergrund verriet es ganz deutlich. Und auf einmal lag exakt jenes Tuch über der Brüstung, das »J« auf dem Foto vor der Schloßmauer trug.

Hanna ging ins Wohnzimmer, holte die bewußte Schallplatte und verglich mit Hilfe von Arthurs Lupe die Schriftzüge von »Glückliche J. an einem Sonntag im Juli« und »Dank für diese unvergeßliche Nacht« miteinander. Es waren zweifelsfrei die gleichen. Mit pochender Halsschlagader grub Hanna sich tiefer in die Schublade (und Arthurs verborgenes Leben) hinein. Sie fand eine Akte. Irgendein Berufskram, von dem sie nichts verstand, uninteressant. Dann noch ein Foto: eindeutig »J«! Mit Besitzermiene lehnte sie sich gegen den Kotflügel des Autos, das Arthur vor fünf Jahren gefahren hatte.

Hanna hob die Lupe und sah genauer hin. Es handelte sich um jenen silbergrauen Opel, von dem Arthur stets behauptet hatte, daß es sich um einen Firmenwagen handle, den man keinesfalls zu privaten Zwecken benützen dürfe. Nun war eine Hochschule keine Firma, was sogar Hanna aufgefallen war, aber Arthur hatte ihr auseinandergesetzt, daß er eine Beratertätigkeit bei einer Düsseldorfer Firma aufgenommen habe, die ihm den Wagen zur Verfügung stelle. Damit hatte er sich gleichzeitig ein Alibi für seine häufigen Reisen geschaffen und Hannas Bitte, doch hin und wieder einmal eine kleine Spazierfahrt zu machen, ein für allemal zurückgewiesen. Private Spazierfahrten mit der eigenen Frau waren von der Düsseldorfer Firma unter Strafe verboten.

Wochenendtouren mit »J« dagegen nicht. Wochenendtouren mit »J« sah die Firma gern. So etwas hielt die Mitarbeiter frisch und machte sich somit bezahlt.

Hanna kroch ein bitteres Lachen die Kehle hinauf. Was mochte sie an diesem schönen, sonnigen Nachmittag, den Arthur und »J« für einen Ausflug genutzt hatten, wohl getan haben? Hemden gebügelt? Im Garten gearbeitet? Mit Fita ferngesehen?

Hanna preßte die Hand gegen die Stirn und hatte, wie so oft in letzter Zeit, das Gefühl, daß ihr Herz aussetzte.

Sie starrte auf das Bild, das von der Terrasse aus aufgenommen worden war, und vertiefte sich noch einmal in den Anblick der Brüstung. Es war eine geschnitzte Brüstung aus Holz! Von einer solchen Terrasse mit einem solchen Blick hatte sie stets geträumt. Aber über der Brüstung hing nicht ihr eigener Schal, sondern der von »J«. War es möglich, daß Arthur die Wohnung für den Lebensabend bereits gekauft hatte? Für einen Lebensabend mit »J»? Natürlich war es möglich! Plötzlich war alles möglich!

Hanna ging ins Bad und kühlte sich den Puls. Im Spiegel starrte ihr das Gesicht einer Wahnsinnigen entgegen, die wirres Haar und lila Flecken im Gesicht hatte, eine Wahnsinnige, mit der ein Mann wie Arthur niemals seinen Lebensabend planen würde. Wenn sie Glück hatte, würde sie nach seinem Auszug hier mit Fita wohnen bleiben dürfen. Wenn sie Glück hatte...

Wenn sie kein Glück hatte, würde »J« ihre Krallen auch nach diesem Haus ausstrecken, nachdem sie Arthur und die Eigentumswohnung am See bereits kassiert hatte. Hanna aber würde in irgendeinem Heim verrotten oder als vergessene Alte auf einer Parkbank enden, wo sie zu Dutzenden rumsaßen, all die vergessenen Alten.

Geistesabwesend sah sie auf die Uhr und stellte fest, daß es bereits vier war.

Wie ein Roboter brühte sie Fitas Nachmittagstee und trug das

Tablett die Treppe hinauf. Mit dem Ellbogen öffnete sie die Tür zu Fitas Zimmer und spähte hinein. Fita schlief.

Doch zum Zeichen, daß es nur ein leichter Schlummer war, bewegte sie, als sie Hannas Blick auf sich ruhen fühlte, anmutig den linken Arm und drehte das Köpfchen ein wenig zur Seite.

Hanna stellte das Tablett wie gewohnt auf den kleinen Beistelltisch und verließ den Raum. Durch die halb herabgelassenen Lider beobachtete Fita ihren Abgang. Hannas Haltung war noch gebückter als sonst, der Rücken noch krummer, die Haare standen vom Kopf ab.

»Ich werde ihr einen Trockner schenken«, dachte Fita. »Das Schleppen der nassen Wäsche muß auch aufhören.«

Sie hatte ernstlich Sorge, daß Hanna schlappmachen könnte. Fitas Leben hing davon ab, daß Hanna fit blieb.

In der Küche ließ Hanna sich auf ihren Hocker sinken und notierte ihre Beobachtungen in das Leib-und-Magen-Buch.

Anschließend blieb sie, den Kopf in die Hände gestützt, noch eine Weile sitzen und registrierte eine entsetzliche Tatsache: Sophia hatte Bodo und die Kinder, Elisabeth hatte ihre Wohngemeinschaft. Arthur hatte »J«. Fita hatte Arthur und Hanna. Alle waren finanziell unabhängig.

Hanna konnte es drehen und wenden, wie sie wollte, einzig für sie selbst blieb nichts und niemand übrig.

Ein Stockwerk höher hob Fita lauschend den Kopf. Wieder ertönte dieses schreckliche, hysterische Lachen aus der unteren Etage. Ein Lachen, das zu einem Schrei gefror und dann erstarb.

Unwillkürlich mußte Fita an jene Pfarrfrau aus dem Oberbergischen denken, die mit fünfzig Jahren, von einem Tag auf den anderen, den Verstand verloren hatte. Sie war nachts lachend durch die stillen Straßen gerast, im wehenden Nachthemd, mit wirrem Haar.

Der Pfarrer hatte sie schließlich einsperren müssen. Man sagte, die Geburten der acht Kinder und all die Entsagungen, die man ihr auferlegt habe, wären zuviel gewesen. Aber Hanna hatte nur zwei Kinder geboren, und Entsagungen? Sie wohnte im schönsten Haus der Stadt und war mit einem Professor verheiratet. Fita beschloß, ihr den Wäschetrockner auf jeden Fall zu schenken.

Hanna, unten in der Küche sitzend, hatte plötzlich das Gefühl, zu ersticken. Sie griff nach ihrer Jacke und rannte ins Freie, den Hang hinunter, auf den Kurpark zu. Sie war in all den Jahren so gut wie nie im Kurpark gewesen und betrachtete verwundert die gepflegten Rasenflächen und die schönen alten Bäume. Aber unter den Bäumen saßen alte Frauen mit grauen Gesichtern und stumpfen Blicken, mit knotigen Beinen und geschwollenen Füßen in zu engen Schuhen.

Frauen, die alle ihr eigenes, Hannas, Gesicht hatten. Manche schlurften über die Wege, allein oder in Gruppen, zwei wurden von gelangweilten Pflegerinnen geführt, eine im Rollstuhl gefahren. Die alten Frauen gehörten zu dem Seniorenheim in der Liebfrauenstraße. Hanna hatte gehört, daß es sehr schwer sein sollte, einen Platz in diesem Heim zu bekommen, und daß es daher angeraten sei, sich rechtzeitig darum zu kümmern. Vielleicht hatte Arthur bereits vorgesprochen und eine gewisse Summe hinterlegt.

»Ich benötige den Platz in einigen Jahren, nein, kein Doppelzimmer, Einzel genügt. Nein, ich spreche nicht im Namen meiner Mutter, ich brauche den Platz für meine Frau.«

Hanna setzte sich auf eine Bank und starrte auf den Springbrunnen. Alle Frauen, die auf den im Kreis angeordneten Bänken saßen, starrten seit Jahren auf diesen Springbrunnen, in dessen Wassertröpfchen sich das Sonnenlicht brach. Dann hoben sie alle gleichzeitig die Köpfe und spähten den Hauptweg entlang.

Ein Mann war erschienen!

Er war sicher schon in den Siebzigern, aber fesch und prima in Schuß. Der Strohhut stand ihm gut zu Gesicht, der beige Leinenanzug mit dem roten Einstecktuch verlieh der ganzen Erscheinung etwas Jugendlich-Sommerliches. An seiner Seite schritt lachend eine wesentlich jüngere Frau. In Hannas Gehirn vollzog sich eine Zeitverschiebung. Da liefen Arthur und »J« in zwanzig Jahren, und hier saß sie, Hanna, mit anderen alten Weibern auf einer Bank, auf das Abendessen wartend, so wie gestern, so wie vorgestern, so wie jeden Abend.

Sie erhob sich und ging langsam den Weg hinauf, zurück zum Haus. Dort thronte die Villa Vonstein in ihrer ganzen Herrlichkeit über der Stadt. »In ihrer ganzen Selbstherrlichkeit«, dachte Hanna heute zum erstenmal. Im Licht der untergehenden Sonne, gegen die es sich dunkel und herrisch abhob, schien etwas Drohendes von dem alten Gemäuer auszugehen. Die Fenster, die zu den unteren Räumen gehörten, wirkten wie tote Augen.

»Ein Haus ohne Leben, ein Haus, das seit Jahrzehnten leersteht«, dachte Hanna. »Hier wohnt keiner mehr!«

Automatisch hob sie den Deckel der Mülltonne und sah, daß sie geleert worden war. Seufzend rollte sie sie in den Vorgarten zurück.

Auch der Vogel, der in Gefangenschaft lebt,
erliegt zweimal jährlich dem Zugtrieb.
Zoologisches Lexikon

Natürlich waren Fitas und Hannas Freizeitgewohnheiten recht unterschiedlich. Das lag zunächst einmal daran, daß Fita viel und Hanna wenig Freizeit hatte, und daran, daß Fita ausgeruht war und sich gut konzentrieren konnte, wohingegen Hanna oft vor Müdigkeit vom Stuhl zu fallen drohte. Außerdem hatte sie nie Gelegenheit gehabt, eigene Interessen zu entwickeln, und die einzige Freizeitbeschäftigung, nach der sie sich sehnte, war Schlafen.

Und doch hütete sie eine kleine, vor allen verborgene Leidenschaft: Sie interessierte sich für das Leben der Vögel!

Natürlich war auch diese Leidenschaft, wie sollte es im Hause Vonstein anders sein, eine Folge der Vonsteinschen Sparsamkeit, denn um nichts zu vergeuden, hatte Hanna allmorgendlich die Brotkrumen auf die Küchenveranda gestreut, wo sie alsbald ganze Vogelscharen herbeilockten. Dieser Zusammenhang von Ursache und Wirkung löste in Hanna erstaunlich intensive Gefühle aus, so daß sie im Winter ihre Fütterung um Wurst- und Speckreste erweiterte, bis der erste Vogel tot auf der Veranda lag: verendet nach dem Verzehr einer gefrorenen Wurstscheibe. Daß dies eine häufige Todesursache war, erfuhr Hanna aus einem Artikel ihrer Metzgerzeitung. Sie hatte ein schlechtes Gewissen und hängte künftig Meisenringe und Knödel auf, eine Tat, die Arthurs Mißfallen erregte. Mehrmals wies er Hanna darauf hin, daß die Vogelfütterung ebenso kostspielig wie unnötig sei.

Überdies wurden in der Nachbarschaft genug Meisenringe aufgehängt, die den gleichen Zweck erfüllten und nichts kosteten.

Aber diesmal predigte er tauben Ohren.

Hanna klammerte sich mit einer Sturheit an ihre Vogelfütterung, die bereits Hinweise auf jene Alterssucht bot, der sie, wenn kein Wunder geschah, ebenso erliegen würde wie die Insassen der städtischen Altenheime: das Entenfüttern im Park.

Aber Hanna blieb nicht auf dieser Stufe stehen.

Eines Tages fand sie in Arthurs Bibliothek ein Buch über die Vogelzüge, das sie auf eigentümliche Weise faszinierte. »Die echten Vogelzüge folgen einem hormonal gesteuerten Trieb, dem Zugtrieb, der sich auch im Käfig durch wochenlanges nächtliches Flattern und Toben äußert.«

Dieser Satz war es, der Hannas Interesse an den Geheimnissen der Vogelwelt, über das Aufhängen von Meisenringen hinaus, weckte, barg er doch den Schlüssel zu einem mysteriösen Vorfall, der sie schon länger bewegte. Sie hatte nie herausfinden können, an welcher Krankheit Fitas kleiner Kanari gestorben war, der eines Morgens mit gebrochenem Genick auf dem Käfigboden lag. Fita hatte sich mehrmals darüber beklagt, daß der Vogel sie durch nächtliches Toben und Flattern im Schlaf störe, eine Aussage, an der Hanna stets gezweifelt hatte. Käfigvögel suchten am frühen Abend die oberste Stange auf, steckten den Schnabel unter den Flügel und schliefen bis zum Morgengrauen. Sie hatte Fitas Beobachtung auf Nervosität zurückgeführt und das Ganze bald vergessen.

Doch nun war sie auf die Lösung gestoßen: Der Vogel, im Käfig geboren, im Käfig gestorben und keine Minute seines Lebens in Freiheit, hatte den uralten Zugtrieb gespürt und war ihm erlegen. Eine Entdeckung, die Hanna faszinierte. Künftig sollte sie stets ein süßes Ziehen in der Brust verspüren, wenn sie die seltsam gleichgültigen Schreie der Krähen hörte oder die Mauersegler sah, die, ihrer inneren Uhr folgend, pünktlich in der ersten Maiwoche eintrafen. Und wenn sie am Ende des Sommers auf der Veranda stand und am Himmel die feine Linie der abziehenden Vögel beobachtete, überkam sie stets die beruhigende Gewißheit, daß sich das Wesentliche am Ende doch durchsetzen würde.

Natürlich behielt Hanna diese Gedanken für sich. Sie überfielen sie auch nur selten, im Frühjahr etwa oder im Herbst, oder wenn sie ganz plötzlich an den Kanari erinnert wurde, der sich, im vergeblichen Bemühen, seiner Bestimmung zu folgen, zu Tode geflattert hatte. Dann konnte es vorkommen, daß sie in ihrem Tun innehielt und minutenlang vor sich hinstarrte.

Trotz ihrer vielen freien Stunden sah Fita nur selten fern. Lieber hörte sie Radio, während sie ein Bildchen aquarellierte oder müßig dem Spiel der Wolken zusah. Sie las auch viel, Schöngeistiges zumeist, und manchmal übte sie sich in Petit-Point-Stickerei. Aber ebenso wie Hanna hatte sie eine Liebhaberei, die sie vor der Familie geheimhielt: Seit einigen Jahren beschäftigte sie sich mit Esoterik, hielt sich einen Stapel entsprechender Literatur in einer verschlossenen Lade und verbrachte schlaflose Nächte mit dem Auspendeln von Lebensfragen. Auch bei Fita hatte die Intensität, mit der sie sich diesen Dingen hingab, bereits einen leichten Suchtcharakter erreicht. Die Beschäftigung mit der Esoterik gab ihr das Gefühl, dem Schicksal nicht einfach ausgeliefert, sondern ihm stets um eine Nasenlänge voraus zu sein. Wenn ihr das nächtliche Pendeln wieder einmal bestätigt hatte, daß sie zu den Auserwählten gehörte, denen ein ewiges Leben geschenkt war, konnte sie sich am Tage mit besonders ruhiger Hand der Malerei und dem Sticken widmen.

Hanna hatte weder die Zeit noch das Talent, um zu malen, und um feinste Stickereien herzustellen, waren ihre Hände zu roh und zu rauh. Radio hätte sie neben der Arbeit ganz gern gehört, die Schulfunksendungen zum Beispiel oder die Kulturnachrichten, aber sie hatte keinen Empfänger in der Küche. So sackte sie meist am Abend gegen neun Uhr, wenn der Haushalt versorgt war, in den alten Sessel vor den Fernseher und sah sich an, was gerade lief, wobei es ihr völlig egal war, worum es sich handelte. Im Grunde wollte sie sich vor den laufenden Bildern nur ein wenig entspannen.

Seitdem »J« in ihr Leben getreten war und alles verändert hatte, sah sie sich die gängigen Spielfilme jedoch ein wenig aufmerksamer an. Dabei stellte sie feine Unterschiede in der Bewertung krimineller Taten fest: Einbruch und Diebstahl schienen sehr schlimme Verbrechen zu sein. Ebenso ein Überfall auf offener Straße, sofern er mit Raub verbunden war. Das Abknallen von Menschen auf offener Straße ohne Raub hingegen war kein Verbrechen, sondern Unterhaltung, und am allerunterhaltsamsten war Ehebruch. Ehebruch war für die beiden, die ihn begingen, ein prickelnd-fröhliches und harmloses Vergnügen, während der Betrogene als ein so humorlos-mieser Typ dastand, daß es ihm nur recht geschah, hintergangen zu werden. Die Geliebte war immer frech, froh, jung und attraktiv, eine Frau, der Gegenwart und Zukunft gehörten. Der Ehefrau dagegen gehörte die Vergangenheit und sonst nichts, und stets war sie ältlich, mürrisch, mißgünstig und dumm. Die Geliebte war immer wie »J«, und die Ehefrau war immer wie sie selbst.

Hanna starrte auf den Bildschirm, auf dem wieder einmal eine »witzige« Dreieckskomödie lief: Eine Frau war in die langjährige Ehe ihrer besten Freundin eingebrochen und hatte lachend das Herz von deren Ehemann Sascha gestohlen.

Hanna lachte kein bißchen. Sie dachte, daß diese Tat soviel schlimmer war als der Einbruch in ein Haus, ein Verbrechen, das selten als Komödie verfilmt wurde, obwohl ausschließlich tote Gegenstände entwendet wurden, die gut versichert und wiederbeschaffbar waren.

»Auf Gernots Party ist es über uns gekommen«, sagte die

Bildschirmgeliebte, die Saschas Herz gestohlen hatte, zu der Ehefrau. »Plötzlich merkten wir, daß wir füreinander bestimmt sind, wir können nichts dagegen tun«, womit sie andeutete, daß die zwanzigjährige Ehe der Freundin ein lächerlicher Irrtum und sonst gar nichts war.

Hanna lachte nun bitter auf und stellte sich die gleiche Situation bei einem Diebstahl vor: Die Geliebte nistet sich nicht im Herzen des Ehemannes, sondern im Haus der besten Freundin ein, weil sie bemerkt hat, daß es exakt das Haus ist, von dem sie immer geträumt hat. »Es ist halt so über mich gekommen«, erklärt sie ihre Tat mit fröhlicher Stimme. »Ich *mußte* einfach einziehen, als ich merkte, daß wir füreinander bestimmt sind. Ich konnte nichts dagegen tun!« Und dann legt sie sich in das Bett der Freundin, als ob es das eigene wäre.

Man würde sie hinauswerfen, anzeigen und einsperren lassen.

Hanna konnte »J« nicht aus Arthurs Herzen werfen, noch konnte sie sie anzeigen und einsperren lassen.

Sie erhob sich, stellte den Fernseher ab und ging in die Küche, um sich ihren Schlaftee zu brühen. Im Grunde hatte sie gar nicht das Bedürfnis, »J« anzuzeigen und einsperren zu lassen.

Viel lieber hätte sie sie am Pranger gesehen.

Am nächsten Tag, einem Sonntag, regnete es. Im Gegensatz zu Julie, die den Regen in der Hoffnung auf die ersehnte Kuschel-stimmung mit Arthur geradezu herbeigebetet hatte, ging Hanna das monotone Rauschen eher auf die Nerven. Wie so oft in letzter Zeit strich sie ruhelos durch das Haus. Fita hatte sich bereits nach dem Frühstück verabschiedet, um ein Konzert im Kurpavillon zu besuchen, was sie neuerdings öfter tat. Auf Grund ihres hohen Alters hatte sie es nicht mehr nötig, Krank-heiten oder Schwäche zu simulieren, denn beides stand ihr mitt-lerweile automatisch zu. Fita fand, daß das Alter durchaus seine Vorteile hatte.

Hanna sah in die Gruft des Eßzimmers hinein und ließ den Blick über den langen Tisch und die acht leeren Stühle wandern, auf denen nur noch so selten jemand saß. Dann ging sie in das ebenso dunkle Wohnzimmer hinüber, dessen Fenster im Laufe der Jahre beinahe ganz zugewachsen war, was dem Raum etwas von einem vor sich hin modernden Aquarium verlieh.

Hanna ließ sich in einen der Sessel neben dem nie genutzten Kamin fallen und streckte die Beine von sich.

Die abgewetzten Sofas mit den speckigen Brokatbezügen erschienen ihr in dem diffusen Licht wie Särge. Auch in diesem Zimmer, in das noch nie ein Sonnenstrahl gefallen war, hielt sich kaum jemals ein Mensch für längere Zeit auf.

Hanna betrachtete die schwarzgebeizten Schränke, hinter deren Glastüren Reihen nie gelesener Bücher standen, und begann in der Kühle des hohen Raumes zu frösteln. Und plötzlich hatte sie die heitere Vision einer eigenen Wohnung, einer Wohnung, die nur nach ihren Bedürfnissen gebaut und eingerichtet war.

Alles müßte hell, kuschelig und warm sein, auf allerkleinste Freundeskreise zugeschnitten: Ein Tisch, drei Stühle. Ein Sofa, zwei Sessel. Das breite, weiche Bett zum Schlafen, Liegen, Lesen, Träumen. Bad und Küche zierlich, hell, funktionell. Die Küche in den Wohnraum integriert, damit man sich nicht wie in einem Kochkäfig fühlte. Das Ganze zentral gelegen, möglichst in der City. Sie wollte nicht mehr abseits wohnen, jeden einzelnen Brühwürfel mühsam den Hang hinaufschleppen und auf Bäume gucken, die Laub abwarfen, welches zusammengekehrt, zu Haufen geschichtet und verbrannt werden mußte.

Hanna war der Gartenarbeit so überdrüssig, daß sie in jeder Baumblüte bereits die Frucht sah, die wenig später geerntet, ins Haus getragen, verlesen, gewaschen und verarbeitet werden mußte. Am liebsten hätte sie mit Blick auf einen lebendig bunten Markt gewohnt, auf dem man vom Apfel bis zur Petersilie alles kaufen konnte.

Am späten Nachmittag erschien Arthur, müde und abgekämpft wie stets.

Anders als seine Frau hatte er das Wochenende nämlich nicht gemütlich zu Hause vertrödeln dürfen, sondern den Samstag mit knallharten Verhandlungen verbracht und den Sonntag im Stau auf der Autobahn – dies teilte er Hanna mit, während sie ihm den Mantel abnahm. »Bei dem Sauwetter hat es mehrere Unfälle gegeben! Ich werde mich demnächst weigern, meine Wochenenden für derartig anstrengende Reisen zu opfern. Einmal muß Schluß sein. Man wird schließlich nicht jünger!« Seine Worte klangen so überzeugend, daß Hanna, wie schon oft zuvor, in ihrem Verdacht schwankend wurde. Vielleicht war doch alles nur ein Hirngespinst? Dieser Mann war wirklich müde.

Außerdem war er schlecht gelaunt.

Julies unfreundliche Art hatte ihm zugesetzt. Sie wurde schwierig, stellte Ansprüche und hatte heute wenig zu seiner Entspannung beigetragen.

Andererseits wollte er sie keinesfalls verlieren.

Arthur seufzte, die Bürde, die er trug, wog schwer.

»Soll ich dir ein Bad einlassen?« fragte Hanna aus der Küche. »Geht ganz schnell, der Boiler ist schon eingeheizt.«

»Das würde mir sicher guttun! Owohl wir endlich einmal daran denken sollten, einen neuen installieren zu lassen. Dieses ewige Vorheizen ist einfach nicht mehr zeitgemäß.«

Hanna ließ das heiße Wasser in die gelbstichige Wanne laufen und gab sich einem schönen Augenblick angenehmer Verwirrung hin. Arthur wollte einen neuen Boiler installieren lassen. Der Satz barg so etwas wie den Keim einer gemeinsamen Zukunft.

Vielleicht war sie dabei, verrückt zu werden? Frauen in ihrem Alter litten oft unter Verwirrungszuständen. Als sie dem frisch gebadeten und entspannten Arthur das Tablett mit dem Abendbrot ins Wohnzimmer brachte und ihm dann beim Essen zusah, hatte sie zweifelsfrei einen Mann vor sich, der nach einem sehr strapaziösen Wochenende seinen Feierabend genoß.

Arthur bat sie, den Fernseher einzuschalten. Es lief eine amerikanische Serie »Himbeer mit Schuß«, deren verzwickte Liebesgeschichte Hanna seit Monaten verfolgte.

Bob, ein erfolgreicher Geschäftsmann mittleren Alters, genoß Ansehen und Erfolg mit seiner jungen Sekretärin (Typ: schön, aber gut), die man sich sehr wohl als künftige Ehefrau vorstellen konnte, vor allem, nachdem man einen teilnahmsvollen Blick auf das Drama werfen durfte, das sich bei Bob zu Hause abspielte. Da putzte eine dumme, zu Hysterie und Nörgelsucht neigende Frau namens Mary wie besessen Fenster, Böden und Klos. Mary hatte eine schöne Schwester (Typ: schön, aber falsch), die ebenfalls um Bob warb. Blöd, wie sie war, merkte die Ehefrau von alledem nichts.

Außer den Flusen auf ihren Teppichen schien Mary überhaupt nie etwas zu bemerken. Aber heute klingelte eine dritte Rivalin an der Tür, eine Rote, deren Einstieg ins Geschehen Hanna verpaßt hatte.

»Wer ist die denn?« sagte sie mehr zu sich selbst, denn selbstverständlich waren Serien jeglicher Art für Arthur kein Thema.

»Das ist doch Betty, die Freundin von Rock Rogers«, antwortete er jetzt verblüffenderweise und mit jenem ironischen Unterton, mit dem er auch die Schlagzeilen einer Boulevardzeitung zu zitieren pflegte. »Ich wette, Bobby geht gleich mit ihr ins Bett.«

Er lachte hämisch-zufrieden vor sich hin, und Hanna spürte wieder dieses Gewicht auf der Brust, das ihre Atmung behinderte, und ihr fiel ein, daß sie noch etwas Wichtiges in der Garage zu erledigen hatte.

Im Schein der Taschenlampe überprüfte sie den Kilometerstand von Arthurs Auto. Er wies gut hundert Kilometer zuviel auf.

Hanna notierte die neue Erkenntnis in ihrem Leib-und-Magen-Buch, stützte den Kopf in die Hand und dachte nach. Das Verhältnis mit »J« schien also bereits in jenes Stadium getreten zu sein, in dem man miteinander fernsieht. Der Gedanke war keineswegs beruhigend! Neben der körperlichen hatte man also bereits eine gemeinsame geistige Ebene erreicht. Man probte den ehelichen Zustand.

Am nächsten Morgen war Arthur schon früh unterwegs. Er hatte einen Termin bei seinem Dekan. Fita hatte einen Termin bei ihrer Fußpflegerin. Hanna hatte einen Termin an Arthurs Schreibtisch. Er war gestern abend noch verdächtig lange in seinem Arbeitszimmer gewesen, und es war möglich, daß sich neues Beweismaterial finden ließ.

Sie schloß die Lade auf und sah hinein, doch alles lag unverändert da. Dann versuchte sie, die untere Schublade zu öffnen, aber die war verschlossen.

Unzufrieden, jedoch von plötzlichem Goldgräberfieber gepackt, starrte Hanna auf die beiden Schubladen, die geöffnete und die verschlossene. Dann kam ihr der Gedanke, die obere ganz herauszuziehen, und schon lag der gesamte Inhalt der unteren wie ein Geschenk vor ihr.

Im Gegensatz zu der oberen Lade war die untere wohlgeordnet. Hanna spürte deutlich das Pochen der Halsschlagader, als sie den ersten Ordner aufschlug: Steuerunterlagen. Langweiliger Kram. Wie die meisten Ehefrauen war sie stets dankbar gewesen, daß sie einen Mann hatte, der sie mit diesen komplizierten Dingen verschonte. Arthur wiederum war dankbar gewesen, eine Frau zu haben, die sich weder für seine Ein- noch für seine Ausgaben interessierte. Was diesen heiklen Punkt anging, so bildeten sie ein ideales Paar. Sie wollte den Ordner gerade zuklappen, als ein ganzes Bündel von Belegen herausfiel. Hanna betrachtete die Rechnungen nachdenklich.

Hotel zur Sonne, Sindelfingen, Speisen und Getränke: 120 DM. Unterschrift: *Arthur Vonstein.*

Hotel zur Sonne, Sindelfingen, Speisen und Getränke: 98 DM. Unterschrift: *Arthur Vonstein.*

Tannenhof, Stuttgart, Speisen und Getränke: 186 DM. Unterschrift: *Arthur Vonstein.*

Hanna blätterte sämtliche Belege durch und stellte fest, daß die entsprechenden Bewirtungen stets und in kurzen Abständen im Stuttgarter Raum stattgefunden hatten. Arthur schien für seine kostspieligen Ausgänge mit »J« das Ländle zu bevorzugen, ein Gedanke, bei dem sich der Verdacht, daß »J« im Stuttgarter Raum lebte, verhärtete.

In Verwirrung geraten, benötigte sie dann auch geraume Zeit, um zu erfassen, daß Arthur im Hessischen zwar keine hohen Bewirtungskosten, dabei aber andere Auslagen hatte: Der schmale Ordner, den sie nun in der Hand hielt, tat Kunde vom Kauf einer Eigentumswohnung.

Die Wohnung war klein, nach Süden gelegen und gut geschnitten. Die Küche war in den Wohnraum integriert. Laut Plan war das Haus erst in diesem Jahr fertiggestellt worden. Die Lage war erstklassig. Innenstadt, Fußgängerzone: Marktgasse 14. Als ihr Blick auf den Kaufpreis fiel, schwindelte ihr. Dafür hätte sie lange sparen müssen.

Noch einmal vertiefte Hanna sich in den ausgeklügelten Grundriß. Es war exakt die Wohnung, von der sie träumte.

Doch als Bewohnerin war eine Frau namens Julie Fischbach ausgewiesen.

Hanna hatte das dumpfe Gefühl, daß nicht Julie, sondern sie selbst am Pranger stand und auf ihre Hinrichtung wartete. Sie legte die Unterlagen zurück in den Ordner, schob die obere Lade in den Schreibtisch zurück und schloß sie ab.

»Ehebruch ist kein altmodisches Wort für ein altmodisches Vergehen«, dachte sie, »sondern eine tiefe Verletzung, ein Bruch eben, und ein Wort, das ins Schwarze trifft. Oder besser ins Rote. Ins Herz!«

Ohne daß es ihr recht bewußt wurde, ging sie ins Bad und ließ kaltes Wasser über ihren Puls laufen. Dann preßte sie die nassen Hände gegen ihre Schläfen.

Ergab sich die Frage, wen Arthur eigentlich so regelmäßig in Sindelfingen »bewirtete« – eine Frage, auf die Hanna niemals eine Antwort bekommen sollte. Damen wie Karin Krämer haben die Eigenschaft, absolut unsichtbar zu bleiben.

Wo befreundete Wege zusammenlaufen,
da sieht die ganze Welt
für eine Stunde wie Heimat aus.
Hermann Hesse

Nachdem Arthur sie so unerwartet früh verlassen hatte, wanderte Julie ruhelos in ihrer Wohnung herum und versuchte mit einem Nachmittag fertig zu werden, der grau und ungenutzt vor ihr lag. Mit Mühe bekämpfte sie das Bedürfnis, sich mit einem Stapel alter Illustrierter im Bett zu verkriechen und den Rest des Tages, vielleicht sogar den Rest ihres Lebens, darin liegenzubleiben. Statt dessen ging sie in die Küche, räumte die gebrauchten Teller in die Spülmaschine und wusch die Töpfe und Pfannen ab. Nach jedem Festessen mit Arthur blieben Berge von Geschirr zurück, und manchmal kam ihr der Verdacht, daß er gar keinen besonderen Wert auf diese Tischzeremonien legte und ihre Anstrengungen ganz umsonst waren. Aber er schien auch keinen allzu großen Wert mehr auf die Zeremonie im Bett zu legen und lehnte jegliches Ausgehen am Abend ebenso kategorisch ab wie das Spazierengehen am Tag.

»Im Grunde strenge ich mich nur deswegen so an, weil das gemeinsame Essen noch das einzig Festliche ist«, stellte Julie in einem Anfall von Ehrlichkeit verbittert fest. »Zumindest hat Arthur es noch nicht abgelehnt, sich von mir bekochen und bedienen zu lassen, dafür kann man ja geradezu dankbar sein.« Dann fiel ihr auf, daß sie in letzter Zeit sogar einige Male miteinander ferngesehen hatten – für Julie ein sicheres Zeichen von nachlassender Erotik.

»Ich bin heute einfach schlecht drauf«, wies sie sich wenig

später selbst zurecht. »Wahrscheinlich steckt mir die Krankheit noch in den Knochen. Schließlich hat er es irgendwie ermöglicht, trotz engster Termine noch vorbeizukommen. Wenn er mich nicht liebte, täte er das nicht. Schließlich nimmt er jedesmal eine anstrengende Fahrt auf sich. Wahrscheinlich«, spann sie den Gedanken zu Arthurs Entlastung weiter aus, »bestand die ›Gemahlin im Zobel‹ darauf, daß er den Tee heute mit ihr gemeinsam einnahm, und hatte vorsorglich einen ihrer hysterischen Anfälle angedroht, falls er nicht pünktlich zur Stelle wäre. Möglicherweise hatte aber auch die greise Mutter Ansprüche angemeldet. Vielleicht war ihr Hörgerät defekt, und Arthur war abkommandiert worden, es zu reparieren.«

Julie bückte sich und räumte den Rest des Bratens in den Kühlschrank. Der Anblick des Obstkuchens, den sie für nachmittags, und der der Salate, die sie für abends geplant hatte, trieben ihr erneut die Tränen in die Augen.

»Ich werde sentimental wie ein altes Weib«, dachte sie wütend über sich selbst, während sie sich mit dem Handrücken über das Gesicht wischte.

Dann rief sie sich zur Ordnung.

»Los, Juliane, zieh dich an, und geh ein bißchen an die Luft!« Aber die Vorstellung, ganz allein durch die menschenleere Innenstadt zu laufen, nahm ihr sofort den Mut. Früher hatte sie in der Nähe eines Waldes gewohnt, und es hatte ihr nichts ausgemacht, stundenlang allein zu wandern. Seelisch erfrischt und körperlich angenehm ermüdet, war sie stets von ihren Ausflügen nach Hause zurückgekehrt. Aber diese Möglichkeit, sich zu beruhigen, hatte sie zusammen mit der alten Wohnung aufgegeben.

»Ich werde jetzt wenigstens den Abfall runterbringen und eine Sonntagszeitung besorgen«, hatte sie gerade beschlossen, als es klingelte.

Es war ihr neuer Nachbar Henry Winter.

Henry Winter war zusammen mit seinem Freund Bob vor

einigen Wochen in die Wohnung gegenüber gezogen. Die beiden hatten irgendein Alter zwischen dreißig und fünfzig, es war schwer zu schätzen, aber sie schienen in humorvoller Harmonie miteinander zu leben. Julie hatte sie bereits mehrfach beobachtet, wenn sie samstags lachend über den Markt schlenderten und sich im Treppenhaus lebhaft unterhielten. Und ein paarmal hatte sich Julie dabei ertappt, daß sie Bob und Henry mit Neid betrachtete. Sie schienen eine gewisse Begabung für *le petit bonheur* zu besitzen, eine Begabung, die Julie auch einmal besessen hatte, die sich aber in der ewig unerfüllten Hoffnung auf das große Glück mit Arthur im Laufe der Jahre zerrieben hatte. Denn Arthur war für jede Art von Glück ungeeignet.

Henry und Bob schienen eine Menge Talent zu besitzen. Vor allem schienen sie mit Liebe zu kochen, denn die verführerischen Düfte, die abends durch das Treppenhaus zogen, zeugten davon, daß hier eine gewisse Leidenschaft im Spiel war, die mit »irgend etwas in die Pfanne hauen« nichts zu tun hatte.

Henry Winter lächelte das offene Lächeln eines vertrauten Freundes, den man schon ewig kannte.

»Hallo, ich bin Ihr neuer Nachbar«, sagte er.

»Ich weiß«, erwiderte Julie.

»Ich dachte, es sei an der Zeit, mich einmal vorzustellen!«

Julie dachte an den Obstkuchen, der, von Arthur verschmäht, im Kühlschrank wartete, und verspürte ein Gefühl der Erleichterung.

»Kommen Sie herein, ich mache uns einen Kaffee!«

»Ich wollte nicht stören.«

»Sie stören nicht, im Gegenteil, ich überlegte gerade, wie ich diesen öden Sonntagnachmittag irgendwie hinter mich bringen könnte. Mein – äh – Freund mußte heute früher wegfahren, und ich kam mir gerade ein bißchen übriggeblieben vor.«

Wie gewöhnlich war sie bei dem Ausdruck »mein Freund« ins

Stolpern geraten. Sie haßte diese unverbindliche Bezeichnung, die alles und gar nichts besagte.

Henry lächelte verständnisvoll.

»Mir geht es ebenso. Ich habe meinen Freund heute morgen zum Flughafen gebracht. Anschließend kam auch ich mir recht übriggeblieben vor. Schrecklich, wie öde eine leere Wohnung einen anglotzen kann!«

Henry sprach ein makelloses Deutsch mit amerikanischem Akzent. Lachend betrat er Julies Wohnzimmer.

»Oh, schön haben Sie es hier. Der Raum wirkt größer als bei uns, weil er nicht so vollgestopft ist. Bob hat Germanistik studiert, und wir teilen unsere Wohnung mit den Gesamtausgaben deutscher Klassiker.«

»Wenigstens dröhnen sie einem die Ohren nicht mit schriller Popmusik voll... Trinken Sie Kaffee oder Tee?«

»Tee!«

Wie selbstverständlich folgte er ihr in die Küche, nahm das Tablett mit dem Kuchen und den Teetassen in Empfang und trug es hinüber in den Wohnraum. Über die Theke hinweg sah Julie, wie er geschickt den Tisch deckte, so als ob es sein eigener wäre.

»Es macht Spaß, Nachbarn zu besuchen«, stellte er fest. »Die Wohnung hat den gleichen Grundriß, und man fühlt sich sofort vertraut.«

»Oh, ich sehe gerade, der Tee ist alle«, sagte Julie, die für Arthur stets Kaffee bereithielt und sich ihm zuliebe das Teetrinken so gut wie abgewöhnt hatte.

»Ich hole welchen von drüben!«

Henry ging hinüber und schloß seine Wohnungstür auf. Über den schmalen Treppenaufgang hinweg konnte Julie in seinen Flur sehen. Die Wände waren bis unter die Decke mit Buchregalen gepflastert.

Zum erstenmal fiel ihr auf, daß sie mit Bob und Henry die

oberste Etage teilte und keine weitere Partei dort wohnte. Diesen günstigen Umstand konnte man eigentlich nutzen, um das gemeinsame Treppenhaus ein wenig persönlicher zu gestalten. Grünpflanzen und ein paar Bilder würden eine Menge ausmachen.

Sie nahm sich vor, das Thema demnächst zur Sprache zu bringen. Henry und Bob schienen unkomplizierte Typen zu sein, mit denen man in netter Nachbarschaft leben und hin und wieder Salz, Brot, Zeitungen, Zigaretten, Tee und Klatsch austauschen konnte.

Für den Tee brachte Henry auch gleich eine Kanne mit und setzte das Wasser auf.

»Bobs geheiligte Teekanne mit der geheiligten Patina«, erklärte er. »Vor einiger Zeit habe ich sie einmal gründlich sauber gemacht und den Belag zerstört. Bob hat stundenlang nicht mit mir gesprochen.«

»Sind Sie auch Germanist?« fragte Julie.

»Ich arbeite als Fotograf und mache nebenher Übersetzungen, aber am liebsten wäre ich Hausmann!«

»Warum sind Sie es dann nicht?«

»Bob will kein Heimchen am Herd haben, er meint, daß man zu Hause verblödet.«

Julie mußte so sehr lachen, daß sie sich fast an ihrem Obstkuchen verschluckt hätte. Sie bekam einen Hustenanfall.

Henry klopfte ihr kameradschaftlich auf den Rücken.

»Arme hoch und durchatmen!«

Julie nahm die Arme hoch und atmete durch.

Sie hatte sich schon lange nicht mehr so wohl gefühlt.

»Ich wollte heute abend ins Kino«, sagte Henry wenig später, während er das gebrauchte Geschirr in die Spülmaschine räumte. »Der Film heißt ›Das Grau von Neapel‹, ist hochkünstlerisch und bestimmt entsetzlich langweilig. Aber ein Freund von Bob spielt mit... Wenn Sie mitgingen, würde ich Sie zur Belohnung anschließend zum Essen einladen. Mögen Sie Mexikanisch?«

»Ja«, sagte Julie und hatte kurzfristig mit Verwirrung zu kämpfen. Was war geschehen? Henry war ein Mensch, der einem Beruf nachging, zusätzlich den Haushalt führte und dennoch Zeit hatte, an einem einzigen Sonntag in Ruhe Tee zu trinken, ins Kino zu gehen und anschließend noch ein Restaurant aufzusuchen, ohne von dem Wahn besessen zu sein, daß hinterher die Welt oder zumindest ein weltwichtiger Termin zusammenbrach. Julie leistete sich ganz bewußt ein paar dunkellila, eindeutig negative Gedanken in Richtung Arthur.

Henry betrachtete sie interessant.

»Sie haben richtige Glitzeraugen, wenn Sie so gucken.«

»Wenn ich *wie* gucke?«

»Na, so wie eben!« sagte er.

Lachen ist durchaus kein schlechter Beginn
für eine Freundschaft.
Und ihr bei weitem bestes Ende.
Oscar Wilde

In den folgenden Wochen gingen Henry und Julie öfter miteinander aus! Sie entdeckten eine gemeinsame Leidenschaft für ein
kleines Vorstadtkino, in dem ausschließlich alte Filme gezeigt
wurden: Charlie Chaplin, Buster Keaton, Dick und Doof, aber
auch Zarah Leander und Musikfilme mit Marika Rökk. Nur für
sie beide wurde an einem regnerischen Sonntagnachmittag »Der
Postmeister« mit Heinrich George gezeigt, und niemand sah,
daß sie an den schönsten Stellen ein bißchen weinten. Julie fand
es herrlich, mit Henry in einem verlassenen Kino zu sitzen und
ungeniert vor sich hin zu heulen.

Henry schlug sich als freier Fotograf munter durchs Leben. Er
fotografierte für die *Neue Presse* und die städtischen Bühnen,
und Schauspieler riefen an, wenn sie Bewerbungsfotos brauch-
ten. Er war beliebt und gefragt, achtete jedoch sehr darauf, daß
Arbeit und Freizeit im Gleichklang standen. Er ging mit seinem
Beruf sehr spielerisch um, und das Wort Karriere schien ihm
fremd zu sein.

Henrys Zukunft war nicht etwas drohend in weiter Ferne
Lauerndes, etwas, für das man ängstlich Vorsorge treffen mußte;
Henrys Zukunft begann jeweils am folgenden Tag, und immer
barg sie eine fröhliche Verlockung.

Mit Fortdauer ihrer Freundschaft zu Henry kehrte Julies
Freude am Leben zurück. Ihr Dasein, auf den Begriff »Warten

auf Arthur« geschrumpft, bekam wieder Farbe. Es war fast wie zu Roy Reckmanns Zeiten, nur viel unkomplizierter, weil Verlustangst und Eifersucht wegfielen. Julie genoß das Zusammensein mit Henry wie ein Spiel aus Kinderzeiten.

An einem Wochenende, an dem Arthur (wichtiger Termine wegen!) leider nicht kommen konnte, wobei er zufrieden feststellte, daß Julie dies ruhig und ohne zu jammern akzeptierte (was Arthur darauf zurückführte, daß er ihr seinen Unmut deutlich gezeigt hatte), fragte Henry, ob sie Lust hätte, ihn zu Mara Meier-Stichling zu begleiten. Mara Meier-Stichling war Sängerin und würde demnächst in der Stadthalle einen Liederabend geben. Aus diesem Grunde hatte sie mit Henry einen Fototermin vereinbart.

»Wird es sie nicht stören, wenn ich mitkomme?« fragte Julie.

»Quatsch, alle Starfotografen haben eine Assistentin!« lachte Henry, der sich die Laune niemals durch irgendwelche Bedenken verderben ließ. »Aber wenn es dir mehr Spaß macht, kannst du auch deine Kamera mitnehmen und selbst ein paar Bildchen schießen.«

Julie hatte früher gern fotografiert, ein Hobby, welches sie wie vieles andere auch auf dem Altar der Liebe zu Arthur geopfert hatte.

In gewisser Weise hatte Arthur etwas von einer gefräßigen Ratte, die nach und nach alles Farbige und Fröhliche aus dem Leben eines anderen wegfraß, ehe sie sich, gemästet und zufrieden, zurückzog.

Julie hatte vor Jahren mit dem Fotografieren begonnen, nachdem ihr klargeworden war, daß sie zwar den nötigen Blick für Motive, jedoch keinerlei Talent für die Malerei besaß. Kurz nachdem Arthur in ihrem Leben aufgetaucht war, hatte sie ein paar Porträtaufnahmen von ihm gemacht.

Arthur war entsetzt gewesen!

»Aber das ist ein Mann, der seine besten Jahre hinter sich hat, man merkt sofort, daß du keine Ahnung von Technik hast. Nur«, er hatte jenes etwas schmierige Lächeln aufgesetzt, das er für erotisch hielt, »ich liebe dich ja auch nicht als Fotografin, sondern aus ganz anderen Gründen...«, und Julie hatte Kamera und Fotos verschämt in der hintersten Schrankecke versteckt und sich künftig auf Arthurs bescheidenes Touristenniveau eingestellt: Julie unterwegs, lächelnd vor neuem Auto; Arthur unterwegs, lächelnd vor Burgruine. Alles im Format 9 × 13 und schön bunt. Während sie ihre lange in Vergessenheit geratene Kamera suchte, fielen ihr auch die von Arthur verschmähten Fotos wieder in die Hand. Sie zeigte sie Henry. Der begutachtete die Bilder mit beruflichem Interesse.

»Gute Aufnahmen, wer ist das?«

Lachend erinnerte sie sich an Arthurs Kommentar von damals.

»Ein Mann, der die besten Jahre hinter sich hat!«

»Aber das ist einer, der nie gute Jahre hatte«, sagte Henry ernst. »Kennst du ihn näher?«

»Nein, eher flüchtig!« antwortete Julie, wobei ihr auffiel, daß sie Arthur zum erstenmal verriet.

Henry nickte und fand die richtige Interpretation für ihre Worte.

»Einer von euch ist also ständig auf der Flucht. Du oder er?«

»Er«, sagte Julie.

»Und warum?«

»Ich weiß nicht.«

»Hast du schon jemals ganz nüchtern darüber nachgedacht?«

»Ganz nüchtern noch nie.«

Einen Moment lang betrachtete Henry sie schweigend. Dann wechselte er das Thema.

»Komm, ich gebe dir einen Film. Frau Meier-Stichling ist eine beeindruckende Person. Die wird dir gefallen!«

Mara Meier-Stichling wohnte in der zweiten Etage eines häßlichen Backsteinbaus aus den zwanziger Jahren. Das Haus hatte schon einmal bessere Zeiten gesehen, aber nach dem Krieg waren die ehemals großzügig geschnittenen Wohnungen unterteilt und zu kleinbürgerlich engen Zweizimmerwohnungen umfunktioniert worden. Julie betrachtete schweigend die überquellenden Mülltonnen, die mit Reklamezetteln zugestopften Briefkästen und die Klingelanlage mit den auf verregnete Heftpflaster gekritzelten Namen. Fast alle waren ausländisch. Das Treppenhaus machte einen verwahrlosten Eindruck und roch muffig. Neben der Haustür lehnten einige Fahrräder an der Wand. Die meisten waren angekettet.

»Großes Vertrauen scheint unter den Mietparteien nicht zu herrschen«, dachte Julie und eine Welle von Dankbarkeit flutete Richtung Arthur. Schließlich hatte sie ihm eine Wohnung zu verdanken, die sich in allem wohltuend von dieser Mietskaserne unterschied.

Henry schulterte die schwere Tasche mit der Fotoausrüstung, und sie stiegen die Treppe hinauf.

In der ersten Etage stand eine der Türen sperrangelweit offen. Durch einen mit Kinderwagen und Gerümpel zugestellten Flur konnte man direkt in die Küche sehen, in der eine griechische Großfamilie lärmend um den Tisch herum saß. Ein Kleinkind, dem das durchnäßte Windelpaket bis in die Kniekehlen hing, leckte hingebungsvoll das Treppengeländer ab. Als Henry ihm zulächelte, strahlte es zurück.

Im zweiten Stock wurden sie von Mara Meier-Stichling erwartet. Sie stand imposant und selbstbewußt in der schmalbrüstigen Etagentür und bot ihnen beide Hände theatralisch zum Gruß.

»Ich freue mich, bitte kommen Sie herein. Mein Mädchen hat heute leider frei, aber ich habe doch einen Tee zustande gebracht. Ich bin so gar keine Hausfrau«, fügte sie kokett hinzu.

Die Glanzzeiten von Mara Meier-Stichling waren lange vorbei. Sie hatte ihre Karriere auf dem Höhepunkt unterbrochen, um zu heiraten, und war nun, zum zweitenmal verwitwet, in die Stadt ihrer einstigen Triumphe zurückgekehrt. Sie glaubte fest an ein Comeback, ein Glaube, der trügerisch war, aber der Veranstalter ging davon aus, daß es noch genügend alte Leute gab, die sich an M-M-S, wie sie einst liebevoll genannt worden war, erinnerten.

Mit etwas Werbung würde sich die Vorstellung zwei-, dreimal verkaufen lassen.

Mara war einst eine zierliche Person mit einer großen Stimme gewesen. Im Laufe der Jahre hatte sich die Figur der Größe der Stimme angepaßt. Sie wog gut zwei Zentner, bewegte ihre Fülle, in eine Art indischen Sari gehüllt, jedoch mit einer gewissen Grazie. Das immer noch üppige Haar war brandrot gefärbt, die Augen schwarz umrandet. An den Ohren baumelten riesige Ohrringe mit falschen Brillanten.

Mara bat Julie, den Tee einzuschenken, lehnte sich genüßlich im Sessel zurück und begann dann von ihren Triumphen als Sängerin zu erzählen. Den größten Teil ihres Lebens hatte sie in Suiten nobler Hotels gewohnt und die Säle allabendlich mühelos gefüllt. Julie sah sich um. Das Wohnzimmer, in dem sie saßen, hatte eher das Flair kleinbürgerlicher Wohnküchen als den Hauch der großen Welt, aber Mara schien den Unterschied nicht zu bemerken.

»Ich bin so glücklich, gerade diese Wohnung gefunden zu haben«, sagte sie und strahlte Julie mit zwei entblößten, makellosen Zahnreihen an. »Glücklicherweise hatte ich noch gute Kontakte in der Stadt, allein die erstklassige Wohngegend! Kommen Sie doch mal mit hinaus auf die Terrasse.«

Henry und Julie folgten ihr auf den winzigen Balkon, der mit einem wackligen Plastikstuhl möbliert war. Er bot einen trostlosen Blick auf die mit Müll zugestellten Balkone der anderen Mieter, die stark befahrene Durchgangsstraße und eine Front grauer Mietskasernen. Links, am Schnittpunkt zweier Straßen, gab es eine traurige kleine Grünanlage mit einem Streifen gelblichen Rasens und einem Wasserhäuschen, das von Pennern umlagert war. Links und rechts der beiden Parkbänke häufte sich der Abfall.

»Ich habe immer gern zentral gewohnt«, schrie Mara ihnen, den donnernden Verkehr übertönend, zu. »Am schönsten ist es natürlich, wenn man trotzdem ein bißchen Grün in der Nähe hat!«

Sie wies auf die kümmerliche Anlage. »Ein zauberhafter kleiner Park. Und das Wasserhäuschen... Die Clochards erinnern mich immer an Paris!«

Sie gingen zurück ins Wohnzimmer. Mara schloß die Balkontür und sperrte den Verkehrslärm aus. Dafür hörte man nun das Geschrei einer türkischen Familie, die sich die Treppe hinunterdrängte. Ein Kleinkind brüllte wie am Spieß.

Mara lächelte. »Das ist auch etwas, was ich an diesem Haus so schätze. Die internationale Besetzung. Das waren gerade die Ürgsys. Ich kenne sie gut, denn sie wohnen direkt über mir. Ich mag ihre Musik so gern. Wollen wir anfangen?«

Henry packte seine Fototasche aus und entfaltete ein großes weißes Tuch, hinter dem er eine Reihe von Regalbrettern verbarg, auf denen Väschen mit verstaubten Stoffblumen und eine Hundertschaft von Hähnen standen.

Hähne aus Plastik, aus Metall, aus Stroh.

Hähne geflochten, getöpfert, gehäkelt.

Hähne, die stolz den Hals reckten oder den Schnabel zu einem stummen Krähen aufrissen.

»Nach dem chinesischen Horoskop bin ich ein Hahn«, erläuterte Mara, und Julie mußte sich ein Lachen verkneifen. Wenn man sich Mara mit einem Büschel schillernder Federn am Hinterteil vorstellte, ergab sich tatsächlich eine verblüffende Ähnlichkeit.

Sie warf Henry einen vielsagenden Blick zu. Er zwinkerte ebenso vielsagend zurück.

Der Fototermin zog sich hin. Mara Meier-Stichling kostete die Situation voll aus, öffnete zwischendurch eine Flasche Champagner und nötigte Julie und Henry, sie zu leeren, während sie die Kostüme wechselte. Sie posierte sehr gekonnt in verschiedenen Abendroben. Schließlich schlüpfte sie wieder in das sariähnliche Gewand.

Nachdem Henry seine Arbeit beendet hatte, fragte Julie höflich, ob sie auch ein Foto machen dürfe.

Mara lächelte geschmeichelt.

»Aber gern, liebes Kind! Die Leute waren schon immer verrückt danach, mich zu fotografieren. Wo soll ich posieren?«

»Vielleicht setzen Sie sich einfach auf das Sofa?«

»Und der Hintergrund?«

»Wir lassen es so, wie es ist. Es ist ja nur ein kleiner Schnappschuß.«

Julie fotografierte Mara so, wie sie sich hingesetzt hatte, ohne irgendeine Anweisung zu geben, und klappte dann den Apparat zu.

»Ich danke Ihnen. Ich möchte nur eine Erinnerung.«

Mara nickte zufrieden.

»Ich weiß. Früher konnte ich keine fünf Minuten in einem Lokal sitzen, ohne daß ein Autogrammjäger auftauchte.«

»War das nicht manchmal lästig?«

Mara riß erstaunt die Augen auf.

»Lästig? Wie kommen Sie denn darauf? Die Leute waren so nett!«

Auch Henry hatte seine Ausrüstung inzwischen verstaut, und sie verabschiedeten sich.

»Ich möchte Sie noch etwas fragen«, sagte Henry, als er Mara zum Abschied die Hand reichte. »Gab es irgend etwas in Ihrem Leben, das Ihnen mißlungen erscheint?«

Mara sah ihn an, als ob sie seine Frage nicht richtig verstanden hätte.

»Mißlungen? Nein, mein Leben war vom ersten Augenblick an ganz einzigartig.«

Sie öffnete die Etagentür, gegen die sehr temperamentvoll geklopft wurde. Draußen stand Frau Ürgsy. Lächelnd überreichte sie Mara eine Plastiktüte mit Äpfeln. Mara küßte sie auf beide Wangen und winkte ihr nach, als sie die Treppe hinaufging.

»Die Ürgsys haben einen Schrebergarten«, erläuterte sie mit erhobener Stimme, denn in dem selben Augenblick, in dem Frau Ürgsy ihre Wohnung betreten hatte, setzte oben ohrenbetäubende Musik ein. Mara lachte und klopfte mit ihren kleinen fetten Händchen den Takt gegen den Türrahmen.

»In diesem Haus trifft sich Europa!« sagte sie stolz.

Die Fotos, die Henry von Mara gemacht hatte, waren technisch einwandfrei und zeigten eine Diva im Bewußtsein ihrer Kreativität. Diese Diva war auf dem Höhepunkt ihrer Karriere angelangt und würde ihren Platz noch lange halten.

Auf Julies Foto dagegen sah man auf geheimnisvolle Weise eine ganz andere Frau. Eine Frau, in deren Augen sich die Angst versteckt hielt. Eine Kleinbürgerin, die Diva spielte und sich nicht mehr sicher war, ob die Täuschung gelingen würde; eine Frau, die sich vor dem Ende fürchtete.

Die auf dem Foto abgelichtete Umgebung unterstrich diesen Eindruck auf groteske Weise. Mara posierte in großer Robe mit glitzerndem Ohrschmuck auf einem schäbigen Sofa, im Hintergrund Dürers »Betende Hände« im billigen Rähmchen und ein Wandväschen mit zwei Plastikblumen.

Rechts neben ihrem Schenkel, der sich gewaltig unter dem seidigen Stoff abmalte, lag, mit sich überkreuzenden Nadeln, ein biederes Strickzeug. Dadurch gewann das Bild eine erschreckend andere Aussage. Plötzlich wurde aus der ehemaligen Diva eine Frau, die ihr Geld als Toilettenfrau verdienen mußte. Das Foto erzählte die Geschichte eines sozialen Abstiegs.

Henry nahm es in die Hand.

»Das Foto ist gut«, sagte er und betrachtete es lange. Schließlich hob er den Blick und sah Julie an.

»Nein, es ist mehr«, sagte er. »Es ist genial. Meine Bilder zeigen die Fassade des Gebäudes. Du fotografierst den Raum, der sich dahinter verbirgt.«

Er schwieg eine Weile und starrte nachdenklich vor sich hin. Dann sagte er: »Schmeiß diesen langweiligen Bürojob hin und werde Fotografin. Du hast das Zeug dazu!«

Henry war Amerikaner, hin und wieder merkte man das.

Es gibt eine einzig wahre,
große Trösterin: Die Kunst.
George Sand

Die Fotos, die Henry und Julie an einem heiteren Abend nach einem heiteren Abendessen voneinander machten, zeigten weder die Fassade noch den Raum, »der sich dahinter verbarg«. Sie zeigten einfach zwei Menschen, die Spaß hatten und sich vor dem Auge einer Kamera nicht fürchteten. Es waren »lachende« Bilder, die Optimismus und gute Laune versprühten. Julie schnitt einige zu einer Collage zusammen, rahmte sie und hängte sie im Treppenhaus auf. Jeder, der sie ansah, mußte unwillkürlich mitlachen.

Auch wenn sie weit davon entfernt war, ihren Bürojob hinzuwerfen, um Fotografin zu werden, hatte sie die Liebe zu ihrem einstigen Hobby doch neu entdeckt. Als Arthur am Wochenende anrief, um einen kurzen Besuch anzukündigen, zögerte sie.

»Wie lange hättest du denn Zeit?«

»Ich dachte, am späten Sonntagvormittag vorbeizukommen, und könnte so bis vier Uhr bleiben. Du brauchst aber nicht groß zu kochen«, fügte er hastig hinzu. »Eine Kleinigkeit genügt!«

Julie schwieg.

»Warum sagst du nichts?« forschte er nach. »Paßt es dir am Sonntag nicht?«

»Ehrlich gesagt, nein«, sagte Julie. »Eine alte Freundin hat sich angesagt, und ich würde sie ungern wieder ausladen. Wir haben uns so lange nicht gesehen.« Sie wunderte sich, wie glatt ihr die Lüge über die Lippen rutschte.

Arthur legte nachdenklich den Hörer auf die Gabel. In Julies Stimme hatte eine Unehrlichkeit geflackert, und seit wann tauchten alte Freundinnen auf, die man Jahre nicht gesehen hatte?

Arthur nahm sich vor, bei nächster Gelegenheit wieder einmal ein ganzes Wochenende (vielleicht sogar mit anschließendem Montag!) in Julie zu investieren. Mit gerunzelter Stirn blätterte er in seinem Terminkalender und markierte das übernächste Wochenende mit einem doppelten Kreuzchen. Daneben schrieb er das Codewort, das er für Julie entwickelt hatte: Meeting. Der Begriff klang professionell und sachlich.

Dann griff er erneut zum Hörer und wählte die Nummer von Karin aus Sindelfingen.

»Hör zu, Schatz, ich habe eine gute Nachricht für dich. Ich kann am Sonntag doch bis abends bleiben. Freust du dich?«

»Ich freue mich!«

Karin aus Sindelfingen freute sich immer. Sie war eine wunderbare Frau.

Anstatt für Arthur zu kochen, strich Julie am Wochenende durch das Viertel und suchte es nach ungewöhnlichen Motiven ab.

Henry hatte ihr einen ganzen Stapel von Fotobüchern gebracht, in denen sie abends gerne blätterte. Vor allem die Bilder, die im Auftrag von *Magnum* aufgenommen worden waren, erregten ihren Neid. Geradezu leidenschaftlich studierte sie die Fotos von Erwitt, Bresson und Doisneau. Stundenlang betrachtete sie die wundervollen Bilder des alten Atget.

Auf ihren Streifzügen fiel Julie auf, daß man mit einer Kamera in der Hand nicht nur den Blick schult, sondern die vertraute Umgebung ganz neu zu sehen lernt. Es dauerte nicht lange, und sie sah die Welt durch eine Fotolinse. Julie machte die Entdeckung, daß das, was Henry einmal behauptet hatte, der Wahrheit entsprach: Fotografieren kann süchtig machen.

Als Arthur am Mittwoch anrief, um seinen Besuch für das übernächste Wochenende anzukündigen, war sie bereits gewappnet.

»Liebling, es geht nicht. Ich muß an einem Fortbildungsseminar teilnehmen. Ich kann mich leider nicht abseilen, die ganze Abteilung nimmt teil!«

Diesmal hatte sie nur zur Hälfte gelogen.

Sie benötigte das Wochenende tatsächlich für einen Fortbildungskurs. Henry wollte sie in die Geheimnisse des Weitwinkels einführen.

Die Themen und das Aufspüren,
das ist das Geheimnis des großen Fotografen.
Jean Leroy

Die erste Serie von Bildern, die Julie von ihrem Viertel knipste, fiel nicht zu ihrer Zufriedenheit aus.

Abgesehen von einigen technischen Fehlern, die sie mit Henrys Hilfe mit der Zeit auszumerzen hoffte, stimmte irgend etwas mit den Motiven nicht. Sie hatte sich, inspiriert von den Städtebildern ihrer großen Vorbilder Atget und Doisneau, auf die Suche nach den Spuren vergangener Zeiten begeben und hatte schmiedeeiserne Tore, abgeblätterte Fensterläden, verlassene Höfe und einen alten Weidenkorb auf den ausgetretenen Stufen eines Hintereingangs fotografiert. Sie hatte darauf geachtet, nichts aus der heutigen Zeit mit auf das Foto zu bekommen, so daß die Bildausschnitte sehr eng ausfielen.

Die Fotos waren auf den ersten Blick ganz hübsch, aber wenn man sie länger betrachtete, entpuppten sie sich als Bilder ohne Aussage, und auf eine gewisse Weise hatten sie sogar etwas Verlogenes.

Julie ließ sich von Henry über die technischen Mängel aufklären und zog am kommenden Samstag erneut los.

Diesmal suchte sie ihre Motive in der Fußgängerzone.

Sie fotografierte die glatten Kaufhausfronten, das vervielfältigte Lächeln der Schaufensterpuppen, die Gesichter aneinander vorbeidrängender Käuferscharen und schließlich die Fußgängerzone am Abend, wie sie von allem Leben verlassen dalag, und die überquellenden Papierkörbe und müllübersäten Blumentröge, die von einer Gesellschaft kundtaten, die konsumierte, weil ihr nichts Besonderes mehr einfiel.

Dann machte sie einen Streifzug durch das Einkaufszentrum. Julie war nur selten in diesem Center gewesen, das den Mittelpunkt der Fußgängerzone bildete und sich, parallel mit dem danebenliegenden Parkhaus, über vier Etagen erstreckte.

Wenn sie abends aus dem Büro nach Hause kam, war es bereits geschlossen, und Samstag morgens war es meist überfüllt, so daß Julie es vorzog, ihre Einkäufe in den kleinen Läden zu erledigen, die in den Nebenstraßen überlebt hatten.

Julie nutzte den nächsten Haushaltstag und betrat das Center, kurz nachdem es gegen neun geöffnet hatte. Trotz der frühen Stunde schoben bereits einige Mütter ihre Kinderwagen durch die künstlich angelegten Einkaufsstraßen, blieben stehen und wühlten mit konzentrierten Gesichtern in dem Plunder, der vor den Ladentüren in Körben angeboten wurde.

Das »Boulevard Café« in der dritten Etage war die groteske Imitation eines echten Straßencafés.

Nachdem Julie über die halbe Gardine hinweg einen kurzen Blick ins Innere des Cafés geworfen hatte, in dem die Serviererin an einem der Bistrotische saß und Zeitung las, beschloß sie, lieber auf der »Terrasse« Platz zu nehmen. Eine Anzahl von Tischen war durch die Attrappe eines grünen Lattenzaunes von der Ladenstraße abgetrennt. An dem Zaun hingen ebenfalls grüne Plastikkästen mit roten Plastikgeranien in Plastikerde, die wie eingetrocknete Hundekacke aussah. Verstaubte Ranken eines weißgrüngemusterten Plastikefeus baumelten in regelmäßigen Abständen am Zaun herab. Die Terrasse war mit einem grünen Kunststoffrasen ausgelegt. Bis auf einen alten Mann, der an dem Tischchen rechts des Eingangs saß, war sie leer.

Der Mann war korrekt gekleidet. Zum grauen Einreiher trug er Hemd und Krawatte, seinen Spazierstock hatte er an den grünen Lattenzaun gehängt. Vor ihm stand ein Kunststofftablett mit Kaffeetasse und Kaffeekännchen, auf einem Teller lagen Portionspäckchen mit Milch und Zucker. Müßig sah der Mann über den Zaun hinweg auf die Passanten, die die Auslagen der gegenüberliegenden Geschäfte betrachteten.

Die Terrasse bot einen Blick auf einen Jeansladen, ein »Young Fashion«-Geschäft, eine Modeschmuckboutique und einen Friseur. Julie setzte sich an den Tisch links des Eingangs und beguckte nun ebenfalls die Auslagen. Die »junge Mode«, die der Jeans-Shop anbot, war von der, die man bei »Fashion« kaufen konnte, kaum zu unterscheiden. Die Haarreifen, Samtschleifen, Ketten und Ohrclips der Schmuckboutique waren nahezu identisch mit dem Inhalt des Wühlkorbes, der vor dem Friseurladen stand. Die jungen Frauen schienen das nicht zu merken. Langsam schoben sie die Kinderwagen von Wühlkorb zu Wühlkorb und begutachteten die Samtschleifen, die die Boutique anbot, mit der gleichen Besitzlust wie die, die es bei dem Friseur zu kaufen gab.

Julie zuckte zusammen, als direkt über ihr eine monotone Lautsprecherstimme ertönte. »Sehr verehrte Kundschaft, bitte beachten Sie unseren Antikmarkt im Untergeschoß.« Gleich darauf rief eine schmeichelnde Frauenstimme: »Der kleine Alexander sucht seine Mutti.«

Die Kellnerin hatte gesehen, daß ein weiterer Gast gekommen war, und schlenderte gelangweilt herbei. Wortlos sah sie Julie an.

»Einen Milch-Shake, bitte!«

Die Kellnerin griff eine Karte vom Nebentisch und legte sie vor Julie hin. Dann ging sie ins Café zurück.

Julie blätterte die bunte Karte durch und entschied sich für einen Eis-Shake, doch die Kellnerin ließ sich nicht mehr blicken. Julie begann sich unwohl zu fühlen. Ihre Blicke wanderten hinüber zu dem einsamen Mann am Nebentisch. Er saß noch immer reglos hinter seiner Kaffeetasse und starrte über den Lattenzaun hinweg auf die »Straße«.

»Der übriggebliebene Teil einer langen Ehe«, dachte Julie. Als er ihr den Blick zuwandte, fragte sie: »Kommen Sie öfter hierher?«

»Jeden Morgen«, antwortete er. »Ich trinke einen Kaffee und lese meine Zeitung. Früher bin ich morgens immer ins ›Rathauseck‹ gegangen, aber das haben sie abgerissen. Da steht ja jetzt das Parkhaus von Hertie«, fügte er ohne Anzeichen von Trauer hinzu.

»Sitzen Sie gern hier?« fragte Julie, die spürte, daß sich ihr Unbehagen verstärkte.

»Ja, es ist ganz nett«, sagte der Mann. »Wenn Sie übrigens was bestellen wollen, müssen Sie es drinnen sagen.«

Julie erhob sich und rief in das Café hinein: »Einen Eis-Shake, bitte!«

Die Serviererin hob den Kopf von ihrer Zeitung und wiederholte die Bestellung: »Ein Eis-Shake!«

Julie kehrte auf die Terrasse zurück und sah den Mann über die Reihe leerer Plastikstühle und Tische hinweg einsam an dem falschen Gartenzaun hinter den falschen Geranien sitzen. Selbst die Tasse und die Kanne wirkten verloren und unecht.

»Er merkt den Unterschied nicht«, dachte Julie. »Das Konzept geht auf!«

»Ich möchte ein paar Aufnahmen von diesem Café machen«, sagte sie etwas später, »hätten Sie etwas dagegen, wenn Sie mit aufs Bild kämen? Sonst sieht die Terrasse so leer aus.«

Der Mann nickte zustimmend und wandte den Blick wieder der Ladenstraße zu.

»Sehr verehrte Kundschaft, bitte beachten Sie unseren Antikmarkt im Erdgeschoß«, leierte noch einmal der Lautsprecher.

Gleich darauf schmeichelte erneut die weiche Frauenstimme: »Die kleine Anna-Martina möchte aus dem Spielparadies abgeholt werden!«

Als Henry die neue Serie sah, war er zutiefst beeindruckt. Besonders das Foto von dem einsamen alten Mann auf der Terrasse des »Boulevard Cafés« erregte sein Interesse.

»Es hat dieselbe Hintergründigkeit wie das Foto *Diva mit Strickzeug*«, sagte er. »Vor allem, weil man erst auf den zweiten Blick erkennt, daß die ganze Szenerie künstlich ist. Großartig.«

Er ging die Fotos noch einmal einzeln durch und schaute Julie dann in die Augen. »Wir arrangieren eine Ausstellung«, rief er voller Begeisterung. »Ich frage mal drüben im Stadtcafé nach. Die haben viel Zulauf und schöne große Wandflächen. Wir machen eine richtige Vernissage mit allem Drum und Dran! Du wirst sehen, es wird ein Knüller.«

Henrys Enthusiasmus hatte etwas Ansteckendes. Der Funke sprang auf Julie über und erfüllte sie mit Stolz und Selbstvertrauen. Es war nun über eine Woche her, daß Arthur sich zuletzt gemeldet hatte. Eine Tatsache, die ihr nicht weiter auffiel.

Nein, es war nicht nur enttäuschte Liebe, in erster Linie waren es Zukunfts- und Existenzängste, die Hanna aktiv werden ließen. Ihre Welt war plötzlich voll von alten, kranken Frauen, die vereinsamt durch Parks und Straßen schlichen und irgendwann einfach unsichtbar geworden waren. Zu der Eifersucht und Wut, zu der aufrüttelnden Erkenntnis, daß sie all die Jahre nicht für die eigene, sondern für die Zukunft Julie Fischbachs gearbeitet und verzichtet hatte, kam die Panik, im Alter verarmt und auf die Almosen fremder Menchen angewiesen zu sein. Die Angst vor diesem Ausgeliefertsein überwucherte sogar den Haß auf »J«.

Es wird jedoch nicht mehr lange dauern, und Hanna wird die Idee ihres Lebens haben, eine Idee, die sie mit einem Schlag retten und ihre Zukunft besser absichern wird, als irgendein Arthur dies jemals könnte. Aber noch war es nicht soweit. Anstatt das Richtige zu tun, tat Hanna zunächst einmal das Falsche. Anstatt in der Marktgasse 14 bei Julie Fischbach vorzusprechen, sprach sie im »Seniorenheim Waldsee« bei Elvita Kontenreiter vor. Sie verabredete ein Vorstellungsgespräch für den kommenden Dienstag!

Der Dienstag bot sich an, weil Fita an diesem Tag zur Fußpflege ging, und natürlich machte Hanna ihren Termin von Fitas Termin abhängig. Aber es war keine Unterwürfigkeit mehr, die sie so handeln ließ. Es war reine Gewohnheit.

Ein Mensch, den niemand einstellen will, weil er zu alt, zu schwach, weiblich, farbig oder geistig beschränkt ist, muß dennoch nicht arbeitslos sein. Wer wirklich arbeiten will, der findet auch Arbeit! Er muß sich nur dazu entschließen, Dinge zu tun, vor denen andere sich ekeln: Leichen waschen, Müll sortieren, Klos putzen oder Sieche pflegen.

Nach reiflicher Überlegung hatte Hanna beschlossen, sich um einen Job in der Altenpflege zu bemühen. Die kurörtlichen Heime suchten ständig Personal, es war kein Hindernis, wenn man ungelernt war oder über keinerlei Praxis verfügte. In dieser Branche vertraute man den ursprünglichen weiblichen Eigenschaften: sauber, freundlich, fleißig, gut! Besonders das »Seniorenheim Waldsee« sprach in seinen Annoncen den bekannterweise bei Frauen besondes stark ausgeprägten Pflegetrieb an:

Wenn Sie zwischen 40 und 55, sauber, arbeitswillig und gesund sind, dann melden Sie sich bei uns. Alte und kranke Menschen pflegen, ihnen Liebe und Aufmerksamkeit schenken, ist eine erfüllende Aufgabe für Frauen, die auch im fortgeschrittenen Alter ihrem Leben einen Sinn geben wollen.

Die enge Verbindung zur Kirche fand sich in dem Schlußsatz: *Geben ist seliger denn nehmen.*

Das »Altenheim Seeblick« entpuppte sich als Haus der mittleren Kategorie, lag außerhalb der Stadt und wurde auf privater Basis von Frau Elvita Kontenreiter geführt. Von außen wirkte es sehr hübsch, fast wie ein kleines Herrenhaus, mit geschwungenen Treppen und schmiedeeisernen Balkonen, einem großzügigen Portal und der breiten Veranda, die dem Speisesaal vorgelagert war.

Seinen Namen hatte es von einem winzigen Teich, der früher der Stadt zur Fischzucht gedient hatte, danach jedoch Erholungszwecken zugeführt worden war. Leider hatte man die alten, schattenspendenden Uferbäume, die der Szenerie etwas Romantisch-Abgeschiedenes gegeben hatten, abgeholzt und damit den Blick auf die Durchgangsstraße freigelegt. Seitdem war der Aufenthalt am See bei sommerlicher Hitze nicht mehr möglich. Die alten Leute, die ihre Nachmittage früher im lichten Schatten der Bäume verbracht hatten, blieben nun im Aufenthaltsraum hocken, wo sie vor den flimmernden Bildschirmen vor sich hindösten.

Am frühen Abend schlurften sie nach alter Gewohnheit an das Teichufer, um die Enten mit den Brot- und Essensresten zu mästen, die sie tagsüber gehortet hatten. Die Enten starben regelmäßig an Überfütterung und mußten aus dem Wasser gefischt werden, das mit aufgequollenen Brotresten übersät war, aber das mußte eben in Kauf genommen werden. Den Heiminsassen die Entenfütterei und somit die einzige Abwechslung, die sie hatten, zu lassen und regelmäßig die Tierkadaver aus dem Wasser zu fischen, kam billiger, als es jede andere Beschäftigungstherapie gewesen wäre.

Hanna schritt durch das Hauptportal und betrat die Halle. Das schöne alte Haus war innen brutal modernisiert worden. Man hatte es nahezu total entkernt und alle Naturstoffe so konsequent durch Kunststoff ersetzt, bis diese in Resopal gegossene Gleichförmigkeit entstanden war, die unter der Bezeichnung »pflegeleicht« als unverzichtbar gilt.

Wie einst Fita, so stellte auch Elvita Kontenreiter mit dem ersten Blick auf Hanna zufrieden fest, daß hier eine Person vor ihr stand, die handfest und bescheiden war, sich vor Arbeit nicht fürchtete und offensichtlich keine Flausen im Kopf hatte. Der Zustand ihrer Hände wies sie für die Heimarbeit als bestens geeignet aus.

Elvita Kontenreiter stellte Hanna ein paar Fragen und erfuhr voller Zufriedenheit, daß Hanna ausgebildete Krankenschwester war, jahrzehntelang einen großen Haushalt mit allen anfallenden Arbeiten ohne Hilfe geführt und ihre heute achtzigjährige

Schwiegermutter betreut hatte. Ob diese Schwiegermutter pflegebedürftig war (und wenn ja, in welchem Stadium), interessierte Elvita Kontenreiter nicht. Dafür interessierte sie um so mehr die Tatsache, daß Hanna seit sechsundzwanzig Jahren quasi unbezahlte Arbeit leistete. Man würde den für Altenpflege gezahlten Hungerlohn noch um einiges drücken können. Leute wie Hanna, die ihr Leben lang umsonst geschuftet hatten, besaßen kein Gefühl für den Wert ihrer Arbeit und nahmen jeden Lohn wie ein unverdientes Almosen entgegen.

Elvita Kontenreiter besaß die für ihren Beruf unerläßliche Kollektion verschiedenster Lächeln und schenkte Hanna zum Abschied das schönste aus der Kategorie »warmherzig«. Sie hätte auch das Lächeln »Zuversicht« (das schaffen wir schon) oder das Lächeln »freundliche Herablassung« (na, wir werden es halt mal versuchen) wählen können, aber sie wußte, daß sie mit Hanna einen selten guten Fang gemacht hatte.

»Ich bin sicher, wir werden gute Freunde werden«, sagte sie abschließend. »Wann können Sie anfangen?«

Hanna arbeitete zunächst probeweise und nur bis drei Uhr nachmittags.

»Ich möchte einfach etwas Sinnvolles tun«, log sie Fita vor. »In letzter Zeit fühle ich mich so nutzlos und unausgefüllt. Du kennst diesen Zustand ja!«

Fita kannte den Zustand nicht, aber ihr blieb nichts anderes übrig, als zustimmend leidend zu nicken. Hin und wieder, stellte sie verstimmt fest, gelang es Hanna, sie mit ihren eigenen Waffen zu schlagen. Dann kam ihr jedoch der Gedanke, daß es vielleicht nicht schlecht wäre, wenn die Schwiegertochter sich einige Kenntnisse in der Altenpflege aneignete. Eines Tages würde man sie brauchen können, und außerdem lenkte der Job von Arthur ab.

Es war nicht gut, wenn Hanna allzuviel Zeit hatte, über sich und Arthur nachzugrübeln. Arthur war ein Mann, und er brauchte seinen Freiraum, und Hanna war eine Frau, die gut daran tat, das eine Auge zuzudrücken und das zweite auf etwas anderes zu richten. Warum also nicht auf das Bett einer Pflegebedürftigen?

Ein weiterer positiver Aspekt war der, daß sie doch sicher etwas verdiente.

»Von deinem ersten Gehalt könntest du dir einen Wäschetrockner kaufen«, schlug Fita vor. »Das erspart dir Zeit für den Haushalt.«

»Ich arbeite nicht des Geldes wegen«, sagte Hanna, »sondern aus christlicher Nächstenliebe. Ich arbeite ganz umsonst!«

Sie nahm das Teetablett und ging die Treppe hinunter. Keinen Pfennig würden Fita und die Firma, die Wäschetrockner herstellte, von ihrem Geld zu sehen bekommen.

Arthur nahm die Veränderung, von der seine Bequemlichkeit, wie Hanna etwas atemlos versicherte, keineswegs betroffen sein würde, geistesabwesend zur Kenntnis. Er hatte gerade geschäftlich und privat viel Ärger, es herrschte nämlich Unruhe an der Börse und im Liebesleben. Julie hatte ihn nun bereits zum drittenmal quasi ausgeladen und sogar die erneut in Aussicht gestellte Reise ins Elsaß (mit dreieinhalbtägiger Verlängerung!) abgelehnt. Sie habe im Herbst an Fortbildungsseminaren teilzunehmen, das genaue Datum stehe noch nicht fest, sie müsse sich jedoch bereithalten. Arthur kam das Ganze reichlich suspekt vor. Julie wollte sich fortbilden, Hanna zog es in irgendeine Krankenstation...

Ach, diese Weiber mit ihrem ewigen Firlefanz.

»Mutter fühlt sich nicht ausgelastet«, erzählte er Sophia, die anrief, um kundzutun, daß sie im nächsten Jahr getrennt von ihrem Mann Urlaub machen wolle, und nach der Wohnung am Bodensee fragte.

»Bodo wird immer unerträglicher. Ich muß demnächst mal kommen und mich aussprechen.«

»Mit Mutter wird es auch immer schwieriger«, seufzte Arthur. »Denk dir, das neueste ist, daß sie in einem Pflegeheim arbeiten will!«

»Na, seit wir Kinder aus dem Haus sind, hat sie ja auch kaum noch was zu tun«, sagte Sophia. »Aber warum muß es denn ausgerechnet so ein schreckliches Heim sein?«

Sie machte eine Pause, und Arthur hörte ein Feuerzeug klikken.

»Ich überlege übrigens ernsthaft, wieder in den Beruf zurückzukehren«, fuhr sie fort. »Aber vorher müßte privat einiges geklärt werden.«

»Verstehe«, stimmte Arthur zu. »Und denke daran, wenn es ernst wird, sind wir immer für dich da. Ich, und Mutter sowieso.«

»Ich denke, Mutter will Karriere machen«, sagte Sophia und lachte ihr typisch ironisches Lachen.

»Na, das ist doch nichts Wichtiges. Wenn sie wieder eine wirkliche Aufgabe hätte, würde sie das mit dem Pflegeheim doch sofort aufgeben«, sagte Arthur. »Schließlich geht die Familie immer vor! Mutter wäre doch die letzte, die das nicht so sähe.«

Jeder erfüllte Wunsch erzeugt einen neuen.
Chinesische Weisheit

Die zugedeckte Bahre, die von zwei gleichgültigen Pflegern aus der Tür getragen wurde, so daß Hanna, die gerade eintreten wollte, zurückweichen mußte, war für den ersten Arbeitstag ein schlechtes Omen. In der Nacht war die alte Frau Merwitz gestorben, und zwar ganz plötzlich und ohne vorher krank gewesen zu sein.

Elvita Kontenreiter hatte den Tod der Heiminsassin wütend zur Kenntnis genommen, denn die alte Merwitz war eine der besser Betuchten, die die komfortablen Einzelzimmer zum Garten hin bewohnten. Außerdem war sie adelig gewesen, und ihr Adel hatte das gesamte Heimniveau gehoben, so daß man ihn zu Werbezwecken nutzen konnte. »Natürlich sind wir nicht ganz billig, aber wir bewegen uns auf einer gehobenen gesellschaftlichen Ebene. Da wäre zum Beispiel Olga Gräfin von Merwitz zu nennen ...«

Aber davon einmal abgesehen, war ein plötzlicher Tod immer lästig. Außerdem mußte er möglichst vertuscht werden, da er ein ungutes Licht auf ein Haus warf und sich das »Seeblick« als privates Heim ohnehin nicht des besten Rufes erfreute.

In letzter Zeit kam es in Häusern dieser Art häufiger vor, daß die alten Leute von ihren Pflegern umgebracht wurden, nachdem sie sich deren Vertrauen erschlichen hatten. So etwas brachte die Presse immer groß heraus, und Elvita Kontenreiter konnte sicher sein, daß am Sonntag darauf Verwandte erschienen, um die

Heimleiterin nach dem üblichen Spaziergang zum Ententeich scharf zu mustern.

»Mein Vater war heute völlig geistesabwesend«, hieß es dann zum Beispiel mit drohendem Unterton. »Bei meinem letzten Besuch hat er doch noch einen ganz forschen Eindruck gemacht. Diesmal konnte er sich nicht einmal mehr an meinen Namen erinnern!«

Daß die alten Leute die Namen ihrer engsten Verwandten vergaßen, kam häufig vor, aber das lag nicht am Heim, sondern an den Besuchern selbst, die sich mit den Jahren immer seltener blicken ließen. Dummerweise konnte Elvita Kontenreiter dies den Verwandten jedoch nicht sagen, sondern war gezwungen, das Lächeln aus der Kategorie »Haben Sie vollstes Vertrauen« aufzusetzen, eines jener Lächeln, die besondes anstrengend waren und bereits nach kürzester Zeit in den Mundwinkeln schmerzten.

Elvita Kontenreiter wich gewöhnlich auf den Wetterwechsel aus, der bei den alten Herrschaften Kreislaufschwäche und leichte Verwirrungszustände hervorrufen konnte, eine Erklärung, die von den meisten Besuchern akzeptiert wurde. In Wirklichkeit war die Verwirrung der Heiminsassen darauf zurückzuführen, daß sie mit Beruhigungsmitteln gefüttert wurden, um den reibungslosen Ablauf des Heimalltags zu gewährleisten, und um sie nach einem viel zu früh verabreichten Abendessen problemlos in die Betten zu kriegen. Wenn die Verwandten dann plötzlich und unerwartet auf der Matte standen, konnte es natürlich vorkommen, daß die Alten die eigenen Kinder nicht wiedererkannten.

Elvita Kontenreiters Leben als Heimleiterin wäre wesentlich einfacher verlaufen, wenn man die Besucher zu der vorherigen Anmeldung eines Besuches hätte zwingen können. Dann wäre es möglich gewesen, den betreffenden Heiminsassen auf das bevorstehende Ereignis vorzubereiten, ihm die Namen seiner Verwandten ins Hirn zu hämmern und ihn insgesamt ein bißchen auf Trab zu bringen. Einzig der Unvernunft der Angehörigen war es also zuzuschreiben, daß sie bei ihren Besuchen einen vor sich hindösenden Alten vorfanden der, vollgepumpt mit Valium, im Sessel hing und seinen Mittagspapp verdaute.

Durch das plötzliche Ableben der Gräfin war der heutige Vormittag aus den Fugen geraten. Schwester Monika wurde angewiesen, die Heiminsassen zum Teich zu führen, damit sie aus dem Weg waren, wenn Zimmer 15 gründlich gelüftet und desinfiziert wurde. Außerdem sollten sie nicht zugucken, wenn die persönlichen Habseligkeiten der Verstorbenen zusammengepackt wurden.

Es war nicht gut, wenn die Lebenden zuviel über die Toten nachdachten, das gab immer Ärger mit plötzlichen Durchfällen oder Bettnässerei, ganz zu schweigen von Wahnideen und Anrufen zu Hause.

Schwester Monika führte die Alten zum Teich, verteilte sie auf den Ruhebänken und wies sie an, sitzen zu bleiben, bis sie wieder abgeholt würden. Es war ein klarer, lichter Herbsttag, und man konnte hoffen, daß sie sich ruhig verhalten und nicht etwa zum Heim zurücktippeln würden.

»Sie sind wie die Kinder«, sagte Monika wenig später zu Hanna, der sie beim Säubern des Zimmers helfen sollte. »Wie Dreijährige, nur daß sie sich leichter einschüchtern lassen und einen nicht mit Tellern bewerfen, wenn sie das Essen nicht mögen. Ich habe zwei Jahre in einem Kinderhort gearbeitet und weiß, wovon ich spreche!«

Hanna zog mit Schwung das Bett ab und warf die Laken auf den Flur hinaus. Wie meist in den letzten Monaten war sie innerlich mit Julie Fischbach beschäftigt und hörte kaum zu, was Monika sagte. Monika gefiel ihr nicht besonders. Sie hatte etwas Blechernes in der Stimme und war ebenso nervtötend wie jene Kleinkinder, vor denen sie geflohen war. Monika schien von der panischen Angst erfüllt, daß der andere eine etwaige Atempause nutzen würde, um seinerseits das Wort zu ergreifen, weshalb sie es sich angewöhnt hatte, Atempausen zu unterlassen. Sie setzte sich auf das Fensterbrett, streckte die Beine von sich und ließ sich über die Besonderheiten des Heimalltags aus.

Monika war keine ausgebildete Schwester, sondern zu einer solchen ernannt worden, weil es einen besseren Eindruck machte. Und von guten Eindrücken war Elvita Kontenreiters eigenes Alter abhängig, das nicht in einem Heim wie diesem stattfinden sollte. Sie plante, noch etwa fünf Jahre so weiterzumachen und genügend Geld zu scheffeln, um ihren Ruhestand in einem gutgeführten Hotel am Luganer See verbringen zu können. An sich hatte sie gehofft, ihr Haus noch zehn Jahre weiterführen zu können, was ihr zu einem stattlichen Kapital verholfen hätte, aber die guten Zeiten für Privathäuser waren vorbei. In den letzten Jahren war das »Seeblick« oft unterbelegt gewesen, und überdies munkelte man, daß die Stadt ein weiteres Seniorenheim oben an der Heinrich-Heine-Allee plante. Es sollte ein Fünfhundertbettenheim mit eigener Pflegestation werden, und ehe dieses Projekt in Angriff genommen wurde, mußte sie aus dem »Seeblick« herauspressen, was sich nur eben herauspressen ließ. Dann wollte sie das Haus verkaufen und sich für den Rest ihres Lebens in Lugano von dem Anblick bettnässender Greise erholen. Das Luganer Hotel bot die Besonderheit, daß man sich eine kleine Suite kaufen und den gesamten Hotelservice in Anspruch nehmen konnte, ohne sich irgendeiner Ordnung fügen zu müssen. Das Haus wurde international geführt und bot Abwechslung jeglicher Art. Elvita hatte eine der Suiten bereits gekauft und teuer vermietet, aber sie wollte natürlich auch über ausreichend Bargeld verfügen, wenn sie in Lugano einzog, und deshalb hatte sie kürzlich die Stellen einer Putzfrau und einer der Betreuerinnen abgebaut.

»Sie bildet sich ein, daß ich jetzt für zwei arbeite«, fuhr Monika in ihrem Monolog fort, »aber da hat sie sich geschnitten. Bei nächster Gelegenheit suche ich mir etwas anderes! Warum sind

Sie denn hier?« Sie wartete Hannas Antwort jedoch nicht ab, sondern beantwortete die Frage gleich selber.

»Zu Hause ist es zu langweilig, stimmt's? Oder haben Sie das Geld nötig? Wenn es so ist, kann ich Ihnen nur raten, sich einen anderen Job zu suchen, denn hier arbeiten Sie praktisch umsonst. Die Kontenreiter zwackt ab, was sie kann, und der ständige Umgang mit den Alten, die sowieso nichts mehr mitkriegen, läßt sie immer frecher werden. Die ist schon so weit, daß sie sich gar nicht mehr vorstellen kann, daß es noch Menschen gibt, die imstande sind, richtiges Essen von Grießbrei und tausend Mark von hundert zu unterscheiden. Aber mit den Alten hier kann sie's ja machen, wenn die sich mal bei ihren Verwandten beschweren, dann wird gelächelt und beschwichtigt.«

Monika sprang vom Fensterbrett, legte den Kopf schief und imitierte das Lächeln Marke »nachsichtige Güte« so perfekt, daß Hanna widerwillig lachen mußte.

Monika sah auf die Uhr und schlug sich mit der Hand gegen die Stirn. »Oh, vom Turme hoch, schlägt's Mittag schon ... Ich muß unsere Lieben abholen gehen. Zeit fürs Päppchen!« Eilig verließ sie den Raum. »Tschüs, bis morgen! Es war nett, mit Ihnen zu reden!«

Hanna nickte ihr abschiednehmend zu. Sie war kein einziges Mal zu Wort gekommen.

Monika hatte die alten Leute in ihre Zimmer getrieben, wo sie sich vor dem Essen »frisch« machen sollten, was die meisten jedoch nicht taten. Ungewaschen schlurften sie den Gang, den sie gerade erst entlang gekommen waren, wieder zurück und drängten sich in den Speisesaal. Hier nahm Hanna sie in Empfang. Es gehörte zu ihren Aufgaben, Gebrechliche zu stützen und beim Füllen der Teller zu helfen, eine Aufgabe, die ihr nicht allzu schwer erschienen war.

Als sie die Alten jetzt jedoch kommen sah, erschrak sie zutiefst. Hanna war Fita gewohnt, die selbst in ihren »Leidenszeiten« eine appetitliche Erscheinung war und ihre ureigene Persönlichkeit auch im Alter nicht verloren hatte. Sie kannte Fitas Freundinnen, die, obwohl sie alle die Siebzig überschritten hatten, interessiert und vital waren und regelmäßig zu Besuch kamen, um von den Reisen zu erzählen, die sie unaufhörlich unternahmen. Aber sie lebten alle zu Hause und hatten ihre Entscheidungsfreiheit behalten.

Was hier jedoch in den Raum schlurfte, war das Ergebnis eines jahrelangen Reglements, das den Leuten jegliches Selbstbestimmungsrecht genommen und sie zum angeblich eigenen Vorteil entmündigt hatte. Sie waren zu Gegenständen geworden, die, in Mehrbettzimmer gepfercht, platzsparend verwahrt wurden.

Am Ende der zweiten Arbeitswoche stellte Hanna mit Entsetzen fest, daß das Mitleid, das ihr die Arbeit anfangs erleichtert hatte, bereits verbraucht war. Sie hatte sich bemüht, mit den alten Leuten besonders freundlich und höflich umzugehen, sie hatte sich ihre Namen eingeprägt und sie eher wie Hotelgäste als wie Heiminsassen behandelt, aber dann merkte sie, daß die Alten es nicht zu schätzen wußten und ihr Entgegenkommen nicht mit freundlicher Dankbarkeit, sondern mit erhöhten Forderungen und nicht endenwollendem Gequengel beantworteten.

»Ich sag doch, sie sind wie die Kinder«, erregte sich Monika, die kein überflüssiges Wort mit ihnen wechselte, sondern sie barsch antrieb. »Gib Ihnen ein Bonbon, und sie wollen die ganze Tüte, gib ihnen die ganze Tüte, und sie wollen zwei, gib ihnen zwei, und sie kotzen dir den Teppich voll.«

Sie unterbrach sich. »Was haben Sie eigentlich mit der Kontenreiter ausgemacht?«

»Ach, wir sind das ganz lässig angegangen«, sagte Hanna. »Erst mal vier Wochen Probezeit und halbtags, später eventuell auch ganze Tage.«

»Und wieviel Knete?«

»Wie bitte?«

»Wieviel Mäuse, Moos – wieviel verdienen Sie?«

»Davon haben wir nicht gesprochen«, sagte Hanna verlegen. »Es sind doch nur vier Wochen und halbe Tage und Probezeit, sie wird mich schon nicht übervorteilen.«

»Nicht übervorteilen?« Monika starrte Hanna an, als ob sie eine Geisteskranke vor sich hätte. »Sie arbeiten 28 Stunden die Woche, macht bei nur 15 Mark Stundenlohn 1680 Mark; Sie werden sehen, sie gibt Ihnen nicht mal die Hälfte! Wollen Sie übrigens bleiben?«

»Nein!« antwortete Hanna.

Selbst wenn Elvita Kontenreiter ihr gar nichts für ihre Tätigkeit zahlen würde, so hatte sich ihr Gastspiel im »Haus Seeblick« doch gelohnt, denn es hatte ihr drei wichtige Erkenntnisse eingebracht:

* Ihr Potential an Mitleid hatte sich in sechsundzwanzig Jahren als Ehefrau, Mutter und Schwiegertochter so gut wie verbraucht. Der Speicher war leer.

* Je länger sie im »Seeblick« war, um so häufiger geschah es, daß sich in dem Gesicht einer mürrischen Alten ihr eigenes spiegelte, was außerordentlich gespenstisch war.

* Von einer Stunde auf die andere ging ihr plötzlich die Perversität auf, die darin steckte, hier im »Haus Seeblick« dem eigenen Schicksal entgegenzuarbeiten.

Elvita Kontenreiter war nicht erstaunt darüber, daß Hanna nicht bleiben wollte. Auch wenn ihre Hände noch so rauh waren, sie kam aus der Heinrich-Heine-Allee und bewohnte dort oben das stolzeste Haus, und Leute mit dieser Adresse stiegen selten ins Tal, um alten Leuten den Hintern zu wischen.

Trotzdem bedauerte sie Hannas Ausscheiden, denn sie war eine gute Arbeiterin gewesen, wenn auch ihr Umgang mit den Alten zu persönlich und deshalb zu kraftzehrend war. Elvita

Kontenreiter achtete streng darauf, daß die Energie, die dafür eingesetzt werden sollte, die langen Gänge spiegelblank zu halten (was auf Besucher einen guten Eindruck machte), nicht für unnötige Beschäftigung mit den Heiminsassen selbst verpulvert wurde. Auch hatte sie Hanna mehrmals bitten müssen, nicht jeden Extrawunsch zu erfüllen.

Denn jeder erfüllte Wunsch erzeugte einen neuen, ein chinesisches Sprichwort von großer Weisheit. Elvita Kontenreiter hatte dies kürzlich wieder am eigenen Leibe erfahren müssen: Kaum hatte sie die Suite in Lugano abbezahlt, schon quälte sie die Gier nach einer zweiten. Es wäre schön, die eine zu bewohnen und die andere zu vermieten und das Privatvermögen für Notfälle zu schonen. Elvita Kontenreiter dachte nach und kam zu dem Schluß, daß Hannas Dienste mit einem Tausendmarkschein mehr als üppig bezahlt waren. Sie drückte ihr das Geld am letzten Tag einfach in die Hand, und Hanna schämte sich, vor ihren Augen nachzuzählen.

»Schade, daß es nicht geklappt hat«, sagte Elvita Kontenreiter mit dem Lächeln der Kategorie »mildes Bedauern« zum Abschied zu Hanna. »Sie hatten so eine nette und natürliche Art. Unsere alten Leutchen werden Sie vermissen!«

»Das werden sie nicht«, meinte Hanna. »Sie sind schon zu abgestumpft, um Regungen dieser Art zu verspüren. Außerdem«, fügte sie mutig hinzu, »verabreichen Sie ihnen meiner Meinung nach zu viele Tabletten.«

Diesen Vorwurf hatte Elvita Kontenreiter schon zu oft gehört, als daß er sie noch hätte treffen können. Dennoch fand sie, daß sich Hanna eine Spur zuviel herausnahm.

»Ihre hier erworbenen Kenntnisse können Sie ja vielleicht in einigen Jahren gut verwenden«, sagte sie mit fein-ironischem Lächeln Marke »Du wirst noch an mich denken«. »Wie ich hörte, plant die Stadt auf dem Wiesengrundstück direkt neben Ihrem Haus ein Alters- und Pflegeheim. Der dazugehörige Garten wird direkt an Ihren grenzen. Vielleicht finden Sie ja dort ein neues Betätigungsfeld«, fügte sie boshaft hinzu.

Doch zu ihrer großen Überraschung schien Hanna diese niederschmetternde Nachricht eher zu erleichtern.

»Sind Sie sicher?« fragte sie.

Elvita Kontenreiter nickte zustimmend. »So gut wie sicher«, sagte sie.

»Das freut mich von Herzen!« rief Hanna, und Elvita Kontenreiter dachte, daß sie wirklich nur noch mit Verrückten zu tun hatte. Es wurde Zeit, daß sie nach Lugano kam.

Beschwingt, wie nach einem Glas Sekt, verließ Hanna das Haus. Draußen auf dem Kiesweg kam ihr, vom Ententeich zurückkehrend, eine kleine Prozession alter Frauen entgegen. Sie lächelte ihnen zu, aber keine einzige lächelte zurück. Hanna warf ihnen einen letzten aufmerksamen Blick zu. Nein, die alten Frauen hatten nicht mehr ihr eigenes Gesicht.

Sie ähnelten Julie.

Das Alter ist eine Maske,
die das Leben uns zu tragen zwingt.
Dahinter bleibt man derselbe.
Simone de Beauvoir

Unzufrieden blätterte Arthur in seinem Terminkalender herum, wobei er feststellte, daß das letzte »Meeting« bereits erschreckend lange her war.

Die anfängliche Erleichterung darüber, daß Julie ihre lästigen Forderungen eingestellt hatte, war einer diffusen Verunsicherung gewichen. Auffallend oft hatte sie in der letzten Zeit ein Treffen abgelehnt.

Arthur, dessen gesamtes Denken dem wirtschaftlichen Aspekt unterlag, hatte auf einmal den nagenden Verdacht, daß ihm unbemerkt wichtige Marktanteile abhanden gekommen waren.

Natürlich war er selbst nicht ganz schuldlos daran. Er hatte sich zu sehr darauf verlassen, daß das einmal in Gang Gebrachte von selbst laufen würde, und zum Beispiel die Werbung sträflich vernachlässigt. In »J« und das dazugehörige »Meeting« mußte dringend investiert werden. Das Problem vertrug keinerlei Aufschub. Er rief Julie an.

Julie war bestens gelaunt, und wie sooft in letzter Zeit hatte sie es eilig.

Nein, an diesem Wochenende gehe es auf keinen Fall, aber am darauffolgenden gern. Sie erwarte ihn Samstag ab elf. »Und sei nicht böse. Ich bin auf dem Sprung! Mach's gut!«

Arthur sagte zähneknirschend ein Treffen mit Karin ab und begab sich an dem verabredeten Samstag morgen schlecht gelaunt nach Marbach.

Es war ein feucht-schwüler Oktobertag, ganz untypisch für die Jahreszeit, und Arthur fühlte sich kribblig und gereizt. Zudem paßte es ihm absolut nicht, daß es Julie war, die neuerdings die Termine setzte. Er hatte ihr ein Wochenende mit anschließendem Montag in Aussicht gestellt, in der festen Erwartung, daß sie vor Freude umfallen würde, aber sie hatte ihrerseits erst einen Blick auf den Terminkalender werfen müssen und dann bedauert. Montag müsse sie besonders früh raus und bräuchte den Sonntagabend für sich.

Dann hatte sie auch noch die Frivolität besessen, sich seiner eigenen Worte zu bedienen. »Aber das ganze Wochenende habe ich Zeit für dich. Wir werden es so richtig gemütlich haben!« Wenn Arthur nicht immer wieder die Erfahrung gemacht hätte, daß Weiber, die sich beleidigt in ihrem Schmollwinkel verkrochen hatten, beim kleinsten Zückerchen, das man ihnen bot, sofort und strahlend wieder auftauchten, wäre er direkt verunsichert gewesen. So beunruhigte ihn lediglich der Gedanke an Zeit und Kosten, die er in die nun notwendig gewordene Werbekampagne investieren mußte.

Pünktlich um elf stieg Arthur am Samstag morgen aus dem Fahrstuhl und registrierte irritiert die Veränderung, welche der obere Hausflur erfahren hatte. Er glich weniger einem Treppenhaus als einem Dschungel. Der gesamte Raum vor dem wandhohen Fenster war mit Blattpflanzen zugestellt.

Normalerweise war Arthurs visueller Sinn schwach ausgeprägt. Er registrierte weiblichen Sexappeal, Autos, Pornos, Schlagzeilen, Bilder aus der Welt des Sports und Technik jeglicher Art. Auf Pflanzliches, Architektur, Kunst, Tiere, Kinder und Alte reagierte er nicht. Nicht auf Kranke und Sieche, nicht auf Not und Elend, aber auch nicht auf die Räume, in denen er sich bewegte. Er bemerkte zum Beispiel sofort den Stretchanzug, der Julies Formen in die richtigen Dimensionen brachte, aber nicht den neuen Bezug des Sofas, auf das er sie später zog. Daß er die Veränderung des oberen Treppenabsatzes sofort zur Kenntnis nahm, war also ein sicheres Zeichen dafür, daß er sich in einem ungewöhnlich angespannten Zustand befand. Er witterte einen Feind, und er mußte ihn finden.

Beim Anblick des überdimensionalen Plakates an der Wand fühlte er sich in seinem dumpfen Verdacht bestätigt. Das Poster zeigte Julies Lachen und das Lachen eines jungen Mannes in mehreren Variationen. Das Ganze hatte etwas von einer Sektreklame.

Auf Arthur wirkte es jedoch nicht in der gewünschten Weise. Sauertöpfisch stellte er fest, daß sich das abgebildete Paar bestens amüsierte und gut zu verstehen schien. Und daß beide über Reihen bemerkenswert schöner Zähne verfügten.

Aus Arthurs Unterbewußtsein stieg eine giftige Assoziation: »Auch mit den Dritten unbefangen lachen! *Gauma-Med* – das Haftpulver für den Tag und für die Nacht!«

Die Angst vor dem Alter saß Arthur weit tiefer in den Knochen, als er dies vor sich selbst und anderen zugegeben hätte, und bei den absurdesten Gelegenheiten stieg diese Panik neuerdings in ihm hoch.

Er machte einen gedanklichen Abstecher in Richtung Autohaus Mastmeier, wo er in der kommenden Woche seinen neuen Wagen in Auftrag geben wollte, und legte den Finger auf den Klingelknopf.

Er klingelte herrschsüchtig und lange.

Im Gegensatz zu Henrys Klingeln, das etwas hüpfend Fröhliches hatte, vermittelte Arthurs Klingeln etwas von dem Läuten der Gestapo im Morgengrauen. »Hier ist ein Haftbefehl!« sagte Arthurs Klingeln. »Geben Sie auf!«

Es dauerte ungewöhnlich lange, bis Julie endlich die Tür öffnete. Sie zeigte ein strahlendes Gesicht. »Ich hab gerade telefoniert, entschuldige.«

Er schluckte seinen Verdruß hinunter und zog sie in die Arme. »Daß ich dich endlich sehe!« Und flüsternd in ihr Haar hinein, so erotisch wie möglich: »Ich hab mich so nach dir gesehnt!«

Julie entzog sich ihm mit spürbarer Ungeduld.

»Komm erst mal rein. Setz dich doch.«

Beunruhigt und verstimmt registrierte Arthur Julies Zurückweisung und ihren befremdend rituellen Tonfall und beschloß, die Werbekampagne noch in dieser Sekunde zu starten.

Er versuchte zu scherzen. »Das passiert aber nicht noch einmal, daß du mich so lange zappeln läßt!«

Arthur scherzte zu selten, als daß ihm Ton und Geste auf Anhieb hätten gelingen können. Er wirkte, wie er so da stand und neckisch mit dem Finger drohte, fast ein bißchen senil. Verglichen mit Henry wirkte er überhaupt recht alt, stellte Julie gnadenlos fest. Spießig gekleidet war er auch. Daß er sich von diesen gräßlichen Anzügen nicht trennen konnte. Ihr war immer, als ob er den Mief einer ganzen Woche mit zu ihr brächte.

Arthur hatte ihren wenig hingebungsvollen Blick sehr wohl gespürt. Verunsichert betrat er den Wohnraum und setzte sich auf seinen Stammplatz auf das Sofa. Julie blieb stehen.

»Du, ich bin noch nicht dazu gekommen, einkaufen zu gehen. Mach es dir gemütlich, ich bin sofort wieder da!«

Ehe er antworten konnte, hantierte sie bereits in der Küche herum und verließ gleich darauf, einen Henkelkorb über dem Arm, die Wohnung. Im Treppenhaus schien sie dann jemanden getroffen zu haben, denn ihr Lachen klang bis zu ihm herein. Arthur erhob sich und schlich sich an den Spion: Julie schäkerte ganz ungeniert mit einem jungenhaften Typ, der, ebenfalls mit einem Einkaufskorb versehen, direkt gegenüber in der geöffneten Tür stand. Dann schlug er diese hinter sich zu, und beide bestiegen den Fahrstuhl. Sehr interessant!

Und sehr beunruhigend... Über die Balkonbrüstung gelehnt, konnte Arthur beobachten, wie die beiden, in ein intensives

Gespräch vertieft, über die Straße schlenderten und schließlich in einem Weinladen verschwanden.

Arthur ging zurück ins Wohnzimmer, legte sich auf das Sofa und schloß die Augen. Automatisch begann er zu kalkulieren.

Er hatte Julie zu lange vernachlässigt, und eine Intensivbehandlung war unumgänglich. Er entschied, ein Kompaktprogramm zu starten.

* Tägliche Anrufe
* Briefe
* Regelmäßige Treffs
* Konzert und Theaterbesuche (hier mußte Arthur säuerlich aufstoßen!)
* Kleine, aber originelle Geschenke (Arthur dachte an ein Goldkettchen mit seinem Anfangsbuchstaben)
* Eine romantische Reise zwischen den Jahren – vielleicht in die Berge, vielleicht inklusive Silvester.

Die für den 28. Dezember bereits eingeplante Nacht mit Karin aus Sindelfingen mußte dann eben wieder aus dem Programm gestrichen und die Winterreise mit Weinabenden, Schlittenfahrten und all dem Romantikkitsch, nachdem die Weiber sich verzehrten, aufgemotzt werden.

Das alles war lästig und teuer, aber es war nicht zu vermeiden. Arthur hörte die beiden zurückkommen und schlich sich wieder an den Spion. Er prallte zurück, als Julie mit Elan die Tür aufschloß, und taumelte gegen die Wand. Sie sah ihn verwundert an.

»Ich wollte dir meinen Nachbarn Henry Winter vorstellen!«

»Hallo«, sagte Henry und lachte wie auf dem Plakat. Er trug Jeans und ein schwarzes Seidenhemd. Er wirkte unbekümmert und auf zeitlose Weise jung.

»Outfit ändern«, notierte Arthur bei Henrys Anblick und fühlte sich plötzlich mit Anzug und Krawatte ausgesprochen unbehaglich. Er kam sich spießig vor. Alt!

»Guten Tag«, sagte er steif.

»Hallo«, wiederholte Henry und drängte sich an ihm vorbei in die Küche. Zusammen trugen Henry und Julie die Körbe und verschiedenen Tüten herein und räumten die Lebensmittel in die Schränke. Über die Küchentheke hinweg sah Arthur ihnen zu, wobei ihn das Gefühl überkam, daß dieser Schnösel, der ihn nicht wie Julies Liebhaber, sondern eher wie einen zu Besuch weilenden Onkel begrüßt hatte, bereits hier eingezogen war. Kam erschwerend hinzu, daß es sich ja schließlich um seine, um Arthur Vonsteins Wohnung, handelte. Aber im Moment war Arthur gewillt, diesen Aspekt der Angelegenheit nicht näher zu beleuchten.

In der Küche ging indes das muntere Treiben weiter.

»Die Eier erst mal hier in die Schüssel, die brauch ich gleich, und die Milch ist doch deine, warte, eine Flasche genügt mir. Was ist mit dem Wein...?«

»Wie zwei Weiber«, dachte Arthur angeekelt und kam sich überflüssig vor.

Er floh hinaus auf den Balkon und starrte verbittert auf die Straße.

»Möchten Sie auch einen Drink?« rief Henry über den Tresen hinweg. »Mit einem kleinen Schuß Gin? Sehr erfrischend.«

»Nein, danke!«

Der Typ benahm sich hier wie der Hausherr persönlich. Unglaublich.

»Na, dann ein anderes Mal!«

Henry ergriff sein Körbchen und küßte Julie in den Nacken. Zog er jetzt endlich ab? Nein, es war ihm noch etwas eingefallen.

»Ich hab Post von Mara Meier-Stichling, sie lädt uns zu einer Gala ein. Zwei Freikarten, hinterher Künstlertreff. Ja, und noch was zu der Ausstellung. Ich will morgen nachmittag runter zu Klärchen und ein paar Fotos dazuhängen. Ich hätte nie geglaubt, daß die Leute tatsächlich bestellen!«

Verdammt noch mal, um was ging's hier eigentlich? Arthur kam sich vor wie ein Chef, hinter dessen Rücken man das gesamte Personal ausgetauscht hatte. Er ging zurück ins Wohnzimmer und ließ sich in den Sessel fallen. Fürwahr, ein wundervolles Wochenende.

Endlich war die langwierige Zeremonie zu Ende und die Tür hinter Henry ins Schloß gefallen. Julie brachte das Abschiedslächeln, das Henry gegolten hatte, mit ins Zimmer. Ein blasser Ausläufer dieses Lächelns blieb für Arthur übrig.

Julie stützte die Hände auf die Sessellehne und sah auf Arthur hinunter.

»Und was machen wir jetzt mit dem angebrochenen Tag?«

Was hatte denn dieser Satz nun zu bedeuten? Hatte sie denn nicht gekocht? Wo war der reizende Eifer geblieben, der ihn immer so entzückt hatte? Dieser kindlich-niedliche Eifer, verbunden mit der Lust, es ihm so nett wie nur irgend möglich zu machen? Wie ein kleiner Dackel war sie ihm immer vorgekommen, der sich in unverdrossen freudiger Erwartung befindet und aufgeregt wedelnd zu seinem Herrn aufblickt. Das ganze Körperchen ein einziges sehnsüchtiges Warten auf den nächsten Befehl, und das Herz randvoll mit Liebe.

Julie war weit davon entfernt, zu wedeln.

»Sag, was wollen wir tun?« fragte sie mit einer Spur Ungeduld in der Stimme.

Verunsichert erhob Arthur sich vom Sofa, wobei er das gequälte Seufzen, das jegliches Aufstehen neuerdings begleitete, mit Mühe unterdrückte. Er nahm sie in den Arm.

»Ja, wollen wir irgendwo eine Kleinigkeit essen gehen? Und hinterher vielleicht ein bißchen spazieren? Es muß ja kein Gewaltmarsch werden«, schränkte er vorsichtshalber ein.

Julie warf ihm einen kritischen Blick zu.

»Na gut«, sagte sie schließlich. »Ich kenne ein nettes Lokal hier gleich um die Ecke. Henry und ich sind öfter mal da.«

»Henry?«

»Mein Nachbar von eben.«

»Ach, der junge Mann, ja!«

Arthur beschloß, das Henrythema auf morgen früh zu verschieben. Er mußte erst einige der Felle, die ihm da unbemerkt davongeschwommen waren, wieder an Land ziehen. Und nachts fischte es sich am erfolgreichsten.

»Henry wirkt jünger als er ist.«

Julie streifte Arthurs Anzug mit einem kritischen Blick.

»Sag mal, mußt du eigentlich immer so konservativ rumlaufen? Wo ist eigentlich die Lederjacke geblieben, die ich dir mal geschenkt habe? Und der blaue Rollkragenpulli?«

Jacke und Rollkragenpulli waren in Sindelfingen deponiert, beide hatten seinen Schrank in der Heinrich-Heine-Allee nie erreicht. So naiv Hanna auch war, man mußte das Öl ja nicht unbedingt ins Feuer gießen. Zudem es immer gut war, bei den verschiedenen Adressen kleine Kleiderdeponien zu unterhalten. Je geringer das Gepäck ist, mit dem der Mann »auf Reisen« geht, um so unverdächtiger wirkt er.

Zudem hatte Arthur die Erfahrung gemacht, daß die Weiber es gern hatten, wenn er ein Hemd oder einen Morgenmantel bei ihnen zurückließ. Es machte sie auf eine merkwürdig dämliche Weise glücklich.

In seine Gedanken hinein sagte Julie: »Ja, was ist, gehen wir?«, was eine Spur herablassend klang.

Das Lokal, in das sie ihn führte, war sehr klein und wurde vorwiegend von jungen Leuten besucht, die sich benahmen, als ob sie bei sich zu Hause wären. Der Kellner, ein betont lässiger Typ, der sein dünnes Haar mit Hilfe eines Gummibandes zum Pferdeschwanz zusammengepfriemelt hatte, befleißigte sich jenes legeren Tones, dem sich Arthur schon in jungen Jahren nicht so recht gewachsen gefühlt hatte. Typen dieser Art fühlte er sich stets auf eine nicht näher definierbare Weise unterlegen.

Er lächelte gequält, als sich der junge Schlaks nun zu ihnen herunterbeugte.

»Und was darf ich euch bringen?« fragte er, wobei er Julie auf die gleiche vertrauliche Art anlächelte, die Arthur bereits bei Henry mißfallen hatte.

Julie lächelte ebenso vertraulich zurück.

»Was gibt's denn heute zu essen, Jean?«

»Ratatouille und gefüllte Auberginen.«

»Zweimal Auberginen und zwei Rosé.«

Die Auberginen wurden umgehend gebracht. Der Rosé war mäßig und zu warm. Arthur beschloß, dies zu übersehen.

»Die Vernissage neulich war übrigens *das* Ereignis!« sagte der Typ mit dem Pferdeschwanz. »Wir haben noch bis vier Uhr morgens getagt. Gino überlegt, ob er eine Vergrößerung des Fotos mit den Schaufensterpuppen als Hintergrund für die Theke nimmt. Wir sprechen noch darüber!«

Während Arthur an den Auberginen würgte und dachte, daß sie zu jener Kategorie von Essen gehörten, auf die Lokale dieser Art sich immer etwas einbildeten (gequält originell und schlecht zubereitet), und dazu ein widerlich öliges Knoblauchbrot kaute, erzählte Julie von der Fotoausstellung im Stadtcafé, die sie zusammen mit Henry arrangiert hatte.

Sie berichtete ausgiebig und begeistert davon. Ihre Wangen glühten, in ihren Augen war jener Glanz, in den Arthur sich einst verliebt hatte.

Im Zuge der Werbekampagne verbot er sich, sie zu unterbrechen. Arthur nickte also stumm und so wohlwollend wie möglich.

Als sie endlich fertig war, warf er ihr einen Blick zu.

»Dieser Henry scheint dir sehr viel zu bedeuten!«

»Ja, das tut er.«

»Und warum?«

»Er schenkt mir Kostbarkeiten.«

»Er schenkt dir...«, Arthur kämpfte mit einem Erstickungsanfall, »er schenkt dir *was*?«

»Das Kostbarste, das es gibt, *Zeit*!«

An diesem Satz hatte Arthur zu würgen.

Die Dame wünschte sich Zeit! Und sie bekam sie! Von Henry!

Vorübergehend beschlich ihn das Gefühl, das Spiel zu verlieren. Er hatte einen bitteren Geschmack im Mund.

Übergangslos überfiel ihn das dringende Bedürfnis, dieses gräßliche Lokal zu verlassen. Aber Julie verspürte noch Lust auf einen Kaffee, den man doch, wie Arthur verbittert dachte, wirklich gemütlicher zu Hause trinken könnte.

»Da trinken wir einfach noch einen«, sagte sie frivol, als er sie vorsichtig darauf hinwies.

Er senkte die Stimme: »Es geht doch gar nicht um den Kaffee, ich möchte endlich mit dir allein sein!«

Julie schien dieses Bedürfnis nicht zu teilen.

Nachdem Arthur die Rechnung beglichen hatte und beide auf die von Arthur gewünschte Quittung warteten, hielt sie sich endlos an der Theke auf und schäkerte mit der halben Belegschaft des Lokals herum. Es waren alles sehr junge Leute, und wieder kam Arthur sich reichlich überflüssig vor. Heute war nicht sein Tag!

Der Schlaks mit dem Pferdeschwanz brachte die Quittung, und Arthur registrierte verblüfft, daß er den Rechnungsbetrag um einen satten Hunderter erhöht hatte.

»Danke!« sagte er und nickte dem jungen Mann anerkennend zu.

Der blieb cool und zuckte die Schultern.

»Ihre Tochter ißt sehr oft hier«, sagte er. »Und immer ohne Quittung.«

Bong! Mitten ins Gesicht! Es drängte ihn hinaus an die Luft. Um Himmels willen, um was ging's hier eigentlich?

Der Irrtum mit der Tochter hatte ihm bisher immer geschmeichelt, doch heute traf er ihn wie ein Fausthieb in den Magen. Das Herz war auch in Mitleidenschaft gezogen, es schlug unregelmäßig und hart. Nervös suchte er in der Jackentasche nach seinen Tabletten.

Dann wischte er sich den Schweiß von der Stirn. Seit Tagen war es ungewöhnlich schwül, und ein fernes Donnern kündigte den lange fälligen Wetterwechsel an. Es war Mitte Oktober, und Arthur sehnte sich nach der Frische und der Dunkelheit des Winters. Dieser endlose Sommer zehrte an seinen Nerven.

Das Gewitter kam abends gegen elf und ähnelte einem mittleren Weltuntergang. Julie, die Gewitter von Kindheit an fürchtete, schmiegte sich an Arthurs breite Brust und fühlte sich warm und geborgen. Er sprach nicht, er hielt sie einfach nur fest, und Julie wußte plötzlich, daß es im Grunde nur einen wahren Hafen für sie gab: Arthur...

Außerdem stellte sie nach sehr langer Zeit wieder einmal überrascht fest, daß er noch immer ein guter Liebhaber war, einer, dessen Leidenschaft sie mitriß. Woher sollte sie auch wissen, daß ein Dritter mit im Spiel war und Arthur heimlich mit Henry rang? Und woher sollte Arthur wissen, daß es kein echtes Ringen, sondern eher ein Schattenboxen war, das er mit Leidenschaft betrieb? Daß der Gegner Henry auf einer ganz anderen Ebene kämpfte?

Das Blitzen und Donnern währte bis in den frühen Morgen hinein und trug dazu bei, in Julie das Gefühl zu wecken, daß Arthur das einzig Wahre und alles andere nur ein Hirngespinst war.

Vielleicht wäre Julies weiteres Leben anders verlaufen, wenn es auch in dieser Nacht so klebrig-schwül gewesen wäre wie in den vergangenen Nächten.

In Rom muß man wie ein Römer leben.
Französisches Sprichwort

Wenn Emanzipation bedeutete, sich von alten Strukturen und Lebensgewohnheiten zu trennen, so begann Hannas Emanzipation an ihrem letzten Tag im »Haus Seeblick«.

Denn an jenem frühen Nachmittag, an dem die Prozession alter Frauen ihren Weg kreuzte und der Tausender in ihrer Tasche knisterte, kehrte sie zwar wie gewohnt in die Heinrich-Heine-Allee zurück, jedoch nicht mehr in ihr altes Dasein.

Aus einem Leben, das der Wahrheit und dem absoluten Vertrauen gewidmet gewesen war, wechselte sie übergangslos in den Nebel der Lüge. Ein schlechtes Gewissen hatte sie nicht.

Als Hanna den Hang zum Haus hinaufstieg, spürte sie kaum die Veränderung, die mit ihr vorgegangen war, und es geschah ganz selbstverständlich, daß sie nicht nur den Besitz des Tausendmarkscheins, sondern auch das Ausscheiden aus dem Arbeitsverhältnis verschwieg.

Letzteres hatte den unschätzbaren Vorteil, täglich über freie Stunden verfügen zu können, und Hanna benötigte in den kommenden Wochen viele Stunden für sich. Denn sie hatte ein Ziel, das sie nur verborgen im Dickicht der Lüge verfolgen konnte.

Während Fita sie bei der Ausübung ihrer Pflegedienste wähnte, ein Training, das später einmal ihr, Fita, zugute kommen sollte, übte Hanna in Wahrheit etwas ganz anderes: die Freiheit.

Fortan führte sie ein geheimnisvolles Doppelleben, was ihr schon bald als ganz normal erschien.

Am nächsten Morgen verließ Hanna wie gewöhnlich gegen acht Uhr das Haus und begab sich zum Bahnhof. Die Fahrt nach Marbach dauerte exakt eine Stunde, und ohne zu zögern nahm Hanna eine der Taxen, die vor dem Bahnhofsausgang warteten. Sie öffnete den Schlag und ließ sich in die Polster fallen.

»Marktgasse 14«, wies sie den Chauffeur an. Der drehte sich zu ihr um: »In die Fußgängerzone kann ich nicht fahren, es sei denn, Sie sind gehbehindert.«

»Gehbehindert bin ich nicht«, sagte Hanna, »setzen Sie mich einfach in der Nähe ab.«

»O. k.« Der Fahrer gab Gas, und Hanna lehnte sich wohlig zurück. Sie blickte aus dem Fenster auf die Straßen, die an diesem sonnig-frischen Morgen besonders stark belebt waren.

Die Atmosphäre war anders als zu Hause in ihrem Kurbad, in dem die Menschen gelangweilt und ziellos herumschlichen, um die Zeit zwischen Frühstück und Mittagessen irgendwie hinter sich zu bringen, so daß Hanna immer den Eindruck hatte, sich in einem riesigen Krankenhaus zu befinden.

Noch besser gefiel ihr später die lebendige Fußgängerpassage, an deren Rand der Fahrer sie abgesetzt hatte. Das Haus Nummer 14 war nur ein paar Meter entfernt. Sie blieb stehen und ließ den Blick über den Gebäudekomplex wandern. Unten war eine Ladengalerie mit einem Supermarkt, einer Apotheke, einer Bankfiliale und einem Bäcker. Wie sinnvoll das alles angelegt war! Lady Juliane konnte praktisch in Hausschuhen frische Brötchen holen, mit dem Fahrstuhl zum Einkaufen fahren.

Hanna leistete sich eine heiße Welle echten, gelben Neides. Zögernd kletterte ihr Blick an der Fassade hoch, die in unregelmäßigen Abständen von begrünten Loggien unterbrochen war. Die Architektur gefiel Hanna sehr. Ihr Blick schweifte bis ganz hinauf, zu der oberen Terrasse, wo üppiges Grün über die Brüstung wucherte. Lady Juliane schien sich des berühmten grünen Daumens zu erfreuen, vielleicht beschäftigte sie aber auch einen

Gärtner. Als Mätresse eines wohlhabenden Mannes konnte sie es sich sicher leisten.

Leicht betäubt ging Hanna hinüber ins Stadtcafé, setzte sich an das Tischchen in Fensternähe und starrte auf den Eingang des gegenüberliegenden Hauses, in dem eine fremde Frau jene Wohnung besetzt hielt, für die Hanna sich abgerackert und jeden Pfennig gespart hatte.

Die Kellnerin kam. »Was darf ich Ihnen bringen?« Sie warf Hanna einen besorgten Blick zu. »Ist Ihnen nicht gut?«

»Es ist nichts, danke, aber ein Kaffee wird mir guttun.« Um die Kellnerin von sich abzulenken, sah sie sich mit gespieltem Interesse um. »Hübsch haben Sie es hier. Ein Café, so richtig im alten Stil!«

Die Kellnerin lächelte. »Ja, wir sind sehr beliebt. Aber wir kommen den Wünschen der Kunden auch entgegen. Familienfeiern, Kindergeburtstage. Kürzlich hatten wir sogar eine Vernissage«, sie wies auf die großformatigen Fotos, die die Wände schmückten, »die ein Riesenerfolg war!«

Hanna kramte die Brille aus ihrem Beutel und besah sich die Bilder genauer. Sie zeigten die Fußgängerzone im Detail und waren ungewöhnlich originell.

Besonders das Foto, das das Café selbst zeigte, gefiel ihr. Man sah ein Stück Straße, die verregnet und kalt da lag, und die spiegelnde Scheibe des Cafés. Dahinter, schemenhaft erkennbar, zwei plaudernde Damen. Durch die Kälte draußen wirkte das Innere verlockend warm und gemütlich.

Als die Kellnerin den Kaffee brachte, wies Hanna auf dieses Foto.

»Das ist am besten getroffen, man bekommt richtig Lust, einzutreten.«

Die Kellnerin nickte.

»Das sagen viele. Wir haben das Bild in die Werbung genommen. Ich schenke Ihnen eine Karte.«

Die Kellnerin verschwand hinter dem Tresen und kam mit einer Fotopostkarte wieder. Sie zeigte Straße und Café, und auf der Rückseite standen Anschrift und Name der Fotografin: Julie Fischbach.

Die Kellnerin hatte wenig zu tun, sie lehnte sich gemütlich auf eine Stuhllehne und war zu einer Plauderei bereit: »Die Ausstellung war ein solcher Erfolg, daß Frau Fischbach jede Menge Aufträge bekommen hat. Die Leute wollen Riesenvergrößerungen, um ihre Flurecken zu tapezieren, manche möchten ein Foto für ihr T-Shirt, fast alle wenigstens ein paar Abzüge. Dabei ist sie gar kein Profi«, fügte sie vertraulich hinzu, »sondern eigentlich nur eine Hobbyfotografin. Aber sie hat den richtigen Blick!«

Hannas Hand, die noch immer das Foto hielt, begann plötzlich zu zittern. Sie legte die Karte auf den Tisch und versuchte, das Beben der Hand zu verbergen.

»Eine begabte Frau«, sagte sie so ruhig wie möglich. »Welchen Beruf übt sie denn sonst aus?«

»Ich glaube, sie ist in der Auslandsabteilung einer großen Firma tätig, aber sie wollte eigentlich schon immer fotografieren. Und dann hat sie Henry Winter kennengelernt.«

»Henry Winter?«

»Ein Profifotograf, er hat ihr ein paar Tricks verraten.«

Hanna hätte gern noch in Erfahrung gebracht, ob sich das berufliche Interesse auch auf die Privatebene erstreckte, aber für heute hatte sie genug gehört. Sie mußte alles erst verarbeiten und sortieren.

»Auf jeden Fall eine schöne Idee«, sagte sie abschließend.

Eine Woche später nahm Hanna erneut im Café am Fenstertisch Platz. Sie hatte die Woche genutzt, um sich in der Stadt umzusehen. Morgen für Morgen war sie mit dem Zug nach Marbach gekommen, durch die Straßen geschlendert, hatte das Theater und die Bibliothek betrachtet und sogar dem Zoo einen

Besuch abgestattet. Auf eine nicht näher definierbare Weise fühlte sie sich mit der fremden Stadt tief verbunden.

Aus der zuverlässigen Hanna, die, stets vom schlechten Gewissen gequält, gar nicht auf die Idee gekommen wäre, jemals ein Leben in Lüge zu führen, wurde die Hanna, die kalt ihr Doppelleben genoß, die sich niemals verplapperte und unbequemen Fragen mit dem Standardsatz: »Laßt mich ein wenig in Ruh, ich bin müde«, im Keim erstickte. Wenn Arthur und Fita sie besorgt betrachteten und die Vermutung laut werden ließen, daß ihr die Krankenpflege neben dem Haushalt wohl doch zuviel werden könnte, dann entwand sie sich ebenfalls auf die bewährte Weise: Sie versprach, demnächst weniger Stunden zu arbeiten. Nur im Moment gehe es aus diesem und jenem Grunde leider nicht. Indem sie zugab, daß der Zustand nicht ideal war, beendete sie das Thema. Der stählerne Grundsatz eines jeden Profilügners, sich nur nie auf Diskussionen einzulassen, wurde auch ihr bald vertraut. Schließlich hatte sie in Arthur einen hervorragenden Lehrer gehabt.

Wie bei jedem Anfänger, der sich von der kleinen Lüge langsam zum größeren Betrug emporarbeitete, erfuhren auch Hannas Fähigkeiten mit der Zeit eine Erweiterung. Inzwischen beschränkte sie ihre freien Stunden nicht mehr auf den Morgen, sondern nahm sie sich, wie es ihr paßte: Schwester Monika war krank geworden, und sie mußte zur Spätschicht einspringen; eine Heiminsassin, die zurück nach Hause geholt worden war, sollte nachmittags besucht werden.

Hanna mißbrauchte das Gesetz der christlichen Nächstenliebe, das in diesem Hause so laut gepredigt wurde, mit einer Kaltblütigkeit, der sich weder Fita noch Arthur widersetzen konnten. Schließlich tat Hanna nur, wie ihr geheißen, obwohl Fita öfter dachte, daß es schön wäre, wenn Hanna das Wort »Nächstenliebe« etwas wörtlicher nehmen würde. Schließlich

hieß es: »Liebe deinen Nächsten«, und nicht: »Liebe irgendwelche Nächsten«. Und Hannas »Nächster« war Arthur, gefolgt von Fita.

Hanna dagegen lebte nach dem Grundsatz: »Liebe deinen
Nächsten wie dich selbst«, und da sie niemals gelernt hatte, sich
selbst zu lieben, war es nur naheliegend, daß ihr das Wohlergehen von Fita und Arthur im Grunde gleichgültig war.
Schließlich hatte sie nie aus Liebe gedient, sondern immer nur
eine Pflicht erfüllt, und weder Fita noch Arthur hatten diesen
gar nicht so kleinen Unterschied bemerkt.

Die Kellnerin näherte sich Hannas Tisch und lächelte ihr
vertraulich zu. »Kännchen Kaffee, wie immer?«

Hanna nickte. »Ja bitte, und ein Stück Streuselkuchen!«

Sie lehnte sich behaglich in ihrem Sesselchen zurück. Hier
saß sie, Hanna Vonstein, in ihrem Stammcafé. Welch magisches
Wort. Nie hätte sie gedacht, daß sie es einmal so weit bringen
würde, ein Stammcafé zu haben, mit einem Stammplatz und
einer Kellnerin, die sie wiedererkannte und ihr zulächelte. Sie
stützte den Kopf in die Hand und blickte, wie gewohnt, müßig
auf die Straße hinaus. Der Anblick des gegenüberliegenden
Hauses war ihr inzwischen so vertraut, daß es ihr kaum auffiel,
als ein Paar aus der Tür und hinaus auf die Straße trat. Erst als
sie mit eiligen Schritten auf das Café zukamen, sah Hanna näher
hin. Junge Leute, die gute Laune ausstrahlten und eifrig ins
Gespräch vertieft waren. Lachend kamen sie herein.

»Hallo, Klärchen!« Die Kellnerin lachte zurück, und Hanna
spürte einen eifersüchtigen Stich. Es gab also noch eine Steigerung: ein Stammcafé gleich gegenüber, und eine Kellnerin, mit
der man so vertraut war wie mit der eigenen Schwester.

»Wie geht's?« Der junge Mann beugte sich über die Theke
und küßte die Kellnerin auf die Wange. »Gibt's ein paar Aufträge?«

»Ja, hier!« Die Kellnerin nahm ein Auftragsbuch und reichte

es über den Tresen. »Ich hab alles notiert. Die Nachfrage läßt nicht nach.«

Die junge Frau betrachtete inzwischen die Fotos an der Wand. »Ein paar sollten wir austauschen, Henry, was meinst du?«

»Häng sie am Samstag abend auf, Julie«, sagte die Kellnerin, »dann können wir sie am Sonntag zeigen!«

Sie brachte Hanna den Kaffee, stellte ihn jedoch ohne das gewohnte Lächeln vor sie hin und wandte sich sofort wieder den beiden jungen Leuten zu.

Aber Hanna hörte nicht mehr zu, was die drei zu besprechen hatten. Sie fühlte nichts mehr außer dem Kloß in ihrem Hals und der heißen Welle, die ihr über den Rücken lief. Ihr Blick klebte an Julie.

Das also war »J«, und sie schien nichts mit jener Frau gemein zu haben, die sich auf den Urlaubsfotos gegen Schloßmauern und Kotflügel lehnte. Im Gegensatz zu jener hatte diese etwas sehr Unkonventionelles an sich. Hanna registrierte Jeans und ein lässiges Jackett über einem schwarzen Rollkragenpullover. Die langen Haare waren an den Seiten geflochten und am Hinterkopf locker zusammengesteckt. Der Mund schien stets zum Lachen bereit. Die ganze Erscheinung strahlte Jugend und Optimismus aus.

Sie war der Prototyp der jungen Geliebten, die sich nimmt, was sie begehrt.

In dem goldgerahmten Spiegel, der über dem Plüschsofa hing, traf Hannas Blick ihr eigenes Gesicht. Das Gesicht mit den müden Augen und den typischen lila Flecken.

Sie war der Prototyp der ältlichen Ehefrau, die gibt, was verlangt wird.

Hanna zahlte, verließ das Café und nahm den Siebzehnuhrzug nach Hause. Sie hatte genau eine Stunde Zeit, um in Ruhe ihre Gedanken zu sortieren. Erst jetzt, nachdem aus dem Phantom namens »J« eine Person aus Fleisch und Blut geworden war, erkannte Hanna in ihr die ernstzunehmende Feindin, die sie seit langem war. Mit kalter Sachlichkeit verglich Hanna die Möglichkeiten der anderen mit ihren eigenen und akzeptierte, daß sie keine Chance hatte, den Kampf zu gewinnen.

Hanna verglich ihre kurzen, strohigen Haare mit Julies seidigen Flechten, Julies Pfirsichhaut mit ihren lila Flecken, Julies geschmeidigen Körper mit ihren verkrampften Gliedern. Sie wog Julies Jugend gegen ihr Alter, und Arthurs Position wurde klar und verständlich.

Blieb die Frage nach Julies Position.

Julie war jung, attraktiv und vielseitig begabt. Sie schien in ihrem Beruf erfolgreich zu sein und hatte es überdies geschafft, aus einem Hobby so etwas wie ein zweites Standbein zu machen. Sie hatte Freunde wie diesen Henry, Leute, die jung waren wie sie, die zu ihr paßten und mit denen sie offenbar die Stunden verbrachte, in denen Arthur das nötige Geld verdiente, um ihr Wohnungen und Urlaubsreisen zu schenken. Wahrscheinlich, registrierte Hanna kühl, war Julie nicht so dumm, bescheiden abzuwarten, ob etwas vom Tisch der Reichen fiel, sie wollte selbst reich werden. Und Besitz erwarb man nicht, indem man darauf hoffte, daß er einem in den Schoß fiel. Besitz erwarb man sich, indem man den, der ihn besaß, kühlen Herzens aus dem Feld räumte.

Hanna fühlte, wie ihre Erstarrung der wärmenden Flamme des Hasses wich. In ihre Abteilecke im Zug gelehnt, den Blick auf die vorüberrauschende Novemberlandschaft gerichtet, faßte sie ihren Plan.

Julie sollte bekommen, was sie begehrte: Arthur. Aber umsonst bekam sie ihn nicht! Und für das, was sie Hanna angetan hatte, sollte sie bestraft werden. Die größte Strafe aber, die Hanna sich ausdenken konnte, war die, daß aus Julies Sonntagsmann Julies Alltagsmann wurde.

Sie wollte, daß Julie morgens um sieben aufstand, um die Öfen zu schüren, die Waschmaschine zu füllen und dem schweigsamen Arthur das Frühstück zu richten. Daß sie in ausgetretenen Latschen auf kalten Küchenfliesen stand, um Fitas Gemüsebrei zu rühren.

Daß sie Fitas schon lange geplanten Achtzigsten arrangierte, zu dem zehn streng urteilende Damen geladen waren, die darüber wachten, ob Julie nicht nur unermüdlich diente, sondern ob sie dies auch mit der geforderten Herzenswärme tat. Sie würden sie mit Hanna vergleichen, deren Schatten in sämtlichen Ecken des Hauses lauern und sie angrinsen würde, denn der Schatten eines Menschen, der ein Haus verlassen hat, besitzt mehr Macht, als der Mensch selbst jemals besaß. Julies Energie würde sich im Laufe der Zeit in dem vergeblichen Bemühen erschöpfen, es einer Vorgängerin gleichzutun, die sie nicht kannte und der sie aus diesem Grunde auch nicht nacheifern konnte. Julies seidiges Haar würde matt werden, und die Pfirsichfarbe ihrer Wangen häßlichen lilaroten Flecken weichen.

Dann würde Arthur sie gegen etwas Neues, etwas Unverbrauchtes eintauschen, zumal er nicht genug Phantasie besaß, in derselben Frau, die sich tagsüber als Haushälterin präsentierte, abends die Geliebte zu erkennen. Vielleicht würde Julie aber auch froh sein, wenn er sie in Ruhe ließ, weil sie es in ihrer Müdigkeit gerade noch fertigbrachte, die schmerzenden Schultern mit Franzbranntwein einzureiben. Und anstatt sich mit Arthur im Liebestaumel zu wälzen, würde sie schlaflos daliegen und über die Falle nachdenken, in die sie getappt war.

Hanna hatte noch niemals ein Geschäft getätigt, aber jetzt plante sie den Coup ihres Lebens.

Kalten Herzens beschloß sie, zu Julie zu gehen, um ihr Arthur wie einen vergifteten Köder zum Tausch anzubieten: Arthur plus Villa gegen Eigentumswohnung und Unterhalt. Was Arthur bisher in Julie investiert hatte, konnte er künftig an Hanna überweisen, und wenn er es finanziell nicht schaffte, so konnte Julie dazuverdienen.

Vielleicht würde sie in dem Kurbad ihrem Beruf als Auslandskorrespondentin nicht nachgehen können, aber abends, wenn Fita versorgt und Arthur in seinem Arbeitszimmer verschwunden war, konnte sie ein paar Stunden Pflegedienst tun.

Es war bereits stockdunkel, als Hanna den Weg vom Bahnhof durch den Kurpark nahm und später die Treppen zur Villa Vonstein hinaufstieg. Automatisch registrierte sie das Licht rechts außen im ersten Stock und das Licht links unten im Parterre. Fita und Arthur gaben sich ihren gewohnten Tätigkeiten hin und warteten darauf, daß auch das dritte Licht, das in der Küche, endlich eingeschaltet würde.

Hannas Atem ging schwer, und sie mußte einen Augenblick anhalten und ausruhen. Über das Treppengeländer hinweg blickte sie hinunter auf die Stadt. Ihr Blick schweifte über den Kurpark, das Krankenhaus und die Altenheime hinüber zum Bahnhof.

Sie hatte im Leben einiges verpaßt. Sie war nicht wie andere Frauen auf die Barrikaden gestiegen, um ihr Recht auf Anerkennung und bezahlte Arbeit in die Welt hinauszuschreien. Sie hatte Arthurs Haus geputzt und sich in der so rar gewordenen weiblichen Kunst geübt, Wünsche von männlichen Augen abzulesen. Aber das gesamte Potential aggressiver Energie hatte sie aufgespart für ihren ganz persönlichen kleinen Krieg, Ziel: Julies Vernichtung.

Hanna löste die erstarrten Hände von dem Geländer und schickte sich an, die letzten Stufen zu erklimmen. Sie plante den Angriff für den nächsten Sommer. Denn sie wollte der Nachfolgerin erst »das Haus bestellen«, das heißt, sie wollte einiges vorbereiten.

DRITTER TEIL

Die Menschen gebrauchen im allgemeinen
nur einen kleinen Teil
der Macht, die sie besitzen.
William James

Es war der zehnte November, ein Tag, der mit Windstille und eiskalter Bläue begonnen hatte, die um die Mittagsstunde in ein unerwartetes Schneetreiben überging. Bereits am frühen Nachmittag wurde es dunkel. Nach einem scheinbar endlosen Sommer war unerwartet der Winter gekommen, und mit ihm der Nebel und der Wind aus Nordosten. In diesem Jahr hatte niemand daran gedacht, die Balkonstühle zusammenzupacken und die Markisen einzurollen. Die meisten hatten einfach alles stehen lassen, wie es seit Monaten dastand.

Als würde der Sommer ewig währen, waren sie auf den ersten Frost nicht vorbereitet. Er kam überraschend und über Nacht und fiel über die ungeschützten Ziersträucher und die Kübelpflanzen her, so daß die meisten erfroren. Am Morgen trugen die Nadelbäume im Garten der Heinrich-Heine-Allee ein kostbar funkelndes Silberkleid, doch der Jasmin, der kleine Magnolienbaum und sogar der alte Efeu, der sich an der Südseite des Hauses emporrankte, waren tot.

Hanna nahm zufrieden die erfrorene Rosenhecke zur Kenntnis, die mit den Jahren einen perfekten Sichtschutz geboten und nun für immer ausgeblüht hatte, und überlegte, was Julie wohl an ihre Stelle setzen würde.

Wahrscheinlich irgendein schnell wachsendes Immergrün, das wenig Pflege brauchte und immer gleich aussah.

Zunächst jedoch würde das Abholzen der gestorbenen Rosenhecke einen unangenehm freien Blick auf Haus und Garten nach sich ziehen, eine Vorstellung, die Hannas Herz mit Freude erfüllte.

Außer Hanna war niemandem aufgefallen, was der tödliche Frost angerichtet hatte. Nach einer in tiefem Schlummer verbrachten Nacht war Fita gegen neun im Eßzimmer erschienen, um ihr Frühstück einzunehmen. Seit einiger Zeit stand sie regelmäßig zu den Mahlzeiten auf, um, wie sie betonte, Hanna die Arbeit zu erleichtern. Nachdem sie ihren Tee und ihr Honigbrötchen genossen hatte, trug sie eigenhändig das gebrauchte Geschirr in die Küche zurück. Hanna saß auf dem Hocker am Tisch, trug irgend etwas in ihr Haushaltsbuch ein und starrte Fita geistesabwesend an.

»Ich stell das einfach mal hier auf die Spüle«, sagte Fita leichthin, nur um etwas zu sagen.

»Ja, tu das«, erwiderte Hanna kurz. »Ich spül's gleich mit!«

Leicht verunsichert lehnte Fita sich gegen die Anrichte.

»Ich habe bereits mit Arthur darüber gesprochen«, sagte sie. »In diese Küche gehört endlich eine starke Geschirrspülmaschine. Man könnte«, fuhr sie fort und ließ den Blick über die abgenutzten Schränke und Arbeitsflächen schweifen, »überhaupt ein wenig modernisieren. Es gibt jetzt wirklich gute Angebote für Einbauküchen.«

Zu ihrer Überraschung hob Hanna abwehrend die Hände.

»Ich bitte dich, tu mir das nicht an. Diese alten Häuser sind nicht dafür gebaut. Es würde fürchterlich aussehen. Und dann... was soll ich mit einer Spülmaschine, die jede Woche einmal eingeschaltet wird? So was ist unappetitlich und für einen kleinen Haushalt ausgesprochen unpraktisch!«

Fita wußte nichts über die Menge an Geschirr, die in diesem Haushalt anfiel, und wechselte das Thema. »Aber vielleicht ein elektrischer Trockner? Die Schlepperei mit der nassen Wäsche, von der Küche durch den Keller hinaus in den Garten, mißfällt mir schon lange.«

Hanna begriff nicht ganz, was Fita, die noch nie ein einziges nasses Handtuch getragen hatte, an den langen Wegen, die in diesem Hause die Wäsche zurücklegte, mißfallen sollte. Auch was diesen Punkt anging, blieb sie unzugänglich.

»Ich mag diese Elektrotrockner nicht«, sagte sie. »Es gibt doch nichts Schöneres als Wäsche, die nach Wind und Sonne duftet. Aber...«, sie warf Fita einen kühl-prüfenden Blick zu, »einige Modernisierungen wären natürlich fällig. Ich wollte eigentlich schon länger mal mit euch darüber reden!«

Fita, die glücklich war, daß Hanna nach Monaten der innerlichen und äußerlichen Abwesenheit endlich wieder einmal bereit war, ihre Gedanken dem Hauswesen zu widmen, nahm auf dem zweiten Küchenhocker Platz.

»Nenn mir deine Wünsche, Liebes«, sagte sie mit ihrer sanftesten Stimme.

»Ich denke, daß Arthur dir schon gesagt hat, daß wir, ich meine Arthur und ich, nach seiner Pensionierung in den Süden ziehen wollen.«

Davon hatte Arthur noch nie gesprochen, und Fitas Herz sank. Beherrscht und taktisch klug wie immer, zeigte sie jedoch nichts von der Erschütterung.

»Ja, ich weiß«, sagte sie statt dessen.

»Es ist nur so«, fuhr Hanna fort, »daß ich eigentlich keine rechte Lust mehr dazu habe.«

Wie ein Jo-Jo schnellte Fitas Herz wieder in die ursprüngliche Position zurück.

»Ja und?« forschte sie nach.

»Ich fände es viel besser, das Geld, das eine Wohnung oder gar ein Haus im Süden kosten würden, hier in die Villa zu investieren.«

»Viel besser!« bestätigte Fita ein wenig atemlos.

Nach dem soeben mit knapper Not überstandenen Schrecken war alles besser.

»Ich werde«, fuhr Hanna fort, »demnächst mit Arthur darüber sprechen und wäre froh, wenn du mich ein wenig unterstützen würdest!«

Fita, die sich zehn grauenvolle Sekunden lang in einem Altersheim gesehen hatte, in dem sie von gleichgültigen Schwestern abgefüttert und im Park herumgeschoben wurde, war auch dazu eifrig bereit.

»Schließlich«, spann Hanna ihre Gedanken aus und genoß die Macht, die sie plötzlich besaß, »ist die Villa doch ein Kleinod, wie man es heute kaum noch findet. Diese Großzügigkeit, die herrliche Lage. Ich meine, so etwas sollte man nicht aufgeben, sondern auf Kind und Kindeskinder vererben.«

Sie machte eine wirkungsvolle Pause und fügte dann hinzu: »So gesehen würde sich doch jede investierte Mark voll und ganz auszahlen.«

»Aber sicher, Liebes!«

Fita mußte sich an der Tischkante festhalten, da sie von einem leichten Schwindelanfall infolge einer plötzlichen Erkenntnis überfallen wurde.

Denn obwohl alles, was Hanna sagte, vernünftig klang und durchaus in Fitas Sinne war, hatte diese den tödlichen Kern der scheinbar belanglosen Unterhaltung sehr wohl gespürt.

Hier ging es um mehr als um die Modernisierung eines alten Hauses. Hier saß eine alte Königin in der Küche ihres Palastes und wurde höflichen Tones gezwungen, die Macht abzugeben.

Intelligent, wie sie war, akzeptierte Fita diese Tatsache, ohne zu zögern.

Einmal im Jahr mit den eigenen Verwandten
zu speisen, genügt vollauf.
Oscar Wilde

So wie ein Schiff nach langer ruhiger Fahrt gänzlich unvorberei-
tet in Turbulenzen geraten kann, geriet auch Arthur in akute
Gefahr. Die »Zeitnot«, die er stets geschickt als Alibi einzuset-
zen wußte, wenn es darum ging, sich lästigen Verpflichtungen zu
entziehen, erwies sich plötzlich als echtes Problem.

Entsetzt sah er sich von Frauen umgeben, die alle das gleiche
Ziel zu haben schienen: seine Zeit zu stehlen und seine Nerven
zu zerrütten.

Mitten in die kosten- und zeitintensive Werbephase hinein,
die in Julie investiert werden mußte, wenn sein Schiff nicht
gänzlich stranden sollte, meldete sich Sophia. Sie rief am Samstag
morgen an und störte ihren Vater bei der Zeitungslektüre.

»Wie geht's?« fragte Arthur in der Hoffnung, daß sie die Frage
mit »gut« beantworten und ihn nach einem kleinen höflichen
Hinundhergeplänkel in Ruhe lassen möge.

»Schlecht«, sagte Sophia.

Gütiger Himmel. Arthur hob den Blick von den Börsenberichten zur Decke empor, als ob von dort oben Rettung zu
erhoffen wäre. Wie gewöhnlich blieb die Rettung aus.

»Ich habe vor, mich von Bodo zu trennen!«

Sofort sah Arthur eine entsetzliche Kostenlawine auf sich
zukommen, die sich mit jener verbinden würde, die bereits aus
Julies Richtung auf ihn zurollte.

»Bloß nichts überstürzen!« warnte er.

»Wie meinst du das?«

»Wie ich es sage.«

Sophia schwieg verletzt.

»Und ich dachte, ich hätte in dir einen Verbündeten!« meinte sie schließlich.

Wer genau hinhörte, hätte bemerkt, daß ihre Stimme ein wenig zitterte, aber Arthur war nicht gewohnt, genau hinzuhören.

»Natürlich bin ich dein Verbündeter«, sagte er gepreßt und sah vor seinem geistigen Auge eine Meute wilder Kinder durch das Haus toben. Kinder, die einen höllischen Lärm machten und dauernd »Opa, Opa« schrien.

»Aber so etwas will gut überlegt sein.«

»Ich habe es gut überlegt!«

Arthur spürte einen dumpfen Schmerz hinter der Stirn.

»Und ... das Haus werdet ihr aufgeben?«

»Na, ich werde es wohl kaum halten können. Außerdem kann ich in diesem Kaff nicht studieren!«

Sophia mitsamt ihrer Kinderschar rückte nicht nur finanziell, sondern auch räumlich in bedrohliche Nähe.

Mutig ging Arthur das Problem direkt an.

»Und wo wirst du wohnen?«

Er wußte, daß er sich mit dieser Frage als der miese Verräter entlarvte, der er schon immer gewesen war, aber lieber ein Verräter sein, der seine Ruhe hatte, als ein guter Mensch mit zerrütteten Nerven.

Sophia sollte gar nicht erst die Hoffnung hegen, in ihr Elternhaus zurückkehren zu können.

»Ich zieh nicht zu euch, keine Sorge«, sagte sie spitz. »Es geht nur darum, daß Mutter hin und wieder mal einspringt! Wenn Not am Mann ist«, fügte sie hinzu.

»Künftig doch wohl eher: Not am Kind.«

»Not ist Not.«

»Na, dann wäre es doch viel einfacher, bei Bodo zu bleiben!«

Arthur versuchte ein klägliches Lachen.

»Entschuldige, es war nicht so gemeint!«

Es war genauso gemeint.

Während er sprach, glitten Arthurs Augen über den »offiziellen« Terminkalender, der unschuldig aufgeschlagen auf dem Schreibtisch lag. Den kleinen intim-privaten, den mit den Kreuzchen, wußte er wie stets sicher an seinem Herzen geborgen.

In Sophias langes Schweigen hinein räusperte er sich. Er bemühte sich, seiner Stimme jenen warmen väterlichen Klang zu verleihen, mit dem er stets zu seiner Lieblingstochter gesprochen hatte.

»Entschuldige, Kind, aber ich bin heute morgen schrecklich im Streß.« Und als Sophia nicht antwortete, fügte er hinzu: »Ich habe gesagt, daß wir dir helfen, und wir werden dir helfen. Wann wirst du denn ausziehen?«

»Im nächsten Sommer.«

Na, wenigstens nicht schon morgen.

»Weiß Bodo bereits von deinem Plan?«

»Wir schweigen uns seit Wochen an!«

»Dann tut das auch weiterhin. Erst schweigen, und dann überrumpeln!«

Da sprach der erfahrene Krieger.

Sophia brachte ein kleines Lachen zustande.

»Ich wollte dich heute eigentlich nur fragen, wann wir ... wann wir wieder mal spazierengehen.«

Arthur unterdrückte einen Seufzer. Die freien Stunden vor Weihnachten waren für Spaziergänge mit Julie verplant. Karin aus Sindelfingen mußte überdies bedacht werden, auch wenn sie – hier fühlte er sich von einer zärtlichen Woge erfaßt – niemals spazierengehen wollte.

Und Hanna und Fita schienen ebenfalls von einem seltenen Wahn erfaßt: Auch sie brachen neuerdings zu langen Spaziergängen auf. Er raschelte in seinem Terminkalender herum. Sophia konnte es durch die Leitung hindurch hören.

»Kind, vor Weihnachten wird es eng. Aber im neuen Jahr bestimmt. Ich hoffe, du hast Verständnis!«

»Aber sicher«, sagte Sophia. »Ich wollte nur vorsorglich schon mal nach einem Termin fragen.«

Es klang enttäuscht.

Dies nahm Arthur kühl zur Kenntnis.

Sophia war eine Frau; folglich ließ sie sich rasch täuschen, folglich war sie dauernd enttäuscht.

Um dem Gespräch endlich eine andere Wendung zu geben, fragte er nach Elisa.

»Wir haben seit Monaten nichts von Elisa gehört.« Da sprach der besorgte Vater. »Werden wir zum Fest die Ehre haben, sie ein Stündchen zu sehen?«

»Meine Schwester ist dreiundzwanzig Jahre alt und wird imstande sein, diese Frage selbst zu beantworten!«

Das klang spitz.

Die bislang für Bodo reservierte Ironie schwappte nun auf Arthur über. Sophia schien wirklich außer sich zu sein.

»Ich denke, sie macht zu Weihnachten eine ihrer Reisen in den Schnee. Die Kleine bekommt ja seit langem liebevolle Extraunterstützung von den besorgten Eltern!«

Sophias Stimme stand kurz davor, zu kippen.

»Davon weiß ich nichts.« Arthur lächelte. Eifersüchtige Frauen fand er schon immer niedlich.

»Dann frag Mutter. Ich muß jetzt auflegen. Bis demnächst einmal.«

»Ich wünsche dir auf alle Fälle das Beste, mein Kind«, sagte Arthur und versuchte so viel Wärme in seine Stimme zu legen, wie er nur aufbringen konnte.

Sophia legte den Hörer auf die Gabel und starrte ihn sekundenlang an.

Sie würde schon Mittel und Wege finden, die Kinder in der Heinrich-Heine-Allee einzuquartieren. Es blieb ihr gar nichts anderes übrig, wenn sie trotz ihres labilen Gesundheitszustandes im Beruf Fuß fassen wollte.

Und das wollte sie. Unbedingt!

Auch Arthur schaute noch eine Weile nachdenklich auf das Telefon. Dann fiel ihm ein, was Sophia über Extragelder gesagt hatte, die Elisa angeblich erhielt und von denen er nichts wußte.

Er erhob sich und machte sich auf die Suche nach Hanna.

Aber wie so oft in der letzten Zeit war Hanna nicht da.

Er rief nach Fita. Vergeblich!

»Das muß sich ändern, und zwar bald«, dachte Arthur und hatte einen Augenblick lang das entmutigende Gefühl, daß ihm alles aus der Hand glitt.

Doch dann fiel ihm ein, daß er die Gelegenheit, allein im Haus zu sein, nutzen sollte.

Er ging ins Arbeitszimmer zurück und rief Julie an.

Julie war nicht zu Hause.

Er wählte Karins Nummer.

Bei Karin meldete sich der Anrufbeantworter.

Arthur war wütend. Alle flatterten in der Welt herum, nur er saß wie ein Idiot zu Hause.

Verärgert ließ er sich in seinen Sessel fallen und griff nach den Börsenberichten.

Seine Aktien waren gefallen!

Werd ich am Galgen hochgezogen,
weiß ich,
wieviel mein Arsch gewogen.
Villon

In den folgenden Wochen vertieften sich die Flecken auf Hannas Wangen zu einem flammenden Lila. Hannas Gesichtsfarbe war im Winter allgemein intensiver als im Sommer, aber in diesem Jahr rötete sich ihre Haut noch heftiger, weil sie vom Jagdfieber gepackt worden war. Sie fühlte Lust an der Macht, und sie gedachte den Genuß noch zu steigern.

Seitdem Fita klar geworden war, daß es allein an Hanna lag, ob sie den Rest ihres Lebens in einem Heim oder wohlversorgt zu Hause verbringen würde, folgte sie Hanna wie ein braves Hündchen, eifrig bestrebt, jeden ihrer Wünsche, so gut es ihr nur irgend möglich war, zu erfüllen.

Einige Tage nach Sophia rief Elisa an.

Hanna war am Apparat.

»Hallo, ich bin's!«

»Wer? – Elisabeth?«

Wie schon so oft, ertappte Hanna sich dabei, daß sie die Stimme ihrer jüngsten Tochter nicht sofort erkannte.

»Aber Mama!«

Hanna lachte.

»Elisa, Kind, wie schön dich zu hören. Lieb, daß du diesmal so rechtzeitig absagst.«

Elisabeth schwieg verblüfft.

»*Was* absagst?«

»Na, die Weihnachtsbescherung!«

Wieder verdutztes Schweigen.

»Woher weißt du das?«

»Mütter wissen immer alles!«

Dies stimmte nun ganz und gar nicht. Mütter wissen nie etwas von ihren erwachsenen Kindern. Das bilden sie sich nur ein.

Aber in diesem Fall lag Hanna einmal richtig.

»Du kannst hellsehen, Mami. Ich wäre so gern gekommen, nur diesmal...«

»Ich weiß«, unterbrach Hanna sie ungeduldig. »Wieviel brauchst du?«

»Bitte?«

»Knete, Kohle, Moos!« Ohne daß es ihr auffiel, bediente Hanna sich der Ausdrucksweise von Schwester Monika.

Elisa lachte befreit auf. »Ach, Mami, du bist goldig! Tausend?«

»Genau die Summe, die mir auch fehlt«, sagte Hanna trocken. »Aber ich weiß zwei gute Adressen: die Bank und deinen Vater. Allerdings«, fügte sie hinzu, »werden dir beide einen Korb geben.«

»Könntest du nicht...?«

»Leider nein!«

Elisa schluckte, aber sie riß sich zusammen.

Mütter waren nun mal merkwürdige Leute. Man hatte es nicht leicht mit ihnen. Väter waren zuweilen zu bedauern. Andererseits konnte man Väter lange nicht so leicht um Geld anhauen wie Mütter.

»Macht nix«, sagte sie leichthin. »Vielleicht schau ich in der Woche vor Weihnachten kurz mal rein.«

»Tu das«, sagte Hanna. »Bis dann.« Sie legte auf.

Arthur, der durch die angelehnte Tür hindurch dem Gespräch gelauscht hatte, zog sich nachdenklich an den Schreibtisch zurück. Hanna war ja nicht wiederzuerkennen! Als sie jetzt in sein Zimmer kam, hatten sich die Flecken auf ihren Wangen zu einem changierenden Violett vertieft. Interessiert nahm Arthur diese Veränderung zur Kenntnis.

»Wer war denn am Apparat?« fragte er im leichten Plauderton, nur um etwas zu sagen. Er hatte das Gefühl, daß er sich doch öfter mal mit seiner Frau unterhalten müßte.

Hanna lachte.

»Elisaschätzchen, sie wollte sagen, daß sie zu Weihnachten nicht kommt und daß sie Geld braucht.«

»Sie kommt nicht?«

»Nein, mir ist es auch ganz recht so. Ich bin zu müde für das ganze Tatütata.«

»Für was?«

»Für das ganze Tatütata!«

Arthur sah sie nachdenklich an. Irgend etwas nicht näher Faßbares war geschehen.

»So, ich geh noch ein bißchen an die Luft.«

Hanna warf ihrem Mann eine neckische Kußhand zu und verschwand. Von seinem Schreibtisch aus konnte Arthur sie wenig später die Treppe hinunterlaufen sehen.

Auch diese neue Gewohnheit, einfach so in den Straßen herumzuirren, verwirrte ihn. Früher hatte Hanna feste Ziele gehabt, wenn sie das Haus verließ. Den Supermarkt, zum Beispiel, oder den Friedhof. Und sie war bestrebt gewesen, so rasch wie möglich nach Hause zurückzukehren. Heute lief sie einfach so in der Gegend herum. Einfach so! Aus Spaß...

Arthur fühlte sich plötzlich verlassen in dem dunklen Erdgeschoß der Riesenvilla. Er erhob sich und ging hinauf zu Fita. Die saß am Fenster und stickte mit Goldgarn fliegende Engel auf weiße Seide. Verdrossen sah er ihr eine Weile zu.

Endlich hob sie den Kopf: »Früh dunkel heute, was?«

»Ja, und Hanna geht noch spazieren. Kannst du mir sagen, wo sie eigentlich immer rumläuft? Es ist ja fast stockfinster.«

Fita ließ den Stickrahmen sinken und warf ihrem Sohn einen Blick zu. »Ich wollte ohnehin mal mit dir reden.«

Entsetzt wehrte er ab.

»Aber nicht jetzt. Ich hab noch so schrecklich viel zu tun.« Fluchtbereit legte er die Hand auf die Klinke. »Ich muß sofort wieder runter.«

Die Tatsache, daß eine Frau, *irgendeine* Frau, »schon lange mal mit ihm reden wollte«, versetzte Arthur wie stets in Panik.

»Es geht um den Alterssitz im Süden!«

»Um den *was*???«

Einen Moment lang dachte Arthur, Fita wollte in den Süden ziehen. In letzter Zeit waren die Dinge so aus dem Lot gekommen, daß alles möglich geworden war. Zögernd kehrte er zu ihr zurück.

Fita lächelte.

»Um euren Alterssitz im Süden, von dem du mir leider nie etwas erzählt hast!«

In Arthurs Nacken wurde es heiß. Aber er entwand sich schnell.

»Ach, das war mal so eine Idee von Hanna.«

»Die sie inzwischen aufgegeben hat.«

Arthur atmete auf. Endlich mal ein Problem, das sich von selbst löste.

»Sie möchte lieber in das Haus hier investieren. Ich bin dafür!«

Anstelle von brüllenden Kleinkindern sah Arthur nun kreischende Bagger und ohrenbetäubende Preßlufthämmer vor sich. Wieder wehrte er entsetzt ab.

»Aber das ist doch nicht nötig!«

»Doch, es ist nötig. Hanna wird die Arbeit schon lange zuviel, deshalb ist sie ja so verändert. Und nach all den Jahren hat sie es auch verdient, mal ein Wörtchen mitzureden. Ich werde ihr hunderttausend Mark für alle Modernisierungen und Umbauten zur Verfügung stellen, die sie benötigt.«

Arthur fühlte, wie sich kleine Schweißtröpfchen auf seiner Stirn sammelten.

»Hunderttausend?«

»Ich weiß, daß das nicht ausreicht. Deshalb dachte ich, du gibst noch mal die gleiche Summe. Ein Klacks gegen das, was der Alterssitz im Süden gekostet hätte.«

Der Alterssitz im Süden war eine Fata Morgana und hätte überhaupt nichts gekostet. Aber so, wie die Dinge lagen, konnte dies hier und heute nicht klargestellt werden. Die Situation war verwirrend genug.

Fita legte ihre kleine Hand auf Arthurs Jackettärmel.

»Du willst doch auch, daß hier alles wieder so gemütlich wird, wie es früher war.«

Arthur dachte an das in grämlicher Finsternis daliegende Parterre, die leere Küche und seine in den Straßen herumirrende Frau und konnte Fitas Wunsch nur bestätigen.

»Dies ist schon lange kein rechter Haushalt mehr!«

»Hanna möchte endlich eine Terrasse vor dem Wohnzimmer haben und die Küchenterrasse abreißen lassen.«

Das war nun wirklich eine idiotische Idee. Solange er denken konnte, hatte das Wohnzimmer anstelle einer Terrasse einen halbrunden Erker, der mit kränklichen Blattpflanzen zugestellt war. Er für seinen Teil hatte nie etwas daran auszusetzen gehabt. Die Küchenterrasse dagegen war sehr praktisch. Sie bekam Morgensonne, und Hanna hatte viele Arbeiten draußen an dem kleinen Tisch erledigen können.

»Ich verstehe den Sinn nicht ganz!«

»Hanna möchte endlich eine Terrasse haben, auf der sie auch mal Gäste bewirten kann.«

»Und dazu muß die Küchenterrasse abgerissen werden?«

»Hanna will an dieser Stelle einen Baum pflanzen!«

»Einen Baum pflanzen?«

Arthur hatte das Gefühl, im falschen Film gelandet zu sein.

»Und warum das?« fragte er mühsam beherrscht.

»Das weiß ich allerdings auch nicht«, gab Fita zu. »Aber ich denke, wir sollten Hanna vertrauen. Sie ist seit fünfundzwanzig Jahren bei uns und hat immer vernünftig und sparsam gewirtschaftet.«

Dies mußte er widerwillig zugeben. Dennoch blieb ihm die Sache suspekt.

»Und die Idee, die Küchenveranda abzureißen und an ihrer Stelle einen Baum zu pflanzen, findest du auch vernünftig?«

Diese Frage konnte Fita nicht beantworten, doch dann sah sie sich wieder im Rollstuhl an einem Goldfischteich stehen.

Sie erhob die Stimme: »Wenn Hanna die Küchenveranda abreißen und an ihrer Stelle einen Baum pflanzen will, dann wird sie einen Baum bekommen. Schließlich ist dies noch immer *mein* Haus!«

Ein Satz, der Arthur wie eine Ohrfeige traf.

»Natürlich«, sagte er erschrocken. »Selbstverständlich. Ich geh dann mal wieder.«

»Im nächsten Frühjahr wird mit dem Umbau begonnen«, schloß Fita die Diskussion ab. »Stell dich schon mal darauf ein!«

Als Arthur in sein Arbeitszimmer zurückging, klangen Fitas Worte in ihm nach. Im nächsten Frühjahr sollte mit dem Umbau begonnen werden – im nächsten Frühjahr sollte doch noch irgend etwas Unangenehmes geschehen ... ach ja, Sophia wollte sich scheiden lassen. Im Geiste sah Arthur Kleinkinder, die sich jauchzend mit Mörtel bewarfen und unter den Trümmern der abgerissenen Küchenterrasse Verstecken spielten.

Plötzlich fühlte er sich schwach, alt und entmündigt.

Er rief Julie an. Glücklicherweise war sie diesmal zu Hause. Aber sie hatte keine Zeit, um lange zu telefonieren. Sie wollte mit Henry ins Kino.

Leider ist es ja gerade der Engel in einem selbst,
den man immer wieder verrät.
Henry Miller

Die Küchenterrasse mit der Morgensonne und dem Blick in den rosenumkränzten Kräutergarten war das schönste an dem ganzen Haus gewesen. Die heitere Veranda bot Trost für die dunkle, unwirtliche Küche, die immer muffig roch und mit ihren kleinen, vergitterten Fenstern an ein Gefängnis erinnerte. Sie war groß und überdacht, und in den warmen Monaten war sie ein vollkommenes Sommerzimmer, von dem drei Steinstufen hinunter in ein duftendes Kräutergärtlein führten.

Hanna gönnte ihrer Nachfolgerin dieses tröstliche Paradies vor der Küchentür nicht und plante einzig aus diesem Grund, die Veranda abzureißen und eine Blutbuche an ihre Stelle zu setzen. Sie haßte Blutbuchen, weil deren Blattfärbung sie an die Flecken in ihrem Gesicht erinnerte. Außerdem würde der Baum genügend Schatten werfen, um der Küche das letzte Licht zu nehmen und das Ziehen von Kräutern unmöglich zu machen.

Die Idee, den Erker im Wohnzimmer durch eine halbrunde Terrasse zu ersetzen, war an sich nicht schlecht, nur würde diese Terrasse kaum zu benutzen sein. Hanna hatte sich erkundigt und erfahren, daß Elvita Kontenreiter recht gehabt hatte: Der Bau des Altersheims war so gut wie beschlossen! Da, wo man jetzt auf eine Wiese mit Bäumen und Büschen sah, war die breite Zufahrt geplant. Anfangs war mit jahrelangem Baulärm zu rechnen, später würde die neue Terrasse einen »romantischen« Blick auf die an- und abfahrenden Autos der Heimbesucher bieten.

Morgens, wenn Arthur das Haus verlassen hatte und Fita sich in ihrem Zimmer der Zeitungslektüre hingab, streifte Hanna durch die unteren Räume und plante das neue Zuhause ihrer Nachfolgerin. Es war zu befürchten, daß Julie über eigenes Kapital verfügte und dieses in die beiden düsteren Wohnhallen investieren würde. Im Geiste sah sie Julie vor sich, wie sie mit knisternden Seidenröcken durch die neu hergerichteten Gemächer schritt und ihre Gäste ins Speisezimmer bat. Diese würden die Sherrygläser abstellen und ihrer schönen Gastgeberin lächelnd an die Tafel folgen.

Dieses Bild gefiel Hanna absolut nicht! Sie war ziemlich sicher, daß sich Julie in die Räume mit ihren hohen Wänden und Stuckdecken verlieben und dafür sorgen würde, daß sie endlich ihrem eigentlichen Zweck gemäß genutzt wurden. Hanna wußte nur allzugut, daß, wer stets in kleinen Wohnungen gelebt hatte, von riesigen Hallen träumte. Nun, Julie mochte ruhig träumen...

Während Hanna plante, planten Arthur und Fita ebenfalls. Gemeinsam hatten sie beschlossen, eine neue Heizung einbauen zu lassen. Die Sache mit den Öfen mußte endlich aufhören, und wenn man den Streß mit einem Umbau dieser Größenordnung schon auf sich nahm, dann sollte die Heizung als erstes drankommen.

Hanna, deren Lieblingsphantasien sich um eine kohlenschleppende Julie rankten, hatte vergeblich versucht, Fita und Arthur von diesem Plan abzubringen, und sich leidenschaftlich für die gemütliche Wärme, die nur von einem richtigen Feuer ausgeht, eingesetzt. Doch wenn sie sich nicht verdächtig machen wollte, mußte sie der Idee mit der Heizung zustimmen. Allzu aggressiv hatte sie im vergangenen Winter mit den Kohleeimern gegen die Ofenklappen geschlagen. Es gab einfach kein wirklich stichhaltiges Argument gegen den Einbau einer Zentralheizung.

Aber es gab ein stichhaltiges Argument gegen die Kosten der neuen Wärmequelle.

Wie oft saß man denn, genau betrachtet, noch in den beiden Wohnhallen im Erdgeschoß? Sie wurden zum Essen und Fernsehen und sonst so gut wie nie benutzt. Warum also so große Räume so teuer heizen? Hanna schlug das Einziehen von Zwischenwänden vor. Auf diese Weise erhielt man vier gemütliche Zimmerchen von je etwa zwanzig Quadratmetern Größe, die sofort warm waren, wenn man die Heizung andrehte. Kostenersparnis: mehrere hundert Mark pro Jahr.

Fita war dagegen, aber sie wagte nicht, dies öffentlich zuzugeben. Ihr Leben hing nicht von der Größe der unteren Wohnräume, sondern von Hannas Wohlwollen ab, und Hannas Wunsch, vier kleine Kämmerchen anstelle der beiden großen Räume zu haben, schien so unverzichtbar und wurde so leidenschaftlich vorgetragen wie der Wunsch nach Abriß der Küchenveranda.

Arthur war dafür!

Das magische Wort »Kostenersparnis« drang ihm wie stets tief in Herz und Hirn. Der Gedanke, die Riesenräume für nichts und wieder nichts zu heizen, war wirklich erschreckend.

Das Einziehen der Wände würde sich in wenigen Jahren amortisiert haben. Außerdem erinnerte Hanna ihn an die familiären Veränderungen, die in Kürze auf sie zukamen. Sophia hatte ihre Mutter inzwischen in die bevorstehende Scheidung eingeweiht, und Hanna hatte ihr dringend geraten, sich nicht länger durch einen langweiligen Hanswurst wie diesen Bodo gängeln zu lassen. Selbstverständlich war hier in der Heinrich-Heine-Allee, die ja schließlich Sophias Elternhaus war (und immer bleiben würde!), Platz für die Enkel.

Dieser Platz mußte nun geschaffen werden. Es waren immerhin drei Kinder, folglich war es praktisch, wenn sie kleine Zimmer für sich hatten, anstatt sich über das ganze Haus zu verteilen.

Diesem Vorschlag stimmte vor allem Fita enthusiastisch zu. Wenn unten zu wenig Platz war, stand zu befürchten, daß die Urenkel in dem großen Gästezimmer untergebracht wurden, das oben neben ihren Räumen lag. Fita hörte schon förmlich das Geschrei von drei kleinen Jungen in der Diele und ihr Gepolter auf der Treppe.

Sie nahm sich den Grundriß des unteren Stockwerks vor und zeichnete die von Hanna gewünschten Trennwände ein.

Wegen der Lichtverhältnisse mußten die Zimmer längs geteilt werden. So ergaben sich zwei Schläuche von sechseinhalb Metern Länge und drei Metern Breite. Der Schnitt war nicht sehr günstig, aber das ließ sich nun einmal nicht ändern. Dafür hatten alle vier Zimmer Tageslicht, und drei waren einzeln begehbar.

Arthur, von der Idee der Kostenersparnis erfaßt, schlug vor, die Decken abzusenken, um den Räumen eine bessere Proportion zu verleihen und die Heizkosten um ein weiteres zu senken. Aber Hanna war energisch dagegen. Gerade die Höhe von 4,75 Metern war ja das Raffinierte! Genüßlich stellte sie sich vor, daß man sich in den engen Zimmern wie in Türmen fühlen mußte. Türme, in denen man immer ein wenig fröstelte und die eine gut beheizte, fast fünf Meter hohe Decke hatten.

Sie behielt diese erfreulichen Gedanken für sich und wies Arthur statt dessen auf den kostbaren Stuck hin, der keinesfalls zerstört werden durfte. Mit diesem Argument brachte sie Fita sofort auf ihre Seite. Energisch verbot Fita das Zerstören kostbarer Stuckdecken in ihrem Haus.

Da der Abriß der alten und der Bau der neuen Terrasse, der Einbau der Heizung und das Einziehen der beiden Trennwände ziemlich ins Geld gehen würden, mußte bei der Grundrenovierung des Bades der Rotstift angesetzt werden.

Hanna tat dies mit gnadenloser Härte.

Sie wählte kackgelbe Kacheln mit einem schwarzen Sprenkelmuster, das wie Fliegenschiß wirkte, ein Restposten, der billig zu haben war. Ein braunes Waschbecken, eine braune Wanne und ein braunes Klo. Dazu die Bodenfliesen: Ausschuß mit Fehlern, graugesprenkelt und fast umsonst zu haben.

Arthur war zunächst dagegen, weil selbst sein unterentwickelter Geschmack sich beim Anblick der kackgelben Kacheln in Verbindung mit den graugesprenkelten, alle mit Fliegenschißmuster, zu sträuben begann, aber Hanna überzeugte ihn, daß man von den Bodenkacheln ja kaum noch etwas sehen würde, wenn erst die rosa Badematten ausgelegt wären.

Nach langem Suchen fand Hanna schließlich auch die passenden Armaturen. Eine billige Handelsware, die, solange man sie kein einziges Mal benutzt hatte, recht erträglich aussah.

Der Gesamtpreis des neuen Bades war so niedrig, daß selbst Arthur Zweifel kamen, ob man die häßlichen Fliesen nicht gegen andere, schlichtweiße zum Beispiel, austauschen sollte. Fast alle Bäder, in denen er sich im Laufe der Zeit herumgetrieben hatte, waren schlichtweiß gewesen, und Arthur verband eine angenehme Erinnerung mit der jungfräulichen Farbe. Aber Hanna rechnete ihm vor, daß das gleiche Bad in Schlichtweiß die ganze Sache um beinahe zehntausend Mark verteuern würde. Und wie viele Stunden verbrachte man, genau genommen, denn schon im Badezimmer?

Was Arthur betraf, alles in allem keine sieben Stunden pro Woche. Hanna setzte ihm auseinander, wie teuer ihn, umgerechnet, jeder einzelne Blick auf die gewünschten schlichtweißen Kacheln kommen würde.

Ein Blick, der sich garantiert niemals amortisierte.

Arthur betrachtete sich daraufhin noch einmal die kackgelben Fliesen und fand das Fliegenschißmuster nun ganz apart.

Fita fand es sogar ausgesprochen originell. Sie hatte ihr eigenes Bad in Perlmuttgrau und würde diesen Alptraum von einer Naßzelle garantiert niemals betreten.

Nachdem das Problem zur allgemeinen Zufriedenheit gelöst

war, kaufte Hanna den gesamten Restbestand der gelben Kacheln auf. Es würden so viele übrig bleiben, daß man die Wände der Küche ebenfalls im Fliegenschißmuster fliesen lassen konnte. Arthur würde leicht von dieser Notwendigkeit zu überzeugen sein, denn er haßte es, wenn etwas, das er bereits bezahlt hatte, nutzlos herumlag.

In demselben Baumarkt, in dem es die preisgünstigen Kacheln gab, hatte Hanna auch passende Gardinen gesehen, die sich hübsch dazu machen würden. Ein grobes Leineninimitat in Braun mit einem schwarzen Rhombenmuster. Hanna haßte Gardinen in der Küche, die das Fett aufsaugten und einem beim Kochen in die Suppe hingen.

Aber Julie sollte welche haben!

Hanna wollte sie höchstpersönlich nähen, und zwar lang genug, daß sie auf die Arbeitsplatte und in die Butter stippen würden.

Nachdem sämtliche Kosten zusammengerechnet waren, ergab sich eine Gesamtsumme, die den geplanten Etat um einiges sprengte. Fita erhöhte daraufhin stillschweigend ihren Einsatz und deutete Arthur an, daß sie von ihm das gleiche erwarte. Arthur willigte so mürrisch ein, daß Hanna frohlockte. Er würde sich niemals von Julie dazu verleiten lassen, auch nur eine einzige weitere Mark in dieses Haus zu investieren, und wenn sie sich jeden Morgen beim Anblick der Kacheln im Bad erbrechen mußte. Im Gegenteil: Julie würde gut daran tun, Arthur das Gefühl zu vermitteln, daß sich der Umbau gelohnt hatte und dies das schönste Haus unter der Sonne war. Sonst würde er schon im ersten Jahr desertieren.

Andernfalls erst im zweiten!

Hanna bestand darauf, daß die Veranda noch vor Weihnachten abgerissen würde, damit der Baum, auf den sie so großen Wert legte, noch vor dem Fest gesetzt werden konnte.

Sie war überrascht, wie schnell der Abriß vonstatten ging.

Die Bagger fraßen sich innerhalb einer Stunde in den Beton und verwüsteten die Kräuterbeete vollständig. Hanna ermunterte die Arbeiter dazu, nur keine Vorsicht walten zu lassen. Hier würde in Kürze ein Baum stehen und nie wieder Petersilie wachsen. Auch auf die Rosenhecke sollten sie keine Rücksicht nehmen. Die kam ohnehin weg.

Die Blutbuche, ein Weihnachtsgeschenk von Fita an Hanna, war beinahe drei Meter hoch und nahm der Küche das letzte Licht, eine Tatsache, die Hanna zufrieden zur Kenntnis nahm.

Als Fita am ersten Morgen nach der Baumpflanzung die Küche betrat, prallte sie entsetzt zurück. Man sah nicht mehr wie einst in die lichte Bläue des Himmels, sondern in schwarzbraune Düsternis. Die wenigen Blätter, die noch an den Ästen hingen, hatten exakt die Farbe der Flecken in Hannas Gesicht.

Arthur war froh, als die häuslichen Planungsarbeiten abgeschlossen waren und alles, wenn auch nur vorübergehend, seinen gewohnten Gang lief. Glücklicherweise hatte Hanna ihre Stelle im Seniorenheim aufgegeben und kümmerte sich wie früher um den Haushalt und die Weihnachtsvorbereitungen. An der Haustür hing pünktlich zum ersten Advent das gewohnte Gesteck. Von der Blutbuche einmal abgesehen, an deren Anblick er sich erst gewöhnen mußte, war eigentlich alles wie immer. Arthur begrüßte die Atempause, die dringend erforderlich war, und nutzte sie für die Rückeroberung verlorengegangenen Terrains bei Julie.

Trotz der intensiven Liebesnacht, die sich in ähnlicher Form noch zweimal wiederholt hatte (wobei Arthur die Erfahrung machte, daß sich der Gedanke an einen potenten Gegner, den es auszustechen galt, als hilfreich erwies), war der potente Gegner selbst keineswegs aus dem Feld geräumt.

Im Gegenteil!

Als Arthur am zweiten Advent auf Julies Sofa saß, um ihr, wie in jedem Jahr, die alte Geschichte von den trostlosen Weihnachtstagen aufzutischen, jenen Weihnachtstagen, die er, ein geknebelter Familienvater, mit Gattin und greiser Mutter verbringen mußte, und als Trumpf eine gemeinsame Silvesternacht mit anschließendem ersten *und* zweiten Januar aus dem Ärmel ziehen wollte, fiel Julie ihm ins Wort.

»Zu Weihnachten bin ich ohnehin nicht da. Ich fahre mit Henry nach London. Wir werden erst am 5. Januar zurück sein.«

Zack! Mitten ins Herz!

Sprachlos und verbittert sah Arthur sie an. Es war nicht zu übersehen, Julie hatte sich verändert. Neuerdings brach sie sogar mit schönen, alten Traditionen.

Zum Beispiel mit der, zu Weihnachten allein in ihrer Wohnung zu sitzen und an ihn zu denken. Arthur hatte sich ein romantisches Gedankenspiel für sie ausgedacht, mit dem sie sich lange hatte trösten lassen: Wenn auch nicht körperlich, so würde er doch im Geiste den Heiligen Abend nur mit ihr und mit niemandem sonst verbringen.

Julie hatte Arthurs Gedanken in den ersten Jahren auch tatsächlich mit prickelnder Intensität gespürt und liebenden Herzens empfangen. Danach hatte die Intensität jedoch nachgelassen, und in den letzten Jahren war ihr manchmal der Verdacht gekommen, daß sie ihre Antennen ganz umsonst auf Empfang gestellt hatte. Es ergaben sich schlimme Zweifel, ob Arthur seine Energie überhaupt noch in ihre Richtung strahlte.

Auf jeden Fall hatte Julie in diesem Jahr mehr Lust, mit Henry nach London zu reisen, als auf dem Sofa zu sitzen und auf Arthurs Liebessignale zu warten. Wenn diese stark genug waren, bestand schließlich die Möglichkeit, daß sie ihr nach London folgten.

Sie teilte Arthur ihre Gedanken mit und lachte, zum Zeichen daß sie ihre Worte nicht ganz ernst meinte.

Was zum Teufel, dachte Arthur verbittert, nahm sie denn überhaupt noch ernst?

»Wo werdet ihr...«, Arthur unterbrach sich, »wo wirst du denn wohnen?«

»Henry hat einen Freund in London. Dort werden wir unterkommen.«

Die Antwort war unbefriedigend.

Sollte Arthur, was er bereits seit Jahren versäumt hatte, in diesem Jahr doch wieder seine Weihnachtsgedanken Richtung Julie aussenden, stand zu befürchten, daß sie an Henry Winters Liebesglut abprallten.

»Ich schlafe nicht mit ihm!«

Diese Aussage kam überraschend und klang ehrlich, doch einen Lügner wie Arthur Vonstein konnte man nicht so leicht mit Ehrlichkeit überzeugen.

»Unsere Beziehung ist anderer Art.«

Arthur konnte sich nur eine Art von Beziehung vorstellen, obwohl natürlich auch er bisher noch jeder Frau versichert hatte, daß gerade die Art *ihrer* Beziehung von jener Einzigartigkeit ausgezeichnet war, die es so selten gab.

Er wechselte das Thema.

»Ich habe vor, im nächsten Jahr ein wenig kürzerzutreten. Im Februar mache ich zum Beispiel einen längeren Schneeurlaub in der Schweiz. Werde ich die Ehre haben, von Juliane Fischbach begleitet zu werden?«

»Wie lange hättest du denn Zeit?«

Das klang unangenehm kühl, fast schon berechnend.

»Drei Wochen!«

»Und das steht fest?«

»Das Apartment ist bestellt. Sie warten nur noch auf die letzte Zusage.« Er küßte sie auf den Nacken. »Ich muß endlich wieder mal für längere Zeit ungestört mit dir zusammensein.«

Er machte eine wirkungsvolle Pause und fügte dann einen selten gebrauchten Satz aus seinem Kitschregister hinzu: »Es gibt eine Art von Sehnsucht, die sich irgendwann nicht mehr unterdrücken läßt. Man stirbt so leise vor sich hin.«

Das brauchte er Julie nicht zu sagen.

Sie schwieg, und Arthur erhob sich und sah sie in gespielt demütiger Bescheidenheit an.

»Fahr nach London, verbring eine schöne Zeit, denk hin und

wieder an mich und überleg dir, ob dieser Henry wirklich so wichtig für dich ist.«

Er überreichte ihr einen Umschlag.

»Und hier ist ein kleines Adventsgeschenk. Das richtige Weihnachtspäckchen gibt's erst direkt vor dem Fest.«

»Oh!« Julie öffnete den Umschlag und staunte.

Sie hielt ein Opernabonnement für die nächste Saison in der Hand. Es galt für sechs Vorstellungen und war für zwei Personen bestimmt.

Julie hob den Blick. Arthur sah ihr direkt in die Augen.

»Ich meine es ernst«, sagte er leise.

Trotz der wohltuenden Worte blieb in Julie ein eher negatives Gefühl zurück, das sich ausbreitete, nachdem Arthur gegangen war. Aber ihr wollte nicht einfallen, woher es kam.

Der zweite Advent war ein lascher Regentag mit einer hohen Luftfeuchtigkeit und lauwarmem Wind aus Südwest.

Hanna war mit Kopfschmerzen aufgewacht, und Fita litt unter Kreislaufbeschwerden. Beide Damen waren froh, als Arthur bereits gegen neun aufbrach, um sich auf die Balz zu begeben. Hanna hatte am Abend zuvor ein diesbezügliches Telefonat belauscht und wußte Arthur den Tag über gut untergebracht. Er würde frühestens zum Abendessen wieder auftauchen.

Hanna war glücklich, sich den ganzen Tag ungestört ihren Planungsarbeiten hingeben zu können, die sie völlig ausfüllten und ihrem Leben einen prickelnden Reiz verliehen. Einmal ins Rollen gebracht, förderte ihre jahrzehntelang angestaute Kreativität immer neue Ideen zutage.

Heute nahm sie sich das Schlafzimmer vor.

Der Raum war nach Norden gelegen, bekam wenig Tageslicht und hatte immer etwas Höhlenartiges gehabt, aber die Möbel waren sehr schön. Arthur und Hanna hatten das Zimmer so, wie es war, von Arthurs Großeltern übernommen, und Hanna hatte nie etwas daran auszusetzen gehabt. Die beiden zweitürigen Schränke gefielen ihr ebenso wie die alte Spiegelkommode und die Nachttischchen mit den Marmorplatten. Die Betten waren wahre Burgen, die noch mehrere Generationen überdauern würden. Ein alter, brokatbezogener Paravent verdeckte den niemals genutzten Kamin.

Hanna war geneigt, von Julie grundsätzlich das Schlechteste anzunehmen, dennoch konnte sie sich nicht vorstellen, daß diese so primitiv war, sich einfach in das Bett ihrer Vorgängerin zu legen, auch wenn Arthur das sicher als ganz normal ansehen würde. Dennoch wäre er nach einer tränenreichen Schmusestunde vielleicht bereit, ein neues Schlafzimmer zu kaufen – neues Glück, neues Bett –, und Julie würde es sicher schaffen, dem düsteren Raum ein erotisches Flair zu verschaffen...

An dieser Stelle wurde Hanna von einer beunruhigenden Vorstellung überfallen: Julie und Arthur, die sich beim rötlichen Schein der Flammen liebten. Julie würde im weichen Licht des Feuers so verführerisch sein wie nie, und Arthur würde sich mit Schaudern an jene Gruft erinnern, in der einst sein fades Liebesleben mit Hanna stattgefunden hatte.

»Kamin abreißen, zumauern und drübertapezieren«, notierte Hanna in ihrem Gedächtnis.

Es war unbedingt nötig, daß das neue Schlafzimmer gekauft wurde, *bevor* Julie einzog. Einerlei, wie tränenreich die Schmusestunde auch verlief, Arthur würde sich eher umbringen lassen, als innerhalb kürzester Zeit *zwei* neue Schlafzimmer zu kaufen. Nicht einmal für Brigitte Bardot in ihren allerbesten Zeiten wäre er bereit gewesen, über einen so gigantischen Schatten zu springen. Hanna erfreute sich an dem Gedanken, daß alles seine zwei Seiten hatte und sich Arthurs sprichwörtlicher Geiz zu guter Letzt doch gewinnbringend einsetzen ließ.

Während sie die Neugestaltung eines Schlafzimmers ins Auge faßte, in welchem es selbst Julie schwerfallen würde, für eine Atmosphäre zu sorgen, die über die einer Grabkammer hinausging, räumte Hanna Arthurs Anzüge in den Schrank. Gewohnheitsmäßig tastete sie die Innenseite der Jacken ab – und wurde fündig.

Das Päckchen enthielt offensichtlich ein Geschenk, war professionell und, wie es aussah, im Laden verpackt worden: rosaschimmerndes Papier, mit einer kostbar wirkenden Goldkordel verschnürt. Ohne zu zögern schnitt Hanna die Kordel durch und faltete das Papier auseinander. Ein weißes Lederetui kam zum Vorschein. Und darin befand sich eine feinziselierte Goldkette mit einem brillantbesetzten Verschluß. Die Brillanten waren zu einem »A« angeordnet.

Hanna pfiff leise durch die Zähne. Hier hatte sich Arthurschatz tatsächlich selbst übertroffen. Dies war das absolute Maximum an Liebe und Originalität, zu dem er überhaupt fähig war. Lässig ließ Hanna die Kette in die Hosentasche gleiten und deponierte Etui und Verpackung in ihrer Nachttischschublade.

Am nächsten Morgen begab sie sich zum örtlichen Goldschmied, Herrn Steinfeller.

Hanna und Herr Steinfeller kannten sich seit Jahren, da Fita zu jenen Frauen gehörte, die ihren Schmuck alljährlich zur Inspektion gaben. Irgendein Verschlüßchen, irgendein Häkchen war immer zu richten, Brillanten mußten zu neuem Glanz poliert, Perlen gereinigt werden.

Herr Steinfeller nahm die Kette behutsam in die Hand. Er warf Hanna einen Blick zu.

»Ein Schmuck Ihrer Schwiegermutter?«

Hanna verneinte. »Ich habe den Schmuck geerbt und möchte wissen, wieviel er wert ist.«

Herr Steinfeller klemmte die Lupe ins Auge und betrachtete die Kette lange und ausgiebig. Dann gab er sie Hanna zurück.

»Etwa dreitausend Mark!«

Interessiert betrachtete sich Herr Steinfeller die Flecken auf Hannas Gesicht, die sich purpurrot vertieften. Sie nahm die Auskunft schweigend zur Kenntnis, packte die Kette ein und verließ das Geschäft.

Leicht verwundert sah Herr Steinfeller ihr nach. Hanna schien ihm verändert.

Ohne zu zögern strebte sie hinüber ins Kaufhaus und erstand

eine billige Goldimitation für zweiundzwanzig Mark. Oberflächlich betrachtet, sah sie der Goldkette recht ähnlich, im Grunde unterschieden sie sich hauptsächlich durch ihr Gewicht.

Keine fünfzehn Minuten später erschien sie wieder in Steinfellers Laden.

Sie legte beide Ketten auf die Theke.

»Ich möchte, daß Sie die Verschlüsse austauschen!«

Herr Steinfeller öffnete den Mund, um etwas zu sagen, aber Hanna fiel ihm ins Wort. »Und es müßte gleich sein.«

»Wie Sie wünschen.«

Hanna war eine gute Kundin, der Schmuck ihrer Schwiegermutter war ebenso alt wie seine Besitzerin. Außerdem war er ungewöhnlich schön und sehr wertvoll. Herr Steinfeller plante – für den Fall eines Falles – demnächst einmal sein Interesse an einem Ankauf zu bekunden. Er hatte nicht vor, sich Hannas Sympathie durch unnötige Fragen zu verscherzen.

Wahrscheinlich will sie die Kette verkaufen und möchte den Verschluß retten, dachte er, während er sich an die Arbeit machte. Dann fiel ihm ein, daß Hannas Ehemann Arthur hieß. Sicher ein Geschenk von ihm, das ihr nicht gefiel.

Frauen gefiel nur selten, was ihre Männer für sie aussuchten; diese Erfahrung hatte Herr Steinfeller immer wieder gemacht. Das Geschenk einfach zu verscherbeln und den Gatten mit dem vertauschten Verschluß hinters Licht zu führen, war jedoch wirklich einmal eine originelle Idee. Diese Hanna Vonstein schien gewitzter zu sein, als sie aussah.

Nachdem er das brillantbesetzte »A« noch einmal unter der Lupe betrachtet hatte, stellte er jedoch fest, daß die Steine nicht echt, sondern nur eine sehr gute Imitation waren. Herr Steinfeller lachte leise vor sich hin.

Erst täuscht er sie, dann täuscht sie ihn. Als Juwelier gewann man tiefe Einblicke in das Liebesleben anderer Leute.

Zu Hause packte Hanna die Kaufhauskette in das kostbare Lederetui und das Etui in das rosaschimmernde Papier.

Die Goldkordel war nicht mehr zu gebrauchen.

Ohne lange zu fackeln, holte Hanna ein gelbes Bändchen aus ihrem Nähkasten. Es war ein wenig angeschmutzt, aber das würde Arthur nicht auffallen.

Derartige Dinge fielen Arthur niemals auf.

Sei auf dich selbst bedacht,
gib auf dich selbst nur acht,
denn sonst fragt keiner nach dir.
Lied

Oberflächlich betrachtet, verlief das diesjährige Weihnachtsfest nicht viel anders als das vorangegangene, aber irgend etwas stimmte nicht. Arthur, sonst nicht sonderlich sensibel für atmosphärische Störungen, lief ruhelos durch das Haus.

Zunächst einmal beschäftigte ihn das leise Ziehen in der Herzgegend, das ihm seit einiger Zeit zu schaffen machte. Er spürte es besonders stark, nachdem er Julie angerufen hatte, um ihr eine gute Reise zu wünschen und ihr noch einmal zu versichern, daß er gedanklich (Tag und Nacht!) daran teilnehmen werde.

Julie antwortete so kurz angebunden, daß er äußerst irritiert war. Im Zuge der Werbephase hatte er ihr in diesem Jahr ein so kostbares Geschenk wie nie zuvor gemacht. Eine Kette aus schwerem Gold, deren edelsteinbesetzter Verschluß dem Anfangsbuchstaben seines Namens nachempfunden war. Er hatte also ein freudiges Dankeschön erwartet.

Statt dessen fand sie die Kette nicht einmal einer Erwähnung wert, sondern schilderte detailliert die Lichtverhältnisse jenes Raumes, in dem Henry und sie in London eine Fotoausstellung arrangieren wollten.

»Hast du mein Päckchen nicht bekommen?« unterbrach er sie schließlich ungeduldig. »Ich habe es als Wertpaket geschickt, und es müßte längst da sein!«

»Ist es auch«, sagte sie knapp. »Vielen Dank.«

Arthur schwieg verblüfft. Dann lachte er gequält.

»Ist dir der Verschluß aufgefallen?« fragte er. Und mit jener Stimme, die er für erotisch hielt: »Ich möchte, daß du mich immer auf der Haut spürst!«

»Du meinst wohl, daß ich dich immer im Genick habe.«

Der Satz traf Arthur wie ein Schlag ins Gesicht.

Verdammt, hier war etwas schiefgegangen.

»Na, dann wünsche ich dir«, er schluckte trocken, »euch eine schöne Reise.«

»Und ich wünsch dir – euch – schöne Feiertage!«

Nachdenklich legte Arthur den Hörer auf.

Das Ziehen in der Herzgegend war deutlich zu spüren.

Am 24. Dezember kam Sophia zum obligatorischen Nachmittagskaffee. Bodo hatte sich entschuldigen lassen, und es war unverkennbar, daß Sophia mit den drei kleinen Kindern total überfordert war. Die Zwillinge waren noch lebhafter als sonst, aber es war keine fröhliche, sondern eine aggressive Aktivität. Sie prügelten sich den ganzen Nachmittag und quälten den kleinen Alexander so lange, bis auch er anfing zu brüllen. Die eigentliche Bescherung fiel dementsprechend kurz aus. Hanna hatte tatsächlich die Unverfrorenheit besessen, ihm, Arthur, eine Woche vor Weihnachten die Mitteilung zu verpassen, daß sie zum Stricken von Weihnachtsgeschenken neuerdings zu nervös sei, und ihm aufgetragen, Spielzeug für die Jungen zu kaufen. Schließlich sei er ein Mann und kenne sich demzufolge in den Herzenswünschen kleiner Jungen besser aus als sie.

Von Panik erfüllt, war Arthur am Tag vor der Bescherung durch Kaufhäuser geirrt, die er bis dato nur von außen gekannt hatte, und hatte Verzweiflungskäufe getätigt: einen riesigen Plüschbären für den Kleinen und zwei lustige Trommeln für die Zwillinge.

Listig hatte er verlauten lassen, daß die Päckchen aber erst am »richtigen Heiligen Abend« und zu Hause geöffnet werden dürften, womit er der Gefahr, daß die Trommeln sofort in Aktion gesetzt wurden und er dem Nachteil dieses Geschenkes am eigenen Leibe zu spüren bekam, geschickt vorbeugte.

Der gräßliche Nachmittag schleppte sich dahin.

Während die Zwillinge durch das Haus tobten und Alexander schrie, waren die Erwachsenen ungewöhnlich still. Sophia stellte sich vor, in welcher Form Bodo wohl den Nachmittag verbringen würde.

Er hatte ein Verhältnis mit irgendeiner Büromieze, die genauso einfältig war wie seine Mutter und ihm sicher aus diesem Grunde gefiel. Dumme Frauen gefielen den Männern ja immer.

Sophia, schwer an ihrer Intelligenz tragend, seufzte heimlich auf.

Auch Fita seufzte still in sich hinein. Sie ließ ihre Augen wehmütig durch den weihnachtlichen Salon schweifen und dachte, daß dies das letzte Weihnachtsfest wäre, das sie noch wie gewohnt in den schönen großen Räumen verbringen durfte.

Im nächsten Jahr würden sie in den schlauchförmigen Kammern sitzen, in denen man nicht einmal auf stilvolle Weise eine Festtafel decken konnte.

Arthur sorgte sich auf seine Weise. Er hatte den Nachmittag vorwiegend damit verbracht, sich das Geschenk vorzustellen, mit welchem Henry offensichtlich einen gnadenlosen Konkurrenzkampf eröffnet hatte.

Er mußte Julie inzwischen dermaßen verwöhnt haben, daß sie eine Kette im Wert von dreitausend Mark wie läppischen Schnickschnack abtat.

Nur Hanna schien auf ihre stille Art zufrieden. Sie hatte einen Marmorkuchen aus dem Supermarkt aufgetischt und lächelnd behauptet, daß sie ihn schmackhafter fände als einen selbstgebackenen. Das Gebäck war so trocken, daß man fast daran erstickte, und jeder war froh, als er das ihm zugedachte Stück hinuntergewürgt hatte.

Bereits gegen fünf wurden die Kinder so unerträglich, daß Sophia nichts anderes übrig blieb, als sich zu verabschieden.

Arthur zog sich sofort in sein Arbeitszimmer zurück, aber er wußte nicht recht, was er dort tun sollte. Gelangweilt blätterte er ein bißchen in dem Bildband herum, den ihm Elisabeth zum Fest geschenkt hatte: *Das Bauernhaus in der Provence.*

Arthur konnte sich nicht erinnern, sich jemals für Bauernhäuser in der Provence interessiert zu haben, aber die Aufnahmen waren sehr schön.

Er beschloß, den Bildband an Hanna weiterzureichen. Zwar hatten Hanna und er schon lange abgemacht, sich zu den Festen nichts mehr zu schenken, aber da Hanna kein Einkommen hatte, erhielt sie dennoch jene Weihnachtsspende, die Dienstboten zu allen Zeiten von ihren Brotherren erhalten haben und für die sie sich eigentlich mit einem kleinen, untertänigen Knicks hätte bedanken müssen. Arthur ergriff eine Briefkarte und schrieb: »Dir, liebe Hanna, ein Bilderbüchlein, als Ersatz für das richtige ›Haus im Süden‹, mit guten Wünschen zum Weihnachtsfest, Dein Arthur.«

Er schob die Karte zusammen mit einem Zweihundertmarkschein in einen Umschlag und legte diesen in den Bildband. Das Ganze bekam eine Umhüllung aus Geschenkpapier und eine Schleife. Sehr zufrieden brachte Arthur das Geschenk ins Schlafzimmer und legte die Überraschung auf Hannas Nachttisch. Es war eine alte Tradition, daß Geldgeschenke nicht direkt überreicht, sondern an besonderen Orten deponiert wurden. Er stellte sich vor, wie Hanna das Geschenk »finden«, es, auf der Bettkante hockend, öffnen und sich sodann still freuen würde! Ebenso still würde sie später im Vorübergehen seine Hand drücken, und er würde ihr schweigend zunicken. Arthur liebte dieses schlichte Ritual, es kostete so angenehm wenig Mühe und besaß doch einen gewissen Stil.

Den Heiligen Abend verbrachten sie zu dritt vor dem Fernseher. Hanna hatte für jeden einen Krabbencocktail aufgetischt und sonst nichts.

Auf dem Bildschirm stapften Jäger durch eine Schneelandschaft, und die elektrischen Kerzen an den Tannenzweigen, die es auch in diesem Jahr anstelle eines richtigen Weihnachtsbaumes gab, sahen eher traurig als festlich aus. Um so mehr funkelte die Kette, die Hanna um den Hals trug. Fita registrierte erleichtert, daß Arthur in diesem Jahr endlich einmal etwas angelegt hatte, und zog befriedigende Schlüsse aus diesem Verhalten. Arthur hatte wohl endlich den Ernst der Lage begriffen.

Arthur bemerkte nichts. Er hatte keinen Blick für Hannas Hals, er hatte nie einen Blick für Hannas Hals gehabt. Für ihn bestand Hanna aus Händen und Füßen.

Man wird vom Schicksal hart
oder weich geklopft,
es kommt auf das Material an.
Marie von Ebner-Eschenbach

Zu Beginn des neuen Jahres saß Hanna in der Küche und blätterte in ihrem neuerworbenen Terminkalender. Sie hatte ein wichtiges Geschäftsjahr vor sich, und es mußte stramm durchgeplant sein.

Sie fühlte sich erschöpft. Es war ein föhniger Tag, Kopfschmerzwetter, Selbstmordwetter. Ein schlapper Januar war einem schlappen Dezember gefolgt, mit feuchtwarmer Luft und Nächten, in denen man sich unruhig wälzte, anstatt zu schlafen. Heute nacht hatten sich zwei Vögel in den Kamin verirrt, und Hanna hatte wachgelegen und sie mit den Flügeln schlagen hören, bis es endlich, in den frühen Morgenstunden, still geworden war. Der nächtliche Lärm hatte sie daran erinnert, daß sie den Kamin abreißen und die Neugestaltung des Zimmers zur Sprache bringen mußte. Zwischen den Jahren war Hanna durch die Möbelabteilungen der Kaufhäuser geschlendert, bis sie schließlich gefunden hatte, was sie suchte: ein Schlafzimmer aus so schwarz poliertem Holz, daß man um einen Vergleich mit einem Bestattungsinstitut nicht umhin kam.

Selbst die feine Goldlinie, die um die Schranktüren und den Kopfteil der Betten lief, erinnerte an Särge, ebenso der Vitrinenschrank, der mit einer zylindrisch geformten Glastür verschlossen war. In den Anblick dieses gläsernen Sarges hatte Hanna sich lange vertieft und sich Julie darin vorgestellt, aufrecht aufgebahrt und von oben grünlichmatt beleuchtet.

Diese Phantasien hatten sie derart erregt, daß sich die Flecken auf ihrem Gesicht wieder einmal zu einem dunklen Purpur vertieften.

Der Verkäufer näherte sich dienstbeflissen. Das Schlafzimmer Modell »Ebenholz« war ein Artikel, der sich nicht verkauft hatte. Er schien die Leute zu sehr an ihr Ende zu erinnern, als daß sie Lust gezeigt hätten, ihm mehr als einen scheuen Blick zu schenken. So hatte »Ebenholz« vor Weihnachten stark herabgesetzt werden müssen und würde wahrscheinlich ein weiteres Mal reduziert werden. Die Ware mußte verschwinden, wenn die neue Lieferung eintraf: weiß gebeizt mit einem Hauch künstlicher Patina; Schlafzimmer, die an lichte Birke erinnerten und zur Zeit der Renner waren.

»Sie interessieren sich für dieses Zimmer?«

Er lächelte Hanna geschäftsmäßig zu und dachte, daß diese komische Alte mit dem fleckigen Gesicht und dem auffallenden Interesse für den Vitrinenschrank eine reelle Chance darstellte, »Ebenholz« noch vor der geplanten Reduzierung loszuwerden.

»Es erscheint mir zu teuer«, sagte Hanna kühl. »Ausführungen dieser Art sind nicht gefragt!«

»Aber, gnädige Frau, gerade... Man wünscht wieder etwas Solides, etwas, das ein Leben lang hält.«

»Es ist aber nicht nötig, sich anschließend auch noch darin begraben zu lassen.«

Der Verkäufer war irritiert. Auch an seinem Hals zeigten sich nun rötliche Flecken.

»Wenn ich Ihnen dann vielleicht etwas anderes zeigen dürfte, etwas Lichteres im Design?«

»Ich würde dieses Zimmer schon nehmen«, sagte Hanna, »was mich stört, ist der Preis. Zweitausend weniger, und ich werde es mir überlegen.«

Das Gesicht des Verkäufers blieb unbewegt. »Ebenholz« sollte um dreitausend reduziert werden; es deprimierte die Kunden so, daß die meisten die Flucht ergriffen, ohne sich weiter in der Abteilung umzusehen.

»Das wird kaum möglich sein, gnädige Frau«, sagte er, »denken Sie an die erlesene Ausführung. Allein der Dreifachlack, modernste Spritztechnik... aber ich werde mit meiner Geschäftsleitung sprechen.«

»Und ich mit meiner«, sagte Hanna und lächelte ebenso gewinnend wie der Verkäufer. »Ich komme Anfang des Jahres wieder vorbei.«

»Hoffentlich ist das Zimmer dann noch da«, gab der Verkäufer zu bedenken und traf wieder auf den ironischen Blick der seltsamen Kundin, die so harmlos aussah und über eine so spitze Zunge verfügte.

»Wetten?« fragte Hanna und wandte sich zum Gehen. »Führen Sie auch Tagesdecken?«

»Im zweiten Stock, Betten und Dekor, bitte sehr!« Der Verkäufer deutete eine leichte Verbeugung an. Siegessicher sah er Hanna nach. Sie würde wiederkommen und »Ebenholz« zum reduzierten Preis von fünfzehnhundert Mark kaufen. Barzahlung.

Im zweiten Stock besah sich Hanna eine messingfarbene Satindecke, abgesteppt und mit Volant, ebenso teuer wie häßlich, und schaute noch gleich in der Gardinenabteilung vorbei: Zufrieden registrierte sie, daß es genau passende satinfarbene Dekostoffe gab. Sie stellte sich den Raum in den Farben Schwarz und Messing vor, und ein angenehmes Gefühl wärmte sie. Es war das Gefühl, seine Sache im Griff zu haben. Das Gefühl der Profis.

Am Abend desselben Tages hatte sie sich dann Arthur genähert, den seit einiger Zeit irgend etwas zu bedrücken schien.

Seine Wangen waren eingefallen und das gewohnte Brüten, mit dem er sich seit jeher von allen häuslichen Problemen abzuschotten pflegte, war einer nervösen Verunsicherung gewichen.

Hanna machte sich Sorgen, daß vielleicht etwas mit Julie schiefgelaufen war. Vielleicht war sie krank oder, gräßlicher Gedanke, hatte sich in den jungen Mann verliebt, mit dem sie im Café gewesen war, und als direkte Folge davon plötzlich erkannt, was Arthur wirklich war: ein zum Geiz neigender, alternder Pascha. Der Gedanke beunruhigte Hanna zutiefst.

Seitdem eine gewisse ganz neue Lust, nämlich die Lust an Macht und Bereicherung, von ihrer Seele Besitz ergriffen hatte, sah sie in Julie nicht mehr die Rivalin, sondern eine Geschäftspartnerin, von der es abhing, daß das kommende Jahr mit einem satten Plus endete. Keineswegs durfte es soweit kommen, daß das Objekt Arthur an Wert verlor.

Zum erstenmal bekam Hanna eine Ahnung davon, warum sich die Leute, die an der Börse arbeiteten, in ständiger lustvoller Erregung befanden.

»Liebling, darf ich dich einen Augenblick stören?«

Arthur zuckte leicht zusammen. Seit achtundzwanzig Jahren hatte Hanna ihn nicht mehr mit einem Kosenamen bedacht, genauer gesagt seit jenem Tag, kurz nach der Hochzeit, an dem er ihr derlei Unsinn verboten hatte. Er war Arthur und nicht irgendein Schatzilein oder Mausibär. Er selbst hatte sich von Anfang an dazu erzogen, seine Frau niemals mit irgendeinem Namen anzusprechen. Es war schließlich so weit gekommen, daß er direkt überlegen mußte, wie sie eigentlich hieß...

Hanna bemerkte das leichte Zucken seiner Lider mit heimlicher Freude und setzte sich in jener Pose auf die Armlehne seines Stuhles, wie es die Sekretärinnen in gewissen Filmen tun. Sie legte ihren kalten Arm um seinen erhitzten Nacken und drückte einen Kuß auf sein lichter werdendes Haar.

Arthurs Kopfhaut zog sich unter der Berührung fröstelnd zusammen, aber er beherrschte sich. Dem Personal mußte neuerdings eine gewisse Beachtung geschenkt werden, wenn er nicht wieder ganz ohne dastehen wollte. Und das wollte er keinesfalls.

»Was gibt's?«

»Wir haben demnächst unseren Hochzeitstag!«

Wieder hauchte sie einen Kuß auf seinen Kopf und registrierte, wie die Haut unter ihren Lippen zuckte und die feinen Härchen sich nervös aufrichteten.

Verunsichert blickte Arthur auf.

»Ja und?«

»Zu einem solchen Ereignis darf man sich doch etwas wünschen.«

Arthur fühlte eine leichte Hitzewelle in sich aufsteigen.

Vorsichtig machte er sich frei und erhob sich. Er ging zum Fenster und riß es auf.

»Furchtbar, diese stickige Luft. Sechzehn Grad! Das ist überhaupt kein richtiger Winter!«

Erstaunt und verärgert sah er, daß Hanna in seinem Stuhl hinter dem Schreibtisch Platz genommen hatte und er wie ein kleiner Angestellter davorstand. Sie erschien ihm plötzlich wie die Chefin eines wichtigen Unternehmens, von der ganz allein es abhängen würde, ob er die Stelle behielt oder nicht.

Seitdem ihr Fita, die Seniorchefin, den Rücken stärkte, wurde sie täglich anmaßender.

»Ja und?« fragte er noch einmal, mühsam beherrscht.

»Man könnte ja wieder mal eine kleine Reise machen«, sagte Hanna, wobei sie erfolgreich eine wichtige Regel des Geschäftslebens anwandte: die Forderung so hoch anzusetzen, daß dem Gegenüber das Blut in den Adern gerinnt, dann leicht nachlassen.

»An den Bodensee!«

In Arthur begann es zu kochen. Wenn er nicht höllisch aufpaßte, befand er sich bald nur noch auf Reisen. Drei Wochen mit Julie in die Schweiz, kaum zurück, mit Hanna an den Bodensee. Er hörte im Geiste bereits Fitas dünne Stimme, mit der sie ihn aufforderte, sie zu Frau Münzenberg nach Hannover zu begleiten.

»Oder aber wir bleiben hier, und statt dessen gibt es...«

Arthur faßte sofort neuen Mut.

»Ja?«

»Ein neues Schlafzimmer!«

»Ein neues *was*???«

Arthur glaubte seinen Ohren nicht zu trauen. Scharf faßte er Hanna ins Auge. Die Verwirrte erhoffte sich doch wohl nicht die Wiederbelebung ihrer ehelichen Beziehungen, die vor Jahrzehnten auf sanfte und, wie er stets gehofft hatte, unmerkliche Art eingeschlafen waren.

Unverschämt direkt erwiderte Hanna seinen Blick.

»Nein, *daran* denke ich nicht«, sagte sie mit einem feinen Lächeln. Und fügte ebenso fein hinzu: »Keine Angst!«

Dies war zweideutig und hatte unverkennbar einen beschämenden Unterton.

»Ich mag nur nicht ein Leben lang in den Möbeln deiner Ahnen schlafen, du hattest mir das neue Schlafzimmer eigentlich schon zum ersten Hochzeitstag versprochen.«

Daran, jemals so wahnwitzige Versprechungen gemacht zu haben, konnte sich Arthur beim besten Willen nicht erinnern.

Er war sich jedoch nicht ganz sicher, und diese Diskussion begann ihn zu nerven. Sie traf ihn an jener hochempfindlichen Stelle unter der Gürtellinie, die es zu schützen galt. Er zwang sich zu einem Zugeständnis.

»Was kostet so ein Zimmer denn?«

»Wenn wir das alte als Antiquität verkaufen, so gut wie nichts. Ich möchte einfach einen einzigen Raum haben, den ich selbst ausgesucht und nicht von Vorgängern übernommen habe.«

Dagegen war an sich nichts einzuwenden.

»Und du glaubst, daß du die alten Möbel tatsächlich loswirst?«

»Echt Eiche«, sagte Hanna. »Antik. Gut erhalten. So etwas wird man immer los.«

»Na, wenn es dein sehnlichster Wunsch ist«, meinte Arthur und lächelte milde, »dann soll es so sein.«

In seinem verdunkelten Hirn leuchtete ein tröstliches Lämpchen auf. Hier hatte sich eine lästige Sache kostengünstig und bequem erledigt. Er würde praktisch nicht nur zu einem neuen Schlafzimmer, sondern darüber hinaus zu einem repräsentablen Geschenk für diesen verflixten Hochzeitstag kommen, und das alles, ohne einen Pfennig zu zahlen. Wenn Hanna die alten Betten gut verkaufen konnte – er würde sich, ohne mit der Wimper zu zucken, in die neuen legen. Wenn er es genau bedachte, hätte er nicht einmal sagen können, wie das alte Zimmer eigentlich aussah, in dem er seit über einem Vierteljahrhundert schlief.

Irgendwie braun...?

An der Tür wandte Hanna sich noch einmal um.

»Ja, und dann wollten wir ja schon immer den Kamin zumauern lassen; ich denke, daß wir das gleichzeitig in Angriff nehmen.«

»Welchen Kamin?« Arthur erinnerte sich ebensowenig an das Zugeständnis, den Kamin zu entfernen, wie er sich daran erinnerte, Hanna jemals ein neues Schlafzimmer versprochen zu haben.

»Es kommt immer wieder vor, daß sich Vögel darin verfangen und zu Tode flattern. Außerdem dringt die Kälte ein. Wir heizen praktisch den Himmel!«

Der Tod der Vögel war Arthur gleichgültig, aber es lag nicht in seiner Absicht, den Himmel über Bad Babelsburg zu heizen.

»Das hätten wir längst tun sollen«, sagte er zustimmend.

Nachdem Hanna den Raum verlassen hatte, kehrte er erleichtert an seinen Schreibtisch zurück.

Der lästige Hochzeitstag mit all seinen Schikanen schien also glimpflich über die Bühne zu gehen, und daß Hanna den Kamin im Schlafzimmer entfernen und somit Kosten sparen wollte, war ausgesprochen löblich. In solchen Angelegenheiten konnte man sich ja doch auf sie verlassen. Er selbst hatte das Ding seit mindestens zwanzig Jahren keines Blickes mehr gewürdigt. Er hätte auf Anhieb nicht einmal sagen können, wo genau es sich eigentlich befand.

Links von der Tür?

Der Gruß gilt stets der Robe.
Französisches Sprichwort

Es gab kaum noch einen Tag, an dem Hannas Gedanken nicht um Geschäftliches kreisten, wobei sie erstaunt feststellte, daß von den nüchternen Zahlen ein Zauber ausgehen konnte, der das Herz auf tröstliche Weise wärmte.

Fita lag unterdessen viele Stunden lang auf ihrem Ruhebett, genoß die Vollkommenheit ihres Zimmers und fürchtete sich gleichzeitig vor der Unruhe, die die Bauarbeiten mit sich bringen würden. Manchmal meldete sich ein leiser Instinkt, der sie vor jener fürchterlichen Entschlossenheit warnte, mit der Hanna im Begriff stand, die Symmetrie eines hundertjährigen Hauses zu zerstören. Aber sie konnte es sich nicht mehr leisten, auf ihre Intuition zu hören, und schmerzlich fühlte sie den Verlust ihrer Macht.

Julie war aus London zurückgekehrt und ahnte nicht, daß das Schicksal auch ihre Karte bereits gezogen hatte. Noch glaubte sie, es ganz allein zu bestimmen und daß es nur von ihrem eigenen Willen abhinge, ob sie Henry Winters Angebot, mit ihm nach London zu gehen, annehmen würde oder nicht.

Henry wollte ein fotografisches Atelier eröffnen und hatte vorgeschlagen, daß Julie sich daran beteiligen solle.

Die Zeit in London war wie ein erregender Traum vorübergerauscht. Henrys Freund Bob hatte sie mit Leuten aus der Kunstszene bekannt gemacht, und in der Ausstellung waren vor allem die beiden Portraits *Diva mit Strickzeug* und *Mann im Café* aufgefallen und hatten für viel Presse gesorgt. Dies war in einer Stadt, die vor Kunst schier überzusprudeln schien, nicht selbstverständlich.

»Warum kommst du nicht mit?« fragte Henry, der bereits die Umsiedlung nach London für diesen Sommer geplant hatte, immer wieder, und immer wieder antwortete Julie, daß sie es sich überlegen werde, und fühlte die große Chance nahen, die es angeblich nur einmal im Leben gab.

Die Handlung der meisten Romane, die sie gelesen hatte, steuerte direkt auf diese einmalige Chance zu, die man erkannte und ergriff, woraufhin sich alles automatisch zum Guten änderte – oder die man nicht erkannte und nicht ergriff, woraufhin man ebenso automatisch einer tristen, ereignisarmen Zukunft entgegenging.

»Hätte ich doch nur vor zweiundzwanzig Jahren Richards Antrag angenommen, ach, alles wäre anders gekommen«, seufzte in solchen Fällen die Heldin, tränenblind in einen meist herbstlichen Garten hinausblickend.

Ja eben, »Richards Antrag«.

Das Schicksal klopfte meist in Gestalt eines »Richard« an die Tür, der erst die Arme ausbreitete und dann den Weg in ein neues Leben wies. Julie dachte an Arthurs Arme, die sich zwar hin und wieder öffneten, aber anschließend schlaff herabhingen und weit davon entfernt waren, in irgendeine gemeinsame Richtung zu weisen. Sollte ihre große Chance also London sein? Es gab jetzt öfter Abende, die auf in tödlicher Routine erstickende Bürotage folgten; Abende, an denen Julie sich durch die verstopfte Stadt mühsam bis zu ihrer Wohnung voranquälte, um dann allein vor dem Fernseher eine Tiefkühlpizza zu essen. Das waren die Stunden, in denen ihr London wie eine einzige unwiderstehliche Verheißung erschien.

Ja, als ob es London war, das die Arme ausgebreitet hielt ...

Aber sie war vierzig Jahre alt und nicht auf Henrys Art unbekümmert. Sie besaß eine gute Stelle, Renten- und Zusatzversicherungen und ging jetzt seit achtzehn Jahren in dasselbe Büro. Und außer Bob und Henry kannte sie in England keine Menschenseele. Was, wenn Bob und Henry in ihrer schnellen Art, Entschlüsse zu fassen, irgendwann beschlossen, zurück in die Staaten zu gehen? Julie sah sich im Londoner Nebel auf dem Flughafen stehen, um die einzigen Freunde, die sie besaß, zu verabschieden. Als Fotografin war sie inzwischen vielleicht schon vergessen. Andere »große Talente« grinsten aus den Spalten der Zeitungen, und wenn ihr Name fiel, würde jemand sagen: »War das nicht die Kleine, die immer mit diesen Amerikanern rumzog? Hatte sie nicht ein wenig fotografiert?«

Aber die Alternative zu diesem Risiko gefiel ihr ebensowenig. Henrys Vorschlag nicht anzunehmen, bedeutete, sich weitere zweiundzwanzig Jahre allmorgendlich in die Auslandsabteilung der »Braun-Röhren-AG« zu begeben.

Auch Arthurs Gedanken kreisten zu diesem Zeitpunkt um sich selbst. Zum erstenmal in seinem Leben dachte er über sein Äußeres nach. Julies Frage, ob er sich nicht einmal etwas weniger konservativ kleiden könne, wies darauf hin, daß sie sich mit ihm in der Öffentlichkeit zu schämen begann, und das nagte an seiner Seele.

Er stellte sich vor den Garderobenspiegel und fand eigentlich nichts an sich auszusetzen. Seit seinem dreißigsten Lebensjahr trug er diese Art klassisch geschnittener Anzüge in gedeckten Farben zu meist weißen Hemden und dezenten Krawatten. Er war groß und, von einem kleinen Bauch abgesehen, noch immer schlank. Auf dem Kopf befanden sich mehr Haare als bei den meisten Männern seines Alters. Noch war die Schädelhaut so gut wie bedeckt und schimmerte nur auf dem Oberkopf ein wenig durch. Verunsichert strich er durch die Herrenabteilung der

Kaufhäuser und erstand schließlich ein Hemd aus flattriger schwarzer Seide, ähnlich jenem Hemd, das Henry getragen hatte. Zu Hause wartete er die Stunde ab, in der beide Damen das Haus verlassen hatten, und zog das Hemd über den Kopf. Nachdenklich betrachtete er sich.

Das graugemusterte Beinkleid seines Straßenanzuges schien nicht recht zu dem dünnen Seidenhemd zu passen, außerdem schimmerte das weiße Unterzeug durch.

Er zog es aus, doch jetzt klebte der Stoff auf der bloßen Haut, und die Brustwarzen waren zu sehen.

Ob es für diese neuen Hemden schwarze Unterwäsche gab? Arthur, der sich schwarze Wäsche nur bei Frauen in erotischer Situation vorstellen konnte, fühlte sich unbehaglich.

Er begann die Frauen zu beneiden, die Probleme dieser Art ganz offen mit Freundinnen besprechen und außerdem noch etliche Zeitschriften zu Rate ziehen konnten. Er jedoch konnte nicht zu Doktor Müller gehen, um ihn vertraulich zu fragen, welche Wäsche man unter schwarzen Seidenhemden trug und wie man andernfalls die Brustwarzen bedeckt hielt. Abgesehen davon, würde Müller dies gar nicht wissen. Was trug der eigentlich immer? Obwohl sie seit mehr als zwanzig Jahren Kollegen waren, hätte Arthur diese Frage nicht beantworten können. Er versuchte, sich Müllers Bekleidung vorzustellen, aber es wollte ihm nicht gelingen. In seiner Phantasie erschien lediglich Müllers blasses Gesicht, das über einem Aktenordner schwebte.

Mit herabhängenden Armen stand Arthur vor dem Spiegel und musterte das schwarze Hemd und die gräuliche Hose. Er war zutiefst unsicher, ob Julie ihn in dieser Aufmachung erotisch anziehend oder wenigstens akzeptabel finden würde.

Julie war von London zurück und doch so weit entfernt wie nie. Irgend etwas schien sie stark zu beschäftigen, und einmal hatte sie sogar wie nebenbei erwähnt, daß sie sich vorstellen könne, ganz nach London zu ziehen.

»Henry sähe es gern, wenn ich mitkäme!«

Dieser Satz lag Arthur im Magen. Er wußte aus Erfahrung, wie wenig widerstandsfähig Julie war, wenn ihr ein Mann nur energisch genug ins Hirn hämmerte, was gut für sie wäre. Auf dieser Tatsache beruhte schließlich seine eigene Beziehung zu ihr.

Er beruhigte sich schließlich mit dem Gedanken, daß Henrys Suggestivkraft nicht ausreichen würde, Julie zu einem so folgenschweren Schritt zu überreden. Er mochte jungenhaft, fröhlich und optimistisch sein, ein richtiger Kerl war er nicht.

Und Julie war einen richtigen Kerl gewohnt, der wußte, wo's langging, der Erfahrungen hatte und sie richtig einsetzte. In Arthur hatte Julie einen Mann, an dessen Brust man sich anlehnen konnte. An dieser Stelle seiner Überlegungen kehrte Arthur wieder zu dem Problem zurück, wie denn nun das Hemd beschaffen sein mußte, gegen das Julie die Wange schmiegen sollte. Bisher hatten sie nur miteinander telefoniert, und das erste Treffen im neuen Jahr durfte kein Flop werden. Sollte es Julie wieder danach gelüsten, in diesem schrecklichen Bistro matschige Auberginen zu essen, so mußte er äußerlich gerüstet sein. Er wollte sich kein zweites Mal vor dem Kellner mit dem dünnen Pferdeschwanz blamieren. Was hatte dieser Typ eigentlich angehabt? Arthur konnte auch diese Frage nicht beantworten.

Er zog das Hemd aus und beschloß, es Karin als Nachthemd zu schenken, damit es sich amortisierte, wenn er es zärtlich zerknautschte.

Das leidige Garderobenthema mußte vertagt werden.

Vielleicht sollte er Hanna um Rat fragen, obwohl sie in modischen Fragen nicht kompetent war. Er brauchte nur an die fischfarbenen Blusen zu denken, die sie immer trug; aber er hatte niemand anderen. Oder sollte er sich an Sophia wenden?

Diesen Gedanken verwarf er sofort. Sophia war eine intelligente Frau. Sie würde sich fragen, für wen er sich stylte.

Ein Mann muß nicht schön sein.
Volksweisheit

Arthur wunderte sich nicht wenig über das Interesse, mit dem Hanna auf seine Bemerkung, daß er es an der Zeit fände, etwas für sein Äußeres zu tun, reagierte. Seit achtundzwanzig Jahren lebte er in der vermeintlichen Gewißheit, daß er Hanna gefiel, wie er war, daß sie ihn mit Stolz betrachtete und sich voll und ganz mit ihm identifizierte. Und der Enthusiasmus, mit dem sie stets um seine Garderobe bemüht war, die Anzüge lüftete, ausbürstete und nach kleinsten Flecken absuchte, hatte immer etwas Rührendes gehabt. Auch das Putzen seiner Schuhe war ihr stets ein liebes Ritual gewesen. In Arthurs Seele gab es ein Bild, auf dem Hanna Samstag morgens auf der inzwischen abgerissenen Küchenveranda stand und seine sämtlichen Schuhe auf der Balustrade aufgereiht hatte. Auf dem Tischchen daneben befand sich ein Sortiment der verschiedenen Pasten und Bürsten, mit denen sie das Leder so lange bearbeitete, bis dessen Glanz endlich ihrem hohen Anspruch genügte. Der Blick auf ihren gebeugten Rücken und den spitzen Ellbogen, der in irrem Takt auf- und niederfuhr, hatte in ihm immer das Gefühl erzeugt, daß alles im Lot wäre.

Hannas weibliche Eitelkeit, die vom Hochzeitstag an im Keim erstickt worden war, hatte sich in Arthur ein Ventil gesucht, und denselben verliebten Blick, den sich andere Frauen im Spiegel zuwarfen, hatte Hanna ihrem Mann nachgesandt, wenn er am Morgen eiligen Schrittes zur Garage ging: ein Herr vom Scheitel bis zur Sohle! Flanellgrau, makellos, die Schuhe spiegelblank: *ihr Mann!*

Deshalb erstaunte es ihn nicht wenig, daß Hanna die Erklärung, die er sich zurechtgelegt hatte, nicht einmal hören wollte. Er hatte vorgehabt, ihr zu sagen, daß eine jüngere, flottere Generation von Professoren Einzug in die Hochschule genommen habe. Professoren, deren Outfit sich kaum von dem der Studenten unterschied, und die aus diesem Grunde von selbigen stärker akzeptiert wurden. Er komme sich in seinen konservativen Anzügen einfach ein wenig überholt vor.

Doch diese Ausführungen wären gar nicht nötig gewesen. Kaum hatte er seinem Wunsch nach modischer Auffrischung Ausdruck verliehen, schon flammte in Hannas Augen ein begehrliches Lichtlein auf. Arthur hatte beschlossen, etwas in sein Äußeres zu investieren. Das war zu begrüßen, denn es würde seinen Marktwert steigern und die Gefahr der Konkurrenz herabsetzen.

Der einzige Unsicherheitsfaktor in Hannas scharf und logisch kalkulierter Rechnung war nämlich jener junge Mann, mit dem Julie im Café geschäkert hatte.

In der Dunkelheit schlafloser Nächte stellte sie sich manchmal die Frage, was geschähe, wenn Julie das Geschäft ablehnen und ihr Arthur, »mit bestem Dank«, einfach zurückgeben würde.

Anstelle von Erleichterung fühlte sie sich bei diesen Gedanken von Panik erfüllt, die sich noch verstärkte, je länger sie über eine solche Möglichkeit nachdachte. Denn alles würde dann für den Rest ihres Lebens so bleiben, wie es immer gewesen war, einschließlich einer neuen Rivalin, die so sicher auftauchen würde wie das Amen in der Kirche. Der Zeitpunkt der einzigen Chance, die das Leben für sie parat hielt, war da! Und er würde kein zweites Mal wiederkommen.

Hanna warf Arthur einen interessiert kalkulierenden Blick

zu. Irritiert stellte er fest, daß neuerdings etwas höchst Beunruhigendes in ihren Augen flackerte, etwas Unbekanntes, Rätselhaftes.

Er kannte nur Frauenblicke der hoffnungsvoll bittenden Kategorie; Blicke, die sehnsüchtig auf ein Zugeständnis, eine kleine Anerkennung warteten; Dackelblicke, die erloschen, wenn eine der törichten Hoffnungen zu Staub zerfiel.

Deshalb konnte er das merkwürdige Leuchten in Hannas Augen nicht interpretieren.

»Ich wollte dich immer schon mal darauf hinweisen, daß du für die heutige Zeit zu konservativ gekleidet bist«, sagte Hanna.

Obwohl dies genau die Reaktion war, die er erhofft hatte, traf Arthur dieser Satz doch an empfindlicher Stelle. Offensichtlich lief er seit Jahren in einer Verpackung herum, über die alle anderen sich heimlich mokierten.

Er rettete sich durch einen direkten Angriff: »Gemessen an dir, bin ich doch wohl topmodisch!«

Spöttisch musterte er ihre beigeblasse Bluse mit dem lächerlichen Schleifenkragen, der ihren welken Hals betonte.

»Auf mich kommt's nicht an«, sagte Hanna lächelnd und nicht die Spur beleidigt. »Du bist derjenige, der in der Öffentlichkeit steht. Aber natürlich hast du recht«, fuhr sie fort, »ich bin in der Tat nicht auf dem laufenden. Am besten werden wir Fita um Rat fragen, oder noch besser: Sophia...«

Hanna gelang es, Sophia klarzumachen, daß man in einer Familie am selben Strang ziehen müsse, die bevorstehende Scheidung und die damit verbundene Unruhe ihren Eltern viel abverlange und es nett wäre, auch von ihr endlich einmal eine kleine Hilfestellung zu bekommen.

Mit dem Angriff auf die unterlassene Hilfeleistung lenkte sie geschickt vom eigentlichen Problem und somit jeglichem Verdacht ab.

Sophia hatte noch an dem Vorwurf zu kauen, als bereits eine

plausible Erklärung dafür erfolgte, warum sie sich an der Modernisierung ihres Vaters beteiligen sollte.

»Er tut sich schwer mit der jungen Konkurrenz. Die Studenten betrachten ihn bereits als Fossil.«

Sophia plante, die Kinder in Kürze für mindestens vier Wochen in der Heinrich-Heine-Allee abzuladen, um sich in Ruhe um eine neue Wohnung kümmern zu können, deshalb versprach sie, am nächsten verkaufsoffenen Samstag vorbeizukommen und sich in der Zwischenzeit nach einem erstklassigen Herrenausstatter umzusehen.

Auch Fita nahm den Plan von Arthurs Rundumerneuerung zufrieden zur Kenntnis. Alles wies doch darauf hin, daß man sich der ehelichen Werte besonnen und beschlossen hatte, künftig wieder eine richtige Familie zu sein; eine Familie, in der Kinder (hier konnte sie einen kleinen Seufzer nicht unterdrücken) und Alte einen Hort der Geborgenheit fanden. Daß auch Arthur sich eines Besseren besonnen hatte, bewiesen die teure Kette, die er Hanna zu Weihnachten geschenkt hatte, und seine Bereitwilligkeit, mit der er auf ihre Umbauwünsche eingegangen war.

Überdies war zu bemerken, daß er jetzt hin und wieder einmal das Wort an Hanna richtete.

All dies hatte sich ja auch bereits bezahlt gemacht: Hanna widmete ihre gesamte Kraft wie eh und je dem Hauswesen, und die Hirngespinste, in irgendwelchen fremden Häusern Dienst tun zu müssen, gehörten der Vergangenheit an. Sie rannte auch nicht mehr allein in der Gegend herum, sondern verließ das Haus nur, wenn sie ein sinnvolles Ziel hatte: den Friedhof, zum Beispiel, oder den Supermarkt.

Für den Sprung in die Zukunft und topaktuell:
die Hose im Ultra-Stretch-Design...
Aus der Werbebroschüre
eines Herrenausstatters

Arthur stürzte sich in die Feuerprobe der äußerlichen Umgestaltung mit eiserner Selbstdisziplin und letzter Kraft. Wäre ihm nicht plötzlich zu Bewußtsein gekommen, daß auch Karin ihn jedesmal, ehe er sie zum Essen ausführte, bat, den bei ihr deponierten Cashmerepulli und die lässige Lederjacke anzuziehen (jene Kleidungsstücke, die ihm Julie im Laufe der Zeit geschenkt hatte), wäre er vielleicht noch im letzten Augenblick desertiert.

So aber ließ er sich willig von Hanna, Fita und Sophia zu »Schneider & Sohn« schleppen, um sich viele qualvolle Stunden lang seiner Manneswürde berauben zu lassen.

»Schneider & Sohn« war ein auf Herrenausstattung spezialisiertes Geschäft auf mehreren Etagen, in denen man von der Socke bis zum Hut, vom Manschettenknopf bis zum Gürtel alles erstehen konnte, was der gepflegte Herr benötigte. Im Grunde gefiel Arthur das Geschäft recht gut, hätte es nicht einen Makel gehabt, der einem leider erst auffiel, nachdem man den Laden bereits betreten und der ersten Verkäuferin ins Netz gegangen war: »Schneider & Sohn« beschäftigte ausschließlich junge, weibliche Kräfte. Es wäre Arthur bedeutend leichter gefallen, sich von einem Mann den Hosenbund hochzerren und den Aufschlag abstecken zu lassen, als halb entblößt vor einer jungen, hübschen Frau zu erscheinen. Arthurs Annäherung an Frauen war an feste Rituale gebunden, und die ungewohnte Situation bewirkte, daß er heftig zu schwitzen begann und seine

Urteilskraft einbüßte. Mit hochrotem Kopf wühlte er sich in der zu engen Kabine in eine zu enge Hose, die er mit eingezogenem Bauch emporzerren mußte, um sie überhaupt schließen zu können. Derweil warteten draußen, auf goldenen Stühlchen sitzend, die Preisrichterinnen Hanna, Sophia und Fita darauf, daß sich endlich der rote Vorhang teilen und Arthur in Erscheinung treten würde.

Er tat dies schließlich mit flehenden Augen, feuchter Stirn und Hosenbeinen, die er, um überhaupt laufen zu können, bis zur Mitte der Wade hochgestülpt hatte.

»Mein Sohn hatte immer zu kurze Beine«, erklärte Fita bei seinem Anblick der Verkäuferin. »Er kommt nach seinem Vater, ein Sitzriese! Die Vonsteins waren alle Sitzriesen!«

»Ich bin über einsachtzig groß«, stellte Arthur mit dem Rest von Selbstachtung, der ihm geblieben war, richtig.

»Zwei Drittel davon sind Oberkörper«, beharrte Fita ungerührt. Sie wandte sich erneut an die Verkäuferin: »Deshalb muß man genau auf die Jackenlänge achten, sonst stimmen die Proportionen nicht. Aber«, fuhr sie mit einem kritischen Blick auf Arthur fort, »die Hose ist ohnehin zu eng. Versuchen wir doch mal eine mit Bundfalten.«

»Bundfalten machen ihn zu dick«, entgegnete Sophia, »die kann man wirklich nur tragen, wenn man makellos schlank ist.«

»Wir haben hier einen Hosentyp, der sehr gut ankommt«, schaltete sich die Verkäuferin ein. »Hochwertig im Material, und dazu ein gemäßigter Jeansstil. Das ist jugendlich-flott, ohne daß der Herr im fortgeschrittenen Alter Gefahr läuft, sich lächerlich zu machen.«

Sofort verlangten alle drei Damen von ihm, daß er sich in diesen neuen Hosentyp zwängte.

Entmündigt tat Arthur, wie ihm geheißen, wobei er mürrisch feststellte, daß es in diesem Geschäft keine Spiegel in den Kabinen gab.

Offenbar gingen »Schneider & Sohn« davon aus, daß ein mit seinem Spiegelbild alleingelassener Mann eher in Depressionen als in Kauflust verfiel, keinerlei Urteilsvermögen besaß und es allemal besser für ihn war, wenn er herauskam, um sich von Mami sagen zu lassen, ob das neue Höschen paßte oder nicht.

Leider fand jedoch auch das Beinkleid im Jeansstil vor den Augen der drei Mütter, die Arthur mitgebracht hat, keine Gnade.

Fita riet wieder zu den Bundfalten, Sophia argumentierte erneut dagegen. Hanna sagte nichts. Mit halb geschlossenen Augen lehnte sie in ihrem Sesselchen, fixierte Arthur mit einem unergründlichen Blick und schüttelte mit leiser Ironie den Kopf.

Arthur stand unglücklich auf Socken in dem Laden herum und fühlte, wie ihm der Schweiß in den Nacken rann und der Metallknopf des Hosenbundes empfindlich auf den Magen drückte.

Er überlegte gerade, ob es nicht leichter wäre, Julie einfach kampflos aufzugeben, als sich weiterhin dieser entwürdigenden Situation zu stellen, als ihm die Verkäuferin zu Hilfe kam. Im Laufe der Zeit hatte sie einen guten Blick dafür entwickelt, wann sich ein Kunde jener Panik näherte, in der er plötzlich nur noch einen einzigen Anzug, nämlich seinen eigenen, anzuziehen begehrte, um dann so schnell wie möglich zu fliehen. Lächelnd wandte sie sich an die drei Damen.

»Ich würde vorschlagen, daß Sie drei sich in unserer Cafeteria entspannen und mir den Herrn«, hier warf sie einen mitleidigen Blick auf Arthur, »allein überlassen.«

Sie wandte sich an Fita, die die gewichtigste Stimme zu haben schien, und nickte ihr beruhigend zu.

»Ich bin sicher, wir finden das Optimale, es braucht nur ein wenig Zeit!«

Die Damen erhoben sich tatsächlich und zogen ab. Alle drei

hatten Sehnsucht nach einer Tasse Kaffee. Arthurs Einkleidung schien eine Angelegenheit von mehreren Stunden zu werden, man tat gut daran, sich zwischendurch ein wenig zu erfrischen.

»Es wird nicht leicht für ihn sein, sich an einen anderen Kleidungsstil zu gewöhnen«, sagte Hanna. »Im Grunde stehen ihm die klassischen Anzüge am besten.«

»Für modische Gags sind seine Beine zu kurz«, pflichtete Fita bei. »Je modischer der Anzug, um so wichtiger die Proportionen!«

Sophia enthielt sich der Stimme. Sie dachte daran, wie unmöglich Bodo immer in diesen Bundfaltenhosen ausgesehen hatte, die sie haßte und die er dennoch mit Vorliebe trug, weil sie angeblich so bequem waren. Einen Mann, der zum ersten Treffen in so einer Hose erschienen war, hätte sie niemals heiraten dürfen.

Während die Damen Kaffee tranken, gingen Arthur und die Verkäuferin in die zweite Runde.

Die Verkäuferin war eine Fachkraft mit viel Erfahrung! Sie hatte Arthurs Problem erkannt und lächelte so vertrauenserweckend wie möglich. Dann wandte sie jenen Trick an, der niemals versagte:

»Einen Mann von Ihrer Statur kleidet im Grunde alles!«

Erfreut bemerkte sie, wie sich der durch die jüngsten Ereignisse stark geschrumpfte Arthur unter diesen Worten auf Größe 50 zu blähen begann. Männer seiner Art glichen jenen Gummipuppen, denen man jedes Volumen verpassen konnte, das einem behagte.

»Und Ihre Proportionen sind geradezu ideal!«

Arthurs Volumen erreichte Größe 52.

»Aber meine Mutter...«

»Hören Sie nicht auf sie. Mütter haben selten einen objektiven Blick, wenn es um den eigenen Sohn geht.«

54! In dieser Größe waren »Schneider & Sohn« gut sortiert.

Sie lächelte Arthur zu.

»Übrigens, mein Name ist Schönwanne.«

Arthur deutete eine Verbeugung an.

»Vonstein, Doktor Vonstein.«

Er atmete tief durch. Langsam kehrte seine in der Umkleidekabine verlorengegangene Identität zurück.

Fräulein Schönwanne wies erneut auf die unbequeme Hose im Jeansstil.

»Daß diese modisch aktuelle Hose nicht saß, lag – Sie erlauben – an Ihrer Unterwäsche.«

Arthur war so verblüfft, daß er vergaß, peinlich berührt zu sein.

»An meiner Unterwäsche?«

»Sie trägt zu sehr auf. Die neuen geschmeidigen Stoffe vertragen dieses feste Unterzeug nicht.«

Das hatte Arthur bei der Anprobe des schwarzen Flatterhemdes auch schon bemerkt. Er nickte zufrieden vor sich hin. Fräulein Schönwanne hatte sein Problem auf Anhieb erkannt. Ab jetzt würde er ihr vertrauensvoll folgen!

»Gehen wir doch mal in die Wäscheabteilung hinüber«, schlug sie vor.

»Ja, das wäre vielleicht das beste«, bestätigte Arthur. Er grinste. »Fangen wir von unten an!«

Leider stießen sie bei den Unterhemden auf die drei Damen, die sich inzwischen gestärkt hatten und zurückgekehrt waren, um ihre Beratertätigkeit wiederaufzunehmen.

»Geht bitte nach Hause, ich möchte mit... ich komme mit Fräulein Schönwanne allein zurecht«, sagte Arthur, dessen wiedergewonnenes Selbstbewußtsein ihn stark machte. Er räusperte sich, froh, daß es ihm in letzter Minute gelungen war, die Bremse anzuziehen.

Fast hätte er sich einen Freudschen Versprecher geleistet und »Ich möchte mit Fräulein Schönwanne allein sein« gesagt, was absolut der Wahrheit entsprach. Fräulein Schönwanne hatte ihm gerade die Bürde jenes Problems von den Schultern genommen, die ihn zur Zeit am stärksten drückte. Außerdem war sie jung und attraktiv und trug, wie er soeben erst bemerkt hatte, einen äußerst raffiniert gewickelten Pulli. Er reckte sich zu seiner vollen Größe empor und schleuderte einen unwilligen Blick auf die Damenriege hinab.

»Also, geht jetzt bitte!«

Doktor Vonstein stand so würdevoll vor ihnen und hatte in seine Stimme so viel Autorität gelegt, daß sie tatsächlich abzogen. Nur Hanna hatte den kleinen Versprecher bemerkt, und nur sie wußte ihn richtig zu interpretieren. Sie fühlte in sich eine große, wohltuende Ruhe.

Alle Sorgen, das Geschäftliche betreffend, waren unbegründet. Sie würde Arthur zu einem guten Preis loswerden. So sehr es sie auch verwunderte, sein Typ hatte Konjunktur.

Nachdem die Damen das Weite gesucht hatten, verbrachten Arthur und Fräulein Schönwanne einen genußreichen Nachmittag. Fräulein Schönwanne liebte Männer, sonst hätte sie diesen Job nicht ausüben können, und vor allem liebte sie sie, wenn sie süß und vertrauensvoll wie kleine Jungs wurden und sich brav und widerstandslos alles überstülpen ließen, was Fräulein Schönwanne für sie aussuchte.

Arthur erstand zwei Seidenhemden, mittelblau und blickdicht, feine Unterwäsche ohne Rippchen, Socken und Krawatten, Pullis mit spitzem und rundem Ausschnitt, eine flotte Jacke (Marke: lässig, locker, leicht) und schließlich einen kittfarbenen Trench, den man – wie Fräulein Schönwanne ihn anwies – mit hochgestelltem Kragen und hinten geknüpftem Gürtel tragen sollte.

Beim Knöpfeln und Krempeln, Schlipseln und Sockeln, Streicheln und Zupfeln kamen sie sich ungewöhnlich nahe. Schon bald fühlte Arthur sich nicht mehr entwürdigt, sondern ausge-

sprochen wohl. Und als Fräulein Schönwanne vor ihm nieder-
kniete, um ihm die Beine der Seniorenjeans abzustecken, und
sich dabei mit der Schulter gegen seine Schenkel preßte, da war
diese leise Berührung wie ein Versprechen.

Er sah auf ihren gebeugten Nacken hinab und hatte plötzlich
den Wunsch, nach ihrer Telefonnummer zu fragen, aber er verwarf den Gedanken wieder. Fräulein Schönwanne arbeitete ja in
einem öffentlichen Geschäft, er würde sie sehen können, wann
immer es ihn danach gelüstete. Der private Treff konnte warten.
Demnächst einmal würde er einen freien Nachmittag nutzen, um
seinen Schlipsbestand auf Vordermann zu bringen.

Einstweilen begnügte er sich damit, Fräulein Schönwanne
beim Abschied die Hand zu reichen und ihr einen tiefen Blick zu
schenken.

»Ich danke Ihnen!« sagte er zu ihr. »Sie haben mir sehr geholfen!«

»Dafür bin ich doch da«, meinte sie und strich ihm noch ein
letztes Mal, scheinbar den Sitz seiner Jacke korrigierend, zärtlich
über die Schulter...

Mit einem Lächeln in den Mundwinkeln sah sie ihm nach.

Ein stattlicher Typ, der garantiert wiederkommmen würde.
Und besser gekleidet als heute. Wie die meisten unverheirateten
Frauen fühlte sich auch Fräulein Schönwanne jeder Ehefrau
überlegen. Wie diese Frauen ihre armen Männer rumlaufen ließen... Und wie sie selbst aussahen! Auch diese unmögliche Frau
heute wieder: unmodisch von Kopf bis Fuß, und dann die Frisur
und die lila Gesichtsflecken... Die hatte einen Mann wie Doktor
Vonstein einfach nicht verdient.

So rechtfertige Fräulein Schönwanne schon heute vor sich
selbst jene Situation, die sie bei Arthurs nächstem Besuch einzu-
leiten gedachte. Denn Fräulein Schönwanne zog Männer nicht
nur gerne an.

Schmeichelei ist Aggression auf Knien.
Gerhard Brontsner, Publizist

Das erste Treffen im neuen Jahr zwischen Julie und Arthur fand schließlich am zweiundzwanzigsten Januar statt, drei Wochen vor der geplanten Winterreise.

Wegen der aufwendigen Rundumerneuerung seines Outfits hatte Arthur seinen Besuch zweimal verschieben müssen, aber Julie war so mit sich selbst beschäftigt gewesen, daß es ihr nicht weiter aufgefallen war. Eher fühlte sie eine gewisse Unlust, wenn sie an die Reise dachte.

Sie plante mit Henry eine weitere Ausstellung im Stadtcafé, die diesmal die Theken der City und ihr typisches Publikum zum Thema haben sollten.

Vom stiernackigen Säufer, der schweigend über seinem Bier brütete, bis hin zur coolen Generation der Selbstdarsteller, die ihr Outfit dem High-Tech-Look ihres »In-Treffs« angepaßt hatten, sollte alles vertreten sein. Julie kam es vor allem darauf an, die Sprachlosigkeit in der heutigen Zeit aufzuzeigen, in der die Menschen die Kneipe weniger zum Zweck der Kommunikation aufsuchten, als deshalb, weil sie vor sich selber flohen.

Das Projekt nahm sie so in Anspruch, daß ihr die Reise – gerade jetzt – eher lästig als angenehm war.

Als Arthur anrief, um seinen Besuch anzukündigen, das heißt, um höflich anzufragen, ob sie wohl am kommenden Wochenende Zeit für ihn hätte, wobei die saloppe Art, sich einfach anzumelden (»Schatz, halt den Sonntag mal frei, es ist möglich, daß ich vorbeikomme!«) der Vergangenheit angehörte, ließ sie ihn ihre Unlust deutlich spüren.

»Wann wollten wir noch fahren? Weißt du, es ist möglich, daß ich ein wenig später nachkomme...«

Arthur, am anderen Ende der Telefonleitung, mußte schlukken.

Hier schwammen deutlich Marktanteile davon, direkt auf Henry Winters Konto.

Er beherrschte sich mühsam.

»Wir werden am Samstag darüber sprechen, mein Herz. Einstweilen ist es mir wichtig, dich überhaupt zu sehen!«

»Um wieviel Uhr gedachtest du denn zu kommen?«

»So früh du mich ertragen kannst, am liebsten schon zum Frühstück.«

»Und wann frühstückst du zur Zeit?«

»Um acht, und am liebsten im Bett.«

Widerwillig mußte Julie lächeln.

»Bringst du Brötchen mit?«

Arthur spürte ihr Lächeln durch den Draht und belohnte es mit einem seiner seltenen Scherze:

»Wer nie im Bette Brötchen aß, der weiß nicht, wie die Krümel pieken.«

»Zwieback!«

»Zwie-*was*?«

»Back!«

Aus Angst, irgend etwas mißverstanden zu haben und sich erneuten Unmut zuzuziehen, wechselte Arthur vorsichtshalber das Thema.

»Ich liebe dich.«

Das hatte er, so direkt, noch nie gesagt, denn der Satz war nicht ungefährlich und nur für den alleräußersten Notfall reserviert.

Aber dieser Notfall war eingetreten. Er mußte jetzt alles setzen, wenn er nicht alles verlieren wollte.

Seufzend legte er den Hörer auf. Arthur Vonstein gehörte nicht zu den Männern, die das Risiko schätzten.

Letzten Endes
gibt es nur zwei Sorten von Frauen:
die geschminkten und die ungeschminkten.
Oscar Wilde

In der Nacht zum zweiundzwanzigsten Januar schlug das Wetter um, und das Thermometer sank auf zehn Grad unter Null. Arthur war bereits um halb sieben in der Garage und versuchte vergeblich, den Wagen zu starten. Er verfluchte sich, daß er den Werkstattbesuch immer wieder aufgeschoben hatte.

Er hatte überhaupt zu vieles aufgeschoben, den TÜV zum Beispiel, einen Besuch bei Karin aus Sindelfingen, die Vorbereitung eines wichtigen Vortrages und eben die längst fällige Inspektion.

Der Inspektionstermin war bereits um tausend Kilometer überschritten, und der Ölwechsel wurde auch fällig. Die Versäumnisse türmten sich inzwischen zu Bergen.

Verärgert lauschte er auf das nervöse Stottern des Motors und beschloß, die nutzlosen Versuche zunächst aufzugeben. Er ging in die Küche und setzte sich an den Tisch, um eine Tasse Kaffee zu trinken.

Hanna war schon auf den Beinen und werkelte in einem unsäglich abgetragenen Bademantel herum. Ihr Haar stand nach allen Seiten ab, aus dem Ausschnitt des Mantels lugte ein zerknülltes Nachthemd hervor, an den nackten Füßen trug sie ausgelatschte Pantoffeln. Arthur wandte sich ab, um den Anblick nicht länger ertragen zu müssen. Lief sie frühmorgens immer so rum? Es mußte Jahre her sein, daß sich ihre Wege um diese Zeit gekreuzt hatten.

»Wann beginnen denn die Bauarbeiten?« fragte er.

»Mitte Februar, wir fangen mit dem Setzen der Zwischenwände an. Die Firma sagt, es würde nicht allzulange dauern, sie rechnen mit drei Wochen.«

Er atmete auf. Das klang ja recht harmlos.

»Im April wird dann die Terrasse gebaut...«

Aber das interessierte Arthur im Moment nicht. Der Termin Mitte Februar war ideal, er würde sich zu dieser Zeit mit Julie im Schnee vergnügen und schlug somit zwei Fliegen mit einer Klappe. Hanna schenkte sich im Stehen, mit vorgeschobenem Bauch gegen den Kühlschrank gelehnt, eine Tasse Kaffee ein und musterte Arthur mit forschendem Blick.

Er sah gut aus!

Zu den engen Seniorenjeans trug er ein weiches, dunkelblaues Hemd und eine locker fallende Jacke aus feinstem Strick. Den Friseur schien er auch gewechselt zu haben. Hanna hatte gar nicht für möglich gehalten, daß Arthurs haariger Restbestand noch mehrere Variationen zuließ.

Er sah zehn Jahre jünger aus.

»Na, ich versuch's dann noch mal«, sagte er jetzt und erhob sich. »Schrecklich, diese ewige Wochenendarbeit! Die reinste Sklaverei, die einem noch dazu keiner bezahlt.«

»Dir vielleicht nicht«, dachte Hanna und fühlte wieder diese warme Welle anrollen, die neuerdings so oft ihr Herz überflutete. Durch einen einzigen Besuch bei »Schneider & Sohn« und den Einsatz von Fräulein Schönwanne war Arthurs Kurswert leicht um das Doppelte gestiegen.

Zufrieden lauschte sie dem abfahrenden Wagen nach. Arthur würde mindestens bis morgen abend fortbleiben.

»Was lächelt sie so komisch?« wunderte sich Fita, die wenig später die Küche betrat und Hanna, mit irgendeiner gedanklichen Aufgabe beschäftigt, am Kühlschrank lehnen sah.

»Ich wollte nur eben meinen Morgentee holen!«

Sie warf ihrer Schwiegertochter einen besorgten Blick zu. Es war sehr traurig, daß sie sich in letzter Zeit wieder so gehen ließ. Arthur tat alles, um frischen Wind in die Ehe zu bringen, und sie schien nicht zu bemerken, welch trostlosen Anblick sie selbst bot. Fita stellte das silberne Teekännchen auf ein Tablett und beeilte sich, diese gräßliche Kochgruft so rasch wie möglich zu verlassen, um sich in der stilvollen Atmosphäre ihrer eigenen Räume von dem Anblick zu erholen. In der Tür wandte sie sich noch einmal um. Ein trüber Morgen schimmerte durch die kahlen Äste der Rotbuche, über dem Spülstein warf eine grelle Lampe einen ebenso grellen Lichtkegel auf die häßlichen Vorhänge und die Fliegenschißkacheln. Hannas Bademantel war vorne fleckig, und um die Hüfte herum hatten die Frotteeschlingen lange Fäden gezogen. Die Flecken in ihrem Gesicht wirkten bei dieser Beleuchtung wie Blutgerinnsel.

»Du solltest wieder einmal zu Sylla Syren gehen«, sagte Fita, ehe sie die Küche verließ. »Du siehst gar nicht gut aus in letzter Zeit.«

Hanna lächelte über die höfliche Umschreibung eines Dauerzustandes. Sie hatte noch nie gut ausgesehen, doch im Moment zog sie zum erstenmal Kapital daraus. Je häßlicher sie war, um so entgegenkommender würde Arthur sich zeigen, wenn sie ihren Platz für Julie freigab. In ihren geschäftlichen Spekulationen war sie im Moment mit der Summe ihres Unterhaltes beschäftigt.

Der Unterschied zwischen Julie und ihr mußte so kraß sein, daß es Arthur leicht fiel, ein wenig mehr als den gesetzlich festgelegten Satz zu zahlen. Schließlich würde sich die Mehrausgabe ja amortisieren. Sie warf Fita einen Blick zu und lächelte.

»Ich habe fest vor, zu Sylla Syren zu gehen«, sagte sie. »Später . . .«

Die Welt besteht aus Jägern und Flüchtern.

Solange Julie geflüchtet war, war sie von Arthur gejagt worden, bis sie aufgab und sich hingab, woraufhin beide die Rollen vertauschten. Künftig war es Arthur, der floh, und Julie, die ihn jagte, wobei sie, wie die meisten Jäger, irgendwann dem blinden Instinkt erlag und nicht mehr wußte, zu welchem Zweck die Verfolgung eigentlich geschah.

Erst als sie schließlich entmutigt aufgab, erweckte sie aufs neue sein Interesse. Denn von niemandem verfolgt, heißt von niemandem begehrt zu sein.

Julie begrüßte Arthur an jenem Morgen im losen Seidenkimono, mit duftenden Haaren und frisch bezogenem Bett. Die Fliegenschißküche und Hannas Bademantel noch im Blut, fand er sie atemberaubend schön.

Sie fand ihn männlich und interessant.

Außerdem schien er verändert.

Er hatte sich nicht lange genug im angezogenen Zustand präsentiert, als daß sie hätte sagen können, worauf sich die Veränderung bezog.

Auf jeden Fall wirkte er so dynamisch wie noch nie.

Hinterher schlug er ihr ganz von selbst vor, in ihrem Lieblingsbistro eine Kleinigkeit zu essen. Über den Teller mit zerkochten

Zucchini und Knoblauchbrot hinweg, begann er den Nachmittag zu planen.

Hatte Julie Lust auf einen Spaziergang im Park, oder wollte sie lieber ins Kino? Selbst ein Museumsbesuch war möglich.

Er lächelte wie ein Heiratsschwindler.

»Ich werde künftig kürzertreten, ich möchte endlich ein wenig leben. Aber«, er hob das Glas und schenkte Julie einen Blick, den beide für erotisch hielten, »ich brauche jemanden, der mir dabei hilft!«

Bei diesen Worten fühlte Julie ein bereits verlorengeglaubtes Gefühl zurückkehren. Gleichzeitig formten sich ihre Lippen zu der obligatorischen Frage:

»Wie lange kannst du denn bleiben?«

Arthur schob sich den Rest des Knoblauchbrotes zwischen die Zähne und ließ sich mit der Antwort Zeit. Zufrieden bemerkte er, daß Julie diese uralte Frage mit der gewohnten Angst in den Augen stellte. Er nahm einen Schluck Wein und lächelte sie dann beruhigend an. »Ich fahre erst am Dienstag morgen. Das heißt«, wieder erschien das Lächeln des Heiratsschwindlers, »wenn du mich so lange erträgst!«

»Im Cinema läuft ein Film von Leconte«, sagte Julie. »Vielleicht hättest du Lust…«

Arthur hatte noch nie etwas von einem Regisseur namens Leconte gehört. Sicher würde es sich um einen jener Filme handeln, in denen Blätter von Bäumen wehen und Steine über Hänge rollen, ohne daß man erfuhr, wozu.

»Das würde mich sehr interessieren«, sagte er, »aber vorher möchte ich dir noch ein verspätetes Weihnachtsgeschenk geben! Als Abbitte dafür, daß dir die Kette nicht gefallen hat«, fügte er demütig hinzu.

Über Julies Gesicht flog eine leichte Röte.

»Es war nicht so sehr die Kette an sich«, stotterte sie. »Es war eher das, nun sagen wir, etwas zu leichte Metall…«

»Kein Gold für Julie«, notierte Arthur im Speicher seines Gehirns und fühlte einen Anflug von Müdigkeit. Karin konnte man *nur* mit Gold beglücken, je protziger, um so besser. Julie schien der Anblick eher abzuschrecken. Ach, diese Weiber…

»Na, vielleicht habe ich mit diesem Metall mehr Glück.«

Das Päckchen enthielt einen schlichten Ring mit Zertifikat: »Zu wissen, es ist Platin!«

Julie hob den Blick.

»Das hast du aber getroffen!« sagte sie. »Ganz allein ausgesucht?«

Diese Frage ließ Arthur unbeantwortet.

Er hatte den Ring natürlich nicht allein ausgesucht.

Die gesamte Werbeaktion mußte in einem gewissen Rahmen bleiben, und er konnte kein weiteres Risiko eingehen. Werbegeschenke waren teuer und mußten zielorientiert eingesetzt werden. Deshalb hatte er Fräulein Schönwanne um Hilfe gebeten, und sie hatte sie gerne gewährt. Der Hilflosigkeit der Männer in bestimmten Fragen verdankte sie schließlich ihren hohen Lebensstandard. Außerdem verlieh sie ihr ein angenehmes Gefühl von Macht.

Julie schob sich den Ring über den Finger und drehte die Hand verliebt hin und her. Dann hob sie den Blick und sagte etwas ziemlich Erschreckendes: »Warum bringst du nicht einmal ein paar Fotos von deinen Töchtern und Enkeln mit? Der eigentliche Teil deines Lebens ist mir immer fremd geblieben.«

»Der eigentliche Teil meines Lebens bist doch du!« sagte Arthur und küßte die Spitze jenes Fingers, auf den sie den neuen Ring gesteckt hatte.

Am Morgen des dreiundzwanzigsten Februar öffnete sich plötzlich der Himmel und Massen von Schnee fielen herab.

Arthur und Julie kämpften sich über die verstopfte Autobahn Richtung Schweizer Grenze, und Arthur büßte bei dem Versuch, auf einem Parkplatz die lange nicht mehr benützten Schneeketten aufzuziehen, den Schick der neuen Seniorenjeans ein.

In der Heinrich-Heine-Allee begannen die Maurer zielstrebig damit, die Symmetrie der unteren Räume zu zerstören. Fita litt unter Magenverstimmung, schloß gottergeben die Augen, faltete die Hände und blieb im Bett. Hanna stand den Arbeitern im Weg, bot Kaffee und belegte Brötchen an und stellte beglückt fest, daß die Wände zu Gefängnismauern emporwuchsen und die schlauchförmigen Kammern, die entstanden, eher Zellen als Zimmern glichen. Sie überlegte gerade, ob man das bedrückende Raumgefühl nicht noch verstärken könnte, indem man die Trennwände mit dunklem Holz verschalte, als es klingelte.

Ein Einschreiben! Erstaunt entzifferte sie den Absender: Wim Botters. Hanna spürte jenes nervöse Flattern in der Magengrube, mit dem sie als Kind die Schläge ihrer Mutter erwartet hatte, riß mit zitternden Händen den Umschlag auf und nahm den Brief heraus. Darin bezeichnete sich Wim Botters als Hannas Stiefvater (wobei er kurz die traurige Tatsache bedauerte, wohl eher »Stief« als »Vater« gewesen zu sein) und kam dann zum wesentlichen. Hannas Mutter Siggi sei vor einigen Wochen in einem Seniorenheim entschlafen und habe ihr einhundertzwanzigtausend Mark hinterlassen.

Leider hätten ihre zerrütteten Nerven ein friedliches Zusammenleben unmöglich gemacht, so daß es bereits einige Jahre nach der Eheschließung zur Trennung gekommen sei. Siggi habe kurz darauf ein zweites Mal geheiratet, diesmal einen wohlhabenden Geschäftsmann, der ihr ein kleines Vermögen hinterlassen habe.

Eine Kopie des Testamentes werde Hanna in den nächsten Tagen zugehen. Abschließend sprach Wim Botters die Hoffnung aus, daß Hannas Lebensweg positiv verlaufen sein möge. Er wünsche ihr für alles Weitere viel Erfolg.

Hanna war es noch nicht gelungen, sich wieder zu fassen, als der Heizungsmonteur erschien. Ob sie es sich denn nicht noch einmal überlegen und den Heizkörper doch in der Nische unter der Fensterbank installieren lassen wolle. Der von ihr gewünschte Platz an der einzigen Stellwand des Zimmers biete doch die ungünstigste Lösung überhaupt.

»Sie werden das später bestimmt bereuen!«

»Tun Sie gefälligst, was ich Ihnen sage«, herrschte Hanna ihn an, wobei sie erstaunt feststellte, daß ihre Stimme durch die plötzliche Erkenntnis, eine wohlhabende Frau zu sein, deutlich an Schärfe gewonnen hatte, »und installieren Sie den Heizkörper exakt in der Mitte der Längswand! Ich will in meinem Wohnzimmer warme Füße und keine warmen Gardinen haben. Von dahinvegetierenden Blattpflanzen ganz zu schweigen.«

»Wie Sie meinen.« Der Installateur nickte kurz und verließ unter Hannas gefährlich flackerndem Blick die Küche. Die Frau war verrückt! In solchen Fällen empfahl es sich, die Arbeit rasch zu erledigen und sich so bald wie möglich zu verabschieden.

Schon das Einziehen der Trennwände und die Zerstörung der schönen Bäume mit ihrem vollkommenen Grundriß ließen auf einen geistigen Defekt schließen.

Hanna knallte die Küchentür hinter sich zu, setzte sich an den Tisch, legte die Hände wie zum Gebet über Wim Botters' Brief und versuchte, sich eine Summe von hundertzwanzigtausend Mark vorzustellen, was ihr nicht so recht gelang. Die größte Summe, die sie jemals in der Hand gehabt hatte, waren jene tausend Mark gewesen, die Elvita Kontenreiter ihr ausgehändigt hatte; eine Summe, welche ihr, gemessen an dem Gehalt, das Arthur ihr auszuzahlen pflegte, schwindelerregend hoch erschienen war.

Was fing man mit hundertzwanzigtausend Mark an?

Hanna hatte gehört, daß man das Geld »arbeiten« lassen konnte, ein Ausdruck, der ihr in seiner schlichten Direktheit ausnehmend gut gefiel. Nur, wie stellte man es an, daß das Kapital die Arbeit auch aufnahm?

Hanna merkte nicht, daß sie zum erstenmal in ihrem Leben das Wort »Kapital« gedacht hatte. Und die Tatsache, daß ihr das Wort so selbstverständlich in den Sinn kam, ließ auf eine verborgene Begabung im Umgang mit diesem Kapital schließen.

Schließlich starben die meisten Frauen, ohne das magische Wort auch nur ein einziges Mal im Leben ausgesprochen zu haben.

Eine Woche später wurden die Maurer von den Malern abgelöst und die Wände tapeziert. Anstelle der Holzverschalung hatte Hanna eine teakholzgemusterte Tapete gewählt, die den gleichen erdrückenden Effekt hervorrief und preiswerter war als eine echte Täfelung. Während der letzte Heizkörper montiert wurde und Fita zum erstenmal zögernd das Bett verließ, erreichte Hanna das angekündigte Schreiben des Notars mit der Kopie des Testaments. Außerdem bat die Kanzlei um Zusendung ihrer Kontonummer.

Dieser schlichte Wunsch brachte Hanna in Verlegenheit.

Sie war über fünfzig, aber sie besaß kein Konto.

Und sie hatte noch nie eine Bank betreten.

So stotterte sie hilflos herum, als sich der Bankbeamte näherte und nach ihrem Wunsch fragte.

»Ich möchte ein Konto eröffnen«, flüsterte sie und fühlte, wie ihr die Röte ins Gesicht schoß.

Der Bankbeamte blickte sie milde an.

»Welche Art von Konto möchten Sie denn eröffnen?«

Na, ein Konto eben! Hanna spürte, wie auch noch ihre Handflächen feucht wurden.

Sie erwartete eine größere Geldsumme, und offensichtlich hatte man nicht vor, ihr diese durch den Geldbriefträger ins Haus zu schicken.

Also benötigte sie ein Konto.

Auf dem Gesicht des Bankbeamten erschien jenes geschäftsmäßig geduldige Lächeln, das zu seinem Job gehörte.

»Haben Sie bereits ein Konto bei uns?«

Natürlich nicht, sonst wäre sie doch nicht hier!

Oder hatte sie ihn falsch verstanden? Hanna war, als ob plötzlich die Blicke sämtlicher Anwesender auf ihr ruhten.

»Möchten Sie vielleicht ein Sparkonto eröffnen?«

Der junge Mann besaß genügend Menschenkenntnis, um zu sehen, daß er in der Frau mit dem abgetragenen Mantel und den lila Gesichtsflecken eines jener unbedarften Muttchen vor sich hatte, die der Meinung waren, eine Bank wäre ein Aufbewahrungsort für Sparbücher und Wechselgeld.

»Oder vielleicht ein Girokonto?« Sein Mund hielt das Lächeln fest, während seine Augen gelangweilt in die Ferne blickten. »Für den bargeldlosen Geschäftsverkehr?«

Hanna räusperte sich.

»Ein Girokonto und ein Sparkonto!« sagte sie tapfer.

Das konnte nicht falsch sein.

Erleichtert nahm der Angestellte die Personalien auf und schickte Hanna dann mit dem Sparbuch an die Kasse.

»Wenn Sie eine kleine Summe einzahlen würden? Zehn Mark genügen. Und nennen Sie mir bitte noch ein Geheimwort ... für den Fall, daß Sie das Sparbuch einmal verlieren.«

»Wie?«

Der junge Mann atmete tief durch.

»Falls Sie das Sparbuch einmal verlieren sollten, könnte doch praktisch jeder, der es findet, Geld abheben. Nennen Sie uns deshalb ein Wort, das nur Ihnen und uns bekannt sein wird.«

Hanna begann zu überlegen, und der junge Mann lehnte sich in seinem Stuhl zurück. Es gab Kunden, deren Kreativität mit dem Finden eines Codewortes überfordert war. Die nervtötende Kundin hier war sicher so ein Fall.

»Nun?« fragte er und lächelte mit einer Spur von Ironie.

Plötzlich war es Hanna, als ob sie eine schmeichelnde Stimme vernähme, eine Stimme, die soeben noch wutentbrannt mit der Peitsche gedroht hatte und nun das Zuckerbrot anbot.

»Siggi«, sagte sie.

Wenig später verließ Hanna die Bank mit dem nagelneuen Sparbuch in der Tasche. Ihr augenblicklicher Vermögensstand betrug zehn Mark. Ohne Zeit zu verlieren, betrat sie die gegenüberliegende Buchhandlung.

»Ich möchte einen Geldratgeber«, sagte sie.

Der Ratgeber kostete dreißig Mark, würde sich aber, dessen war sich Hanna gewiß, sehr schnell amortisieren.

Nie wieder würde sie einem Bankangestellten Anlaß bieten, ironisch über sie zu lächeln.

Ein bißchen Prickeln sollte schon sein.
Hanna Vonstein

In der kommenden Woche studierte Hanna in jeder freien Minute den Ratgeber für Kapitalvermehrung. Es war die spannendste Lektüre ihres Lebens. Fünf lange Kapitel handelten allein davon, wie man sein Kapital dazu bringen konnte, tätig zu werden, derweil man selbst zu Hause im Schaukelstuhl saß. Für Hanna, die niemals jemanden gehabt hatte, der für sie gearbeitet hatte, derweil sie sich der Muße hingab, hatte der Gedanke etwas Faszinierendes. Und da das Gehirn sofort speichert, wonach die Seele dürstet, kannte sie sich bereits nach einer Woche Intensivstudiums mit Zero-Bonds und Investmentfonds aus. Nach einer weiteren Woche war sie so weit, daß sie den Börsenteil ihrer Tageszeitung lesen konnte. Für die Zukunft plante sie ein Zusatzstudium mit Hilfe der Zeitschrift *Finanzen*, von der Arthur einige Jahrgänge in seinem Arbeitszimmer hortete.

Schon bald überfiel sie bei dem Gedanken an ihr Kapital jenes lange vergessene prickelnde Lustgefühl, das einst zu Arthur und Venedig gehört hatte.

Nach drei Wochen, das Geld war inzwischen auf ihrem Girokonto deponiert, begab sie sich auf die Bank, um ein Gespräch zu führen. Der blasse junge Mann, der sie beim erstenmal bedient hatte, erkannte sie sofort an ihren hektischen roten Gesichtsflekken wieder, wobei ihm diesmal zusätzlich ein merkwürdig metallischer Glanz in ihren Augen auffiel. Er begrüßte sie höflich.

»Guten Morgen, was kann ich für Sie tun?«

»Ich möchte ein Anlagegespräch führen«, sagte Hanna lässig.

»Wie hoch möchten Sie denn anlegen?« Der junge Mann lächelte sie milde an. Frauen dieser Art besaßen meist tausend bis fünftausend Mark und waren mit einem Sparbuch bestens bedient.

»Das möchte ich lieber mit Ihrem Experten besprechen!«

Hanna trommelte, zum Zeichen, daß sie hier keine kostbare Zeit zu verplempern hatte, mit den Fingern auf die Tischplatte.

»Aber natürlich!« Der junge Mann machte eine kleine Verbeugung. »Ich sage dann mal unserem Herrn Stottmann Bescheid. Bitte, hier hinein.«

Er öffnete die Tür zu einem kleinen Büro und ließ Hanna eintreten. Auch Herr Stottmann bediente sich jenes milden Onkellächelns, welches die Bankbeamten für Frauen wie Hanna bereithielten. Er reichte Hanna jovial die Hand.

»Sie möchten also Geld anlegen«, sagte er in jenem Ton, in dem der Nikolaus mutmaßt, daß Klein-Ännchen ein Liedchen singen möchte. »In welcher Höhe denn?«

»Zunächst hundertzwanzigtausend, später mehr!«

Herr Stottmann betrachtete Hanna nachdenklich. Eine einfache Frau, sicher nicht berufstätig, unselbständig. Ein Hausmütterchen, das geerbt hatte. Merkwürdig, daß sie ohne ihren Ehemann hier war. Dieser Typ kam normalerweise niemals über den Besitz eines Sparbuchs hinaus und hob dann und wann einen Hunderter für den Enkel ab. Nur selten verirrte er sich in die »Séparées«.

Automatisch griff seine Hand nach den Unterlagen für Termingelder.

»Hier haben wir etwas absolut Risikofreies. Sie legen Ihr Geld ganz nach Belieben für dreißig, sechzig oder neunzig Tage an. Der Zinssatz liegt dabei deutlich über den Sparzinsen, zur Zeit zahlen wir bei einer Festlegung von dreißig Tagen 5,5 Prozent.«

»Das ist mir zu wenig!«

Herr Stottmann zuckte leicht zusammen. Bisher war Festgeld nach dem Sparkonto die bei Frauen beliebteste Art Geld anzulegen. Ihr finanziell unterentwickelter Verstand begriff nur die allereinfachsten Regeln, Sparen auf Vollautomatik sozusagen.

»Wie ist es mit Bundesschatzbriefen?« schlug er Hanna vor. »Sagen wir: Laufzeit sechs Jahre.«

Hanna musterte ihn schweigend.

»Eine sehr gute Anlage«, beeilte er sich zu versichern.

»Die Zinsen steigen mit der Laufzeit, am Ende sind sie fast ebenso hoch wie die der Industrieanleihen.«

»Industrieanleihen würden mich eher interessieren!«

»Eine sehr gute Anlage!« wiederholte Herr Stottmann. »Die Zinsen sind höher, müssen aber, wie Sie wissen, versteuert werden.«

»Und das Disagio?«

»Steuerfrei!«

Herr Stottmann fühlte sich unbehaglich. Hier hatte er es mit einer Frau zu tun, die weitaus gewitzter war, als sie aussah. Hoffentlich keine Testperson, die ein übles Spiel mit ihm trieb. Hanna hatte die verschiedenen Unterlagen vor sich auf dem Tisch ausgebreitet und studierte sie mit gerunzelter Stirn.

»Im Grunde ist mir überall die Rendite zu niedrig und das Ganze auch zu langweilig«, sagte sie. Dann schenkte sie Herrn Stottmann ein Lächeln. »Ein bißchen Prickeln sollte schon sein.«

»Man gönnt sich ja sonst nichts!« Herr Stottmann lächelte dünn zurück.

»Wie?«

»Ein Scherzchen am Rande.«

»Ach so.«

»Ich denke, daß ich es doch mit Aktien versuche«, sagte Hanna abschließend und erhob sich. »Ich werde mich noch bei anderen Banken umhören, gegebenenfalls komme ich wieder. Einstweilen schönen Dank.« Sie reichte Herrn Stottmann die Hand. Eine Hand, die auffallend rot und rauh war.

Herr Stottmann blickte ihr sinnend nach. Der Mantel war deutlich aus der Mode und die Absätze ihrer Schuhe nach innen abgetreten. Aber wie selbstverständlich sie das Wort »Disagio« ausgesprochen hatte! Die meisten Frauen kannten nicht einmal den Zinssatz ihres Sparbuchs und vergaßen immer wieder, daß sie monatlich nicht mehr als eine festgesetzte Summe abheben durften, ohne Verluste zu machen. Die einzige »Bank«, mit der sie umgehen konnten, war der Sparstrumpf unter der Matratze. Aber diese hier...

Aktien! Herr Stottmann schob die Unterlagen kopfschüttelnd in die Schublade zurück und begab sich zur Kaffeepause.

Gebranntes Kind liebts Feuer.
Oscar Wilde

Ebenso wie das Apartment am Bodensee war auch die kleine Wohnung in der Schweiz eine von Doktor Müllers Kapitalanlagen, und wieder hatte er sie Arthur für gelegentliche »kleine Dienste« kostenlos zur Verfügung gestellt. Diesmal verzichtete Arthur jedoch darauf, von Julie einen Anteil von sechzig Mark täglich zu kassieren.

»Ich habe dich doch eingeladen«, antwortete er zärtlich auf Julies diesbezügliche Frage. »Diesmal zahlst du mir deinen Anteil in Küssen!«

Julie lächelte. Sobald Arthur von der Doppelbelastung, die ihm sein strapaziöser Beruf und die nicht minder strapaziöse Familie aufbürdeten, befreit war, entwickelte er sogar einen gewissen Sinn für Humor. Wieder einmal kam ihr der wehmütige Gedanke, wie dieser Mann aufblühen würde, wenn er anstelle der »Gemahlin im Zobel« Julie als Lebenspartnerin gewählt hätte. Und genau wie damals am Bodensee fühlte sie sich übergangslos als »Frau Vonstein«.

Es waren entspannende Ferien.

Morgens frühstückten sie in aller Ruhe mit Blick auf die schneebedeckten Berggipfel, anschließend legten sie die Langlaufskier an und machten lange Touren durch die Wälder. Und Julie fiel es nicht einmal schwer, die Pistenraserei aufzugeben und statt dessen betulich dahinzuloipen – den Blick auf Arthurs Rücken geheftet. Die Abende verbrachten sie gewöhnlich in der

»Fackel«, einem kleinen Lokal gleich um die Ecke. Es rühmte sich einer besonders guten Küche und war gemütlich-intim eingerichtet. Das Licht war angenehm gedämpft, und auf allen Tischen brannten Kerzen.

Julie trug Arthurs Wiedergutmachungsgabe, den Platinring, und Arthur eines jener Seidenhemden, die Fräulein Schönwanne für ihn ausgesucht hatte.

Sie tranken Wein aus langstieligen Gläsern und lächelten und prosteten sich zu, und der Ring funkelte an Julies Hand.

»Du bist die schönste Frau im ganzen Saal«, flüsterte Arthur und schaute ihr direkt in die Augen. Der Blick traf Julie mitten ins Herz. Der Speisesaal war zwar nicht besonders groß, außerdem handelte es sich eher um eine Stube als um einen Saal, und zudem waren nur zwei der kleinen Tische besetzt, aber das spielte keine Rolle. Julie gehörte nicht zu den Frauen, die imstande waren, ein Klischee von der Wahrheit zu unterscheiden, und unverbesserlich glaubte sie, daß es um sie ginge, wo nur verlorengegangene Macht und die Verlustängste eines alternden Mannes eine Rolle spielten.

Denn, so dachte sie, kaum hatte Arthur ein bißchen Luft, sofort machte er ihr die gewonnene Zeit zum Geschenk! Und hatte er nicht gelobt, künftig kürzerzutreten und endlich intensiver zu leben? Wenn Julie, was immer seltener vorkam, einmal an London dachte, so rückten die mit dieser Vorstellung verbundenen Bilder in immer weitere Ferne, verloren an Schärfe und versanken schließlich im Nebel.

Die ganze Fotografiererei war ein Hirngespinst gewesen – und sonst nichts! Arthur war Realität – und sonst keiner.

Am vorletzten Abend dieses wunderschönen Urlaubs voller Eintracht waren sie sich wieder so nah wie ganz zu Anfang ihrer Beziehung. Arthur betrachtete Julie, die schutzbedürftig klein in der Sofaecke kauerte, mit einer gewissen Rührung.

Es war zu niedlich, wie rasch sich das Vögelchen, das gerade zum großen Flug angesetzt hatte, wieder einfangen ließ. Man brauchte ihm nur ein paar Brotkrumen hinzuhalten, und schon kam es eifrig herbei und pickte sie einem aus der Hand.

»Du hast mich doch verschiedentlich um Fotos von meinen Kindern gebeten«, sagte Arthur und nahm Julie fest in den Arm, zum Zeichen, daß nichts und niemand, auch die eigenen Kinder nicht, zwischen sie treten könnte.

»Ich habe welche vom Weihnachtskaffee dabei.«

Julie nahm die Fotos interessiert zur Hand. Wohlgeborgen in Arthurs Arm, gelang es ihr, sie ohne Bitternis zu betrachten. Sie zeigten Sophia und drei kleine Jungen, die an einer weißgedeckten Tafel saßen. Diese stand in einem großen, dämmerigen Wohnraum mit hoher Decke und halbrundem Erker. Breite Flügeltüren führten zu einem anderen, sicher ebenso großen Zimmer. Die Einrichtung war natürlich scheußlich. Die »Gemahlin im Zobel« besaß nicht die Spur von Geschmack, oder es fehlte ihr einfach das Interesse an dem Haus, das ihr so mühelos in den Schoß gefallen war. Ach, immer saßen die falschen Leute in den schönsten Villen, und immer hatten die falschen Frauen die tollsten Männer. Julie starrte auf die Fotos und richtete den Raum in Gedanken neu ein: In den Erker, vor die wuchernden Blattpflanzen, gehörte eine Recamière, tiefe Sofas rechts und links des Kamins, kleine Beistelltische, gedämpftes Licht...

»Der Kleine sieht Sophia ähnlich«, sagte Arthur, der die Intensität, mit der Julie die Fotos ansah, falsch interpretierte. »Die Zwillinge kommen auf Bodo.«

Julie schrak aus ihren Träumen hoch.

»Ach, sind es Zwillinge? Wie nett!«

Dann warf sie ihm einen Blick zu.

»Hast du kein Foto von... von deiner Frau?«

Anstatt eine Antwort zu geben, zog Arthur sie in die Arme und küßte sie.

»Es gibt Menschen, die möchte man nicht mal in der Brietasche haben«, sagte er. »Es reicht, wenn sie einem lebenslänglich drauffliegen!«

Merkwürdig, wie oft es den miesesten Frauen gelang, nicht nur die tollsten Männer zu kriegen, sondern sie auch ein Leben lang zu behalten.

Ohne es zu ahnen, hegte Julie die gleichen Gedanken wie Fräulein Schönwanne. Ohne von ihr zu wissen, war sie ihr überhaupt sehr nah. Der Seidenpyjama, gegen den sie sich schmiegte, war das erste Geschenk aus einer Serie, die Fräulein Schönwanne direkt nach Weihnachten eingeleitet hatte. Fräulein Schönwanne hatte nämlich beschlossen, in Arthur zu investieren.

Eine schreckliche Sache,
das Gedächtnis der Frau.
Oscar Wilde

Mitte März waren die letzten Bauarbeiten beendet. Der Erker war einer halbrunden, geräumigen Terrasse gewichen, von der steinerne Stufen hinunter in den Garten führten. Diese Terrasse war so schön und bot einen so romantischen Blick auf das baumbestandene Grundstück nebenan, daß es sogar Arthur auffiel, und er bereit war, Hanna den Tort, den sie ihm mit der Teilung der Zimmer angetan hatte, zu verzeihen. Denn selbst sein unterentwickelter Sinn für Ästhetik hatte beim Anblick der kleinbürgerlichen Enge, zu der die Großzügigkeit der unteren Räume verkommen war, reagiert. Daß es *so* grauenvoll werden würde, hatte er sich nicht vorgestellt. Ob die Ersparnis wirklich groß genug war, daß sich dieses Opfer lohnte? Aber Hanna hatte liebevoll die Hand auf den neuen Heizkörper gelegt, der nicht, wie üblich, unter dem Fenster, sondern mitten an der Wand angebracht war, und eine einfache Rechnung aufgestellt: In anderen Wohnungen heizte man Fensternischen, Blumentöpfe und Gardinen, hier aber verteilte sich die volle Wärmeleistung gleichmäßig über den Raum. Ersparnis: bis zu 30 Prozent.

Irritiert betrachtete Arthur die neue Einrichtung des Raumes. Die beiden Sofas standen nun rechts und links des Heizkörpers, mit jeweils einem Tischchen davor. Für Sessel fehlte der Platz. Dem Heizkörper gegenüber war in einem fast raumhohen Regal der Fernseher untergebracht, das Ganze eingerahmt von den kränkelnden Blattpflanzen, mit denen früher der Erker zugestellt gewesen war. Arthur ließ sich auf eines der Sofas fallen und starrte die holzfarben tapezierte Wand an. Ihm war, als blicke er direkt gegen seinen Sargdeckel. Dann fiel ihm noch etwas auf:

»Wo ist denn eigentlich der Kamin?«

»Welcher Kamin?«

»Na, hier war doch mal ein Kamin!«

»Aber, Liebling«, Hanna legte ihre Hand auf Arthurs Arm, eine Berührung, unter der er, wie sie befriedigt feststellte, leicht zusammenzuckte, »wir haben doch beschlossen, sämtliche Kamine im Haus zumauern zu lassen, der Kälte und der Vögel wegen.«

»Ach so, ja.« Er erinnerte sich schwach. Er hätte den Umbauplänen doch ein wenig mehr Aufmerksamkeit schenken sollen, andererseits hatte seine Stimme ja kein Gewicht gehabt. Fita war voll und ganz auf Hannas Seite gewesen. So wurde man zum Fremden im eigenen Haus.

Nach diesem gedanklichen Ausflug ins Lyrisch-Sentimentale besichtigte Arthur die vier identischen Kammern, eine nach der anderen, und fühlte sich wie in einer Geisterbahn.

»Vielleicht hätten wir es bei der Teilung eines Raumes belassen sollen«, gab er zu bedenken.

»Ja, das hab ich, ehrlich gesagt, auch schon gedacht«, gab Hanna zu, »bis ich den Anruf von Elisa erhielt!«

»Von wem?«

»Von Elisabeth, sie ist deine jüngste Tochter!«

»Ach ja, ich erinnere mich«, antwortete Arthur und betrachtete geistesabwesend den Teppich, der, zur Hälfte umgeschlagen, den Boden bedeckte. »Und, was will sie?«

»Diesmal nichts«, sagte Hanna und lächelte wie die Mutter Maria auf den Heiligenbildchen, »diesmal macht sie *uns* ein Geschenk!«

Arthurs umwölkte Stirn hellte sich auf.

»Einen Schwiegersohn?«

Das wäre nicht schlecht. Hoffentlich hatte er Geld, und hoffentlich wohnt er weit weg.

»Sie schenkt uns ein Baby!«

»*Uns*???« Arthur fingerte hektisch nach seinen Herztabletten. *»Wieso uns???«*

»Dem Vater kann sie es nicht schenken, er hat kein Interesse an Babys! Aber«, wieder lächelte sie milde, »wir haben doch nun genug Platz. Ich denke, daß sie anfangs in das hintere Zimmer ziehen kann. Wir werden uns dann um das Kind kümmern, bis sie ihr Studium beendet hat.«

Arthur hatte das Gefühl, als ob ihm jemand eine Schlinge um den Hals gelegt hätte und diese langsam zuzog.

Er räusperte sich. »Wenn dieses Kind einigermaßen intelligent ist, wird es sein Studium eher beenden als Elisa!«

Hanna warf ihrem Mann einen ernsten Blick zu.

»Elisa ist unsere Tochter, und wir können sie nicht im Stich lassen, jetzt, wo sie uns braucht.«

»Sie braucht uns seit fünfundzwanzig Jahren!«

»Das ist für die heutige Zeit nicht allzulange. Wie war es übrigens auf der Tagung?« fügte sie übergangslos hinzu.

»Auf welcher Tagung?«

»Warst du in den vergangenen Wochen nicht auf einer Tagung?«

Mein Gott, wie diese Frau ihn nervte. Und wie sie wieder aussah... Wenn sie es doch endlich einmal aufgäbe, ihren faltigen Hals mit diesen neckischen Schleifen zu garnieren.

Er wandte sich ab.

»Wann soll das Kind denn kommen?« fragte er ablenkend.

»Zum Erntedankfest«, sagte Hanna, und wieder umspielte das süße Marienlächeln ihre Lippen.

Na, wenigstens nicht schon morgen. Wollte Sophia sich nicht zur selben Zeit scheiden lassen? Ach nein, Sophia wollte sich im

Sommer scheiden lassen. Der Termin rückte nun auch in bedrohliche Nähe.

Arthur ging hinüber in sein Arbeitszimmer, um sich in der tröstlich vertrauten Atmosphäre zu erholen. Der Raum erschien ihm heute so komfortabel und wohlproportioniert wie noch nie. Sogar der Kamin war noch da. Er überlegte, ob er das unbequeme Sofa nicht durch eine richtige Schlafcouch ersetzen und künftig ganz in diesen Raum ziehen sollte.

Ja, das war die Lösung. In Zukunft würde er die übrigen Räume dieses Hauses einfach nicht mehr betreten und sich am Abend beim Anblick der wärmenden Flammen von aller Unbill erholen. Einen eigenen Fernseher mußte er sich auch anschaffen. Und einen Sessel, stufenlos verstellbar...

Halbwegs getröstet, zog er die schweren Gardinen zu und ließ sich seufzend an seinem Schreibtisch nieder. Einen Moment lang dachte er daran, Julie anzurufen, aber er verwarf den Gedanken. Er hatte Julie wieder auf Kurs gebracht, jetzt durfte er getrost eine kleine Pause einlegen. Zur Zeit war keine Werbung nötig.

Er wählte die Nummer von Fräulein Schönwanne.

Daß Arthurs Arbeitszimmer in unversehrter Schönheit erhalten geblieben war, hatte nichts damit zu tun, daß Hanna den Raum vergessen hatte. Es lag in ihrer Absicht, daß er Arthur als Fluchtort dienen sollte, wenn er vor seinen Enkeln, seiner Mutter und der Häßlichkeit seines Hauses floh.

Und vor den Tränen seiner neuen Frau.

Aber von ihrem Küchenhocker aus konnte sie ja dann, quer durch die Diele, direkt auf die geschlossene Tür des Arbeitszimmers ihres Mannes sehen – und sich ihm nahe fühlen, vorausgesetzt, daß er gerade mal zu Hause war.

In Gedanken an die neue Schlafcouch, die ihn ein für allemal von Hannas Gegenwart erlösen würde, betrat Arthur am Abend nach seiner Rückkehr aus der Schweiz das Schlafzimmer, welches inzwischen mit »Ebenholz« möbliert war. Einen Augenblick lang war er irritiert! War dieser Raum schon immer so deprimierend gewesen? Doch ja, das eheliche Gemach hatte von Anfang an diese Düsternis ausgestrahlt, wahrscheinlich hatte es sich der Aura seiner Frau angepaßt.

Er zog sich aus und legte sich ins Bett.

Unzufrieden bemerkte er eine Veränderung an der Matratze. Sie war bretthart. Aber das lag sicher daran, daß er die letzten drei Wochen in einem viel zu weichen Bett geschlafen hatte. Er mußte darauf achten, daß die neue Schlafcouch mit einer mittelweichen Matratze bestückt war. Zwischen butterweich und granithart mußte es doch noch einen Mittelweg geben.

Als Hanna ihn am nächsten Morgen fragte, wie ihm das neue Zimmer denn nun gefalle, sah er sich verwirrt um. Herrje, das waren ja gar nicht mehr die alten Möbel, sondern ganz neue, irgendwie schwärzer als die alten; der Schrank erschien ihm größer, und da, wo wohl früher der Kamin gewesen war, stand jetzt ein gräßliches Möbel, das einer Frisierkommode ähnelte. Das hatte er gestern abend gar nicht bemerkt.

»Ich habe für das alte Zimmer so viel bekommen, daß ich sogar noch Geld für neue Gardinen übrig hatte, aber sag, wie findest du es?« drängte Hanna. Arthur gähnte, bis ihm die Tränen kamen, und angelte müde nach seinen Pantoffeln.

»Schön!« sagte er dann.

Im Grunde suchen wir nur eine andere Besetzung
für die Wiederholung desselben Dramas.
Anaïs Nin

Anfang April ging Hanna in die letzte Runde, ehe sie den Termin festlegte, an dem sie ihr altes Leben endgültig an Julie Fischbach übergeben wollte.

Julie ihrerseits begab sich wie gewohnt allmorgendlich zur »Braun-Röhren-AG«, um ihre Arbeit in der dortigen Auslandsabteilung aufzunehmen. Der Urlaub mit Arthur hatte sie aller Zweifel, zu wem sie gehörte, enthoben (sie gehörte zu Arthur und zu sonst niemandem), und sie fühlte sich so sicher wie seit Jahren nicht mehr.

Zur selben Zeit vertiefte Arthur seine Beziehung zu Fräulein Schönwanne. Fräulein Schönwanne gefiel ihm, weil sie unkompliziert war und ihm überdies ein Problem abnahm, das ihn, seitdem er sich in der Midlife-Krise befand, stärker drückte als je zuvor: Fräulein Schönwanne kümmerte sich in rührender Geduld und mit großer Sachkenntnis um sein Outfit. Sie schien ein wirklich sicheres Gefühl dafür zu haben, was ihn kleidete, und zog ihn typgerecht an: weder »Mopedjüngling« noch »Opa«, weder »Rockkonzert« noch »Schrebergarten«.

So hatte Fräulein Schönwanne beispielsweise seinen gesamten Krawattenbestand geprüft und gnadenlos ausgemustert. Sie ermunterte ihn, anstelle der konservativen Schlipse lieber locker gebundene Seidenschals im Ausschnitt seiner Hemden zu tragen. Geduldig zeigte sie ihm, wie er den Schal falten mußte, damit er rutschfest und glatt an der richtigen Stelle saß und ihm nicht wie ein gewundener Strick die Kehle würgte. Sie wies Arthur an, auf einem Hocker vor dem Spiegel Platz zu nehmen, trat hinter ihn und zeigte ihm langsam und Schritt für Schritt, auf welche Weise man die Schalenden übereinanderlegen und wie man sie durch- und festziehen mußte. Sie führte die Falttechnik so lange vor, bis Arthur sie ein für allemal begriffen hatte. Während dieser Übung, bei der er Fräulein Schönwannes Hände weich und schmeichelnd an seinem Hals spürte, fühlte er sich ihr so nahe, daß er es wagte, ihr ein gutgehütetes Geheimnis zu verraten: Er gehörte zu jenen Männern, die es einfach nicht fertigbringen, eine Schleife zu binden. Meist öffneten sich die Schnürsenkel bereits nach wenigen Schritten und hingen ihm lose über die Schuhe, oder die Schleife war nur halb gebunden, so daß ein Ende viel zu lang war. Aus diesem Grunde war er seit Jahren gezwungen, Slipper zu tragen.

Auch diesem Problem zeigte sich Fräulein Schönwanne gewachsen. Zunächst einmal befreite sie ihn von der Scham, indem sie ihm versicherte, daß kein wirklich intelligenter Mann imstande sei, eine Schleife zu binden, ja daß es geradezu ein typisches Merkmal männlicher Intelligenz sei, dies *nicht* zu können.

Fräulein Schönwanne übte mit Arthur einen ganzen Nachmittag lang das Schleifenbinden, mit großer Geduld und unter Ausschluß der Öffentlichkeit, das heißt, sie hatte ihn zum Trainieren des Schleifenbindens erstmalig in ihre Wohnung eingeladen.

Am Abend dieses Tages konnte Arthur gleich mehrere Erfolge verbuchen: Er saß nicht nur auf Fräulein Schönwannes Sofa, er saß dort mit zwei tadellosen, selbstgebundenen Schnürsenkeln und einem ebenso tadellos gebundenen Halstuch im Ausschnitt seines Hemdes.

Langsam glitt sein Blick über den kleinen Teetisch, den Fräulein Schönwanne zur Feier des Tages festlich gedeckt hatte: weißer Damast, schönes Porzellan, langstielige Gläser...

Er war von seiner neuen Kunstfertigkeit so angeregt, daß er sich beherrschen mußte, die zu Rosen gedrehten Servietten nicht auseinanderzufalten und zu Schleifen zu binden.

Später am Abend sollte sich dann eine weitere Gelegenheit ergeben, das Neuerlernte zu üben: Fräulein Schönwannes Negligé wies gleich zwei Samtschleifen auf, die Arthur kichernd auf- und wieder zubinden durfte, derweil ihm Fräulein Schönwanne wohlwollend dabei zusah.

Am nächsten Morgen wachte Arthur so befriedigt auf, wie schon lange nicht mehr: Fräulein Schönwanne hatte eine wunderbare Art, ihm das Gefühl zu vermitteln, daß alles, was er tat, richtig war, mehr noch: daß alles, was er tat, auf seinen ungewöhnlich hohen Intelligenzquotienten schließen ließ.

Man kann nicht vorsichtig genug sein
in der Wahl seiner Feinde.
Oscar Wilde

In der Woche vor Ostern rutschte Fita beim Verlassen ihres Bettes auf dem kleinen Seidenteppich aus und brach sich den Arm. Für einen Menschen, der noch keine ernsthafte Krankheit erlebt hatte, bedeutete dieser Unfall eine Katastrophe. In Erwartung ihres nahen Endes rief sie Hanna zu Hilfe.

Hanna hob die Augen von dem Börsenbericht, den sie gerade mit Konzentration studiert hatte, und stieg dann in den ersten Stock hinauf, wo sie Fita am Boden liegend vorfand. Sie half ihr in den Sessel. Fita wies wimmernd auf ihren rechten Arm.

»Er ist gebrochen, ich habe es deutlich knacken gehört.« Tränen liefen ihr über die Wangen. »Ich habe gelesen, daß kaum ein älterer Mensch einen Oberarmbruch überlebt!«

»Du meinst einen Oberschenkelhalsbruch«, sagte Hanna ungerührt. »Aber du hast recht. In deinem Alter ist ein Bruch ganz allgemein gefährlich.« Sie warf Fita einen kühlen Blick zu. »Ich telefoniere nach einem Taxi. Wir fahren ins Krankenhaus.«

»Ruf lieber Doktor Schluppkoten an«, weinte Fita, »wenn man erst mal im Krankenhaus ist...«

»...kommt man so schnell nicht wieder raus!«

Hanna stellte mit sachlichem Interesse fest, daß Fita am ganzen Körper bebte und ihre sonst so rosigen Wangen wächsern wurden.

»Meist finden sie noch dies und das und halten einen monatelang fest.«

»Liebes . . .«, mit der gesunden Hand krallte Fita sich an Hannas Arm fest. »Du wirst doch dafür sorgen, daß ich sofort wieder mit nach Hause komme?«

»Du wirst Pflege nötig haben.« Wieder traf Fita ein kühler Blick. »Es ist vielleicht wirklich besser, wenn du zunächst einmal in der Klinik bleibst. Schließlich könnten Komplikationen auftreten, Kreislaufschwäche . . .«

»Aber ich dachte, du . . .«

»Ich hab, weiß Gott, genug zu tun«, unterbrach Hanna sie unwirsch. »Die letzten Wochen waren die reinste Hölle. Einen Pflegefall kann ich mir wirklich nicht noch zusätzlich aufhalsen.«

Abschätzend betrachtete sie Fitas Arm, der schlaff herabhing.

»Schließlich müßte ich alles für dich tun: waschen, füttern, anziehen, du bist ja vollkommen hilflos. Aber vielleicht könnte man eine Pflegerin kriegen«, überlegte sie laut.

Wie so oft in der letzten Zeit mußte Fita mit Trauer im Herzen feststellen, daß Hannas Hilfsbereitschaft stark gelitten hatte, daß ihr überhaupt jedes Mitgefühl für andere Menschen abhanden gekommen zu sein schien.

Wenn man nur genau wüßte, wann und warum.

Jetzt griff sie nach der Möglichkeit, eine Pflegerin einzustellen, wie nach dem rettenden Strohhalm.

»Als Frau Münzenberg kürzlich so schwer erkrankt war . . .«

»Pflegerinnen sind sehr teuer!« fiel Hanna ihr ins Wort. »Und Frau Münzenberg ist eine wohlhabende Frau.«

»Aber ich zahle jeden Preis!« wimmerte Fita, und ein weiterer Tränenstrom schoß ihr in die Augen. Dann faßte sie sich jedoch und fügte mit einem dünnen Lächeln hinzu: »Ich habe ja sonst kaum noch Ausgaben.«

Fita hatte Glück gehabt. Es handelte sich um einen glatten Bruch. Dennoch war aufgrund ihres hohen Alters mit Komplikationen zu rechnen. Vielleicht, überlegte der Arzt, sei es besser, wenn die alte Dame ein paar Tage zur Beobachtung dabliebe.

Aber Hanna versicherte ihm, daß sie selbst ausgebildete Krankenschwester sei und ihre Schwiegermutter zu Hause die allerbeste Pflege erhalte. Notfalls könne man später eine orthopädische Fachkraft hinzuziehen. Auf die Kosten komme es nicht an.

Noch am selben Abend telefonierte Hanna mit Schwester Monika. Schwester Monika hatte ihre Stelle im »Haus Seeblick« vor einigen Wochen gekündigt und hing, wie sie freimütig zugab, zur Zeit etwas durch. Vor allem finanziell.

Hanna bot ihr ein gutes Gehalt, dafür müsse sie sich verpflichten für unbestimmte Zeit ganz ins Haus zu ziehen. Neben dem Zimmer der Patientin stehe ein bequemes Zimmer leer.

»Na, dann wollen wir der Oma mal auf die Sprünge helfen«, sagte Schwester Monika und biß geräuschvoll in einen Apfel. »Wieviel Knete hat sie denn eingefroren?«

»Sie wird sich sicher erkenntlich zeigen, wenn sie mit Ihnen zufrieden ist!« erwiderte Hanna kühl und warf den Hörer auf die Gabel.

Sie war begeistert. Schwester Monika schien ihre schnoddrige Art im Umgang mit hilfsbedürftigen Patienten noch nicht abgelegt zu haben.

Der Einzug Schwester Monikas in die Heinrich-Heine-Allee brachte allen Beteiligten interessante Erkenntnisse.

In Arthur vertiefte sich ein Verdacht, den er seit langem hegte: Seine Mutter schien über ein großes, vielleicht sogar ein sehr großes Vermögen zu verfügen.

Schon die Höhe der Summe, die sie lässig in den Umbau des Hauses investiert hatte, war ihm aufgefallen. Nun kam für unbestimmte Zeit eine ausgebildete Pflegerin ins Haus, die rund um die Uhr Dienst tat und sich dies hoch vergüten ließ.

Er beschloß abzuwarten, bis Fita wieder zu Kräften gekommen wäre, und dann das Thema einer Schenkung anzusprechen. Es war ja nicht nötig, den Staat an einem späteren Erbe zu beteiligen.

Einstweilen überlegte Arthur schon einmal, wie er das Geld anlegen könnte. In seiner Phantasie entstand das Bild eines Liebesnestes im Stile derer, die Doktor Müller unterhielt und die ein erfolgreicher Mann von heute einfach besitzen sollte. Die ganze Woche ging Arthur mit einem leisen Lächeln auf den Lippen umher und erwärmte sein Herz bei der Vorstellung, wie fein es sich dort, zum Beispiel mit Fräulein Schönwanne, lieben ließe und welch gut gekleidetes Paar sie beim abendlichen Ausgehen bilden würden.

Für Julie, so überlegte er, würde er besser weiterhin die Beziehung zu Doktor Müllers Liebesnestern pflegen, in denen ein vergessenes Seidenhemd oder eine ins Bett gerutschte Haarnadel keine unliebsamen Rückschlüsse auf seine, sondern allenfalls auf Doktor Müllers Treue auslösen würden.

Auch Schwester Monika fand die Bestätigung für einen Verdacht, der schon länger in ihr schwelte: Nicht jedes »Schloß« hielt innen, was es von außen versprach. Vor allem Villen aus den Jugendstiljahren, in denen sich alte Leute festkrallten, zeigten außen den Glanz der Kaiserzeit und glichen innen in Resopal gegossenen Alpträumen, die nach Kohl und Scheuermittel rochen. In diese Kategorie gehörte also auch das prächtige Gebäude in der Heinrich-Heine-Allee, um das die Bewohner von so vielen beneidet wurden.

In der oberen Etage hatte sich der Glanz vergangener Zeiten noch einigermaßen erhalten können, aber die repräsentativen Räume im Erdgeschoß waren so ungeschickt geteilt worden, daß sie jeglichen Charme eingebüßt hatten, und die Küche, in der sie sich öfter, als ihr lieb war, aufhalten mußte, war ein wahres Gruselkabinett. Eine Küche mit vergitterten Fenstern, die kaum Tageslicht hereinließen und gegen die gespenstisch die kahlen Äste einer Blutbuche schlugen.

Während Monika müßig herumstand und darauf wartete, daß das Teewasser kochte, überlegte sie, wer wohl diese grauenvollen Kacheln verlegt und für die bläuliche Neonbeleuchtung gesorgt haben mochte. Hanna schien die vollendete Trostlosigkeit, die ihre Küche auszeichnete, nicht weiter zu stören, wenn sie ihr überhaupt auffiel, und der Hausherr hielt sich scheinbar sogar ausgesprochen gern hier auf. Mehrmals waren Monika ganze Stapel von Börsen- und Finanzzeitschriften aufgefallen, welche er offenbar, am Küchentisch sitzend, zu lesen pflegte.

Während Arthur also zu der interessanten Erkenntnis kam, daß seine Mutter so arm gar nicht war, wie sie ein Leben lang getan hatte, und Monika herausfand, daß die protzigsten Häuser von innen oft wahre Hungerburgen waren, durfte Fita feststellen, daß es für sie schon bald unerträglich wurde, rund um die Uhr von einer Pflegerin betreut zu werden, die unverschämt hohe Preise nahm und ununterbrochen quasselte.

Dies war kein Zufall!

Hanna hatte Schwester Monika bei ihrem Einstellungsgespräch unter vier Augen dazu ermuntert, ruhig ein bißchen mehr als den üblichen Satz zu verlangen und ihre Schwiegermutter dafür ein wenig zu unterhalten. »Das fällt Ihnen bei Ihrem Erzähltalent doch nicht schwer!«

Nachdem Schwester Monika verblüfft festgestellt hatte, daß die alte Dame auf ihre Honorarforderung ohne mit der Wimper zu zucken eingegangen war, kam sie Hannas Wunsch, die Patientin »ein wenig zu unterhalten« eifrig nach. Ihre manische Plappersucht richtete sich nun von morgens bis abends auf Fita, die reglos, einer Nervenkrise nahe, auf ihrem Sofa lag.

Sie hatte sich gleich am zweiten Tag bei Hanna darüber beschwert, daß diese schreckliche Schwester keine Minute Ruhe gab, aber Hanna hatte sie scharf angesehen und sie daran erinnert, daß Pflegepersonal außerordentlich schwer zu bekommen war, vor allem, wenn es rund um die Uhr zur Verfügung stehen sollte.

»Hör doch einfach weg, wenn sie anfängt zu reden.«

Eingeschüchtert bemühte sich Fita »wegzuhören«, sobald Monika ihre Quasselmaschinerie in Gang setzte, aber sie war gewohnt, Raum und Traum für sich zu haben, und Monikas Stimme kam ihr bald wie ein Messer vor, das jeden ihrer Gedanken in Stücke schnitt.

Trotz des guten Verdienstes war jedoch auch Monika mit der neuen Stelle nicht ganz glücklich, hatte sie doch gleich in der ersten Nacht ein gruseliges Phänomen entdecken müssen, nachdem sie, kaum eingeschlafen, durch ein aus dem Nebenraum kommendes Gemurmel geweckt worden war. Leise schlich sie durch den Flur und lugte durch die spaltweit geöffnete Tür in Fitas Zimmer: Da saß die alte Dame, die den ganzen Tag lang reglos und mit geschlossenen Augen wie eine Sterbende auf dem Sofa zu liegen pflegte, höchst lebendig im Sessel, starrte mit brennenden Augen in den großen Wandspiegel und führte mit einer nur für sie sichtbaren Person ein angeregtes Gespräch. Vor dem Spiegel hatte sie halbkreisförmig Tarotkarten ausgelegt und zwei Kerzen entzündet, die die Szenerie in gespenstisches Licht hüllten. Das Ganze wirkte schon makaber genug; das eigentlich Schauerliche aber war, daß sie dem Phantom im Spiegel nicht nur Fragen stellte, sondern mit geschlossenen Augen und zurückgelegtem Kopf Antworten zu hören schien, denn plötzlich entgegnete sie mit heftiger Stimme: »Nein, Johannes, in Geldangelegenheiten hast du dich schon immer getäuscht und den falschen Herren gedient. Und ich bin alt genug, um zu wissen, wie unser Vermögen investiert werden muß, damit es Zinsen bringt.«

Dann trug sie »Johannes« auf, die Angelegenheit noch einmal gut zu durchdenken, am morgigen Abend erwarte sie die endgültige Zusage.

»Du weißt, daß ich es letztendlich nicht über mich brächte, etwas ohne deine Zustimmung zu tun!« Die Verabschiedung fiel liebevoll aus: »Paß gut auf dich auf. Ich erwarte dich morgen gegen Mitternacht.«

Fita, das war vollkommen klar, erlebte zur Zeit ein spätes, dafür um so intensiveres Eheglück.

In der zweiten Woche verspürte Fita nach einer anstrengenden Diskussion mit »Johannes« (sie hatten sich immer noch nicht einigen können) plötzlich starken Durst. Normalerweise hätte sie nur nach Monika zu läuten brauchen, deren Zimmer mit dem ihren durch eine Klingelschnur verbunden war, aber aus Angst, damit gleichzeitig den verhaßten Sprechautomaten in Gang zu setzen, begab sie sich, so leise wie möglich, selbst in die Küche, um einen Tee zu kochen. Dabei rutschte ihr der Wasserkessel so ungeschickt aus der Hand, daß sie sich die aus dem Gips herausragende Hand verbrühte.

Wieder telefonierte Hanna nach einem Taxi und fuhr mit Fita in die Klinik. Wieder flehte Fita Hanna an, sie nicht dortzulassen...

Glücklicherweise hatte Monika am Tag, der der Unfallnacht folgte, frei. Fita lag mit dem gegipsten Arm und der frisch bandagierten Hand im Bett und genoß die köstliche Stille, die so selten geworden war. Als Hanna mit dem Nachmittagstee erschien, ergriff Fita ihre Hand.

»Ich muß mit dir sprechen, Liebes!«

»Ja?« Hanna zog die Augenbrauen hoch. »Ist etwas nicht in Ordnung? Schwester Monika...«

»Diese Schwester macht mich fertig! Sie allein ist schuld daran, daß ich heute nacht den neuerlichen Unfall hatte. Kein Mensch kann dieses pausenlose Gequatsche ertragen.«

»Sie ist sehr tüchtig und kommt ihren Aufgaben zuverlässig nach.«

»Ich weiß nicht, ob sie tüchtig ist oder nicht«, schrie Fita, »ich weiß nur, daß ich anfange, bei ihrem bloßen Anblick zu zittern.«

Beruhigend griff Hannas Hand nach Fitas Puls.

»Du hättest vielleicht doch besser ein Weilchen in der Klinik bleiben sollen«, sagte sie dann. »Allerdings kannst du dir dort weder deine Mitpatienten noch die Schwestern aussuchen. Du wärst keine einzige Minute allein!«

Fita ließ sich in ihre Kissen zurücksinken und schloß die Augen. Sie sah sich zusammen mit einer wildfremden Frau in einem Zimmer liegen, einer Frau, die fernsah, wenn sie, Fita, ruhen wollte, die täglich Besuch bekam, die vielleicht ebensoviel plapperte wie Monika. Sie sah gehetzte Schwestern, die ihr Tabletten verabreichten, die sie nicht vertrug, die ihr ein Fieberthermometer unter die Zunge bohrten und mit Bettpfannen klapperten. Ärzte, die sie entmündigten, indem sie Dinge anordneten, deren Sinn sie nicht verstand, und die darüber hinaus nicht das geringste persönliche Interesse an ihrem Schicksal hatten.

»Na, haben wir denn heute gut geschlafen?« würden sie sagen und sie von oben herab anstarren. »Nächtliche Schweißausbrüche und Sprachhemmungen sind normal. Das kommt von den Spritzen. Schwester, ab heute die doppelte Dosis.«

»Ich möchte auf jeden Fall zu Hause bleiben!« sagte Fita mit bebender Unterlippe. »Ich spüre, daß ich nicht mehr lange zu leben habe.«

»Aber, aber...!« Routiniert strich Hanna ihr das Haar aus dem Gesicht. Die Stirn war feucht.

Fita richtete sich in ihren Kissen auf und umklammerte Hannas Hand. »Ich wollte dir ohnehin etwas vermachen, für all die Pflege, die du mir in den vielen Jahren hast zukommen lassen.« Sie sah Hanna direkt in die Augen. »Ich war ja immer ein zartes Pflänzchen.«

»Mit den Wurzeln einer Eiche«, dachte Hanna und erwiderte Fitas Blick, indem sie den Druck ihrer Hand leicht verstärkte.

»Aber ich halte es für sinnvoller, eine Schenkung zu machen. Warum soll ich nicht miterleben, wie du dich daran freust, und«, sie warf Hanna einen vielsagenden Blick zu, »ich gebe lieber mit warmer Hand.«

»Du mußt wissen, was du tust«, sagte Hanna und blickte träumerisch den Wolken nach, die, mit einem zartrosa Rand versehen, am Himmel dahinsegelten.

»Ich möchte dir hundertfünfzigtausend Mark schenken!«

Fita faßte Hanna scharf ins Auge. Sie machte hier ein großes Geschenk, das mit einem ebenso großen moralischen Zwang verbunden war, und es war wichtig, daß Hanna verstand, wie es gemeint war.

Die Flecken auf Hannas Wangen vertieften sich zu einem flammenden Lila, aber in der Dämmerung des nahenden Abends war die Veränderung ihres Gesichtes kaum zu sehen. Hanna begegnete Fitas Blick mit der gleichen gespannten Aufmerksamkeit und registrierte zufrieden die Furcht in deren Augen. Dann sah sie wieder träumerisch in die Ferne.

»Wirklich eine schöne Aussicht!« sagte sie und erhob sich.

An der Tür wandte sie sich noch einmal um und lächelte Fita gewinnend zu.

»Mach dir keine Sorgen«, sagte sie.

In dieser Nacht wartete Fita vergebens auf »Johannes«. Schließlich griff sie zu dem Pendel und stellte die entscheidende Frage: »Habe ich richtig gehandelt?«

Das Pendel beschrieb weite Kreise und schwang dann langsam aus. Die Antwort war eindeutig: Nein.

»Ich versuche es einfach morgen noch einmal«, murmelte Fita und blies die Kerzen aus. Wie alle Menschen benötigte sie Bestätigung für ihr Tun, aber sie zweifelte niemals an sich, wenn diese ausblieb.

Hanna kündigte Schwester Monika am nächsten Morgen!

Sie warf ihr vor, das nächtliche Klingeln ihrer Schwiegermutter nicht gehört und somit den Unfall verschuldet zu haben. So etwas durfte einfach nicht vorkommen.

Monika revanchierte sich für die Kündigung mit einer schnippischen Bemerkung: »Ich wollte ohnehin gehen, für Geisteskrankheiten bin ich nicht ausgebildet. Ihre Schwiegermutter empfängt nachts regelmäßig den Geist eines Mannes. Sie gehört in eine Anstalt!«

Gelegentlich war Hanna bereits aufgefallen, daß Fita ein geheimes Nachtleben führte. Dann hörte sie die Dielen über ihrem Bett knarren, und ein dumpfes Gemurmel kam aus dem oberen Raum. Aber es ging sie nichts mehr an. Um dieses Problem sollte sich ihre Nachfolgerin kümmern.

Hanna nahm Fitas Pflege in ihre bewährten Hände, wie sie es immer getan hatte, und beschloß, Fitas Schenkung in Investmentfonds anzulegen.

Die Stimmung im Hause war so entspannt wie schon lange nicht mehr. Wenn Arthur und Hanna sich unvermutet trafen, dann begegnete sein Lächeln dem ihren...

Durch das Gastspiel Schwester Monikas hatte schließlich auch Hanna eine Erkenntnis gewonnen: Fast jeder Mensch läßt sich manipulieren, sofern man seine Schwächen erkennt und skrupellos genug ist, sie auszunutzen!

Nehmen macht glücklicher
als geben!
Hanna Vonstein

In diesem Jahr war der Frühling zeitig gekommen, und die Blutbuche vor dem Küchenfenster hatte schon im April neue Blätter getrieben. Sie nahmen dem Raum das letzte Licht und sahen hinter den trüben Scheiben wie geronnenes Blut aus.

Obwohl draußen ein heller, sonniger Tag war, mußte Hanna die Neonbeleuchtung einschalten, als sie sich an den Küchentisch setzte, um in ihrem Terminkalender zu blättern.

Sie hatte kurz in Erwägung gezogen, »die Firma« schon vor Fitas Achtzigstem an ihre Nachfolgerin zu übergeben, den Gedanken jedoch wieder fallenlassen. Julie blieben schließlich noch der neunzigste und der hundertste Geburtstag; für sie selbst jedoch bildete das große Ereignis das angemessene Finale ihrer beinahe dreißig Jahre andauernden Tätigkeit im Hause Vonstein. Auch wenn ihr »Betriebsjubiläum« keine direkte Würdigung erfahren würde, so konnte sie selbst das Fest doch heimlich für sich als ein solches begehen.

Fitas Schenkung war inzwischen zinsgünstig angelegt, und auch das Kapital aus Siggis Erbe hatte gut gearbeitet, also konnte Hanna das Familienfest diesmal von einem Partyservice ausrichten lassen. Die Firma würde für das warme Buffet und einen Kellner sorgen. Außerdem stellte sie das gesamte Geschirr und würde alles wieder abholen, ohne daß man es erst abwaschen mußte – eine Leistung, die Hanna besonders überzeugte. Sie setzte Fita davon in Kenntnis, daß sie, Fitas großzügiger Spende eingedenk, den Achtzigsten diesmal von wirklichen Fachkräften arrangieren lassen und aus diesem Grunde ganz zu ihrer privaten Verfügung stehen würde. Fita, die ihrem großen Tag mit einem lachenden und einem weinenden Auge entgegensah, nahm dies zutiefst beruhigt zur Kenntnis. Mit einer Zofe, die ihr nicht von der Seite wich, würde sie ihren Festtag lächelnd überstehen.

In der Woche vor der Party rief Fita ihren Sohn Arthur zu sich und teilte ihm mit, daß das Fest diesmal, um Hanna zu schonen, von einem Partyservice übernommen werde, wobei sie ihm indirekt zu verstehen gab, daß sie die Kosten übernahm. Arthur berichtete seinen Töchtern, das Familienfest werde diesmal von einer Fachfirma ausgerichtet, die kostspielig, ihren Preis jedoch wert sei. Er habe dies »Mutter zuliebe« so beschlossen. Sophia beteuerte, wie gern sie sich an den Kosten beteiligen würde, daß ihr dies, der besonderen Umstände wegen, jedoch im Moment leider nicht möglich sei.

Elisabeth bot keinerlei Unterstützung an. Aber von ihr hatte das auch niemand erwartet.

Stunden ehe die ersten Gäste eintrafen, erschienen zwei energiegeladene junge Männer und bauten das Buffet auf. Sie stapelten Teller und Tassen zu Pyramiden und stellten die schweren silbernen Platten zurecht. Hanna lehnte derweil entspannt in der Sofaecke und sah den beiden Kellnern zu, die ungezählte Male jenen Pfad zwischen Küche und Eßzimmer hin und her liefen, den sie selbst jahrzehntelang gegangen war und den künftig Julie unter die Sohlen nehmen würde. Auf eine merkwürdige Weise fühlte sie sich dem Haus schon heute entfremdet.

Hanna nahm ein Glas Champagner und feierte heimlich eine überraschende Entdeckung: Sie war abartig veranlagt!

Denn im Gegensatz zu ihren Mitmenschen, die, wie sie immer gehört hatte, durch Reichtum nicht nur krank, sondern tiefunglücklich geworden waren, wobei das Elend so tief saß, daß sie nicht einmal mehr auf den naheliegenden Gedanken kamen, sich ihres Vermögens einfach zu entledigen (indem sie beispielsweise eine Schenkung machten), traf dieses Phänomen bei ihr nicht zu.

Im Gegenteil! Sie hatte sich noch nie so wohl gefühlt wie in den letzten Monaten, und wenn sie durch einen Blick in die Zeitung feststellte, daß ihre Aktien ein weiteres Mal im Kurs gestiegen waren, überflutete jene Wärme ihr Herz, die angeblich ausschließlich durch das Geben, niemals jedoch durch das Nehmen entstehen sollte. In ihrem seltenen Fall, so stellte Hanna zufrieden fest, verursachte das Nehmen jedoch ein Gefühl von Freiheit und Macht, und beides zusammen erzeugte wiederum wohlige Geborgenheit.

Hanna ließ den Blick durch den verunstalteten Raum, über die kränkelnden Blattpflanzen hinweg, hinüber zur Terrasse wandern, von der aus man schon bald die Einfahrt des geplanten Pflegeheims würde bewundern können, und gab sich dem angenehmen Gefühl einer vollbrachten Leistung hin.

Das Haus war wohlbestellt!

Sie plante die Übergabe der Firma an ihre Nachfolgerin für Freitag, den siebten Mai.

Der siebte Mai erinnerte noch einmal an einen echten Apriltag. In der Nacht kam Sturm auf und peitschte prasselnde Regenschauer gegen blinde Fensterscheiben. Im Dunkel jagende Wolken wechselten mit grellem Mondlicht, und am Morgen bogen sich die Äste der Blutbuche vor dem Küchenfenster so stark zu Boden, daß Hanna noch ein letztes Mal die Bläue des Himmels durch die Scheiben blitzen sah.

In den Pflegeheimen und Krankenhäusern von Bad Babelsburg wurden Nachtwachen von Tagesschwestern abgelöst, Bettpfannen ausgespült und Frühstückstabletts auf Eisenkarren gestapelt. Rüstige Heiminsassen zogen wetterfeste Mäntel über und machten sich zur ersten Umrundung des Ententeiches bereit.

Im »Seeblick« registrierte Elvita Kontenreiter einen weiteren Todesfall und ein leeres Bett, das nicht wieder belegt werden würde. Der Parkwächter hatte bereits zwei Entenkadaver aus dem trüben Wasser gefischt, und die Senioren machten sich, bewaffnet mit ihren Brotbeuteln, auf den Weg zur Fütterungsstelle.

In der Heinrich-Heine-Allee schlüpfte Hanna in ihren funkelnagelneuen Trench, zog den Gürtel in der Taille fest und warf sich im Spiegel einen letzten prüfenden Blick zu. Der ausgiebige Besuch im »Sylla Syren Kosmetikcenter« war seinen Preis wert gewesen.

Dann rief sie die Taxizentrale an.

Zur selben Zeit zogen in Marbach die Ladenbesitzer die Scherengitter hoch, und Verkäuferinnen rollten die Wühltische auf die Straße. In den Frühstückscafés summten die Kaffeeautomaten, purzelten erste Lagen frischer Brötchen in die Körbe. Druckfrische Zeitungen wurden auseinandergefaltet und überflogen.

Die Straßenfeger zogen ihre Karren über die Bürgersteige, und frühe Käuferscharen bevölkerten die Fußgängerzone.

Julie erwachte vom Klappern der Scherengitter und vom Gemurmel der Passanten. Sie liebte dieses gedämpft zu ihr heraufdringende Summen, das ihr stets ein Gefühl von Lebendigsein und Zugehörigkeit vermittelte. Es war der erste verkaufsoffene Samstag des Monats, und bis in die Abendstunden hinein würden sich die Menschen durch die Straße drängen. Julie freute sich, wenn die Geschäftigkeit unter ihrem Fenster bis in den Abend hinein anhielt.

Sie räkelte sich genüßlich und erhob sich dann von ihrem Bett. Barfuß lief sie auf die Terrasse hinaus und lehnte sich über die Brüstung. Vor dem Kaffeedepot gleich gegenüber hatte ein Marktschreier seinen Stand aufgeschlagen und bot mit viel Witz und einem gewaltigen Stimmaufwand ein neuartiges Düngemittel an, nach dessen Gebrauch mickernde Blattpflanzen zu gewaltigen Gewächsen wuchern sollten.

»Blüte das ganze Jahr hindurch, Knospen wie Teetassen!«

Alle lachten.

»Lassen Sie, um Himmels willen, keinen Tropfen versehentlich auf Ihre Hand fallen, es sei denn, Sie wünschten sich eine Palme auf dem Daumennagel!«

Auch Julie mußte lachen, während sie dem Drehorgelmann gegenüber dem Zeitungsstand zuwinkte. Sie kannte ihn gut und hielt des öfteren ein Schwätzchen mit ihm. Was immer im Viertel auch geschah, August wußte es stets am frühesten.

Zum erstenmal fühlte Julie sich der Umgebung, in der sie wohnte, auf wohltuende Weise zugehörig, eine Folge ihrer Freundschaft mit Henry und ihres Jobs als Fotografin.

Gestern abend hatten sie gemeinsam zur zweiten Fotovernissage ins »Stadtcafé« eingeladen, und der Erfolg war noch größer gewesen als bei der ersten.

Die Fotoserie *Kneipe* war für die Gäste nicht nur von großem Wiedererkennungswert, sie war auch eine gute Zeitdokumentation. Es gab die kühle Bar, die an die *Nachtschwärmer*, das berühmte Bild Edward Hoppers, erinnerte, und jene »deutsche Gemütlichkeit« im Holzimitat, die nicht auszurotten war. In den Bars standen auf Hochglanz gestylte Puppen herum, das mechanische Lächeln in die Gesichter geschminkt; in der »deutschen Gemütlichkeit« hing der einsame Brüter über einem halb geleerten Glas. Allen Bildern gemeinsam war jene beklemmende Sprachlosigkeit, die Julie hatte festhalten wollen.

Im Gegensatz zu den Personen auf ihren Fotos fühlte sie selbst sich zur Zeit so lebendig wie schon lange nicht mehr. Ohne ihr Wissen hatte Henry die *Diva mit Strickzeug* zu einem Wettbewerb eingeschickt, und die Jury hatte Julie den ersten Preis zuerkannt. Das Foto war bereits in hoher Auflage als Poster gedruckt worden und versprach ein Renner zu werden. Auch der *Mann im Café* sollte als Plakat herauskommen und zusätzlich in einen Band zeitgenössischer Fotografen aufgenommen werden.

Kein Wunder, daß Julie auf dem gestrigen Fest gut gelaunt gewesen war. Das Café war gedrängt voll gewesen, der Erfolg gehörte ihr!

Auch Arthur hatte kurz vorbeigeschaut und ihr, wie Henry unzufrieden feststellte, mit einer Spur Herablassung gratuliert.

»Da plagt man sich ein halbes Leben ab, studiert, promoviert, schindet sich, um ein bißchen Erfolg zu haben, und unser kleines Fräuleinchen hier erreicht das gleiche, indem sie ein paarmal auf den Auslöser einer Kamera drückt.«

»Das gelingt nur denen, die eine geniale Ader haben«, sagte Henry und lächelte ebenso herablassend wie Arthur. »Wir Bauern müssen uns halt ein wenig plagen!«

Julie war so glücklich gewesen, daß sie den Stachel in Arthurs Gratulation gar nicht bemerkt hatte. Dennoch hatte sie mit einer gewissen Erleichterung zur Kenntnis genommen, daß er sich bereits nach dem ersten Glas Sekt verabschiedete. Unter ihren Freunden wirkte er wie ein Fremdkörper, er paßte einfach nicht in diese Ecke ihres Lebens.

Später, als sie zusammen mit Bob und Henry in ihrer Küche eine letzte Flasche Champagner leerte, hatte sie der Hauch einer Erkenntnis gestreift.

»An sich sollte man die wenigen Sternstunden, die das Leben bereithält, mit dem Menschen feiern, der einem am nächsten steht.«

Aber Arthur hatte sich nicht wirklich mit ihr gefreut. Und sie wiederum hatte ihn den ganzen Abend über nicht vermißt.

Diese entlarvende Tatsache rasch verdrängend, war sie schließlich gegen drei ins Bett gefallen. Ihre letzten Gedanken hatten dem Fotoband gegolten, in den ihre Arbeit aufgenommen werden sollte.

Julie verließ die Terrasse und begab sich für eine geraume Weile unter die heiße Dusche. Anschließend betrachtete sie sich eingehend im Spiegel.

»Ziemlich verwüstet, meine Kleine«, teilte sie sich selbst mit. »Ab vierzig feiert es sich nicht mehr ohne Einbuße der Schönheit, was«, sie grinste sich komplizenhaft zu, »nicht heißen soll, daß es sich nicht mehr lohnt!«

In ihr stilles Zwiegespräch hinein schrillte die Türglocke.

»Einen Augenblick!«

Julie hüllte sich in ihren Bademantel, zog die Kordel in der Taille fest, und ging barfuß durch die Diele, um zu öffnen. Sicher brachte ihr Henry wie an jedem Samstag morgen ein paar frische Brötchen.

Doch anstelle von Henry stand eine fremde Dame auf der Matte. Im Gegensatz zu Julie wirkte sie frisch, heiter und dynamisch.

»Guten Morgen, Frau Fischbach«, sagte die fremde Dame und lächelte vertrauenerweckend. »Ich bin Hanna Vonstein. Ich wollte mit Ihnen über unseren Mann sprechen.«

»Kommen Sie herein«, sagte Julie.

Was hätte sie sonst sagen sollen?

Mit Sand in den Augen
lebt es sich gefährlich.
Man fällt so leicht auf die Schnauze.
Hanna Vonstein

Wie einen Laserstrahl ließ Hanna ihren Blick über die Frau gleiten, die barfuß und im Bademantel vor ihr stand. Eine Frau um die Vierzig, der man eine schlaflose Nacht ansah. So, wie sie sich hier präsentierte, würde sie hervorragend in die Fliegenschißküche passen.

»Stören Sie sich nicht an der Unordnung, ich hatte gestern abend ein Fest!« In Julies Stimme hörte man ein nervöses Zittern. Mit dem Fuß angelte sie nach ihren Hausschuhen.

»Oh, es stört mich nicht, ich bleibe nicht lange«, gab Hanna zur Antwort, während sie mit den Augen die Proportionen des Zimmers abmaß.

Der Raum war optimal geschnitten und lichtdurchflutet.

Die Terrasse schien größer zu sein, als es von unten aussah. Die Fenster gaben einen Blick in den Himmel frei. Der Raum war nur zu vollgestopft, und außerdem gefielen Hanna die Möbel nicht. Sie würde Julie bitten, den Plunder mitzunehmen.

Unaufgefordert setzte sie sich in eines der pinkfarbenen Sesselchen.

Julie nahm auf dem Sofa Platz und starrte Hanna wortlos an.

Hanna gab den Blick zurück.

»Sie haben mit meinem Mann seit acht Jahren ein Verhältnis.«

»Seit zehn!«

»Ich denke, das ist lange genug, um zu wissen, daß man zueinander gehört.«

»O ja!«

»Sie haben sogar den Beweis Ihrer Zuneigung länger erbracht als ich. Ich kannte Arthur gerade ein paar Wochen lang, und schon hat er mich geheiratet. Ich mußte also gar nichts beweisen. Aber natürlich habe ich ihn sehr geliebt.«

»Natürlich!«

»Sie werden staunen, ich liebe ihn immer noch.«

Julie faßte sich an die Schläfe, hinter der mindestens acht Gläser Sekt und das Nikotin einer Schachtel Zigaretten pulsierten. Ihr schwindelte ein wenig, aber sie riß sich zusammen.

»Und heute sind Sie gekommen, um mich zu bitten, das Verhältnis zu beenden.«

Hanna lächelte fein. Die Falten um Julies Augen waren keine Lachfalten, und sie waren tiefer, als sie es bei einer Frau ihres Alters hätten sein dürfen. Im grellen Tageslicht sah sie aus wie die Mutter des »jungen Mädchens«, das an jenem Morgen vor einigen Wochen so fröhlich ins Café gestürmt war.

»Aber im Gegenteil! Ich habe nicht vor, dem Glück meines Mannes länger im Wege zu stehen. Obwohl er sich natürlich auch ohne meine Einwilligung hätte scheiden lassen können.«

Sie warf Julie einen vielsagenden Blick zu. »Haben Sie sich diesen Aspekt einmal genau überlegt?«

Julie starrte schweigend vor sich hin.

»Sie sollten lernen, genauer hinzusehen, meine Liebe«, fuhr Hanna fort. »Mit Sand in den Augen lebt es sich gefährlich. Man fällt so leicht auf die Schnauze!« Sie lachte. »Das weiß ich aus eigener Erfahrung.«

Julie hob den Blick. »Also, was wollen Sie eigentlich?«

»Ich möchte Ihnen ein Angebot machen.« Hanna öffnete ihre Handtasche, um ein Foto herauszuziehen. Es zeigte die Villa Vonstein von ihrer Schokoladenseite. Hochaufgerichtet stand Arthur auf der Freitreppe. Beide wirkten auf dem Foto imposanter, als sie es in Wirklichkeit waren.

»Ich möchte Ihnen diesen Mann und diese Villa schenken!«

Sie beugte sich vor und ergriff Julies Hand, die unter der Berührung erschrocken zusammenzuckte. »Und Sie schenken mir dafür Ihre Wohnung.« Sie zwinkerte Julie kumpelhaft zu. »Ein Schwarzmarktgeschäft zu Ihren Gunsten!«

Irritiert bemerkte Julie ein metallisches Glitzern in den Augen der anderen.

»Die Unterhaltsfrage kläre ich direkt mit unserem Mann. Nach achtundzwanzig Jahren wird die Summe, die er an mich zu zahlen hat, natürlich nicht gering sein, aber«, Hanna lächelte gewinnend, »er ist ja nicht unvermögend, und ein Haushalt führt sich bedeutend preiswerter als zwei. Sie werden künftig viel Geld sparen«, fügte sie zweideutig hinzu und wies gleichzeitig noch einmal auf das Foto: »Ein Haus von Adel. Sie werden es spüren, wenn Sie erst darin wohnen!«

Dann wurde sie wieder geschäftlich: »Natürlich werde ich mich ganz offiziell scheiden lassen, damit Sie Arthur heiraten können und somit in den Genuß sämtlicher Rechte kommen, die man als Ehefrau hat. Vor allem«, sie verlieh ihrer Stimme etwas Träumerisches, »werden Sie endlich seinen Namen tragen. Julia Vonstein, Heinrich-Heine-Allee... Stellen Sie sich das einmal geschrieben vor!«

Dieser Hinweis war unnötig. Julie hatte viele Stunden ihres Lebens damit verbracht, sich den Namen geschrieben vorzustellen, ja sie hatte die bewußte Unterschrift sogar heimlich geübt, hatte dies irgendwann jedoch resigniert aufgegeben.

»Es wird übrigens keine erste und zweite Frau Vonstein geben«, nahm Hanna den Faden wieder auf, »denn ich denke daran, wieder meinen Mädchennamen zu führen. Julie Vonstein klingt besser als Julie Fischbach, aber Johanna Jordan klingt besser als Johanna Vonstein.« Sie lachte. »Wir werden uns also beide verbessern.«

Dann erhob sie sich aus dem pinkfarbenen Sesselchen und

reichte Julie die Hand. »Sie haben zwei Wochen Bedenkzeit. Das Foto lasse ich Ihnen hier.«

»Und was ist, wenn ich mich dagegen entscheide?« fragte Julie, die plötzlich das Gefühl hatte, auch etwas sagen zu müssen.

Hanna musterte sie schweigend.

»Das werden Sie nicht tun!« sagte sie dann.

An der Tür wandte sie sich noch einmal um.

»Das Haus ist hundert Jahre alt, aber es ist von Grund auf modernisiert. Küche und Bad sind erst kürzlich renoviert worden. Die Heizanlage ist ganz neu. Allerdings gehört noch eine Schwiegermutter mit zum Hausstand«, Hanna lächelte warmherzig, »eine reizende und ganz bescheidene alte Dame. Ich bin immer gut mit ihr ausgekommen. Außerdem«, gekonnt ließ sie das Marienlächeln aufleuchten, »ist sie Arthurs Mutter, und ohne sie gäbe es ihn nicht!«

Julie wartete, bis die Fahrstuhltür sich geschlossen hatte, und tippte dann mit zittrigen Fingern Arthurs Nummer, obwohl es zu ihren zahlreichen Tabus gehörte, ihn niemals zu Hause anzurufen. Aber bei Vonsteins meldete sich niemand. Während sie den Hörer auf die Gabel legte, fiel ihr Blick in den Garderobenspiegel.

Ihre Wangen zeigten kreisrunde lila Flecken.

Erst wenn man über eine Sache redet,
ist sie auch geschehen.
Oscar Wilde

Am Abend desselben Tages klopfte Hanna an die Tür zu Arthurs Arbeitszimmer.

»Kann ich dich kurz sprechen?«

Gereizt schob Arthur den Artikel über Prostataleiden, den er gerade studiert hatte, unter eine Akte. Siebzig Prozent aller Männer bekamen es an der Prostata. Je länger er das Blatt las, um so häufiger spürte er die Symptome dieser Altmännerkrankheit.

»Hanna, nicht jetzt...«

»Ich habe heute Julie Fischbach besucht!«

Falls Arthur unter diesen Worten zusammenzuckte, so ließ er es sich nicht anmerken. Ruhe bewahren und niemals etwas zugeben, dem vielleicht noch gar kein Verdacht zugrunde lag.

So hob er nur die Brauen ein wenig an.

»Du hältst sie jetzt seit zehn Jahren hin, und ich meine, daß es an der Zeit ist, sie zu heiraten. Das sind wir dem Ruf dieses Hauses und dem Namen Vonstein einfach schuldig.«

Arthur öffnete den Mund, kam jedoch nicht dazu, etwas zu erwidern.

»Ich selbst bin bereit, in die Scheidung einzuwilligen, je eher, desto besser.«

»Aber wieso...«

»Weil Frau Fischbach eine reizende Frau ist, besser zu dir paßt und, nicht zuletzt, weniger verbraucht ist als ich. Sie wird den in diesem Haus anfallenden Aufgaben besser gewachsen sein.

Außerdem sehne ich mich nach Ruhe und möchte noch etwas vom Leben haben.«

»Was soll denn das heißen?«

»Ich möchte studieren.«

»Du möchtest *was*?«

»Studieren!«

Widerwillig mußte Arthur lachen.

»Was denn?«

»Ornithologie.«

»Orni...?«

»...thologie. Vogelkunde! Dieses Wissensgebiet fasziniert mich schon lange.«

Verärgert dachte Arthur an die unnötigen Ausgaben für Meisenringe und Sonnenblumenkerne, von deren Kauf sich Hanna nie hatte abbringen lassen.

»Ein nicht ganz billiges Hobby.«

»Kein Hobby, eine Wissenschaft!«

Arthur blickte seine Frau scharf an. War sie wahnsinnig geworden? Irgendwie verändert? Aber Hanna bot das übliche Bild: zu enger Rock, fischfarbene Bluse, schlapper Schleifenkragen, ausgelatschte Schuhe. Die Flecken in ihrem Gesicht changierten heute ins Grünlichkupferne und hatten sich bis in den Ausschnitt ihrer Bluse ausgebreitet. Sie sah fürchterlich aus.

»Ich möchte, daß die Sache schnell über die Bühne geht«, sagte Hanna abschließend. »Für mich gibt es in diesem Haus nichts mehr zu tun!«

Wie Hanna bereits vermutet hatte, war Arthur von ihrem Vorschlag keineswegs begeistert. War die Idee an sich auch nicht ohne Reiz – der Tausch »jung gegen alt« ist nie ohne Reiz –, so verabscheute er grundsätzlich jede Veränderung. Auch mochte er Dinge, die so gut und so lange im verborgenen geblüht hatten, nicht ans Licht der Öffentlichkeit gezerrt sehen. Arthur war ein

Mensch, der das Verborgene, Verschwiegene und Geheimnisvolle liebte. Die Tatsache, daß Hanna daherkam und die dunklen Winkel seines Lebens mit einer grellen Lampe ausleuchtete, Geheimes ans Licht holte, entstaubte und zur Schau stellte, behagte ihm nicht.

Er fühlte sich wehrlos und demaskiert! Nackt!

In der Nacht wälzte er sich schlaflos hin und her, bis er endlich aufgab und in die Küche ging, um ein Bier zu trinken. Hanna folgte ihm. Sie lehnte sich, in ihren gräßlichen Bademantel gehüllt, gegen den Kühlschrank und musterte ihn kühl.

»Ich muß das erst bedenken!« sagte er.

»Wenn hier jemand etwas bedenken muß, dann Frau Fischbach«, stellte Hanna richtig. »Ich wette, daß du ihr zehn Jahre lang vorgegaukelt hast, sie auf der Stelle zu heiraten, wenn der Weg nur frei wäre. Nun ist er frei! Und eine kleine Wohnung gegen eine hochherrschaftliche Villa einzutauschen, betrachte ich als Wiedergutmachung für all die verwarteten Jahre.«

Arthur sah sie trübe an.

»Was hat Juiie... Frau Fischbach denn dazu gesagt?«

»Frau Fischbach war ein bißchen verkatert, aber ich denke, sie wird feststellen, einen guten Handel gemacht zu haben, wenn sie erst wieder klar bei Verstand ist.«

Bei dem Wort »Handel« zuckte Arthur zusammen. Diesen Aspekt hatte er bisher noch gar nicht bedacht. Hanna würde nicht nur Unterhalt, sondern auch Zugewinn bekommen. Die Hälfte der Marbacher Immobilie gehörte, so widersinnig der Gedanke auch war, ihr. Blitzschnell notierte Arthur in seinem Hirn den wichtigsten Punkt, der, wie die Dinge lagen, keinen Aufschub duldete: Als allererstes mußte er die Marbacher Wohnung auf Julies Namen überschreiben. So würde die ehemalige Gattin keinen Sachwert aus der Ehe hinaus-, sondern die zukünftige einen Sachwert hereintragen. Er seufzte. Nichts als unnötige Scherereien...

»Und was ich noch sagen wollte«, nahm Hanna den Faden wieder auf, »mit Fita sprichst du besser selbst. Ich bin wohl nicht geeignet, das Phänomen einer Liebe zu erklären, die so groß ist, daß sie sich nicht länger verheimlichen läßt. Natürlich kann mich Fita jederzeit und solange sie mag besuchen. Aber ich denke doch, daß sie sich an die neue Pflegerin rasch gewöhnen wird!«

Sie lächelte Arthur abschiednehmend zu. »Was diesem Haus schon lange fehlt, ist ein bißchen junges Blut. Wir drei Alten beginnen ja schon zu modern.«

Unter diesen Worten wand sich Arthur. Die Wortkombination von »wir« und »alt« behagte ihm nicht. Bis jetzt war er immer davon ausgegangen, daß es im Hause nur zwei Alte gab: Hanna und Fita! Dann fiel ihm noch etwas ein: Schon bald würde das Haus von jungem Blut geradezu überschwemmt sein. Die ersten Kisten mit den Spielsachen der Enkel waren bereits eingetroffen, und gestern war er beim Zurücksetzen des Wagens mit der Stoßstange gegen ein Dreirad gerammt, das in der Garage geparkt war.

Die Lawine hatte ihn noch nicht ganz erreicht, aber er hörte bereits das unheilvolle Dröhnen, mit der sie nahte.

Er mußte nicht allzuweit entfernt ein ruhiges Fleckchen finden, wohin er sich vor den auf ihn zukommenden Turbulenzen retten konnte.

In diesem Zusammenhang fiel ihm Fräulein Schönwanne ein.

Bei ihr konnte man ausruhen.

Und wenn dann der Kopf fällt,
sage ich »Hoppla«!
Seeräuber-Jenny

Was die Marbacher Immobilie anging, so verhielt sich Arthur
wie eine jener Katzen, denen kein Platz sicher genug ist, und die
ihr Junges so lange herumschleppen, bis es tot ist.

Ihm war nicht ganz wohl, als er die Wohnung auf Julies
Namen überschrieb, zumal sich der Lügner in ihm diesmal das
eigene Grab schaufelte. Hannas überfallartiges Vorgehen hatte
ihn in Panik versetzt, und wer in Panik gerät, macht Fehler.

Anstatt seiner zukünftigen Ehefrau klar zu sagen, zu welchem
Zweck die Überschreibung der Wohnung geschah, deklarierte er
die Angelegenheit als Hochzeitsgeschenk. Er hatte in Julies Augen leise Zweifel an seiner Glaubwürdigkeit und sogar eine
gewisse Sympathie für Hanna entdeckt und gedachte diese Fak-
toren ein für allemal aus der Welt zu schaffen. Denn Julie hatte
die Zeit genutzt, um nachzudenken, und war dabei auf zwei
irritierende Tatsachen gestoßen: Die ehemalige Frau Vonstein
war alles andere als eine »Gemahlin im Zobel«, und – sie schien
einer Scheidung niemals im Wege gestanden zu haben.

»Ich möchte, daß du von Anfang an etwas besitzt, das nur dir
gehört«, sagte Arthur zu Julie. »Falls dir«, er lächelte milde, »die
Sicherheit, die dir dein Ehemann zu bieten hat, einmal nicht
mehr genügt!«

Zwei Worte in diesem Satz legten sich wie Balsam auf Julies
Seele und machten jedem Mißtrauen ein Ende. Es waren die
Worte »Ehemann« und »Sicherheit«.

Denn Zweifel schafft Verzweiflung, und Julie hatte nicht vor, ihre Ehe mit gefährlichen Zweifeln zu beginnen.

Bei ihrem nächsten Treffen bot sie Hanna das kostenlose Wohnrecht in der Marktgasse 14 auf Lebenszeit an.

»Wir können das vertraglich absichern!«

Aber Hanna ging auf dieses Angebot nicht ein.

»Schauen Sie, Julie«, sie lächelte mütterlich-warm. »Ich bekomme zwar Unterhalt, bin aber als nicht berufstätige Frau vollkommen ungeschützt. Sie aber haben künftig eine doppelte Sicherheit, die Ihres Ehemannes und die eines Hauses von Millionenwert. Alles, was ich dagegen möchte, ist«, hier ließ sie das bewährte Marienlächeln aufleuchten, »ein sicheres Dach über dem Kopf, auf das ich«, wieder das bescheidene Lächeln, »nicht verzichten möchte, besser: nicht verzichten kann! Sie müssen wissen, daß das Leben als alleinstehende Frau meines Alters nicht ganz unkompliziert ist«, fügte sie mit leiser Stimme hinzu.

Diese Tatsache war Julie bekannt. War doch selbst das Leben einer alleinstehenden Frau *ihres* Alters nicht ganz unkompliziert.

Aber sie würde nicht länger alleinstehend sein. Sie würde künftig an jedem Morgen zusammen mit ihrem Ehemann frühstücken. Man würde die Sonntage gemeinsam im Garten verbringen und viele Reisen machen. Und sie würde neben ihm auf der Freitreppe stehen, Gäste empfangend!

Natürlich erklärte Julie sich bereit, die Wohnung auf Hannas Namen zu überschreiben.

Am selben Tag, an der der erste Baukran auf der Wiese vor der halbrunden Terrasse auftauchte, auf der Julie künftig mit Arthur frühstücken wollte, und eine Woche, ehe sich Sophia auf Wohnungssuche begab, was zur Folge hatte, daß sie ihre Kinder – vorübergehend, wie sie betonte – in der Heinrich-Heine-Allee »unterstellte«, fand der Rollentausch statt.

Da Hanna, im Gegensatz zu Julie, ihr zweites Leben mit neuen, nach ihren Bedürfnissen ausgesuchten Möbeln beginnen wollte, war Julie gezwungen, die alte Wohnungseinrichtung mit in die Heinrich-Heine-Allee zu nehmen. Sie hätte es vorgezogen, das Mobiliar pauschal an ein Unternehmen zu veräußern, das sich auf Wohnungsauflösungen spezialisiert hatte, aber als Arthur den Preis hörte, den dieses Unternehmen zu zahlen bereit war, wandte er sich dagegen. Man würde die Möbel besser nach und nach an Privatleute verkaufen, eine Anordnung, die er, nachdem er sie einmal ausgesprochen hatte, wie alles Unwichtige in seinem Leben sofort wieder vergaß.

So war er äußerst irritiert, als er am Abend nach Julies Einzug, er hatte einen anstrengenden Arbeitstag hinter sich und außerdem einen Machtkampf mit Doktor Müller verloren, am Ende eines scheußlichen Tages also, in der dunklen Diele über ein rosa Sesselchen stolperte, das er noch nie gesehen hatte, obwohl er sicher an die hundertmal darin gesessen hatte.

Während er sich das schmerzende Knie rieb und nach dem Lichtschalter tastete, richtete er seinen Blick wie gewohnt auf die Küchentür.

Und das erste Wort, mit dem er sein neues Leben mit Julie einleitete, warf ein böses Licht auf die gemeinsame Zukunft:

»Hanna!« rief er wütend.

Geld ist erotisch.
Volksweisheit

In diesem Grab fiel das Thermometer in der Nacht zum ersten Advent auf zehn Grad unter Null, und eine eisigkalte Luft trug das Krächzen der Krähen zum Fenster herein. Die gleichgültigen Schreie der Vögel zauberten jenes Lächeln auf Hannas Gesicht, mit dem sie in der letzten Zeit so oft erwacht war. Wie immer erschien ihr das Geräusch wie ein Versprechen, daß die Natur am Ende über den Menschen siegen werde.

Hanna schlüpfte in ihren Morgenmantel und warf einen Blick aus dem Fenster. Wie auf ein geheimes Kommando erhoben sich die Vögel aus der Krone des Baumes, in der sie sich jeden Morgen versammelten, kreisten ein paarmal in der Luft und zogen schließlich Richtung Einkaufscenter ab.

Gähnend ging Hanna in die Küche, um das Teewasser aufzusetzen. Über den Tresen hinweg blickte sie in den Wohnraum hinüber. Sie hatte es geschafft, auch die kleinste Spur ihrer Vorgängerin auszumerzen. Vor der großzügigen Fensterfront, die Julie mit ihren rosa Polstermöbeln verkitscht hatte, stand jetzt ein schwerer Tisch von drei Metern Länge: das eigentliche Zentrum der Wohnung. Hier las, arbeitete und studierte sie, hier nahm sie ihre Mahlzeiten ein, empfing Gäste, plauderte und dachte nach.

Hanna stellte die Kanne auf den Tisch und ließ sich auf ihrem Lieblingsplatz nieder. Sie hatte den hochlehnigen Holzsessel mit dem Sitz aus Rohrgeflecht auf dem Flohmarkt erstanden, und es war ein guter Kauf gewesen, ebenso wie die niedrige Kommode und der alte Spiegel mit dem Goldrahmen.

Während sie ihren Tee trank, kramte sie zwischen den Papieren, die auf dem Tisch herumlagen. Von Doktor Justus Fuchs, Dozent für Ornithologie, hatte sie einen hochinteressanten Artikel über die Brutstätten der letzten Seeadler erhalten. Gleichzeitig hatte Justus Fuchs den Vorschlag gemacht, ob Hanna sich nicht an der nächsten Exkursion beteiligen wolle. Ihre Begleitung würde ihn sowohl als Ornithologen als auch privat sehr freuen. Er sei selten auf einen Menschen gestoßen, der ein solch mitreißendes Interesse an der Vogelwelt bekunde wie sie.

Hannas Blick fiel in den großen Spiegel, der anstelle eines Bildes über der breiten Schlafcouch hing. Sie grinste sich an. Die Frau, die da im Morgenmantel, ungeschminkt und mit abstehenden Haaren an dem großen Tisch saß, sah selbst ein bißchen wie ein Seeadler aus. Sie wirkte frei und souverän. Schön im üblichen Sinne war sie nicht.

Dies schien Justus Fuchs nicht zu stören, falls es ihm überhaupt aufgefallen war. Die Faszination, mit der Hanna seinen Worten lauschte, eine Faszination, die Justus Fuchs nur allzuoft schmerzlich missen mußte, hatte sein Interesse an ihr sofort geweckt. Vertieft hatte sich dieses Gefühl, als er die schlicht gekleidete Frau, die so ganz und gar unprätentiös auftrat, später in einen signalroten Sportwagen einsteigen und lässig davonfahren sah.

Schon bei der nächsten sich bietenden Gelegenheit hatte er sie dann zu einem Kaffee eingeladen.

Vielleicht, dachte Hanna und unterdrückte ein Lachen, vermutete Justus Fuchs in ihr eine wohlhabende Frau. Aus Erfahrung wußte sie, daß Geld eine ungeheuer erotische Wirkung haben, ja daß es sogar die bekannten »Schmetterlinge im Bauch« erzeugen konnte. Warum sollte dies bei einem Mann, der geschie-den war und drei Kinder in der Ausbildung hatte, anders sein?

Hanna schlenderte hinüber in ihren Schlafraum, den sie mit wandhohen Regalen als Bibliothek eingerichtet hatte. Sie fand ein geradezu sinnliches Vergnügen darin, den Tag mit dem Blick auf Bücher zu beginnen, nachdem sie neunundzwanzig Jahre lang mit dem Blick auf Arthurs übellaunigen Rücken erwacht war. Wie aussichtslos war ihr jahrelanger Kampf um ein eigenes Schlafzimmer gewesen, aussichtslos, weil Arthur im Falle getrennter Schlafzimmer unliebsame Rückschlüsse auf seine Liebeskraft befürchtet hätte. Hanna hatte sich immer gefragt, wer in ihrem Haus, das so selten einmal einen Gast beherbergte, diese Rückschlüsse eigentlich ziehen sollte ... Wahrscheinlich hatte Arthur einfach die Idee an sich als Beleidigung empfunden.

Nun, nach so vielen Jahren in der ehelichen Matratzengruft, empfand Hanna das Alleinschlafen und -aufwachen als einen solchen Genuß, daß sich bereits aus diesem Grunde die Trennung gelohnt hatte.

Hanna holte das Buch über die Lebensgewohnheiten der Seeadler aus dem Regal und wollte gerade zu ihrem Leseplatz zurückkehren, als das Telefon klingelte.

Justus Fuchs schlug ein gemeinsames Abendessen vor.

Die Begeisterung, mit der Hanna jedem seiner Worte lauschte, hatte ihn tief beeindruckt. Es kam immer seltener vor, daß er stundenlang über das einzige Thema seines Lebens, die Ornithologie, sprechen konnte, ohne daß sein Gesprächspartner die Flucht ergriff.

»Wie wäre es, wenn wir vorher ein wenig hinausführen und eine Wanderung machten?«

Aber Hanna mußte bedauernd ablehnen.

»Ich fahre heute nachmittag nach Bad Babelsburg.«

»Könnte ich nicht mitkommen?«

»Eher nicht!«

Justus Fuchs ging nicht näher auf das Thema ein.

Wahrscheinlich weilten irgendwelche Verwandten zur Kur in

dem Bad. Er hatte wenig Neigung, mit ihnen durch den Park zu schlendern. Ob sie an einem Vortrag über die veränderten Gewohnheiten der Stelzvögel oder das Aussterben der Arten Interesse zeigen würden, war auch zu bezweifeln. Wahrscheinlicher war, daß sie ihm ihrerseits ein Thema aufzwingen würden: die Speisekarte des Kurheims und die Macken des Personals.

Er gab die Idee leichten Herzens auf.

»Aber vielleicht am nächsten Sonntag? Tun Sie mir doch die Freude, Hanna!«

Es dauerte einige Sekunden, bis es Hanna gelungen war, eine nicht näher definierbare Gemütsregung, die ihr den Rücken herabrieselte, niederzukämpfen. Aber sie beherrschte sich. Justus Fuchs war ein anerkannter Ornithologe und als solcher nicht nur eine schier unerschöpfliche Wissensquelle, sondern darüber hinaus ein Mann, der den Zugang zu seltenen und unzugänglichen Vogelreservaten ermöglichen konnte.

»Nächsten Sonntag gern«, sagte sie. »Sagen wir gegen acht.«

»Ich freue mich, Hanna!«

Hanna legte den Hörer auf die Gabel und starrte ihn noch eine Weile nachdenklich an. Wachsamkeit war angebracht. Justus Fuchs hatte eine gefährliche Begabung, ihren Vornamen so auszusprechen, daß er ein sinnliches Flair erhielt. Weich, mit einem leicht hingehauchten »h« am Ende: »Hannah...«, was zärtlich und sehr verführerisch klang.

Unter der Dusche stehend, nahm sie sich vor, das Treffen am nächsten Sonntag gezielt zu nutzen und das Thema sofort auf die geplante Exkursion zu bringen. Sie fand in dieser Form nur alle Jahre einmal statt, und die Teilnehmerzahl sollte begrenzt sein!

Gegen Mittag brach die Sonne durch den Nebel und tauchte die winterliche Fußgängerzone in diffuses Licht.

Die Fahrradständer, Papierkörbe und der Müll in den Blumenbottichen waren silbrig überhaucht. Hanna ging auf einen

Sprung ins Stadtcafé hinüber und tauschte mit Klärchen den neuesten Klatsch aus: Das alte Mietshaus aus der Gründerzeit, das letzte seiner Art, sollte im nächsten Frühjahr einem weiteren Ladencenter weichen. Die alteingesessene Bäckerei, eine der wenigen, deren Brötchen man noch hatte essen können, würde ebenfalls wegsaniert werden. »Mac Donald's« plante die Eröffnung einer weiteren Filiale. Die Inhaberin der Confiserie nebenan hatte bereits aufgegeben. Hier würde in Kürze ein dritter Jeansshop, diesmal in der Kombination mit einem Videocenter, aufgemacht werden.

Jeans, Hamburger, Pop, Peep und die Verherrlichung von Sex und Gewalt... Hanna fand es immer wieder erstaunlich, wie wenig Angst ihre stets um ihre Identität besorgten Landsleute vor dieser Art der »Überfremdung« hatten, die sich pestartig bis in die kleinsten Dörfer ausgebreitet hatte.

Fröstelnd hüllte sie sich enger in ihren knöchellangen Lammfellmantel und schlug die Kapuze hoch. Sie überquerte den kleinen Platz und bog in jene Seitenstraße ein, in der sie ihr Auto geparkt hatte. Wie stets registrierte sie erfreut, daß es noch unversehrt dastand.

Sie hatte diesen »Porsche für Kleinbürger«, wie sie das Gefährt ironisch nannte, von Julie übernommen, die, wie sie ihr kichernd gestanden hatte, künftig gottlob kein eigenes Auto mehr benötigte. Sie hatte ja jetzt einen Ehemann, der das Steuer in die Hand nahm, und sie würde entspannt danebensitzen, das Handtäschchen auf den Knien...

Die Autobahn war trotz des guten Wetters wenig befahren. Nach knapp einer Stunde hatte Hanna Bad Babelsburg erreicht, parkte den Wagen in der Kurstraße und schlenderte durch den Ort.

Das Städtchen, in dem sie beinahe dreißig Jahre lang gelebt hatte, erschien ihr merkwürdig fremd. Wie stets schlichen graugesichtige Kurgäste durch die Anlagen, zur Feier des Tages flankiert von Besuchern, die sich eine oder zwei Stunden lang Zeit genommen hatten, eine lästige Stippvisite zu absolvieren.

Die Kurverwaltung hatte den üblichen Adventsschmuck anbringen lassen: Müde Girlanden baumelten über dem Eingang zum Park, auf dem Marktplatz hatte man eine rachitische Fichte aufgestellt, bei deren Anblick Hanna weniger an das Fest des Friedens als an das Sterben des Waldes erinnert wurde. Sie machte eine kurze Rast im Kurcafé, trank einen Kognak und stieg, solchermaßen gestärkt, die Treppe zur Heinrich-Heine-Allee hinauf. Kalt, abweisend und böse thronte die Villa Vonstein über der Stadt. Die Bagger auf der kraterförmigen Baustelle links daneben ragten wie riesige Ungeheuer in den Himmel. Wie einst Julie, so verbarg sich auch Hanna jetzt hinter dem Stamm der Kastanie und starrte auf das Haus.

Es lag wie verwaist da. Auch den Garten umgab winterliche Stille. Er war vor dem ersten Frost in Ordnung gebracht worden. Zufrieden registrierte Hanna, daß ihre Nachfolgerin das Laub zusammengekehrt und die Bäume gut abgeerntet hatte. Aber die Blumenkästen waren leer und nicht, wie im Hause Vonstein üblich, mit Tannenzweigen geschmückt. Auch fehlte das Gesteck an der Haustür. Insgesamt wirkte das Haus auf eine unpersönliche Art versorgt, aber merkwürdig ungeliebt. Plötzlich öffnete sich die Tür und Julie erschien auf der Freitreppe. Sie trug Hosen und dicke Socken. Über ihren Rollkragenpulli hatte sie eine unförmige Strickjacke gezogen. Aggressiv klappte sie den Deckel der Mülltonne hoch und leerte einen Eimer hinein. Dann schlug sie den Deckel krachend wieder zu. Für einen kurzen Moment hielt Julie inne, und sah die wie ausgestorben daliegende Straße hinunter, und Hanna hatte plötzlich das Gefühl, als ob sich ihre Augen begegneten. Aber schon drehte Julie sich um und hastete die Freitreppe hinauf. Der Eimer in ihrer Hand schlug hart gegen die Stufen.

Erst im Weggehen fiel Hannas Blick auf die Garage. Sie gähnte ihr mit weit geöffnetem Maul entgegen: Der Hausherr war nicht daheim.

Die Frage, wohin Arthur am heutigen Feiertag desertiert sein könnte, bewegte Hanna noch, als sie den Wagen über die Autobahn nach Hause lenkte. Es war sechzehn Uhr, was mochte er wohl gerade tun? Die Frage, was Julie wohl gerade tat, ließ sich dagegen leicht beantworten: Julie würde mit Fita fernsehen – und sich die gleiche Frage stellen.

Im Gegensatz zu Julie sollte Hanna noch am selben Tag erfahren, wohin es Arthur an diesem Adventssonntag getrieben hatte. Als sie, nach Hause zurückgekehrt, gewohnheitsmäßig in ihren Briefkasten sah, fand sie dort zwei Nachrichten vor. Justus Fuchs hatte ihr das Programm der Exkursion, die für den Sommer geplant war, in den Kasten gesteckt und der Hoffnung Ausdruck verliehen, daß sie an der Fahrt teilnehmen werde.

Auch Arthur hatte sich an diesem Nachmittag einer Hoffnung hingegeben, die mit ihrer Person verknüpft war:

»Ich bin vorbeigekommen, um einen Kaffee mit dir zu trinken. Aber leider warst du nicht zu Hause!«

Mit bewegungsloser Miene stopfte Hanna beide Briefe in ihre Tasche und schloß die Tür zu ihrer Wohnung auf.

Ohne Licht zu machen, trat sie ans Fenster und sah zu den Krähen hinüber, die sich pünktlich zur Abenddämmerung in ihrem vertrauten Baum versammelt hatten. Der Anblick der Vögel wirkte wie immer beruhigend. Hanna liebte die verläßliche Ordnung, in der sie lebten.

GOLDMANN

Frauen heute

*Mitreißende und spritzige Unterhaltung über Liebe und
Karriere, Familie und Freundschaft – und über Frauen,
die mit beiden Beinen im Leben stehen und dennoch
wagen, Träume zu haben.
Witzig und frech, provokant und poetisch,
selbstironisch und romantisch zugleich.*

Wenn zwei sich streiten   43055

Auf den Kopf gestellt   43117

Schlaflose Nächte   42636

Verdammte Liebe   43214

Goldmann · Der Taschenbuch-Verlag